# 下半身から読むアメリカ小説

高野泰志

松籟社

Yasushi Takano

目次

# 下半身から読むアメリカ小説

あらゆるものが、そう考えようとしさえすれば、ほとんどどんなことをも意味し得た。檻の中の狭さは彼が格子の隙間から覗き込めばほとんど気にならなくなった。表面的な接客の時にだけ不都合に感じられた。エヴェラード大尉さえそこにいれば、ただ宇宙の広さを手に入れたようなものだった。

——ヘンリー・ジェイムズ

## まえがき

タイトルの一部に「小説」を冠したこの本の冒頭で詩の引用から始めることをお許し願いたい。

白い顔をした処女なるページよ
　私には死人の顔より白く見える
これから何がお前を汚すかも知らず
　それは詩か、物語か（Holmes 109-10）

これはオリヴァー・ウェンデル・ホームズの「空白のページに寄せて」の冒頭である。いまだ文字の書かれぬ白いページを処女の顔に見立て、そこに作品を書き込むことを性行為になぞらえている。この詩に限らず、男性作家にとって作品を書く作業はしばしば性行為と同等の意味をもっていた。ペンをもっのは男性の特権であり、女性はただ男性が思うままに「汚す」対象でしかない。

本書はこのような男性作家の作品を書く欲望が、性欲と共通しているのではないかという着想にもとづき、男性作家の性行為たる創作活動において、女性が、そして性行為がどのように表象されてきたかをたどる試みである。

書名に「下半身」といういささか下品とも思われかねない語を用いたのは、「セクシャリティ」という穏当な語よりも、もう少し語ることをはばかられるタブーを意識させることばを用いたかったからである。人体の構造においても、子孫を維持する生殖のメカニズムにおいても、「下半身」はひとの存在を支える土台であるにもかかわらず、文化的には常に上半身に抑圧され、ないもののごとくに扱われてきた。性器そのものがタブーであるのは当然のこと、性器に隣接した脚や、性器を隠す下着にまでそのタブー意識は広がっていくのである。

したがって本書において「下半身」ということばが指しているのは必ずしも解剖学上の下半身とは限らない。換喩的に性器と関連づけられ、フェティッシュとして機能する部位や、あるいは公共の場で本来は剝き出しにしてはならない肌のように、その文化の中で人目にさらしてはならなかった身体部位をも含んでいる。

とはいいつつ本書でこの「下半身」という用語を用いている箇所はそれほど多くはない。本書を読む際の通奏低音として念頭においてもらえれば十分である。

第一部は本書冒頭におかれているが、本書の中ではいちばん新しく書かれた章である。文学と性欲の問題を扱う限りは必ず視線の問題に逢着するが、本書の主要部分である第二部への導入として、まずは視線が欲望を生み出すプロセスと一九世紀アメリカにおける小説発展の歴史を絡めて論じている。

第二部は本書の主要部分である。作家の性欲を中心に小説を見ていくことで結果的に明らかになるのは、男性作家の作品がいかに女性への暴力的搾取に依存しているかということである。そこでは女性の性欲は邪悪なものとされ、あるいは恐怖の対象と表象され、さらに自らの男性性を主張するために陵辱され、作家も読者もそれを当然の原理として受け入れてきたのである。しかし二〇世紀に入り、男性性のもつ不可避の暴力性に気づき始めた作家たちは、徐々に自らの欲望を意識し、それと同時にそういった女性の搾取を土台として自らの男性性が維持されていることに不安を感じもするのである。

第三部は自らの暴力性を意識し始めた作家たちが、その自意識ゆえに、逆に他人から見られることを恐れ、他者の視線に対する不安に苛まれ始める様子である。自らの身体への自意識は相変わらず女性に対して暴力的な影響力を及ぼしながらも、その暴力は自らの身体へと向けた不安の裏返しとしての暴力に転じはじめる。ここでは作家が自分の身体を劣ったもの、醜いもの、異常なものとして捉えている様子を読み込む。

以上のように男性作家による女性の搾取をテーマにしている以上、必然的に本書が取り扱うのは男性作家に限られる。女性作家の創作と性欲の問題に関しては今後の新たな研究課題として考えていきたい。また男性作家、女性作家ともに同性愛的欲望も別のアプローチが必要になるだろう。本書の扱う作家の中にはトルーマン・カポーティが唯一同性愛者であることを公言していた作家であるが、第三部におかれたカポーティ論は直接同性愛の欲望を扱うものではなく、規範からの逸脱をどう自意識的に捉えていたかを論ずるものである。近年ほかにもヘンリー・ジェイムズを筆頭に多くの作家たちの同性愛的欲望が指摘されているが、それらに関しても今後の課題としたい。

　最後に一点念のために述べておきたいのは、本書がフェミニスト的視点から男性作家に攻撃を加えるためのものではないということである。むしろそのジェンダーとセクシャリティにおいていかに問題をはらんでいたとしても、ここで扱われた作家たちの手で生み出された女性登場人物たちが作家の抑圧を超え、むしろ生みの親の欲望に逆らうように生き生きと動き始め、反乱を企てるさまを捉えたいのである。

# I　欲望の誕生——覗かれる身体

*1835-1908*

# 1.

# 都市の欲望
## ——ポーの推理小説と覗き見の視線

### ポーの都市小説

エドガー・アラン・ポーは一般に推理小説の創始者とされ、「モルグ街の殺人」、「マリー・ロジェの謎」、「盗まれた手紙」の三部作は史上初の探偵を登場させた推理小説の原型として広く知られている。探偵が謎を解明するというプロット自体は、すでに多くの研究者に指摘されているようにポー以前にも多くの例があり[1]、決して珍しくはないが、デュパン三部作の最初の作品「モルグ街の殺人」には今日の推理小説の定型として用いられる多くの要素——密室での殺人、濡れ衣を着せられた容疑者、探偵の推理による分析、意外な人物や意外な場所を発見することによる解決、エキセントリックな探偵とその引き立て役の助手、探偵に反感を抱く警察というキャラクター設定など――がすでに確立されているという点で最初の推理小説と呼ばれるのにふさわしいと言えるだろう。

ただしその反面、今日の推理小説の一般的なルールからすれば約束違反とみなされる特異な要素も多数存在している。ディヴィッド・ヴァン・リアは、現在の推理小説の定型から外れた要素を以下の三点にまとめている（Van Leer 66）。まずデュパンが事件の現場で発見する証拠は謎解きの場面まで読者に隠されているために、読者が探偵とともに謎解きを楽しむことは不可能である（たとえば「モルグ街」の密室トリックを解く窓のバネや釘の状態）。これは今日推理小説で言われるフェアプレイの原則に違反していると言えるだろう。第二に、どの作品も厳密な意味で犯罪を扱っていないということである。「モルグ街」では犯人は人間ですらないし、「マリー・ロジェ」もまたそもそも殺人ではなかったことが示唆される。「盗まれた手紙」は窃盗という犯罪であるとも言えなくはないが、問題は窃盗行為そのものにあるわけでないのは明白である。そしてそのことと関連して第三点は、その後の探偵小説が当然のこととするような悪をただすという道徳的側面が欠けていることである。

一般に推理小説の生みの親として知られるポーであるが、実のところポーのデュパン三部作は後にポーにならって書かれた推理小説とは根本的に異なっているようにも見えてくる。もちろんジャンルの原型となる初期作品が、後に書かれた作品と大きく違っているということは珍しくないが、ここで明らかにしたいのは、そもそも探偵が事件の謎を解くというプロットそのものが副次的に生み出されたものであり、ポーのねらいはほかのところにあったのではないか[2]、そして後の世代の作家たちが探偵小説として受け継いだのはその副次的な部分のほうだったのではないか、ということである。ポーがこのデュパンものの探偵小説、特にその最初の「モルグ街の殺人」で描こうとしていたのは当時小説という形式がおかれていた状況そのものであり、小説を読む／書くことのはらむ意味であった。そう考えるのが妥当であるように思えるのは、小説の勃興が近代都市の発展ときわめて密接に関係しており、そして「モルグ街の殺人」およびその後のデュパンものが、それに先行する「群衆の人」と同様、近代都市を描いた最初期の都市小説であるからである。[3]

## 都市化と覗き

レスリー・フィードラーは『アメリカ文学の愛と死』で、小説の発展を促した要因として産業革命による大量生産技術に加えて都市化による文学受容の様態の変化を挙げている。

　韻文のように野外や宮廷での朗唱や演奏を目的とするのではなく、芝居のように公の場での上演を目的とするのでもなく、小説は文学が孤独の中で楽しまれるものと考えられるようになった時代の産物である。居間で家族が声を出して朗読する習慣は、人目につかない場所（プライバシー）に——そこが物置であれ、寝室であれ、最後の避難所たるトイレであれ、ポイントは同じである——閉じこもって読書するという考えに少しのあいだだけ抵抗したが、覆すにはいたらなかった。文学は、もともとは模範的な観客を語り部の前につれ出し、野外での悲劇の上演に呼び集め、共同体への帰属意識を高める働きをはたしていたが、今や何千人もの読者を同時に孤独の状態におくことを可能にする働きをはたすのである。大量生産と孤独な消費——これらこそ新しい時代の特徴である。屋内の明かりを消した劇場への移行によって始まったプロセスは、小説においてクライマックスに達する。すなわち個人の心の中の最も奥まった暗闇にあるひとりだけの(プライベート)劇場である。(Fiedler 43-44)

この引用の直前でフィードラーは小説の普及を大量生産技術と結びつけているが、それに加えてここでは文学の需要のされ方が都市化とともに変化したことを論じている。つまりそれ以前の韻文を中心とする文学がしばしば劇場や公共の場所での朗唱を前提としていたのに対し、近代都市の発達以後、小説は個室で受容されるようになったのである。したがって「小説は孤独に楽しまれるもの」であり、「何千人もの読者を同時に孤独の状態におくことを可能にする」メディアなのである。フィードラーは小説時代の特徴は「大量生産と孤独な消費」であると結論づける。

小説の発展と個室との密接な関わりは、フィードラーに限らずしばしば指摘される点であるが、つまりは近代都市の発展に伴って読者が個室に追いやられたことの結果として小説が普及したということである。したがって小説形式の発展と都市の拡大とは切っても切り離せない関係にある。一九世紀以降、アメリカ社会は加速度的に都市化していき、世紀末のナチュラリズムの時代には都市の風景はなかば当然のものと捉えられるようになるが、アメリカン・ルネサンスの時代は発展途上の都市を初めて目の当たりにしたのである。[4] 一足先に都市化が進行していたヨーロッパから流入する小説の影響も受けながら、一九世紀アメリカ小説はすべて自らのジャンル成立の土台として都市の発展という現実に向きあわざるを得なかったのであり、そういう意味でこの時代のすべての小説は、たとえ都市を舞台としていなくても都市を意識させるジャンルであった。したがって都市を主題とする都市小説を小説ジャンルそのもののあり方を描き出すメタフィクションとして読むことが可能なのは当然のことであると言えるだろう[5]。

実際、この時代のほとんどの都市小説がメタフィクションとして読めることは注目に値する。ナサニエル・ホーソーンの「ウェイクフィールド」は自宅のすぐ隣の通りに身を隠し、妻を観察する男の物語であるが、こういった行動を可能にするのが「群衆が通りすぎても彼の姿など目に入らない」「都市の喧噪」(Hawthorne, "Wakefield" 138) であるという点でアメリカ最初期の都市小説と言えるだろう[6]。そして新聞に掲載されていたとされる記事の概要が先に書かれ、それを本編でもう一度物語として語り直す過程を描いているという点で明らかにメタフィクショナルな性質を帯びているが[7]、自分は見られることのない場所から妻を観察する主人公ウェイクフィールドの行動は覗き見をする作家のある種の自画像であるとも言える（第一部第二章参照）。ポーの「群衆の人」もまた、後に詳しく論じるように、人間を書物にたとえ、それを読む（あるいはそれに失敗する）物語であり、ハーマン・メルヴィルの『ピエール』は都市に舞台を移したとたんに主人公が小説を書き始める。同じメルヴィルの「代書人バートルビー」は何より代書人が「書くこと」を拒否する物語である（第一部第三章参照）。この時代、都市というモチーフは必然的に小説ジャンルそのものへの言及となってしまうのである。

またキャシー・N・デイヴィッドソンが主張しているように、小説が普及し始めた一九世紀半ばにおいて、小説を読むことは特に女性にとって非常にいかがわしい行為として考えられていた (C. Davidson

64-65)。そもそも女性が文学を受容し始めたこと自体が比較的最近のことであり、それも問題ないとされたのは小説ではなく、宗教的なパンフレットや韻文だったのである。たとえば『若草物語』の姉妹たちが『天路歴程』を芝居として自分たちで上演していたことを思い出せば明らかなように、読む側の道徳心を向上させることを目的とした作品を大勢の前で朗唱・上演することが基本だったのである[8]。そしてその『若草物語』が少女用に書かれた最初の小説であるということは非常に示唆的である。マーティン・ライオンズも述べているように、「小説は情熱をかきたて、女性の想像力を昂揚させるおそれがあった。あまり合理的ではない感傷的（ロマンチック）な期待を抱かせ、貞節と秩序を脅かすエロティックな欲望を示唆しかねない」のである（ライオンズ 四六〇）。

小説がそのようないかがわしいものとされていたのは「個室」の問題と無縁ではない。個室に追いやられることで、人びとは自分のプライベートな空間をもつようになるとともに、それと同時に隣の個室の中で何が行われているのか知ることができなくなったのである（メルヴィルの描くピエールは作品後半で都市に入ったとき、「レンガやモルタルは木や材木よりも深い秘密を抱えている」と述べる［Melville, *Pierre* 231］）。その結果、見えない他人の生活を覗き見たいという欲望を生み出すことになった。だからこそ人は小説を読むことで他人の生活を覗き見たいという欲望を満たすようになる。なぜなら小説は全知の語りを用いて他人の秘められた生活を自由自在に覗き込んでみせるからである。都市小説とは、いわばそのような覗き見の欲望を自己言及的に描き出すジャンルであると言えるだろう。

## 読まれることを拒む本

議論を始める前に、まず我々はポーがそもそも都市の人であったということを念頭におかなければならない。ボストンで生まれたポーはその後、幼いころに当時世界最大の都市であったイギリスのロンドンを経験し、さらに母国においても都市化が急速に進行しつつあったリッチモンド、ボルティモア、ニューヨーク、フィラデルフィアなどを次々に渡り歩く。南部人として民主主義を衆愚政治と考えたポーは、[9] 都市の住人でありながら、というよりはむしろ都市の住人であるからこそ、新しく生まれた群衆に恐怖を感じていたはずである。[10] そして雑誌編集者でもあったポーは、そのような群衆に常に囲まれながら急に不透明になった隣の部屋の中を覗き込みたいという近代的個人の好奇心の有り様をきわめて敏感に察知していたのである。

そして「群衆の人」はまさしくそういった群衆への恐怖と、群衆に紛れた個人の欲望を描き出した作品である。先にも述べたように、都市をテーマにすることで文学作品を読む／書くことを象徴的に描き出したメタフィクションにもなっているが、そのことは冒頭部分からも明らかである。

あるドイツの本は読まれることを拒むのだという。世には明かすわけにはいかない秘密というものが存在する。夜ごと人びとは死の床で死に行くとき、聴罪牧師（ゴーストリー・コンフェッサー）の両手を握り、慈悲を望みつつその目を覗き込む――胸に絶望が広がり、喉が引きつるのは抱えた秘密の恐ろしさからであり、決して打ち明けるわけにはいかないのである。ああ、ときおり人の良心はあまりにも重く、ただ墓の中にしか下ろすことのできない恐怖の重荷を背負うものなのである。こうしてあらゆる罪のなかのその核心は暴露されることがないのである。（Poe, "Crowd" 506-507）

ここで語り手は、孤立し秘密の生活を送る人びとを「読まれることを拒む」本と呼んでいる。その後の記述でも「わたしはほんの短い刹那一目見ただけで、長年の歴史を読み取ることがしばしばできたのだ」、「あの胸の中にはどれほど荒々しい歴史が書き込まれていることか！」（"Crowd" 511, 傍点は引用者）のように、群衆を観察する語り手は道行く人びとの来歴を「読む」ことを楽しんでいるが、この直後で「読めない」老人を発見したことで、語り手は丸一日老人のあとをつけ、その人が「群衆の人」であり、再び冒頭のフレーズを用いて「読まれることを拒む本」であると結論づけて終わる。つまりは群衆の中のひとりひとりが本にたとえられ、語り手がその本を読もうとする物語なのである[11]。

老人を追跡するという表面上の物語に象徴として描き込まれているのは、本を読むという行為とその失敗である。ではこの語り手の読むことの失敗にはどのような意味があるのか。上の引用では、読まれることを拒む、つまり秘密をもつことを「秘密の恐ろしさ」「恐怖の重荷」「あらゆる罪の中のその核心」などと呼んでいるが、なぜ秘密をもつことがそれだけで「犯罪」と呼ばれなければならないのだろうか。ここで現代の都市化と群衆にすっかり慣れてしまった我々は、まだ都市化が進行しつつあるさなかにあった当時の人びとが群衆に対して不安を感じたであろうことを想像しなければならない。歴史上ほぼ初めて群衆の中で匿名性を獲得した人びとは、その匿名性をおそらくはもてあましたはずである。それまでの農村共同体であれば、隣に誰が住んでいるかはもちろん、その隣人が何を考え、どういう行動をとるかをある程度知っておくことは共同体を円滑に運営していくためにも当然必要なことであった。しかし突如誰も自分を誰であるか認識しない社会が誕生し、その中に放り込まれた人びとが、自分の不可視性とともに不可視の他人に不安をもつであろうことは当然のことと言える。だからこそ語り手が観察する人びとは、パイ売り、荷運び人足などの貧民だけでなく、スリや詐欺師などの犯罪者といったいかがわしい人物ばかりなのである。新しい「都市」の場において突然見知らぬ人どうしとして孤立し、個室に追いやられた人びとは、もしかしたら隣の個室で悪事が行われているのではないだろうか、と疑心暗鬼にならざるを得なかったのである。

かつてヴァルター・ベンヤミンがポーのこの「群衆の人」を評して「探偵小説のX線写真のようなもの」と呼んだことは非常に有名である（Benjamin 48）。つまり探偵小説としてあらゆる要素を含みながら「犯罪」だけが欠けていると考えたのである。[12] しかし実のところ都市という舞台そのものが、そして群衆そのものが読者に犯罪を想起させたのであり、そこで「読むことを拒む本」であること、すなわち「秘密」をもつこと自体が罪と強く結びつけて考えられたのは想像に難くない。ピューリタンによって建国されたアメリカはカトリック教会での告解という儀式こそ捨てたものの、罪の告白を日常生活の中心に据えていたことには変わりない。そのような社会において不可視であることは、ホーソーンの『緋文字』や「牧師の黒いベール」などをもち出すまでもなく、それ自体が罪であったのである。

またこの作品は一見このような知られざる犯罪性を帯びた「群衆の人」を語り手が追跡する物語として読まれがちであるが、すでに多くの先行研究でも指摘されているように、実のところ語り手自身もまた「群衆の人」である。追跡する老人に見られることなくひたすらあとをつけるという行為は、都会の匿名性を最も有効に活用しているという点で、まさしくそれ自体が「群衆の人」の行為であると言えるだろう。そしてその行動こそが、個室に隠れて小説を読むことで他人の生活を覗き見ようとする読者の行動でもあるのだ。

　自分だけは群衆を見つめる個人であると思いながら、その実自分もまた群衆の一部でしかないという構図は、都市の人ポーならではの発想であると言えるが、同時に当時小説の読者のおかれていた状況そのものでもある。小説を読むことで個室にいながらにして他人の個室を覗き込む読者は、このメタフィクショナルな作品の中で自分自身の姿を見せられることになるのである。

## 覗く男たち

　都市化とそれに伴う匿名性、その秘密を覗き込むものとしての小説形態を考えたとき、ポーが「モルグ街の殺人」を書いたねらいが初めて明確になる。それはこの作品もまた都市小説として個室を描き出す作品であり、いかにして個室を覗き込むかをめぐる視線の絡みあいを描く作品であるからである。デュパンと語り手はともにきわめて世間から隔絶された隠遁生活を送っているが（「わたしたちの隠遁は完璧であった。誰ひとり訪問者を許さなかった。（中略）わたしたちはほかの誰の存在も許さなかったのだ」[Poe, "Murders" 532　以下、同作品からの引用はページ数のみ記す]）、これはすなわち、ふたりが小説の受容の前提となる「個室」にいるということを意味している。たまたまふたりが出会ったのが図書館であり、このふたりがふたりだけの世界で行っているのが読むことと書くことであることからもわかるように（「わたしたちはただひたすら魂を夢の中に没入させた——書を読み、文章を書き、意見を交わし、真の暗闇の訪れを告げる時計の知らせを待った」〔533〕）、これはパリという当時世界でも有数の大都市において、小説を受容する読者の状況を抽象して描き出したものと言えるだろう[13]。

また「モルグ街の殺人」の冒頭数ページにわたって「分析力」に関する一般論が語られる。まるでデュパンの活躍はこの「分析力」についての論述を証明する証拠として提示されているようである。その分析力は以下のように説明される。

わたしはデュパンのもつ特殊な分析能力について言及し、それを称賛しないわけにはいかない。彼もまたその能力を行使することに——必ずしも人に見せようとはしないのだが——貪欲な喜びを感じているようであり、そうやって引き出された快感を打ち明けるにやぶさかではなかった。彼は低いクスクス笑いをしながらわたしに向かって、たいていの人は自分の内面に向けて胸に窓を開いているようなものだ、と豪語した。（533）

分析力を「行使することに（中略）貪欲な喜びを感じている」デュパンに言わせると、「たいていの人は自分の内面に向けて胸に窓を開いている」のだという。つまりはデュパンの分析力とは窓の中を覗き込む技術であり、「群衆の人」のことばを借りるならば、「読まれることを拒む本」を読み解く方法なのである。そして個室にとどまりながらほとんどの情報を新聞から入手し、また犯人をおびき寄せるために新聞広告の文章を書くデュパンの姿に明らかなように、デュパンの「分析」＝「推理」とは「テクストを読む」こと、「書く」ことのメタファーなのである。作品冒頭で分析力はその能力を保持するものにとっては「最も鮮烈な楽しみの源」であるとされ（528）、また残虐な殺人事件を分析することを、デュパンは「楽しみ」であると言って語り手を驚かせているが（546）、まるでそれは小説を書くこと、読むことについて言っているようにも見えてくる。

また、個室に隔離されているのはデュパンと語り手だけではない。事件の被害者となるレスパネー母娘もまた、作中でのピエール・モローの証言によると「六年間でおよそ五、六回しか目撃」されておらず、極端に引きこもった生活をしていたのである（539）。物語の前半はこのふたつの個室を軸に展開する。片方の個室にはデュパンと語り手、もう一方にはレスパネー母娘というふうに、男だけの個室と女だけの個室とにはっきりと分け隔てられているのである。近年はデュパンと語り手のあいだの同性愛的関係が論じられることも多いが[14]、むしろこのジェンダーの区別には当時の文学的状況が、つまり男性主流作家の作品において、男は「見る／描く」側であり、女は「見られる／描かれる」側であるという関係性が表れているとも考えられる。「モルグ街」は、言ってみれば個室にいる男たちが、個室にいる女たちの部屋で何が起こったのか、隠された女性の個室を「分析力」を通じて「見る」「描く」物語なのである。

また多くの研究者がすでに指摘しているように、オランウータンによるレスパネー母娘の殺害はきわめて強くセクシャルな意味あいを帯びている。オランウータンが最初に摑むのは束ねられていないレスパネー夫人の髪であるが（「巨大な獣はレスパネー夫人の髪を摑んだ。夫人の髪はちょうど櫛で梳いていたところだったのでほどかれていたのだ」［566］）、『緋文字』の森の場面をもち出すまでもなく、一九世紀のアメリカでは女性の束ねられていない長い髪は強い性的意味あいを帯びていた。オランウータンが侵入したときに、個室で髪を梳いていたためにあらわにされた髪の毛は、当時の読者にはきわめて強い性的メッセージとして感じられたはずである。また娘の身体に覆い被さり、首を絞めるというだけでなく、その後その身体を狭い煙突に無理やり押し込めるという行為もまた、比喩的に強くセクシャルな意味をもつことも明らかである。真犯人であるオランウータン自体が、理性をもたない獣として性欲の象徴であることも容易に読み取れるはずである。

このように見てくると、個室にいる男たちが「分析力」を用いて女性の部屋で行われたセクシャルな状況を覗き見るというポルノグラフィ的構図が浮かび上がってくる。ここでクローゼットに閉じ込められたオランウータンが船乗りの日常の行動を覗き見て、それをまねようとしたことがそもそもの事件の発端であったことを思い出すべきである。性欲の象徴たるオランウータンはその後クローゼットから逃げ出し、船乗りを誘うようにレスパネー母娘の個室へと導くが、これが船乗りの抑圧された欲望を表していることは明白である。そしてレスパネー母娘の部屋を「覗き込」み、オランウータンの行動を目撃する船乗りの姿は、それまでの船乗りの行動をオランウータンが覗いていた姿の反転である。

船乗りがオランウータンに誘われてレスパネー母娘の個室を覗き込んだように、名前のない語り手も、そして物語に引き込まれた読者もまた、デュパンの分析力に誘われてこの個室で起こった惨劇を覗き込むことになる。そういう意味で読者も本来はこの覗き行為と共犯関係を切り結んでいるのである。この場面にポルノグラフィ的覗きの構図が見られることはこれまでも指摘されてきたが[15]、この覗きの視線こそが小説を読む行為と本質的に同じものなのである。「モルグ街の殺人」は、そういう意味で小説を読む行為を描き出したメタフィクションとして機能しているのである。デュパンを主人公とするこの三つの作品は、どれも被害者が女性であることが共通している[16]。「マリー・ロジェ」は身持ちの怪しい女性が集団レイプの末に殺害されたという可能性を強く印象づけて始まる。また「盗まれた手紙」の事件現場は女性の寝室である。つまりどれも男性読者の欲望を掻きたてる扇情的な状況であり、本来では見られない場所を覗き見させてくれる物語なのである。これらデュパンものには、作中で覗く男と覗かれる女が描き込まれ、男性読者のポルノグラフィックな欲望を満たすという小説の機能をメタフィクショナルに映し出しているのである。

先にも述べたようにデュパンはこのふたりもの人間が残酷に殺害されたモルグ街の事件を調べることを「楽しみ」と呼んで語り手を驚かせるが、これはセンセーショナルな事件や他人の秘密を覗き込むことに喜びを感じ、そしてそのような喜びの趣味の悪さに顔をしかめる読者の姿でもある。しかしデュパンの超自然的なほどの分析力は「群衆の人」の語り手とは異なり、群衆に埋没することなく個別性を保ち続ける。これはポーが群衆に魅了され、覗き込みたいという欲望を抱きながらも群衆を恐れ、とりわけ群衆に取り込まれることに嫌悪を抱いていたことによる。つまりポーはデュパンという群衆に取り込まれない天才的な探偵を描くことで自らを非凡な観察者＝小説家として位置づけたかったのである。そして群衆への恐怖と魅了のあいだのせめぎあいこそが「モルグ街の殺人」という独創的な作品を生み出すことになったのである。

## 大衆の欲望と推理小説

このように見てくると、これら三つの作品が後の推理小説で言われるフェアプレイの原則に則っていないのはなかば当然のことのように思える。探偵の推理の論理的展開を楽しむという意味ではデュパンの物語は紛れもなく推理小説の先祖であると言えるが、ここで意図されているのはその推理の過程を楽しむことそのものよりは、読者には決して知ることのできない隠された個室の秘密を覗き見ることのほうではないだろうか。この常人には不可能なくらいの分析力を用いて明かされる秘密とは、探偵以外の誰にも、読者にも、決して知ることができないものであり、知ることができないからこそ欲望を掻きたてるものなのである。デュパンは物語の中の登場人物でありながら、その分析力を通じていわば全知の視点に等しい力を獲得し、覗きたいという欲望を可能にするのである。

また悪をただす道徳的側面が欠如していることも、厳密な意味での犯罪を扱っていないことも、いわば必然の帰結である。本来ポーにとって探偵の謎解きは隠された他人の生活を覗き見たいというポルノグラフィックな欲望に根ざしており、犯罪を解決するという目的は仮のものにすぎないからである。雑誌編集者として当時の大衆の欲望を熟知していたポーは、その欲望をデュパンという人物を通して提供し、同時にデュパンに非凡な分析力を与えることによって大衆の欲望に迎合するのではなく、そこから距離をおきながら同時にその欲望を満たすことに成功したのである。一方で後の推理小説はこのポーの覗きの図式を受け継ぎ、犯罪を解決するという目的をいわば免罪符として他人の生活を堂々と覗き込むようになるのである。

この時代、ポーほど都市の特徴を深く捉えた作家はいなかった。推理小説以外でもポーの殺人者たちはしばしば隣人や家族を殺害し、壁や床下にその死体を隠そうとする。こういった発想が可能になるのは、人が姿を消してもさほど目立たない都会を前提としているからにほかならない。そして「ブラックウッド風の作品の書き方」と「ある苦境」の連作などでも明らかなように、ポーにはもともとメタフィクショナルな志向が強いのであり、個室に隠れた殺人者たちを見つめる視点が小説を読む読者に結びつくのは当然と言えるだろう。したがってメタフィクショナルな構図に着目すれば、「告げ口心臓」で個室を覗き込む語り手を逆に見返してくる「凶眼」(Poe, "Tell-Tale" 793) は、小説を読む当時の読者にとって、表面に現れている以上に恐怖をもたらしたはずである。それは「アッシャー家の崩壊」のクライマックスで、ロマンス小説の朗読が現実として立ち現れてくる際に、虚構と現実の境目を乗り越えて読者に襲いかかる恐怖と同種のものであっただろう。

このように、都市とその欲望を描くことがメタフィクショナルな性質を帯びるということにポーは鋭敏に気づいていたために、ポー作品では個室を巡って働く視線の力学が鋭く強調されている。そしてその延長線上に位置するのが推理小説の創出であった。先にも述べたように、ポー以外にもこの時代、都市を描こうと試みた作家は多数いたが、都市に住む大衆の欲望と小説の機能に関するきわめて深い理解があったために、ポーはほかの作家にはなし得なかった新たなジャンルの創出という名誉を勝ち得たのである。そういう意味でデュパン同様ポーもほかの作家に埋没することなく個別性を保つことに成功したと言えるだろう。

注

［1］トマス・オリーヴ・マボットはポーが援用した可能性のあるテクストをいくつか列挙しているが、その中でもポーが最も大きな影響を受けたのはヴォルテールの『ザディーグ』であろう（Poe, "Murders" 521-26）。

［2］巽孝之は本稿とは違った方向から同様の主張をしている（巽 一一-一二）。

［3］ポーと都市の関係を論じたものは多数存在するが、たとえば伊藤はポーと都市の関係を体系的に論じ、「都市はポー的テーマが「悲劇性を奪われ」抽象化され、「美女の死」が「レスパネー親娘の惨殺死体」や「マリー・ロージェの水死体」といった新聞記事の記号的要素へ変質する場であった」と論じている（伊藤 一二八）。また西山は「群衆の人」論において都市の群衆に対するポーのアンビバレントな反応と探偵小説の成立とを説得力をもって論じている。

［4］都市の定義に関してはこれまでさまざまな側面からなされてきたが、一九世紀後半の都市化から比較的近い時代に書かれた都市論を少しだけ参照しておきたい。一九二一年に死後出版されたマックス・ヴェーバーの『都市』は、その冒頭でいくぶん大雑把な定義をしている。「都市に関する数多くの定義に共通しているのはひとつの要素だけである。それはたんに都市がひとつないしそれ以上の個別の住居が集合したものから成り立つ比較的閉じられた村落である、ということである。（中略）この定義自体はことさら不正確とも言えない。なぜなら都市はしばしば住居の密集した区域をさすが、あまりにも拡張した居留地を形成するあまり、そこに住む人びとみなが個人的に知りあうことはあり得ない」（Weber 65）。このあとヴェーバーの都市は、さまざまな類型へと分類され、より精緻な定義へと改善されていくが、まずは「みなが個人的に知りあうことはあり得ない」という特徴が最初の都市の印象として提示されていることは重要である。

次に挙げるのはニューヨークに生まれ育ち、建築評論家、文明評論家として活躍したルイス・マンフォードの大著『都市の文化』であるが、ここでマンフォードは都市を「ひとつの共同体の権力と文化が最高度に集中した地点」と定義する（Mumford 3）。マンフォードの概念によると都市は段階を踏みながらやがて生活から遊離した消費文化によって創造性を失い、死にいたるのである。マンフォードは周知のようにハーマン・メルヴィルの伝記作者でもあるが、この都市論が出版されたのは一九三八年のことであった。

順序は逆になるがゲオルグ・ジンメルの「大都会と精神生活」はちょうどナチュラリズムの作家たちが都市の弊害を糾弾していた一九〇三年に書かれたという意味で、ここで扱う作家たちと最も感覚を共有していたはずである。ジンメルは都市がその住人に与える画一化された役割とそれへの抵抗というモデルで都市の特徴を論じている。「[都市では]同一の基本的なモチーフが働いている。社会と技術のメカニズムの中で平均的にならされ消費されてしまうことに対する、主体の抵抗というモチーフ」(ジンメル 一七四)。ジンメルに関しては第一部第三章で改めて詳しく触れる。

[5] 小説と都市についての先行研究は非常に豊富である。ごく一部だけを挙げるなら、バートン・パイクは同時期のヨーロッパと異なり、一九世紀半ばまでのアメリカ社会が十分に都市化されていなかったことを重視し、このころに描かれる都市が現実の都市ではなく、イメージとしての「都市」であったことを論じている(Pike)。アメリカの作家たちはギリシャ神話や聖書の都市表象や先行して産業化を成し遂げたイギリスの都市小説をモデルにして都市のイメージを作り出したのである。またジャニス・P・スタウトは都市に対するアメリカ特有の感覚について論じている。旧世界の堕落を逃れて新世界に到着したピューリタンは、自分たちを脅かす荒野を前にして「丘の上の町」を建設することを宣言するが、こういった歴史状況の中で必然的にアメリカ人の抱く都市化のイメージは、無垢なアメリカに対するヨーロッパ都市の堕落と、アメリカ先住民の住む荒野に対する進歩的白人文化というふたつの相反する価値を帯びることになる(Stout)。もっと最近のものに関してはH. BergmanやLehanなどを参照。本稿はこれらの先行研究を参考にしながら、都市の表象と小説の発展を重ねあわせてポー作品を読み解くことを目指している。都市とポーの推理小説との関連についてはすでにBrandやWernerのフラヌールに関する論が書かれているが、都市を小説発展の主要条件として捉え、都市小説をメタフィクションとして解釈する論考はこれまで書かれていない。小説発展の社会的条件に関しては本文中で取り上げたフィードラー以外にキャシー・N・デイヴィッドソンを参考にした(Fiedler, C. Davidson)。

［6］チャールズ・ブロックデン・ブラウンの『アーサー・マーヴィン』はアメリカン・ルネサンスの作家に大きく先行して都市を描いている。しかし実際にアメリカで進行中の都市化を反映した作品としては、舞台こそロンドンとされているものの「ウェイクフィールド」が最初期の都市小説と言えるだろう。

［7］一九世紀なかばの都市化と関連させているわけではないが、丹羽は『恐怖の自画像』の随所でホーソーンの「自己回帰的（self-reflexive）性格」について触れている。

［8］その一方で一九〇八年に出版された『赤毛のアン』では、主人公アンが授業中に『ベン・ハー』を読んで先生に叱られたエピソードの直後、アンよりひと世代上のマリラが「わたしが子どものころは小説なんてほんの少し覗くことすら許されていませんでした」と話す（Montgomery 223）。

［9］ポーは「ミイラとの論争」などで民主主義批判をしており、この点に関しては非常に多くの先行研究で触れられているが、たとえば野口は以下のように述べている。「ポーが作家として活躍する一九世紀前半は、政治的経済的独立をはたしたアメリカが、独立宣言で謳われた理想の民主主義国家に向けて歩み始めた時期である。この時代の作家は、多かれ少なかれ、新しい共和国の可能性について直接間接に語ることになった。アメリカのあるべき姿や進むべき道、アメリカ人のアイデンティティなどについて、さまざまな文学様式を借りて示唆したのである。F・O・マシセンが明言するように、アメリカン・ルネッサンスの作家が「デモクラシーの可能性」に対する信条を共有しているとすれば、デモクラシーを「衆愚政治」として痛烈に揶揄したポーの反発は、北部を中心とする「デモクラシーの文学」にも向けられている。この点で、ルネッサンス文学の主流からポーを除外したマシセンは正しかったといえよう」（野口　一五四-五五）。

［10］都市化によるプライバシー侵害についてのポーの恐怖はRenzaが詳しく論じている。またポーについては触れていないが文学作品に描かれた群衆の表象に関してはMillsを参照。

［11］人間を本にたとえたのはもちろんポーが初めてではない。特にこの時期アメリカに輸入されたイギリスの都市小説で頻繁に見られるが、ひとつだけ例を挙げるならチャールズ・ディケンズの『二都物語』には以下の一節が見られる。「つくづく思えば驚くべきことだが、あらゆる人間は他人に対して深い秘密であり謎であるようにで

きているのである。夜に大都市に入って行くときに暗く群がる家々のそれぞれがみな自分なりの秘密を隠しもっており、そのそれぞれの家のあらゆる部屋が自分なりの秘密を隠しもっており、さらに何十万の胸に脈打つ心が、自分の思い巡らすことに関してすぐそばにいる別の心に対して秘密であるのだ！　考えてみるとなんと陰気なことか。人間の感じる恐怖のかなりの部分は、死の恐怖でさえそのかなりの部分はこの事実が原因なのだ。この私の愛する本のページをめくり、生きているうちに最後まで読み通したいと思っても無駄なことなのだ」（Dickens 10）。

［12］ポーの群衆についてこのベンヤミンの説は、後に Werner や笠井が大きく発展させている。

［13］もちろんそれとともに、「モルグ街の殺人」の大部分が新聞記事を「読む」ことに割かれ、さらに犯人逮捕のためにデュパンが用いるのが新聞広告を「書く」ことであるということも思い起こすべきであろう。

［14］たとえば Robb は一九世紀の同性愛の文脈に照らしあわせて詳細に論じている。

［15］エリース・レミアは次のように論じている。「デュパンは読者や船員、そして自分自身が興奮にふけるあまりその場面に釘づけになっていたことの罪深さを消し去ってくれるのである。そしてすべてがオランウータンのせいであるとするならば、そういった欲望は改めて検討されることも気づかれることすらも免れるはずである。読者は自分の感じた興奮を身代わりになって実演し、かつその非難を受けてくれる者がいるせいで体面を保つことができるのである」（Lemire 199）。また、この文献を引用しながら野口も同様の主張をしている（野口　一二〇）。両者ともオランウータンが黒人の表象である可能性と、黒人のセクシャリティとの結びつきを指摘している。

［16］この点に関しては Fetterley, "Reading" および Kopley を参照。

2.

# さらし台と個室の狭間で
## ――ホーソーンとメタフィクションの試み

### 書くことについての物語

ナサニエル・ホーソーンの「ウェイクフィールド」はこれまで「ホーソーンはたんに二〇年間の行動を要約しただけである。物語は逸話の域を超えていない」(Waggoner 98) や、「物語を書いたのではない。物語について書いたのだ」(M. Green 76) などと強く批判される一方で、逆にその虚構性を明らかにする斬新さを高く評価されてもきた。特に二〇世紀後半以降、メタフィクショナルな構造を好むポストモダンの現代作家たちにとってこの「ウェイクフィールド」は非常に「新しい」作品であるとしてもてはやされた[1]。

この作品のもつメタフィクショナルな構造がもっともはっきりと現れている冒頭のふたつの段落から引用する。

夫婦がロンドンに住んでいた。夫は旅に出るふりを装って自分の家の隣の通りに宿を借り、妻や友人に何の知らせもしないまま、そしてそんな自己追放をする理由は微塵もないにもかかわらず、二〇年に及ぶまでそこに住み続けた。その期間彼は毎日自分の家を見ていたし、しばしば見捨てられたウェイクフィールド夫人も見ていた。それほどの長い期間、結婚生活の至福から遠ざかり──間違いなく死んだものと考えられ、財産も処分され、その名を誰もが忘れてしまい、妻はずっと昔に初老のやもめ暮らしをすっかり受け入れてしまっていたころ──彼はある晩、静かに、まるで一日留守にしていただけであるかのように家の敷居をまたぎ、愛する伴侶と添い遂げたのである。

私が記憶しているのはこのあらましだけである。しかしこの事件はほかに例を見ないほど限りなく奇抜であり、二度と再び起こることはないだろうが、思うに人類の普遍的な共感に訴えかけるものでもある。我々は自分のことを考える限りそんな馬鹿げた振る舞いをしでかすはずはないとわかっているものの、ほかの誰かならするかもしれないと感じているのだ。（Hawthorne, "Wakefield" 130-31　以下、同作品からの引用はページ数のみ記す）

旅に出るふりをして家を出た主人公が隣の通りに部屋を借り、二〇年の間すぐ近所に住みながら妻の前に姿を現さず、その後何事もなかったかのように家に戻ってきてその先の人生を幸せにすごした、という非常に奇妙な物語のあらすじが語られる。ここではすぐ隣の通りに家を借りてすぐ近くに住みながらも妻と会うことなく二〇年間をすごすことを可能にしたロンドンという大都市の存在が作品を成立させる前提として機能していることがわかる。当時のアメリカではまだ見られなかったロンドンのような大都市で人びとが群衆に埋もれ、孤立している状況がなければ、このアウトラインは成り立たない。また「かわいそうなウェイクフィールドよ！　この巨大な世界で己のとるに足らない卑小さを知らずにいるのだ！　私を除いて誰もお前を追いかけたりなどしないというのに！」と語られるように（133）、大都市において個人の存在の重要性はきわめて低く、ウェイクフィールドの存在は群衆に埋没し、ほぼ完璧な匿名性を帯びてしまう。

もう一度先ほどの引用に戻ると、この「ウェイクフィールド」の冒頭部分はホーソーンが初期の短編で好んで用いた歴史的序文（ヒストリカルプレフィス）とは大きく異なり、舞台設定を提供しているわけではない。むしろ非常に奇妙なことにあらかじめ物語のアウトラインを結末まで含めてすべて暴露しているのである。先にウェイクフィールドという人物の行ったことをすべて明らかにした上で、物語本編でもう一度その物語を語り直しているという点で、この作品は二度語られた物語であると言えるだろう。それはこの作品が、物語を語るためのものではなく、物語の創作過程そのものを描き出すためのものであったからであると思われる。先の引用直後にホーソーンは「ウェイクフィールドとはどのような男であったのか。我々は自由に自分で想像した人物を描き出し、それを彼の名で呼んでも差し支えないだろう」と述べ（131）、その後も「さてウェイクフィールドが妻に別れを告げている様子を想像してみよう」（132）、「十数ページの記事ではなく、本一冊分書けたらいいのだが」(136) などというフレーズを差し挟むことで、さも現在進行形で物語を作りながら筆を進めているように見せかけている。つまりこの物語は何よりも作品の創作過程を描き出したものにほかならない。物語冒頭に置かれたアウトラインは、いわばこの創作過程の素材をあらかじめ提供するという意図があったのである。このようにアメリカ最初の都市小説のひとつが「書くこと」についての物語であるのは非常に重要な意味があると言えるだろう。

## 書くことへの罪の意識

また前章で見たように、小説は都市の発展とそこに付随して生まれる覗きの欲望から生まれたメディアであり、都市を描く小説が自己言及的に映し出すのは自らの覗きたいという欲望にほかならない。つまり都市小説は読者の欲望を映し出すだけでなく、作家自身の欲望を映し出す鏡として機能するのである。ホーソーンは小説のもつ覗きの側面に早くから気づいていた。それはホーソーンがさまざまなレベルでの「覗く」行為を「許されざる罪」と名づけ、「イーサン・ブランド」や『緋文字』『ブライズデイル・ロマンス』などで頻繁に作品の主要テーマとしていたことからも明らかであろう。[2] 前章でも言及したように、中でも都市を舞台とした「ウェイクフィールド」は、都市の発展とそこから生まれた覗きの欲望を描き出した典型的な例である。もちろん都市化以前にも太古の昔から、ギリシャ神話のアルテミスとアクタイオンや聖書のノアと息子たちの逸話、レディ・ゴダイヴァとピーピング・トムなど、覗きの欲望は何度も描かれてきた。しかしこういった逸話が物語っているように、人間の「見たい」という欲望を生み出すのは何かが隠されるからであり、禁止こそが欲望を生み出すのである。そういう意味で言えば、都市化とともに個室が生まれ、人びとの生活が孤立していくにつれて、それに比例してその中でどのような生活が営まれているかを知りたいという欲望は高まることになる。ウェイクフィールドはたんに自分の家から逃げ出したいと思っただけではなく、すぐ隣の通りに身を潜めて妻の様子を観察したいと思ったのである。都市の中で匿名性を獲得し、すぐ間近にいながら妻を観察し続ける様子には、他人の生活を覗き見たいという欲望がありありと見て取れる。

二〇年ものあいだ、家を離れて妻の様子を観察し続けるというのが異常な行動であることは間違いない。しかし、にもかかわらずこの行動には他人の生活を覗いてみたいという、ある種都市化された現代の人びとの心の奥底に共通して見られる願望、つまり語り手のことばを借りれば「人類の普遍的な共感に訴えかける」ものでもある（131）。自分の姿を見られたくはないが相手の姿を覗き見たいというウェイクフィールドの感じる「ジレンマ」（134）は、語り手によって「愚行」（131）であり、ばかばかしいとあざけられるが、一方でそれに「共感」を感じざるを得ない語り手のジレンマと通じるものであるようにも思えてくる。

ホーソーンがこの覗き見の欲望をどのように捉えていたかということは、『アメリカン・ノートブック』のしばしば引用される「許されざる罪」に関する一節に見て取れる。[3]「許されざる罪とは、人間の魂に対する愛情と敬意が欠落していることから生まれる。その結果、魂の暗い深みを覗き見しようと吟味するのである。それも魂をよりよいものにしようという望みや目的からではなく、知りたいという冷徹な好奇心からである。いかなる種類や程度においても邪悪であることに満足し、ただ人の魂を知り尽くしたいと欲望するだけなのである。ことばを換えれば、これこそが知と情の分離ではないのか」（Hawthorne, *American* 251）。作品中、ウェイクフィールドの「自己追放」（130）に対する語り手の強い非難は、ウェイクフィールドが許されざる罪を犯しているからと考えられる。ウェイクフィールドは「許されざる罪」を犯したからこそ、物語の結末で「宇宙の追放者」となってしまうのである（140）。

しかし物語はたんにこのウェイクフィールドの罪を暴き立て、断罪しているだけではない。なぜなら自分の姿を見られずに他人を観察したいという欲望は、実のところ小説家のものでもあるからだ。小説家もまた、現代社会の中で個室に追いやられた個人をこっそりと覗き見し、読者の覗き見の願望を満たしているのである。つまり小説を読むこととは個室を覗き見ることにほかならず、読者は自らが個室にいながらにして他人の個室の中での生活を覗き見るのである。

この作品がたんなる物語ではなく、書くプロセスについての物語である理由は、このウェイクフィールドの覗き見の願望に大きく関わっている。ウェイクフィールドの異常な罪を描くことで、この物語は自己言及的に自分の犯している罪を暴き出すことになるのである。妻の生活を覗き見る異常者ウェイクフィールドの物語、そしてそのウェイクフィールドを覗き見し、断罪する語り手の物語というふたつの次元が存在しているのである。さらにウェイクフィールドが覗いているのは一見妻の姿であるようだが、自分がいなくなったら妻がどうするのかを知ろうとしているという点で、実はウェイクフィールドの興味の対象は妻ではなく、自分自身の姿である。このウェイクフィールドのナルシスティックな欲望にもまた、この物語の自己言及性がよく現れている。

以下の引用はウェイクフィールドが家を出る際に最初に妻を覗き見る場面である。

ウェイクフィールドの背後でドアが閉まったあと、妻はドアが少しだけ開き、夫の顔がドアの隙間を通して彼女を見て笑っているのに、そして次の瞬間には消え去っていることに気づく。しばらくの間、この些細な出来事は脳裏から消え去っている。しかしずっとあとになり、彼女が妻であった年月よりも未亡人であった年月のほうが長くなったころ、あの笑いが蘇り、ウェイクフィールドの顔立ちの思い出すべてに揺らめくのである。幾度も物思いに沈むうちにもともとの笑いに無数の空想が混じりあい、奇妙で恐ろしいものに変えてしまうのである。たとえば夫が棺桶に横たわっているところを想像すると、あの別れのときの表情が青白い死に顔に凍りついているのである。あるいは天国にいる夫を夢見ていると、その神聖な魂はやはり穏やかで狡猾な笑いを浮かべるのである。しかしその笑いのせいで、ほかの皆が彼のことをもう死んでしまったと諦めたあとも彼女はときどき自分が本当に未亡人なのかどうか疑わしくなってくるのである。(132-33)

ここで読者に強烈な印象を残すのがウェイクフィールドの笑いである。ホーソーンの作品では笑いはしばしば否定的な意味あいを帯び、その表情を浮かべる者の邪悪さを象徴するが、この場面はその典型であると言えるだろう。ウェイクフィールドの笑いは「奇妙で恐ろしい」「狡猾な」ものとされ、彼の行為の異常性を指し示している。しかしながらこのウェイクフィールドの笑いへの批判は、物語の二重構造からそのまま語り手に跳ね返ってくる。他人の生活を覗き見してあざ笑うという許されざる罪は語り手のものでもあるのである。「かわいそうなウェイクフィールドよ！(中略) おとなしく眠りにつくがいい、馬鹿な男め」（133）、「馬鹿め！　もはや［お前の家は］別世界にあるのだ（中略）哀れな男よ！　自らを追放したウェイクフィールドが地上の家を再訪するなど、もはや死人がそうするのと同じくらいの可能性しかないというのに」（136）など、語り手はしばしばウェイクフィールドをあざ笑うが、語られている物語のレベルと、語りのレベルとで同じ行為が行われているのがわかるだろう。

『緋文字』の序文「税関」では作家という職業を先祖にさげすまれているところを夢想しているが（Hawthorne, *Scarlet* 10）、これは作家という有用性のない職業をもつことへの引け目のみならず、小説というジャンルの本質的な不道徳性を意識していたためではないだろうか。このことは「ウェイクフィールド」の序文と結末とが食い違っていることにも関係している。序文ではおとぎ話のハッピーエンドのように「死ぬまで愛情深い夫として」暮らしたと述べられているが（130）、作品本編では語り手はウェイクフィールドに従って「家の敷居を越える」ことをせず、先ほども言及したようにウェイクフィールドを「宇宙の追放者」と断罪して終わる。これはあらかじめ提示されたプロットが作品中での創作過程において大きく変化したというよりはむしろ、物語の結末において無理やり教訓（モラル）を提示するために改めてウェイクフィールド批判をもち出したようにも見えてくる。つまり先ほど見たように、ホーソーンにとって人の心を覗き込むには「魂をよりよいものにしようという望みや目的」が必要であり、いわば覗きという行為を行うための言い訳として作品の教訓を提示することが必要だったのである。敷居をまたがず個室の中を覗き込まない語り手には、覗きをやめてもとの家庭に戻るウェイクフィールド同様、書き続けること／覗き続けることからたじろぎ、身を引こうとするホーソーンの姿が、つまり小説家という職業への罪の意識と不安が見て取れるのである。

ほかにも人の心を覗き込む大罪を犯す人物として描かれるイーサン・ブランドやロジャー・チリングワースらはホーソーンが書くことに対して抱いていた罪の意識の化身であると考えられる。ホーソーン作品にこのような覗きのモチーフが非常に多く用いられていることは自明のことであろうが、それらは当時小説というメディアのおかれていた状況と密接に結びついていた。そして『緋文字』もまた、舞台こそ近代都市ではないが、読むこと、書くことのメタファーが重層的に組み込まれている作品であり、そこには作家の書くことへの罪意識がきわめて濃厚に投影されている。以下で『緋文字』が小説を含むさまざまなメディアの様態をメタファーとして埋め込んだ作品であることを指摘し、ホーソーンが小説の形式に惹かれながらも、ウェイクフィールドの場合と同様、最終的にはそこから身を離そうとしていたことを明らかにする。

## 作者の領域に踏み込むチリングワース

まずはヘスターが物語冒頭でさらし台に立たされる場面を見てみたい。ヘスターを（あるいはその胸につけられたAの文字の刺繍を）作品になぞらえるならば、ヘスターはいわば公共の場で鑑賞されるものとして描かれている。[4] ここで語り手は、「ピューリタンの群衆の中にカトリック教徒がいれば、服装と物腰が絵のように美しいこの女性が幼子を胸に抱いている姿を見て聖母子像を思い起こしていたかもしれない」（*Scarlet* 56　以下、同作品からの引用はページ数のみ記す）と、ヘスターとその胸の子どももパールを聖母子像にたとえている。もちろんピューリタン共同体で大きな罪を犯したヘスターと、いっさいの罪に無縁の聖母マリアとの組みあわせは語り手の皮肉でしかないが、この最初のさらし台の場面が一幅の絵として共同体の群衆によって鑑賞されているという図式こそが重要である。ホーソーンが好んで用いる言い回しをするならば、この場面は隠された罪を「白日の光」(65) のもとに引きずり出す場面であり、個室の中に秘められた罪を覗き込む場面ではない。非常に視覚的に描き出されたこの冒頭の場面は、一見するときわめて小説的であるように思えるが、罪の対象が白日のもとで群衆によって鑑賞されているという意味において、つまり公共の場面での集団的鑑賞を描き出しているという意味において、小説のあり方とは対極である。

それに対して物語が隠微な個室を描き出す場面の究極は、チリングワースがディムズデイルの胸を覗く場面であろう。この有名な場面で、チリングワースはおそらくは催眠術にかけられ、眠っているディムズデイルの「個室」に侵入する。そしてその服をはぎ取って胸に隠されたものを覗き込むこの場面は、ヘスターの胸の文字をさらし出した先ほどの場面とは違ってきわめて小説的である。作品はさらし台における公共の場での集団鑑賞と、個室を覗き込む孤独な鑑賞との狭間を揺れ動く。以下はチリングワースの孤独な鑑賞の様子である。

しかし驚きと喜びと恐怖の混じったなんと激しい表情を浮かべていたことか！　なんと見るものをおびえさせるような歓喜を見せていたことか！　いわば目つきと表情だけで表すには激しすぎて、そのせいでその身体全身の醜さからあふれ出し、両腕を天井に向けて突き上げ、床に足を踏みならす、その度を超した身振りによってなおさら暴力的に顕在化させたようであった！（138）

もちろん個室に侵入し、覗き込む視線は、人の心の中を覗き込むことのメタファーであり、小説というジャンルが試みる本質的な行為でもある。このグロテスクな歓喜の様子は、ついに秘密を発見したチリングワースの悪魔的欲望が満たされた瞬間を描き出しているが、この孤独な喜びはある意味で隣の個室の秘密を覗き込んだ読者の喜びでもあるのだ。

その小説を読む喜びと罪の意識が結びついていることが、ホーソーンの曖昧さにつながっていることは非常に重要である。この少し前でチリングワースはベリンガム総督邸で、パールを眺めながら、子どもを観察することで（すなわち「読む」ことで）父親を特定できるのではないかと提案するが、ウィルソン牧師はそんなことは「罪深い」（sinful）と言って退ける（116）。しかしその数ページ後で語り手は、チリングワースの「新しい関心と目的」、すなわち観察によって父親が誰かという秘密を覗き込むことを、「確かに陰険ではあるが罪悪（guilty）ではない」と述べる（119）。同じ「読む」ことを一方では「罪深い」行為と名指し、その直後で「罪悪」ではないと断じる語り手はチリングワースの捉え方においてきわめて曖昧であると言える。「罪深い」という断罪もまたウィルソン牧師のことばであって、語り手のことばではないが、まるで語り手はチリングワースの「読む」行為を罪であると名指すことにためらいを感じているようにも見えてくる。

チリングワースは確かに人の心の聖域に踏み込む罪を犯す人物として描かれるが、チリングワースによるとそれは医者という職業上「必要なこと」である。なぜなら「治療を施すためにはその人物を知らなければならないと思われた」からであり、「心と知性の存在するところなら必ず、身体上の病にはそれら心と知性の特異性が影響しているはず」だからである（124）。チリングワースの「許されざる罪」に医者という職業上の必要性という言い訳を与えることで、語り手はチリングワースを一方的に断罪しているわけでないことは明らかである。とりわけチリングワースの悪魔的な行為を生き生きと描き出した以下の一節には、語り手のこの罪に対する曖昧さが見て取れる。

したがって腕利きであるだけでなく、情け深い気さくな医者であるロジャー・チリングワースは、まるで宝探しをする人が暗い洞窟に対するように、患者の胸に深く入り込み、その本質を徹底的に調べ上げ、過去の記憶をほじりだし、そして慎重な手つきであらゆるものを精査しようと努めた。（124）

この洞窟を覗き込み、調べ上げる比喩で語られるチリングワースの様子には、一方で悪魔的な執念深さが描き出されているとともに、その「技術」に対する賞賛のまなざしも見て取れる。これはまるで小説家という人の心を覗かざるを得ない職業に対する自負と引け目の両極を揺れ動くホーソーンそのものの姿のようでもある。

作品が進むにつれて小説作者とチリングワースの類似性がますます浮き彫りになってくるように思えるのは、チリングワースがたんに「読む」だけでなく、ディムズデイルの罪の意識を刺激し、思うままに操ることで自分の思い通りの場面を作り出しているからである。

ゆえにかわいそうな牧師の内面世界において、彼［チリングワース］はただの観察者ではなくチーフ・

アクターにもなったのだ。思うがままに牧師を操ることもできた。苦悩のうずきで刺激してみようか。犠牲者は永遠に拷問台に乗せられているのだから、あとはただ拷問器具を動かすバネの仕掛けを知っているだけでよい。そして医者はその仕掛けをよく知っていた。突然の恐怖で驚かしてみようか。魔法使いの杖を振るように、恐ろしい亡霊が呼び覚まされた。何千もの亡霊が立ち上がった。さまざまな形を、あるものは死の形を、あるものはそれ以上に恐ろしい恥の形をとって、みな牧師のまわりに群がり、その胸を指さしたのだ！（140）

ついにディムズデイルの罪を発見したチリングワースはそれ以降、牧師の心の内側で「チーフ・アクター」として活動し始めるが、演出家／語り手の指示通り動くたんなる主演俳優（チーフ・アクター）ではなく、自らが演出家のようにその場に影響力を及ぼし支配する主要な行為者（チーフ・アクター）なのである。それは思うままにディムズデイルに痛みと恐怖を与えることである。ここで用いられているのは演劇の比喩ではあるが、この「俳優」を目撃する観衆は誰一人としていない。人に見られることではなく、ただひたすらディムズデイルの心を操ることに喜びを見いだしているのである。

　人の心を覗き込むだけでなく、その中で自由自在にその心の動きを操ることは、先ほど引用したノートブックでも述べているように「許されざる罪」の典型であると言えるが、それは人を操ることが神の領域に踏み込むことにつながるからである。そしてチリングワースだけでなく虚構の世界の中で神のように権威（オーソリティ）を振るい、人の心を自由自在に操る作者（オーサー）もまた、同じ罪を犯している。いわばチリングワースは登場人物でありながら作者の領域に踏み込み、作者の権威を簒奪しようとしているのであり、その行為に対して下す作者の断罪は、結局のところ逆説的に自らが同じ罪を犯していることを指し示してしまうのである。

## 個室からさらし台へ

作中三度現れるさらし台の場面のふたつめは、ディムズデイルが深夜へスターとパールとともにさらし台に立つところを流星が照らし出し、夜空にAの文字を描く場面である。「彼らは奇妙で荘厳な光輝のために真昼のような明るさの中に立っていたが、それはさながらすべての罪を暴き立てる光のようであった」とあるように、冒頭の場面同様、公共での集団鑑賞の構図である。その一方で「通りの見慣れた風景」が「見慣れたものになじみのない光が当たると常にそうであるように、そら恐ろしい風景でも」あり、「何か別の道徳的解釈を与える奇妙な様相」を帯びていると書かれており（154）、流星の光はまるで「税関」で言及される有名な「月の光」のようにロマンスの中間領域を創り出す。

しかし結局ピューリタン共同体の人びとが目撃するのはディムズデイルやへスターの姿ではなく、その流星が天に描き出すAの文字であり、さらにそれを読む人びとは公共の場に集まっているわけではなく、それぞれの個室から独自の「解釈」を与えるのである。ディムズデイルは自らの罪の象徴が天に書き出されたと読み、寺男はウィンスロップが天に召されて天使（Angel）になったと解釈する。この場面は天に現れた流星を共同体の人びとがさまざまに解釈するという点で、群衆が目撃するスペクタクルであるが、その一方で冒頭のへスターの場面とは違って、そこから誰もが同じ意味を読み取っているのではなく、それぞれが自分の内面を投影しているという図式になっている。つまり群衆による鑑賞としてのスペクタクルではなく、スペクタクルとして現れた文字を個室で読み込んでいるのである。

　その後選挙祝賀説教の原稿を書くディムズデイルの執筆の様子は再び個室の中へと戻っていく。個室で尋常ならざる「欲求」（appetite）を感じたディムズデイルは、汚れた「オルガン・パイプ」から「懸命の性急さと恍惚」（earnest haste and ecstasy）で思考と感情の「直情的な流れ」（impulsive flow）を夜通し吐き出し続け、翌朝いまだペンを握りしめたまま、憔悴しきった状態で、目を覚ます（225）。この様子はまるでマスターベーションを思わせる描写であるが（第二部第二章参照）、語り手はその秘めた個室での状況をじっと見つめているのである。

　この様子が「書く」ディムズデイルを語り手が「書く」メタフィクショナルな場面であることは明らかであるが、チリングワースとは違い、ディムズデイルは決してメタレベルで作者の領域に踏み込むことはない。チリングワースもディムズデイルも作者のペルソナであることは間違いないだろうが、ディムズデイルはあくまで作者の客体としての位置に甘んじるのである。このあと、物語は個室の状況から一転して再びさらし台のスペクタクルに移行する。ディムズデイルの選挙祝賀説教は、説教というよりはほとんど詩の朗読か、あるいは歌を歌っているようである。

　この発声器官はそれ自体が大いなる天賦の才であった。聞き手は説教者の語ることばを何ひとつ理解することなく、それにもかかわらずただ声の音色と律動だけで身体を前後に揺すぶられていたのだ。あらゆる音楽同様、その声は情熱と悲哀を、高貴で感じやすい情を、いかなる教育を受けた者であれ

人間の心に生まれつき備わることばで伝えていた。(243)

冒頭のさらし台の場面が絵画の鑑賞を連想させたとすれば、ここは文字通り公共の場での朗唱を思わせる。視覚的な集団鑑賞と個室の中での隠微な小説鑑賞とのあいだで揺れ動いた物語は、結末部分で再びさらし台という公共の場所での聴覚的な集団鑑賞に大きく舵を切るのである。

その結果、最後の罪をあかす場面は「罪と悲しみの芝居であり、彼ら［ディムズデイル、ヘスター、パール、チリングワース］はみなその役者であった」と述べられ、チリングワースもまたさらし台に上り「その最終場面にいあわせる」(253) のである。「芝居」は当然のことながら公共の場所で演じられ、鑑賞されることを前提としているメディアであり、物語はここではっきりと小説的個室から、白日のもとに照らし出された演劇メディアへと移行している。そしてチリングワースが個室から引き出され、その芝居の一部として舞台に立つことで、語り手は作者の領域に侵入してきたチリングワースから物語のコントロールを完全に取り戻すことになるのである。

これはある意味で『緋文字』全体のテーマときわめて一致していると言えるだろう。覗きとしての罪深い小説から、公共の場での朗唱へと向かう流れは、秘めた罪を白日のもとにさらすことであがなうディムズデイルの心の動きをなぞることにもつながるからである。ディムズデイルの告白とともにチリングワースはその存在意義を失い、消えてしまうが、そこにはチリングワースの体現する小説作者からディムズデイルの体現する朗唱者へと移行することで、個室を覗き込む／小説を書くことの罪の意識を消し去りたいという作者の願いが現れているのかもしれない。それと同時に小説的な陰をあきらめ、明るい日の光のもとへと出て行かざるを得なくなるのである。しかし作品全体を通して明らかに圧倒的に魅力をもち、生き生きと描かれるのは、個室の暗闇の中で人の心を覗き込む小説的描写のほうである。最後でディムズデイルが改心をし、日の光のもとに出て行く決心をする場面は、その心の動きが描写されることがいっさいないために、おそらく多くの読者にとって唐突に感じられる。もしかするとホーソーンは自らの罪意識に促されて仕方なしに日の光に出たのであり、本当は個室の陰にとどまり続けたかったのではないか。

ホーソーンは『大理石の牧神』の序文で、あまりにも強烈な日光に照らされたアメリカにはヨーロッパ的な陰が存在せずに、小説の舞台として機能しないことを嘆いたが (Hawthorne, *Marble* 3)、ちょうどその時代の急速な産業化はアメリカに別の種類の陰を提供する。それは都市の壁が作る陰である。『緋文字』はそのような時代背景においてヨーロッパ的な陰を求め、あこがれながら、白日の太陽のもとに仕方なしに戻っていく作品であると言えるだろう。『緋文字』はその光と陰の狭間を揺れ動きながら、ロマンスのもたらす月の光を求めるが、結局のところ小説を書くこと／読むことの罪の意識に耐えきれずに個室を出て行かざるを得ないのである。そしてこの光と陰のあいだの揺れ動きこそが、『緋文字』のダイナミズムを生み出す要因であり、なおかつホーソーンの創作に対する姿勢を描き出しているのである。

## 注

[1]たとえばホルヘ・ルイス・ボルヘスはこの作品を『緋文字』よりすぐれた作品と評価し、カフカを先取りした作品であると主張している（Borges 56-57）。

[2]ほかにも「尖塔からの眺め」など、初期のスケッチにおいてホーソーンはしばしば「覗き込む」語り手に語らせている。これらのスケッチの語り手／観察者に関してはToulouseを参照。また『緋文字』以降の長編小説に関しては、とりわけ『ブライズデイル・ロマンス』が覗く行為と創作の罪とを結びつけている。他人の生活圏に踏み込むことの罪悪を非難する語り手カヴァデイルについて、丹羽は次のように論じている。「カヴァデイルはホリングズワースの所業を「許されざる罪」として批判する。しかしその「許されざる罪」を恐れるあまり、芸術家としての自分の存在理由を自ら抹殺している（「二流詩人」以上にはなれない）のみならず、興味本位で中途半端な覗き見行為の数々によって、結局「許されざる罪」に近いものを犯してもいる彼には、ホリングズワース批判の十分な資格がない。カヴァデイルは対象の犯す罪を自分の中にも見出して、自己批判を展開せざるを得ないのである」（丹羽 二二六-二二七）。

[3]「イーサン・ブランド」は覗くことと許されざる罪との関連を物語化したものである。丹羽 四二-四六を参照。

[4]スティーヴン・レイルトンは、このピューリタン共同体の群衆を『緋文字』読者の表象として読んでいる（Railton 141-51）。

3.

# 語り手はなぜ語ったか
## ——閉じ込められる「バートルビー」

### 壁の物語

ハーマン・メルヴィルの「代書人バートルビー」が『白鯨』と並んでメルヴィル作品の中でも最も多くの読者を惹きつけ、最も頻繁に論じられてきた作品のひとつであることに異論はないだろう。それはバートルビーという登場人物がきわめて不可解で理解を拒む存在であるにもかかわらず、あるいはそれゆえに、奇妙にも読者の共感を誘ってきたからである。最終段落でわずかに「噂」として伝えられる情報を除いて、その背景のほとんど何もわかっていないこの人物に、多くの読者は同情を寄せ、その死に衝撃を受けるのである。

しかしこの読者の強い共感ゆえに、これまでの「バートルビー」研究は大きな問題をはらんでいるようにも思える。それはバートルビーをあまりにもヒロイックな人物として捉えすぎたために、この人物の不可解さに十分に向きあってこれなかったのではないかという点である。ダン・マッコールが厳しく批判しているように、これまでの「バートルビー」批評はバートルビーを英雄視するあまりに語り手の弁護士を強く批判する傾向にあるが（McCall 99-154）、こういう解釈が作品の本質的な重要性を見えづらくする危険性がある。弁護士が「身勝手」で「自己満足」に浸っていると非難することによって見えなくなってしまうのは、本来圧倒的に非常識な存在であるはずのバートルビーの不可解さであり[1]、そのバートルビーがなぜか読者の強い共感を誘うことの奇妙さなのである。

また「バートルビー」研究において最初期から非常に人気があったのが作者メルヴィルの伝記を重ねる批評である[2]。処女作の『タイピー』から直前に書かれた『ピエール』にいたるまで、メルヴィルはしばしば自分の自伝的モチーフを作品に取り入れる作家であり、この解釈は非常に説得力がある。伝記を参照する論にも多くのヴァリエーションがあるものの、おおむねバートルビーをメルヴィル本人の投影と捉え、自己満足と偽善で体裁を取り繕った語り手や商業主義にまみれた社会に対する反逆者と考えることで共通している[3]。この解釈によれば、最初にバートルビーが処理していた「配達不能郵便」（dead letter）とは、いわば読まれることのないテクストを、つまりまったく売れなかった『白鯨』や『ピエール』といった作品を象徴している。その後バートルビーは語り手のもとを訪れるが、ここで行う「代書」（copy）という仕事は、いわばオリジナリティのない、求められるがままの執筆活動・売文業を象徴している。メルヴィルがやがて金儲けのための創作活動を拒否してしまうように、バートルビーもまたコピーをすることをまったく拒否する。

この解釈では大衆に迎合しないメルヴィルの作家としての「偉大さ」がバートルビーに投影されることになる。[4] 哲学的思索を巡らせた『白鯨』『ピエール』が批評家にも大衆にも見向きされず「失敗」に終わったにもかかわらず、かつて比較的成功した『タイピー』や『オムー』などの冒険的旅行記に戻ることをよしとせず、結局「バートルビー」の四年後には小説家としてほとんど筆を折ってしまうメルヴィルの姿と、「できればしないですましたいのですが」(I would prefer not to) というフレーズを繰り返して、コピーという与えられた仕事を拒否するバートルビーの姿は、確かに非常に大きな共通点があるように思われる。この解釈が作品の一面の真理を言い当てていることはおそらく間違いないだろうが、しかし同時に作品の与える不可解さを十分に説明しているようにも思えない。なぜならバートルビーの拒否のことばは明確な「拒否」ですらなく、仮定法と"prefer"という二重のクッションにやわらげられた「嗜好の表明」にすぎないからであり、大衆への迎合の拒否という強いメッセージには見えないからである。[5] そもそもバートルビーがオリジナルのテクストを生み出そうとする素振りは見られず、むしろニッパーズこそ「たんなる代書人としての責務に我慢できずオリジナルの法律文書を作成するという厳格に専門的な職務に不法に割り込む」野望をもっていると描かれる (Melville, "Bartleby" 16　以下、同作品からの引用はページ数のみ記す)。むしろここで列挙したような単一の「解釈」に解消できないことがバートルビーの本質であるように思える。[6]

本章ではこれらの先行研究の成果を念頭におきながら、「バートルビー」という作品が読者に呼び起こす奇妙な共感の正体を再考し、従来とは違った角度から作品を捉え直してみたい。この作品はもともと「ウォール街の物語」（"A Story of Wall-street"）というサブタイトルがつけられていたが、すでにレオ・マークスがメルヴィル研究の最初期から指摘していたように（Marks 604）、文字通り「壁（ウォール）」の物語でもある。この壁は作品が書かれた当時、加速度的に進行していた都市化の礎であり、象徴とも考えられる。第一章で見たように、都市化と当時の小説を取り巻く状況とはきわめて密接な関係があった。本章では都市化と小説の発展の関わりから「バートルビー」の新たな解釈を試みる。

## 都市小説としての「バートルビー」

都市と小説ジャンルとのこの時代特有の関わりを念頭におくと、「バートルビー」もまたニューヨークの都市化という新たな現象を捉えようとした作品であり、都市をたんなる作品の背景と考えるわけにはいかないのである。[7] 作品には都市の孤立を生み出す「個室」、すなわち壁に囲まれた空間がきわめて綿密に描きこまれていることがわかる。

一方の端は建物を天井から床まで貫いた巨大な明かり採り用煙突の内側の白い壁に面していた。この景色は風景画家が「生命感」と呼ぶものに欠けているせいで、どちらかと言うと退屈なものに思えるかもしれない。しかしそうだとしても部屋の反対側が見せる景色はさほど代わり映えこそしないものの、少なくとも対照的であるとは言えた。その方向の窓から遮られることなく見渡せたのは、そびえ立つ煉瓦の壁が老朽化し、いっさい日が当たらないせいで黒ずんでいる様子であった。その壁にひそむ美を引き出すのに望遠鏡は必要なく、近眼の見物人にも見やすいよう窓枠から一〇フィート以内のところまで迫っていた。周囲の建物のとてつもない高さとわたしの部屋が二階にあったことのために、この壁とわたしの壁のあいだの隙間は巨大な方形の水槽に似ていなくもなかった。(14)

「生命感」に欠け、「退屈」な白い壁と「日が当たらないせいで黒ずんでいる」壁に囲まれた事務所は「方形の水槽」という比喩の助けも借りて、ひどく閉塞感を与える環境である。さらに以下の引用を見ると、もうひとつ残された側面の窓もまた壁に面していることがわかる。

先に言っておくべきであったが、すりガラス製の折りたたみドアがわたしの敷地をふたつに分割しており、一方は代書人たちが、もう一方はわたしが使用していた。そのときの気分に応じてこのドアを開け放ったり閉じたりしたのだ。わたしはバートルビーに折りたたみドア近くの隅を割り当てることにしたが、ちょっとした雑用で必要になった際にこのもの静かな男をすぐに呼び出せるようにあえてドアのわたしの側に置いたのだった。わたしは部屋のその部分にある小さな脇窓にぴったりとくっつけてバートルビーの机を置いた。その窓はもともとは薄汚れた裏庭と煉瓦を側面から見渡していたが、その後次々に建物が建てられたせいで、今はまったく何の景色も見えずただいくぶん明かりが採れるだけであった。窓枠から三フィートのところには壁があり、光はずっと上の方、背の高いふたつの建物の隙間から、丸天井の明かり採りの光のように降りてくるのだった。さらに満足のいくよう、わたしは背の高い緑色の折りたたみ式スクリーンを入手し、バートルビーをわたしの視界から完全に隔離する一方で声だけは届くように配置した。このようにある意味でプライバシーと交流とをうまく両立させたのだ。(19)

この窓はもともと「薄汚れた裏庭と煉瓦を側面から見渡していた」が、今はやはり窓から三フィートに壁が立ちはだかっている。また事務所内部も可動式の「壁」によって区切られており、ひとつは語り手と代書人たちの机とを隔てる「すりガラス製の折りたたみドア」であり、もうひとつは語り手とバートルビーとを隔てる「背の高い緑色の折りたたみ式スクリーン」である。ぎりぎりまで壁に囲まれ、またその内側を壁によって分け隔てられ、孤立化した状況は、もちろん現在であればことさら珍しい状況ではないだろうが、一九世紀アメリカにおける都市の新たな光景を映し出しているのである。そしてホーソーンの「ウェイクフィールド」やポーの「群衆の人」が書くことのメタファーとして読めるように、この物語の主人公バートルビーもまた壁に囲まれながらテクストを「書く」のである。これはメルヴィルのというよりはむしろ当時の作家たちがおかれていた状況の象徴的光景なのである。

個室で「書く」モチーフだけでなく、個室を覗き込む小説的状況もこの作品には描きこまれている。語り手は「最近の驚くべき行為のせいで、わたしは彼［バートルビー］のほうをつぶさに観察するようになった」と述べ(23)、バートルビーの「スクリーン」で隠された生活をうかがい続ける。そして以下でも触れるように日曜日に事務所に行ったときにバートルビーがそこで生活していることを発見したとき、スクリーンの背後のバートルビーの部屋を覗き込み、「冷酷な好奇心を満たすつもりではない」

と言いながら机の中を調べ、事務所での生活を想像するが、この場面は隣人の生活を覗き込むものとしての小説のあり方をきわめて典型的に表していると言えるだろう（27）。物語の結末近くではバートルビーは「墓場」と呼ばれる刑務所に入れられるが、そこで語り手が「そしてそこに彼［バートルビー］を発見した。庭の最も静かな一角にひとりきりで立ち尽くし、高い壁に顔を向けていた。周囲には牢獄の窓の狭い隙間から、人殺しや盗人たちの目が彼のほうをじっと覗き見ているのを見たような気がした」と述べるが（43）、ここでもバートルビーは壁の中に立ち、同じように壁の中に閉じ込められた犯罪者に覗き見られている（と少なくとも語り手は考えている）のである。

## もうひとりの作家

このようにメタフィクションとしての都市小説という観点で作品を見るならば、先行研究の多くがそうしてきたようにバートルビーに作家としてのイメージを投影することは十分妥当であるように思われる。しかしここであえて注目したいのは語り手もまた作家として読めるはずだという点である。そもそもこの「バートルビー」と名づけられた物語を語っているのはこの名前のない語り手にほかならない。この語り手はキリスト教的慈愛の精神と、バートルビーへのいらだちとのあいだを揺れ動く人物であるが、作品最初の段階で立身出世して大金持ちになったフランクリン的人物ジョン・ジェイコブ・アスターの名前を出して語っているように（14）、金銭獲得への欲望をもった人物である。そういう意味でメルヴィル的ヒーローとは大きく異なっているために、この語り手を作家として捉えるのは無理があるように思われるかもしれない。しかし商業主義的社会にすっかりなじんで「安楽な生活が一番」(14)と考えている語り手と、その社会と最も相容れないようなバートルビーは、両極端であるとともに、「都市」に対する一九世紀のアメリカ人のアンビバレントな反応をそのまま体現しているようにも見えてくる。つまり語り手とバートルビーはアメリカの都市化に対する反応の「両面」を描いているのではないだろうか[8]。日曜日に事務所に行ったときに、バートルビーがそこをすみかとして生活していたことを知った語り手は、「なんとみじめで寄る辺のない孤独な生活をしているのだ！　貧困もひどいものだが、このわびしさはなんと恐ろしいことか！」と圧倒される(27)。これはまさに隣人の生活を垣間見た衝撃であり、都市が生み出した小説的状況である。この語り手は、もうひとりの作家を覗き込んでそれを描く作家なのである。

一九〇三年に書かれたゲオルグ・ジンメルの「大都会と精神生活」は近代都市論の先駆けとなった重要な論文であり、内容的にも現代の都市問題の多くに当てはまる先進性が高く評価されている。しかしむしろここでジンメルに注目したいのは、その古さゆえ保持されているメルヴィルのニューヨークとの時代的近接性である。一八五八年生まれのジンメルは発展途上の新興都市に対する驚きと戸惑いを十分捉えられる時代に生きていたのである。ジンメルがこの論文で主に論じているのは、高度に都市化した社会が人間に及ぼす影響力についてであり、都市が人間に与える画一化された役割と、その役割をはたすことによって個性を失うことへの抵抗というモデルである。それまでの農村社会と異なり、都市化された社会は人間から個性を奪い、均一化し、それぞれに社会にはたす特有の役割を担わせるが、その一方で「社会と技術のメカニズムの中で平均的にならされ消費されてしまうことに対する、主体の抵抗」

が見られるのである（ジンメル　一七四）[9]。そして人間は互いにそれらの役割を担う者どうし、依存せざるを得ない。高度に都市化した社会はそれぞれ与えられた役割をはたすことを前提として成り立っており、「約束や実行の際に細心きわまる時間の遵守がなければ、全体は解きほぐすすべもないカオスへと崩落してしまうだろう」（ジンメル　一七九-八〇）。しかしそのような役割をはたし続けていると、人はみな自分の個性を見失ってしまう。都市に生きる人びとは、互いの無個性や役割に依存しながらも、自分の個性を解放することを欲し、社会によって平均化されることに抵抗を感じてもいるのである。

いずれにしても、ほしいままにはびこる客観的文化に対抗できる個人の力は弱まる一方なのだ。多分現実にそうであるほどには、また現実から生じる漠然とした全体の感情が感じるほどには、意識されていないことだが、物と力との法外な組織の前では、個人は「無視できる量」にまで、塵の一粒にまで下落せしめられる。その組織がすべての進歩と精神性と価値を、いつの間にか個人の手からまき上げ、それらすべてを主体の生の形から純粋な客体のそれへと移行させるのだ。

くだくだしく説明するまでもないが、大都会は、すべての個人的な要素を超えて生育するこの文化の本場である。大都会では建築も教育施設も、空間を一またぎにする技術の驚異的な設備も、社会生活の形も目に見える国家の公共機関も、非個人的な結晶となった精神の圧倒的な豊かさを見せつけていて、個人はその力に対しどうにも自陣を持ちこたえようがないのである。生活は個人にとって、ある面では、この上もなく安楽になる。刺戟とか興味とか、時間と意識をいっぱいに満たす材料が、四方八方から個人に提供され、個人を自力で泳ぐ必要のない流れに乗せてしまうのだから。別の面ではしかし、生活はいよいよ、本来個人的な色調と独自性を駆逐する、こうした非個人的な内容と提供物でもって組み立てられるようになる。その結果、この最も個人的なものの救出のためには、極度に特色を際立たせる必要が生ずる。自己一己のためであれ、ただ声を聞いてもらえることだけが目的でも、特色を誇張しなくてはならないのだ。（ジンメル　一九六‐九七）

つまり与えられた役割から逃れたいと望みながら、その役割をはたさざるを得ない状況に追い込まれているのが近代都市の構成員であると言えるだろう。人間は「バートルビー」の語り手のように、「役割」にしたがっていれば「安楽な生活」が送れるが、一方で特定の「役割」に押し込められ、個性を奪われて平均化されることに抵抗も感じているのである。都市の住民はみな、与えられた役割をはたすことを要求されながら、どこかでそれに抵抗したいと考えているものでもあり、その秘めた「抵抗」の欲望が、いっさいの役割を拒否するバートルビーのような人物として現れているのではないだろうか。そういう意味でも、語り手とバートルビーは都市への両極端な反応を表しているように見えてくる。

都市へのアンビバレントな感情は、その後現代にいたるまで、微妙に変化しながらも、今日の我々も共通して抱いているものである。我々は都市化すなわち文化の発達を漠然と受け入れながらも、あまりに自然からかけ離れ、機械化されることに抵抗感を覚える。また都市の群衆に紛れたときには孤独感と同時に安心感を抱いたりもする。百数十年にわたる都市に対するこのような感情がアメリカでほとんど最初に生まれたと言ってよいのがメルヴィルらの生きたアメリカン・ルネサンスの時代であったのだ。我々が慣れ親しんだこの感情は、当たり前のものとして一九世紀当時の人びとほど強いインパクトをもたないものの、読み替え可能な程度には構造的共通性があるはずである。だからこそ、読者の多くは語り手に寄り添いながらバートルビーにもまた共感を抱いてしまうのである。

## 語る理由

ジンメルには「橋と扉」という非常に有名なエッセイがあるが、そこでジンメルが言うように、自然界のあらゆるものは両義的な意味を帯びている。事物が「分け隔てられている」と感じるとき、我々はその事物をすでに関係づけている。また事物が「結びついている」と感じるとき、我々はあらかじめその事物を切り離しておかなければならない。結合と分離とは互いに依存しあっているのである。この「バートルビー」という作品に現れる中心的モチーフである「壁」もまた、そのように考えることができる。壁は都市の孤立を生み出す素材であるとともに、あらかじめ人びとがひとつにまとまっていたことを思い出させるものでもあるだろう。語り手が三つの窓から見える「壁」を強調するとき、その背後には「壁」に隔てられていなかった農村社会が、今は失われたものとして前提されているのである。

語り手は先にも触れたように、まずは自分と代書人たちを折りたたみ式の壁で隔てるが、「気分に応じて開け閉め」できるようにしている。そしてバートルビーが現れてからはバートルビーを自分のいる側に置くが、またしてもバートルビーの姿を「こちらから見えないようにしながらも声が届くように」折りたたみ式の壁で隔てる(19)。どちらも語り手の都合で置かれた可動式の壁であり、いわば「壁」の両義性を都合のよいように活用しようとしているのである。しかしその両義性は物語が進行するにつれて逆転し、自分のプライバシーを守るはずの壁がバートルビーの個室を形成してしまい、バートルビーとコミュニケーションをとろうとして開いた途端に逆にコミュニケーションの壁が可視化してしまうのである。

このように壁の両側を占める語り手とバートルビーは、まったく対極の存在ながら、ある意味では同じ人物の両面であるとも言える。バートルビーの拒絶とは語り手が可動式の壁で閉じようとした行為をそのまま反映しているからである。そう考えるなら都市に立身出世と金銭獲得を可能にする社会的流動性を見る社会に順応した人物と、商業主義的社会に閉塞感を抱き、その社会のいわば囚人として朽ち果てていく人物とは、まったくの正反対でありながら、都市へのアンビバレントな反応を両極端に描き出していると考えるのが妥当であろう。

この語り手とバートルビーの、両極端でありながら同じコインの裏表でもあるという様態を念頭におきながら考えてみたいのは、そもそもこの語り手はこの物語を「誰に向けて」「何のために」語っているか、という問題である。その答えのヒントはエピローグで伝えられるバートルビーの来歴にある。(少なくとも語り手がそう信じているところでは)バートルビーが以前勤めていたらしい、「配達不能郵便処理課」(dead letter office)のことである。

その報告とは以下のようなものである。バートルビーはワシントンの配達不能郵便処理課の下級役人であり、政権の移行によって急にそこから免官させられたらしい。この噂をつくづく考えてみたが、そのときわたしを捉えた感情をうまく表現することはできない。配達不能郵便！　まるで死んだ男

(dead man) と言っているように聞こえるではないか。生まれとその後の不幸のせいで生気のない絶望感に陥りやすい男を想像してみたとき、継続的にそういった配達不能郵便を処理し、炎にくべるよう分類する仕事ほどその絶望をいや増す仕事があろうか。荷車何台分も、毎年毎年燃やされ続けるのだ。この青白い顔をした役人は、ときには折りたたんだ手紙の中から、指輪を取り出す——それをはめることになっていた指はおそらく墓の中で朽ち果てている。大急ぎで援助のために送られた紙幣——それが救うことになっていた相手はもはや食べることも飢えることもない。絶望のまま死んでいった者への許しの手紙。希望のもてないまま死んでいった者への希望の手紙。救いのない不幸に押しつぶされて死んでいった者への吉報。生の使いに出たこれらの手紙は、足早に死へと向かう。(45)

宛先不明のまま燃やされてしまう配達不能郵便とは、届かなかったことばの象徴である。コミュニケーションとは、受け取り手が受け取って初めて成り立つものだが、これら配達不能郵便は受け手のないまま燃やされてしまう、つまり存在しないことにされてしまうのである。これは都市化が人びとを孤立させ、細かく区切られた個室に誰が住んでいるのかわからないという匿名性が生み出した弊害である。そして都市化を初めて目の当たりにした人びとにとって、これはたんに郵便が届かないという状況だけでなく、ある意味できわめて強く実存的不安を与えるものであったはずである。なぜならことばを発する主体とは、そのことばを聞き取ってもらって初めて存在できるのであり、ことばを発してもそのことばを受け取ってもらえなければ自らの存在が揺らいでしまいかねないからである。

実はこのバートルビーのおかれた状況は、その後の語り手のおかれた状況に非常に近いと言える。[10] 社会に与えられた役割を受け入れ、当然他人も同様にそれぞれの役割を受け入れているものと前提する語り手はバートルビーにさまざまな要求をするが、それに対してバートルビーはほぼ一貫して「できればしないですませたいのですが」と答える。これは絶対にしたくない、という強い意志での拒否でもなく、ただするよりはしないほうがよいという消極的表現である。語り手から見るならば要求に対して拒否されているのではなく、ただ自分のことばが受け取られることなくすり抜けていくのである。語り手も言うように、「ほんの少しでも不安や怒り、苛立ち、あるいは横柄さなどがあれば」「普通の人間的なものが見つかれば」バートルビーを解雇してたたき出すこともできただろうと述べるが（21）、そうではなく、語り手のことばはバートルビーにただ受け取られないのである。だからこそ語り手はバートルビーのこの受け取り拒否をさまざまな「意味」に解釈しようとする。「わたしの耳が聞き間違えたのか、バートルビーがわたしの言うことを完全に誤解したのか」（20）、「奇妙なわがまま」（23）、「あのような天邪鬼、あのような理不尽」（26）、「奇行」（23, 27, 28, 29）[11]「生まれながら不治の病にかかったもの」（29）など。さらに代書すらしなくなったことに関して「わたしのところに来てから数週間、かつて例を見ない勤勉さで窓からの薄明かりのもと、代書をしていたせいで一時的に視力が損なわれた」と解釈し（32）、自分を納得させようとするが、結局はそれらの解釈がうまくいくことはない。語り手から二度にわたって差し出された金もまた、受け取られることなく「わたしが前の晩置いておいた場所」に置き去りにされ（35）、「彼の手に［金を］すべりこませた」が「そのまま床に落ち」てしまうのである（39）。いっさいの解釈を許さず、ただ語り手の働きかけが受け取られないため、「バートルビーには奇妙にもわたしの敵意をなくすのみならず、不思議な態度でわたしの心を動かし、かき乱すところがあった」(21)、「もっぱらバートルビーの奇妙な穏やかさがわたしから敵意を奪うだけでなく、いわば男らしさを失わせた(unmanned)」(27)と述べられる。もちろんこの"unmanned"という表現は表面的にはバートルビーに対して断固とした態度をとれないことを言っているが、語り手の男性性というよりは人間としての主体性が失われることの不安を、つまり実存的不安の響きを聞き取るのは深読みのしすぎであろうか。ターキーやニッパーズというほかの代書人たちも、我々の目から見るとバートルビーと同じくらいとは言わないまでも相当奇妙な人物である。しかしバートルビーが決定的にほかの代書人たちと違うのは、バートルビーが語り手のことばを受け取らないということなのである。

この実存的不安はかつてバートルビーが配達不能郵便を見て実存的不安を感じたのと同種のものであると言えよう。その実存的不安の中、語り手はどうしても語りかける必要があったのである。だからこそ、その不安を引き起こす発端となったバートルビーについて、誰かに受け取ってもらうことを願いながら物語らなければならなかったのである。ことばが聞き取ってもらえない可能性、役割を拒否するという可能性に気づいた以上、この名のない語り手はもはや作品の冒頭で述べていたように商業主義的社会の中で安楽にすごすことはできないはずである。その不安の中で、これ以降の語り手は誰かに聞き取ってもらうことを願いながら、ことばを発し続けるしかない。そしてそのひとつの試みがバートルビーについての語りを語ることにほかならないのである。

この作品を書く直前、メルヴィルは『白鯨』『ピエール』と売れ行きも批評的評価も失敗に終わる作品を書いているが、徐々に読者の数は減り、批評的関心も失いつつあった。いくら激しく批判を受けても、そこに「ほんの少しでも不安や怒り、苛立ち、あるいは横柄さなどがあれば」抵抗も可能になるだろう、しかし読者をすべて失い、関心を寄せられず、出版もされない、つまり小説を書いても受け取ってもらえない事態に陥るとすれば、当然もはや小説家であるとは言えず、自らの存在が揺らいでしまう。メルヴィルもまた当時、作家として実存的不安を感じていたのかもしれない。「バートルビー」とは、都市化への、そして都市化を前提とする小説ジャンルを発表することへの不安を、さらには小説家としての自らの主体が揺らぐ不安を描き出した作品なのである。

都市化された現代の我々もまた都市の中で常に実存的不安と隣りあわせに生きている。我々がこの奇妙な代書人に不安と同時に共感を覚えるのは、バートルビーが実存的不安の原因であるだけでなく、我々の実存的不安を身代わりとして背負っているからである。都市で生きることの不安をこの人物に投影することができるからなのである。

注

［1］ただし大島由起子は「バートルビーの就労契約は、百語につき四セントという通り相場での書類筆写であった。バートルビーは、慣習だからという一点張りで他の仕事もさせようとする語り手に従わない。しかしバートルビーによる拒否は、視点を少しずらして眺めれば、語り手によるプライバシー侵害に端を発すると読める。語り手がふいに事務所に寄った日曜日に、バートルビーが出かけると、語り手はバートルビーの毛布や洗面器などを点

検し、奥に固く包んであった預金通帳まで調べている。語り手は、自らこのように契約違反やプライバシー侵害をしながらも、バートルビーには、読み合わせ作業に加わったり使い走りをしたりするよう命じているのである。バートルビーの言動には存外、筋が通っていて、契約違反はしていないことになる」と論じ（大島　二〇一二）、むしろ語り手のほうに非があった可能性を指摘している。

［2］非常に数が多いのですべてを列挙することはもちろんできないが、最も大きな影響力をもった論として Marx を参照。

［3］こういった伝記的解釈と関連して、商業主義的社会を批判する作品として読む解釈も非常に盛んである。たとえば Barnett を参照。

［4］メルヴィル・リヴァイヴァルに関しては Marovitz を参照。

［5］このバートルビーの奇妙なことばはこれまでヘンリー・デイヴィッド・ソローの「市民の反抗」と関連づけられ、政治的に解釈されることが多かった。たとえば Rogin 195 を参照。

［6］福岡和子は「バートルビーはフランクリン以来培われてきたアメリカ人の思考の枠組みでは理解できない〈他者〉であったのである」と述べ、「自分の持っている思考の枠組みを一歩も出られないという限界を持」つ語り手には捉えられない存在であったことを主張している（福岡　一六三）。また山本洋平は「「バートルビーとは何者か」という問いにせま」りながらも、そのことを「決定可能性を知りながら、その罠にかかりにいくということ」であると指摘している（山本　一五一）

［7］メルヴィルは一八四九年の『レッドバーン』ですでにリヴァプールにおける都市の貧困を描いているが、この段階では都市と小説を書くことの関連は見られない。キャロル・コラトレッラは『タイピー』から『白鯨』までの作品に関して船上での生活と都市生活を比較して論じている（Colatrella 172-73）。またウィン・ケリーはメルヴィルと都市の関係について著作をまとめている。ここでケリーは「バートルビー」を賃貸所有をめぐる物語として読んでいる（Kelley, *City* 201-207）。藤江啓子はこの作品を「近代化の壁」を描く物語と読み、作中に都市化の弊害が描き込まれていることを見て取る（Fujie）。また斎木郁乃は作中で言及されるアラビアの都市ペトラが

かつては経済と交通の中心地であったことを前提に、当時繁栄をきわめているニューヨークが廃墟の都市と化す未来が読み取れると主張する（Saiki 89）。

［8］精神分析批評の流行とともにバートルビーを語り手のドッペルゲンガーと解釈する論は Marcus 以来、多数書かれている。ほかにも語り手とバートルビーがエロスとタナトスを象徴しているとする論（Billy）や精神分裂病の兆候として考える論（Beja）などがある。

［9］ジンメルが死の前年に書いた『社会学の根本問題』においても明言されているように、これはジンメルの社会観の基本的考え方である。

［10］斎木郁乃は受け取られることのなかった「指輪」、「紙幣」といった援助が、バートルビーに提供した語り手の「住居」や「余分に与えた二〇ドル」といった援助を思わせるものであることを主張し、配達不能郵便と語り手の働きかけの共通性を指摘している（Saiki 92）。

［11］ターキーとニッパーズについて言及するときと同じ表現であることから（15, 18）、語り手はほかの代書人たちの振る舞いとバートルビーの拒否を同一視しようとしていることがわかる。

# 4.

# 覗き返す視線
## ——ジェイムズの国際状況小説と都市

### 小説と覗き

ヘンリー・ジェイムズと二〇年来の知りあいであるマックス・ビアボームは一九〇四年にジェイムズの風刺画を描いている（次ページ図を参照）。男女の靴のペアの置かれたドアの脇にかがみ込み、そっと中で行われているであろう情事を想像するジェイムズの姿は、隠された男女の秘め事を覗き込もうとする窃視症者のイメージを読者に与えるであろう。レオン・エデルが批判しているように、このビアボームの風刺画は『聖なる泉』で他人の情事を窺い知ろうとする語り手とその作者ジェイムズ本人を混同さ

38
Mr Henry James
Max

せる結果になったが、その反面、奇妙にも小説のあり方をうまくあぶり出しているとも言えるだろう。[1]ピーター・ブルックスによると、近代の語りは真実を明らかにすることをその究極の目標としており、「知りたいという欲望は性的な欲望と好奇心から形成されている」と主張する（P. Brooks 5）。第一部第一章でも論じたように近代に成立した新しい文学形式としての小説は、都市化によって生活が個室の中に隠され、他人から見えなくなったことによって生み出されたが、「身体がより秘密にされ、隠され、覆われるようになると、なおさら強い好奇心の対象になる」（P. Brooks 15）。したがって小説がその結論で隠されていた真相を明らかにするという構造をもつのは、実のところその背後に本来隠されたものとして身体を、そして性行為を覗きたいという欲望が潜んでいるのである。

ビアボームの風刺画は、そういう意味で言えば都市の秘密の生活を覗き込みたい、中で行われている生活を見たいという好奇心を、すなわち小説の隠された動機を鮮明に映し出しているのである。ブルックスはこの風刺画にこそ言及していないが、同書において多くのページを割き、ジェイムズの中でも最も覗き見的趣向をもった『聖なる泉』を詳細に分析している。そして『聖なる泉』に限らず、ジェイムズ自身、小説が覗き見的行為であることをよく理解していたことは、数多くの著作から明らかである。たとえば一八八四年に書かれた小説論「小説の技巧」において、ジェイムズは非常に印象的なエピソードを語る。ジェイムズによると、とあるイギリス人の女性作家がフランス人プロテスタントの若者を描いた小説で非常に高く評価されていた。いったいどこでそのような難解な題材を知り得たのかと問われ、その女性は次のように語ったという。

［その題材を知る］機会とは、一度だけパリでとある階段を上っている途中、開いたドアの前を通りすぎたことにすぎなかった。その家は牧師の家庭で、若いプロテスタントが何人かテーブルを囲んで食事を終えたばかりであったのだという。その様子を一瞥したことが一気に全体像を作り出したのだ。それはほんの一瞬続いただけであったが、その一瞬こそが経験なのである。彼女は直接個人的な印象を受けたのであり、そこから類型を作り出したのである。(James, "Art" 52)

そのイギリス人女性作家はほんの一瞬一瞥しただけで (a glimpse) 非常に現実感のある生活を描き出すことができたという逸話であるが、この「目にしたものから見えないものを推測し、事物が暗示するものをたどり、パターンから全体を推し量る」様子は ("Art" 53)、ドアの外でペアの靴が並んでいる状況から中の情事を想像するジェイムズの風刺画とまるで一致するようである。ジェイムズはこのエッセイの冒頭で、物語を語ることの秘訣を「生きていることの証明と好奇心」であるとはっきり主張しているが ("Art" 44)、小説において最も重要なのは（実際に寝室を覗くことではなく）秘められた個室の中を想像力を駆使して覗き込む小説家の「好奇心」なのである。先に引用したブルックスからも明らかなように、この「好奇心」が本来性的なものであることは言うまでもない[2]。

そもそもジェイムズが最初の長編小説とした『ロデリック・ハドソン』[3]において、すでに視点人物の覗きというモチーフが描き出されている。視点人物であるローランド・マレットは偶然のことながらコロッセオで逢引きをするロデリック・ハドソンとクリスティーナ・ライトの様子を覗いてしまう（「少し前に踏み出すと、ローランドは日の当たる隅の狭い出っ張りに腰掛けるふたりの人物を上から見下ろしていた。見るからに人目を避けようとしている（extreme privacy）のがわかったが、自分たちの座っている場所がローランドの立っている場所から丸見えであることには気づいていなかった」［James, *Roderick* 334］）。ロデリックはクリスティーナの気を引こうとして、危険な場所に咲く花を取って自分の勇気を証明しようとするが、この覗きの場面が作品終盤でもう一度ローランド自身によって繰り返されることからも明らかなように[4]、覗きをめぐる視線は作品の中核にあるモチーフなのであり、ジェイムズが作家生活の最初から小説を覗きと結びつけていたと言えるだろう。その後も前述の『聖なる泉』に限らず、子どもが大人の性の世界を覗き込む『メイジーの知ったこと』[5]、結婚間近の女性電報技師が上流階級の生活を覗き込んでセクシャルな空想をめぐらせる『檻の中』や、子どもたちを守るためと言いながら幽霊に堕落させられる子どもたちの様子を覗き込もうとする欲求不満の女家庭教師を描いた『ねじのひねり』など、ジェイムズ作品には性欲と覗きを描いた作品は枚挙にいとまがない。リアリズム作家として、そしてモダニズムの先駆けとなった作家として、表象にこだわったジェイムズにとって見ること、覗くことは小説執筆の中核にあったのである。晩年のニューヨーク版全集を編集するに際し、『ある貴婦人の肖像』に付した序文でジェイムズは非常に有名なフレーズを残している。

要するに小説の家にはひとつの窓だけがあるのではなく、百万もの――いやむしろ数え切れないほどの窓があるのだ。そのそれぞれが巨大な正面に位置しており、個人の視野の必要性や、意志の要求に応じて、これまで開かれてきたり、開く準備ができていたりするのである。これらの窓はみな形も大きさも異なっているが、すべて一様に人間の情景を見渡しているために、それぞれの窓に立つものの報告は似通ったものになるだろうと思うかもしれないが、実際には大いに異なっているのだ。これらは所詮窓であり、動かぬ壁に開いた穴にすぎず、それぞれにつながりもないまま高いところに位置している。人生にまっすぐに向いて開かれたちょうつがいつきのドアではないのだ。しかし窓は特有の特徴をもっていて、そのそれぞれに一対の目をもった、いや少なくとも小型望遠鏡ぐらいは手にした人物が立っている。その小型望遠鏡は観察するたびに繰り返し繰り返し、それを使う人間にほかのどれとも違った印象を保証するユニークな器具なのである。(James, Preface 1075)

この「小説の家」という表現はジェイムズの用いた表現の中でも最もよく知られたもののひとつであろうが、小説を書くことが覗き行為であることを示す端的な例であると言えるだろう[6]。ただしここで注意しておいてよいのは、一般的な窃視症の視線と異なり、このジェイムズの語り手は家の中を覗くのではなく、家の中から外を覗いているという点である。語り手は「高いところに位置し」た窓に立ち、「小型望遠鏡」を手にして「人間の情景」を観察する。これは一見するとリアリズム小説が伝統的に活用してきた「全知の視点」に言及しているように見える。語り手はここで、他人のプライバシーを覗き込むというよりはむしろ、外からは覗き込めない高い窓に立ち、自分のプライバシーを確保したままで広い世界を眺め渡しているような印象を受ける。つまりジェイムズの語り手は「覗き」を試みながらも、自分が覗かれたくないという自意識を非常に強くもっているのである。これは逆にジェイムズが先行作家以上に小説がプライバシーを覗くものであるという意識を強くもっていたことの証左であろう[7]。

この覗かれることへの自意識からも明らかなように、ジェイムズの語りの最も重要な点は語り手の一方的な覗きの視線を描くのではないということである。語り手の視線に絡みあう他者の視線が交錯した非常に複雑なダイナミズムを描き出しているのであり、視線の相互関係を丹念にほぐしていくことによってのみ、作品の背後にひそむ語り手の、そして作者ジェイムズの欲望が浮かび上がってくるのである。この序文が付された『ある貴婦人の肖像』本編でもこの点は十分に見て取れる。たとえばラルフ・タチェットはイギリスのガーデンコートに突如現れた主人公イザベル・アーチャーの心を建物にたとえ、[8]次のように語る。

ラルフはその建物［イザベル］を外から見回し、高く賛美した。窓から中を覗いてみても同じくらい美しく調和がとれているように感じられた。とは言ってもまだちらっと覗いただけでまだ家の中にまで入ってはいないことを思い出した。ドアはしっかり閉まっており、ポケットにはいくつか鍵をもっているものの、どれひとつとして鍵穴にあわないだろうと確信していた。イザベルは知的で心が広い。何ものにも捕らわれない優れた性格なのだ。これからどう身を処していこうというのだろうか。この質問は異例のものだ。なぜならたいていの女性にはそんなことを聞くきっかけなどないからだ。たいていの女性は自分の身の行く末を考えたりはしない。いくぶん上品に控えめな態度をとって、男がやってきて運命をもたらしてくれるのをただ待っているだけなのだ。イザベルが独特なのは自分なりの意志をもっているのだという印象を与える点にあった。「彼女が自分の意志を実行しようとするならぜひその場にいて目撃したいものだ！」そうラルフは言った。（James, *Portrait* 254-55）

語り手はここでイザベルの心の中を覗き込もうとするラルフの心の中を覗き込んでいるわけであるが、ラルフはジェイムズの小説論に見られるイギリス人女流作家同様、「ちらっと覗いただけ」(only by glimpses) しか許されない。自分のもっているどの鍵もこの家のドアにはあわず、イザベルの心のプライバシーは確保されているらしい。あるいはラルフはここで語り手を代弁しているようにも見える。しかしながらここでラルフの心の中を覗き込んでいることから明らかなように、語り手自身は多くの登場人物の心の中を、ラルフとは異なって自由自在に覗き込んでいるのである。

一方でギルバート・オズモンドの心の中もまた、上の引用のようにわかりやすい比喩としてではないにせよ、やはりその心は建物の様相によって描き出される。フィレンツェのオズモンドの家は「一階の窓は前庭から見ると堂々たる大きさで、きわめて考え抜かれて作られていたが、外界とつながるためというよりは、外界から覗かれるのを拒む働きをしているようだった」と描かれ (*Portrait* 423)、オズモンドの自己に閉じこもる性格を表しているように見える。そしてこの覗かれるのを拒む窓と小説の家の窓との類似性は言うまでもないだろう。しかしながら覗かれることを拒むこの窓は、実際には語り手のみならずイザベルにも覗かれることになる。それはこの作品中で最も印象的な第四〇章のマダム・マールとオズモンドのふたりきりの姿を目撃する場面である。

イザベルはいつもの自分の居場所である居間に入っていった。階段からつながっている大きな控えの間は、ギルバート・オズモンドの手の込んだ工夫でさえ、ひどく剝き出しの様子を改善できないでいた部屋であったが、居間はその隣にあった。居間の敷居を越えたとたん、イザベルは思わず立ち止まった。そうした理由はある印象を受け取ったからだった。その印象は、厳密に言うなら、これまでもなかったわけではないものだった。にもかかわらずそこに何か新しいものを感じたのだ。足音をたてずに歩いていたせいで、邪魔をする前にその場面をしっかりと見て取る余裕があった。マダム・マールはボンネットをかぶっており、ギルバート・オズモンドが話しかけていた。しばらくのあいだ、イザベルが入ってきたことに気づいていなかった。そんな様子ならイザベルは以前から何度も見てきたのだ。しかし見たことのない、あるいは少なくとも気づいたことのないものがあるとすれば、それは会話が一瞬、親しげな沈黙に変わってしまった様子で、その様子からすぐさま見て取れたのは自分が入ってきたことがふたりを驚かせたということだった。マダム・マールは暖炉から少し離れた絨毯の上に立っており、オズモンドは深々とした椅子に座り、背もたれにもたれかかってマダム・マールのほうを見ていた。マダム・マールはいつもどおり頭をまっすぐにもち上げていたが、目はオズモンドの目のほうに傾けられていた。最初にイザベルが気になったのは、マダム・マールが立っているのにオズモンドが座っているということだった。そこにイザベルの注意をひく異例の事態があった。そして次に気づいたのは、ふたりが考えを出しあっているさなかにとりとめもなく黙り込んでしまった様子であり、昔ながらの友人どうしが口に出さないままに考えていることを話しあうような気安さで、面と向かって考え込む様子であった。このこと自体、何も驚くことではないはずだ。なぜなら実際ふたりは昔ながらの友人どうしなのだから。しかし急に光が明滅したかのように何かが像を結び、また一瞬で消え去ったのだ。ふたりの互いに対する立ち位置、互いを一心に見交わす視線は、何かを見破ったという気にさせた。しかしはっきりとその場の様子を見尽くしたときにはその感覚は消えてしま

っていた。(*Portrait* 611-12)

作品中で最も有名な場面のひとつなので改めて状況の説明をする必要はないだろうが、イザベル自身この一瞥のもつ意味をすぐさま把握したわけではない。それはイザベルが何に違和感をもったのかわからず逡巡している様子に明らかである。「これまでもなかったわけではない」ありきたりの様子であるにもかかわらず、「何か新しいものを感じ」、「以前から何度も見てきた」ことなのに、「見たことのない、あるいは少なくとも気づいたことのない」ものでもある。マダム・マールが立っているにもかかわらずオズモンドが座ったままであるのが「異例の事態」であると思いながら、その「昔ながらの友人どうし」の「気安さ」は、「このこと自体、何も驚くことではないはずだ。なぜなら実際ふたりは昔ながらの友人どうしなのだから」と、気づいたことを順に列挙していくものの、そのどれもがありきたりのことでしかないと片づけざるを得ないのである。ただ「ふたりの互いに対する立ち位置、互いを一心に見交わす視線 (gaze)」に漠然と何かがあると感づくのである。

これ以降何度もイザベルの脳裏に去来するこの場面こそが、ジェイムズが「小説の技巧」で言及した「一瞥」(glimpse) であることは言うまでもない。覗き込んだフランス人プロテスタントの家族の情景からイギリス人女性作家が小説を書き上げたように、このあとゆっくりと時間をかけてイザベルはオズモンドとマダム・マールが企てた陰謀の真相を紡ぎ出していくのである。

また見逃してはならないのが、イザベルがこの情景を目撃する直前で、その場の様子を「ひどく剝き出しの様子」(a look of rather grand nudity) と表現していることである。もちろん「剝き出し」になっているのは家の装飾のことであるが、“nudity”という語からは当然のように裸体を連想させられる。ここでイザベルが覗き込むことによって暴露される真相とはすなわち、オズモンドとマダム・マールの不倫の情事であることを示唆しているのである。小説家の「一瞥」の対象が個室に隠された情事であることは、晩年の作品でより顕著に描かれる。『大使たち』の第一一部四章でストレザーがチャドとヴィオネ夫人の乗った舟を見つける有名な場面はその典型であろう。「このわずかな印象は不意に急に生じたもので、あまりにも急だったせいでストレザーがそれに気づいたのは、激しい驚愕とほとんど同時であった。彼は一瞬のうちに何かを悟ったのだ。その女性が誰であるかを悟ったのだ。自分の顔を隠そうとするかのように動かしたパラソルは、日に照らされたその情景にピンク色の鮮やかな点を打っていた。あまりにも奇怪な、百万にひとつの偶然だった。しかしその女性が知人だとするならば、まだ彼に背を向けたままこちらに近づこうとしない紳士のほうは、彼女の驚愕に反応したその牧歌の主人公たるコートを着ていない紳士のほうは、同じくらい驚くべきことに、誰あろうチャドであったのだ」（James, *Ambassadors* 382-83）。このストレザーの一瞥こそが、それまでのストレザーの思い込みとは異なり、ヴィオネ夫人が「無垢」ではなく、チャドとの不倫関係にあったことを暴露するのである。したがって「それまでその可能性に曖昧さという衣服を着せていた」ストレザーは、「自分のためにわずかのあいだにせよそれから、その可能性から、曖昧さの衣服を脱が」せたというように（*Ambassadors* 389）、服を脱がす比喩で語られるのである。

## ヨーロッパと都市

　前節までで見たように、ジェイムズにとって小説とは想像を用いて個室の中の個人を、もっと言えば性行為を覗き込むものであった。そしてその個人と個室を成立させたのが近代という時代であったことは言うまでもないだろう。とりわけ一九世紀アメリカは先に近代化したヨーロッパを横目に見ながら自らも徐々に都市化していく過程にあった。ジェイムズ自身、ニューヨークに生まれながらボストン、パリ、ロンドンなどの大都市を移り住んだのであり、発展途上の自国の都市と、すでに大規模な発展を遂げたヨーロッパの都市とを比較する機会に恵まれていた。評伝『ホーソーン』などにも明確に書き記しているように、ヨーロッパの都市と比較したとき、アメリカの発展途上の都市はいまだ「原始的で田舎」なのであり、「村落的性質」を帯びたものであった（James, *Hawthorne* 329）。周知のようにジェイムズ最初期の作家活動は国際状況小説と呼ばれ、ヨーロッパとアメリカの関係を描き出したものであるが、この古典的なジャンル分けをこの文脈から再度考え直すならば、ジェイムズはある意味で都市と田舎の考察を行っているのであり、小説を成立させる条件である個室と個人の関係を検討しているのだとも言える。

　たとえば最初期の国際状況テーマを描いた「国際エピソード」を見ればジェイムズが都市とプライバシーの問題を意識していたことは明らかである[9]。アメリカにやってきたふたりのイギリス人を歓待する中で、あるアメリカ人がアメリカとイギリスのプライバシーについて以下のような意見を伝える。

彼ら［アメリカ人社交界の人びと］はロード・ランベスとボーモント氏がホテルに滞在していてあまり快適ではないのではないかと心配した。中のひとりが言うには「あなたがたイギリスのこぢんまりしてすてきな宿屋ほどプライバシーがないですからね」この発言をした紳士が続けて言うには、残念ながらおそらくアメリカでは、プライバシーは望みどおりに簡単に手に入れることができないのだと言う。さらに続けて、お金を払えばだいたいは手に入れられるんですがね。まったく近ごろはアメリカではお金さえ払えば何でも手に入りますからね。まったくアメリカの生活はどんどんプライバシーが守られるようになってきましたよ。どんどんイギリスみたいになってきましたよ。(James, "International" 348)

このふたりのイギリス人は夏のニューヨークの激しい暑さに耐えかね、知人に紹介してもらったニューポートのウェストゲイト夫人の邸宅に行き、そこで歓待を受ける。そこにいた紳士の語るアメリカとヨーロッパの違いはプライバシーの有無にあるという。ヨーロッパの階級社会とは異なり、アメリカはより流動的な経済社会であるが、「生活はどんどんプライバシーが守られるように（more private）になってきましたよ。どんどんイギリスみたいになってきましたよ」というこの紳士のセリフからは、都市の発展がプライバシーの確保の状況として捉えられているのが明らかである。

ここからわかるのはジェイムズの中でプライバシー（個室）のあるヨーロッパとプライバシーのないアメリカとの対立が前提されているということであり、小説を成り立たせる前提である個室はヨーロッパのものとされているのである。同様のことはまだ都市化が進行する以前の一八三〇年代ニュー・イングランドを舞台にした『ヨーロッパの人びと』においても言及される。ヨーロッパの価値観の中で育ったユージェニアとフェリックスが典型的なピューリタンの家族である親戚のウェントワース家にやってくることから、ヨーロッパとアメリカの対比が描かれる。物語は一見ピューリタン的禁欲主義のアメリカと、奔放に振る舞うヨーロッパの価値観が対比されているようであるが、実のところ描かれているのはより個室化が進み、公の場では制約の多いヨーロッパ的価値観と、むしろ禁欲的ながらもすべてが可視化され、開放的なアメリカの価値観なのである。ウェントワース家の次女ガートルードは自分の家の空いている部屋をふたりの宿泊のために提供しようという家族に対し、「あの方［ユージェニア］はもう少し何か――もっとプライベートなものが必要でしょう」「あの方はプライバシーと娯楽を両方必要とするのです」（James, *Europeans* 915）と言う。結果としてユージェニアとフェリックスは一軒家をひとつ提供されることになる。一八三〇年代のアメリカは「国際エピソード」の時代以上にプライバシーのない社会として描かれているが、その典型的な描写がガートルードの登場場面である。ほかの家族がみな教会のミサに向かったあと、ひとり自宅に残ったガートルードは自分の読む本を探している。

とうとうガートルードは一冊の本を取り出した。その家には図書室はなかったが、すべての部屋に本が置かれていたのだ。そのどれひとつとして禁じられていたものはなかったので、触れてはならない本棚に登る機会をうかがうために家にひとり残っていたわけではなかった。彼女が手にしたのは非常に目立つ本――『千夜一夜物語』のシリーズ中の一冊――であった。その本をポルチコまでもち出し、椅子に座って本を膝に載せた。そこで一五分ほどカマラルザマン王子とバドゥーラ姫の愛の物語を読みふけった。やがて本から目を上げると、いつの間にか目の前に立っている人がてっきりカマラルザマン王子その人に思えた。（*Europeans* 893-94）

家族が全員、日曜日のミサに出かけている最中、ガートルードはひとり家に残って『千夜一夜物語』の中の「カマラルザマン王子とバドゥーラ姫」の物語を読んでいる。この物語は『千夜一夜物語』の多くの物語同様、多分に性的描写を含んでおり、一種のポルノグラフィとして読まれていたものである。そういうことを念頭におけば、それらを含んだ本の「どれひとつとして禁じられていたものではなかった」という状況自体が、性的なものを個室に囲い込む以前の状況を示唆しているように読める。そしてガートルードはその本を自分の個室で読むのではなく「ポルチコまでもち出し」て読むのである。これは「プライバシーと娯楽を両方必要とする」ユージェニアたちとは大きく異なり、すべてを白日のもとにさらしても問題のない状況であることを示唆している。

実際クリフォードは「若くて結婚していない婦人たちとこれほど制約なく接することができるのは初めての経験だった」と考える（*Europeans* 922-23）。しかしながら可視化されているがゆえにフェリックスが若い女性と「接する」様は周囲の視線にさらされることにもなり、批判の対象にもなるのである。

ガートルードはフェリックスを見つめた。そして今話題にしていた遠くのほうに見えるカップルを見た。ブランド氏とシャーロットは隣あわせに歩いている。恋人どうしのようにも見えるがそうでないようにも見える。「あの人たち、わたしがここにいたらいけないって思ってるのよ」ガートルードは言った。

「僕と？　きみはそんなことを考えない人だと思ってたけど」

「わかってないのよ。あなたにはわからないことがとてもたくさんあるのよ」(*Europeans* 965)

この場面に明らかなように、二組の男女は互いに視線を交錯させており、その視線を遮る壁はいっさい存在しない。最終的に物語はハッピーエンドで終わることになるが、そこにいたるまでフェリックスは常に「軽薄」(frivolous) とみなされ、ガートルードとの結婚もなかなか承認されることはない。結局結婚したフェリックスも結婚相手を見つけることのできなかったユージェニアもアメリカを去ってヨーロッパに戻っていくことになるが、それはアメリカに欠けていた壁とプライバシーを求めていたと考えることができるだろう。

このプライバシーの問題から『デイジー・ミラー』の翌年に書かれた評伝『ホーソーン』におけるナサニエル・ホーソーンの『大理石の牧神』の序文を受けたあのあまりにも有名な「ないないづくし」を思い出してもよいだろう (*Hawthorne* 350-51)。そこでヨーロッパにはありながらアメリカにないものとして列挙されているのは主に小説の題材となるような旧世界の文化であるが、同時にジェイムズの念頭には小説成立の基盤としてのプライバシーが意識されていた可能性もある。この箇所にいたる前にジェイムズはホーソーンの時代のアメリカが「文学への興味がいまだ限りなく小さい社会」であることを主張しているが (*Hawthorne* 342)、それはホーソーンの言う「溢れんばかりのありふれた太陽の光に照らし出された」アメリカに、プライバシーを守る「影」がないからである (qtd. in *Hawthorne* 350)。ジェイムズはホーソーンが大学を卒業してからセイラムですごした一二年間を「見事な創作術を生み出す揺籃期」と名づけ（*Hawthorne* 338）、その時期に自宅に引きこもるホーソーンの姿を描き出す。その「ホーソーンの心を覗き込む試み」（Our glimpse of Hawthorne's mind）において（*Hawthorne* 350）、ジェイムズは文学を育む土壌のない土地に住むホーソーンが、住民たちが寝静まった深夜に徘徊するさまを想像するが、その姿はまるで先行する都市小説「モルグ街の殺人」でオーギュスト・デュパンが夜な夜なパリの街中を歩き回る姿を思わせる。昼間は自室にこもり、夜になってから外に出て周囲の自然を観察するジェイムズのホーソーンは、あるいはアメリカにない「影」を求め続けていたと言えるだろう。そしてジェイムズ自身はその影をヨーロッパに求めたのである。

そのことが決して簡単なことではないのは、ジェイムズ最初期の長編『アメリカ人』を見ればよくわかる。この作品においてもヨーロッパはプライバシーの守られた世界として描かれているが、主人公クリストファー・ニューマンは結局のところ最後までこのプライバシーの内側に入ることができない。ベルガルト家のあるユニヴェルシテ通りは、主人公クリストファー・ニューマンの目には「東洋の後宮の何もない壁のように内側にプライバシーを集めたように」見える（James, *American* 555）。「後宮」というメタファーが壁に隠された情事を思わせることはもちろんであり、ニューマンにとってその最奥に座しているのはサントレ夫人である（「彼女は風変わりなプライバシーに包み込まれているようであった。彼はいったい何を根拠にそのカーテンを開いたというのか」[*American* 592]）。そしてそのプライバシーの最たるものが、ベルガルド家が何十年にも渡って秘密にしてきた忌まわしい殺人の記憶であり、その秘密はまたしてもビアボームの風刺画を思わせる状況になぞらえられる。「死の床にあるヴァランタン

「ベルガルド家で唯一ニューマンの味方をする次男」に「とてつもない秘密」を打ち明けさせるなど、考えただけで一瞬たじろいだ。まるで不法なやり方で情報を手に入れることのように思え、何となく鍵穴から盗み聞きをするような状況を連想させた」(*American* 778)。いったんはこの秘密を手に入れることに成功するが、ニューマンにとってその秘密はそれ自体が目的ではなく、あくまでサントレ夫人を手に入れるための手段でしかない。物語の最後で「背の高い虚ろな壁に周囲を取り囲まれた暗く飾り気のない建物」を「これこそが彼の旅のゴールであるように思え」、見つめているニューマンは、しかし「突然連中がここに立つ自分を見ているのではないかと考え、その魅力は完全に霧散」する(*American* 867-68)。その後ニューマンはその場を、そしてヨーロッパを立ち去るが、この結末は結局のところヨーロッパの個室を覗き込むことを諦めたアメリカ人の姿を描き出しているのである。

## 視線の交錯

ジェイムズはもちろんニューマンとは異なり、ヨーロッパの価値観をある程度受け入れながらふたつの世界を相対化する努力をその後も続けることになる。[10]その結果、ヨーロッパとプライバシーを結びつけ、そのプライバシーを手に入れるためにヨーロッパに移住したことが、覗くことへのきわめて強い自意識を生み出したことは想像に難くない。なぜなら異邦人として自らもまた視線の対象となりながら、作家として想像力を駆使し、個室の中を覗き込んでいたからである。ジェイムズの作品が先行するホーソーンやポーなどの作家と大きく異なるのは、作家が覗くことをきわめて自意識的に捉えていることである。その結果、ジェイムズの作品では視線そのものが淫靡な意味を帯びているというきわめて大きな特徴が浮かび上がってくる。とりわけ初期の国際状況小説においては男女の見つめあう視線は不適切とされ、個室の中でのみ許されるものである（ここで先程引用した『ある貴婦人の肖像』で、イザベルが目撃したのがオズモンドとマダム・マールの見交わす「視線」であったことを想起しておきたい）。そしてヨーロッパのアメリカ人社会がそれを監視しているのである。

実際のところ初期のジェイムズの国際状況小説にあまりヨーロッパ人が登場しないことは注目に値するだろう。長くヨーロッパに住みながらヨーロッパの価値観を内在化したアメリカ人たちが、必要以上にヨーロッパ人の視線を意識し、互いを監視しあっているさまが描かれているのである。先程言及した「国際エピソード」にはふたりのヨーロッパ人が主要人物として登場しているが、物語の舞台が彼らの住むロンドンに移ってからはほとんど登場しない。それどころかアメリカからの旅行者ウェストゲイト夫人とベシーのふたりは「会話の機会はロンドンの慇懃な店員に話しかけられたものぐらいしかなかった」という。事実上ヨーロッパの社交界から排除されているにもかかわらず、彼らは周囲の視線を気にし、自分たちの振る舞いに制限をかけるのである。ベシーの「社交界から何の恩恵も受けてないのに、どうしてその社交界の制限を守らないといけないの？」という疑問はアメリカ人が過度に視線を意識していることを暴き出している（“International” 335-36）。

これはアメリカ人がヨーロッパを過剰に意識するあまりに必要以上に自分たちの行動を制限しているのであり、行動の適切さに関する規範を極度に内在化しているさまはミシェル・フーコーのパノプティシズムの典型的な例であると言ってよいだろう。自分たちは見られることを避けながらも侵入者を監視し、見られる対象に規範を内在化させることで、ヨーロッパの中のアメリカ人コミュニティという異物を、均質な不可視の存在に変えようとしているのである。このパノプティシズムはアメリカの急速な都市化がもたらしたものであるとも言える。先に都市化したヨーロッパに追いつかなければならないという強い意識が自らの欲望を自縄自縛の個室に幽閉し、監視するのである。

『デイジー・ミラー』は因習的なしきたりをものともせずに奔放に振る舞う女性を描く作品であるが、ヨーロッパに来たばかりの新興成金であるデイジーたちは、社交界のタブーに関してあまりよく理解していない。ヨーロッパ在住のアメリカ人社交界の人びとは、それが堕落であると決めつけ、コミュニティから排除してしまう。いわばデイジーを排除することで、ヨーロッパ人に対して自分たちがしきたりを守っているのだということを誇示するのである。ヨーロッパ社交界の慣習を気にするアメリカ人の意識はいたるところに描かれているが、以下の引用はその最もわかりやすい例である。

> 彼ら［アメリカ人社交界］はデイジーを招待するのをやめてしまった。そうすることで自分たちを見ているかもしれないヨーロッパ人に対して、大いなる真実を伝えようとしたのだ。つまりミス・デイジー・ミラーは若いアメリカ人女性ではあるものの、その行動はアメリカ人の典型ではないし、同国人から異常であるとみなされているのだという真実を。(James, "Daisy" 287)

彼らは決して自分たちの価値観に従ってデイジーを断罪しているわけではなく、「自分たちを見ているかもしれないヨーロッパ人に対して」意思表示をしているだけなのである。

ジェイムズの国際状況小説は、語り手や視点人物がこのパノプティックな視線を体現し、ヨーロッパに現れたアメリカ人を（特に若い女性たちを）囲い込み、その個性を奪い、封じ込めようとする物語、そしてそれに失敗する物語であるといえる。しかしジェイムズの作品がそれだけで終わらないのは、そしてジェイムズ以前に書かれた視線をめぐる都市小説と決定的に異なるのは、そうやって覗き込まれ監視されているはずの対象が語り手を覗き返すことにあるのである。その視線は本来全知の視点から登場人物を覗く語り手の存在を揺るがす意味をはらんでいると言える。その最初の例が『デイジー・ミラー』なのである。

『デイジー・ミラー』が堕落した毒に満ちたヨーロッパによって食い物にされた無垢なアメリカ女性を描く作品であるのは言うまでもないが、そのような表面的な図式以上にこの作品は「視線」の動きを描き出した作品である。デイジーは登場場面でウィンターボーンを少なくとも二度はっきりと見据え、動揺させる（「このかわいらしいアメリカ娘はウィンターボーンの発言を聞いてもたんに彼のほうを見ただけだった」「その若い女性はもう一度彼のほうを見た」[“Daisy” 242]）。その後もこの短い作品全体を通してデイジーは何度もウィンターボーンに意味ありげな視線を向けるが、これは当時としてはまれなことであり、おそらく現在の読者以上に当時の読者にとっては印象的であったと思われる。なぜなら一九世紀の「まっとうな」女性は、男性の顔をまっすぐに見ることを許されていなかったからである。たとえばスティーヴン・カーンは一九世紀の視線に関する研究書で以下のように論じている。「ヴィクトリア朝の時代、社会的に不名誉の烙印を押されることなく異性をエロティックに見つめることを許されていたのは男性だけであった。女性はおそらく（はっきりと確かめることはできないものの）それほど男性を見ることがなかった。社会的因習のために、娼婦と間違えられないよう、挑発的な視線を向けることを妨げられていたのは間違いない。一八四〇年にスコットランド人の医者が出した説によると、頭の傾け方と「野放図で不作法な視線」を見れば娼婦を見分けられるということだった。フランスでは、一度でも挑発的な視線を向けるだけで女性は違警罪裁判所に引き立てられた」(Kern, *Eyes* 14)。男性をまっすぐに見るこのデイジーの目は、女性が見られる対象であり、性的視線の客体となることはあっても主体となることはないというのが常識的な感覚であった一九世紀の読者を攪乱するものであったはずである。[11] このデイジーの「まっすぐ」な視線の「新しさ」は頑なにウィンターボーンに視線を向けようとしないデイジーの母親と比較するとより明確になるだろう。ミセス・ミラーは初対面のときから「まったく彼のことを見ていなかった」だけでなく("Daisy" 256)、たとえ視線を向けることがあっても「一瞬、横目で彼を見」る程度であり("Daisy" 258)、「今やはっきりと彼のほうを見た――と言うか彼の顎を見た」というように("Daisy" 267)、デイジーの「まっすぐ」な視線とはまったく異なった視線である。おそらくこの『デイジー・ミラー』は視線の主体としての女性主人公を描いたという点でアメリカ文学史上画期的な作品であり、初めて男性を見返す女性を描いた作品であった。[12] したがってこの物語は「見る」ことと「見られること」を執拗に描き出すことになる。

男性を見返すデイジーの目は、いわゆる近代的自我を象徴する新しい現象でもあった。デイジーはコステロ夫人やウォーカー夫人が体現するような制度に対して真っ向から視線を向け、それを拒否する。デイジーの強い視線は、近代的自我の象徴であり、その近代的自我こそが、二〇世紀へと向かう近代小説を成り立たせる前提条件なのである。[13] この自我をもった新しい視線はジュネーヴの慣習に染まったウィンターボーンの目にひどく魅力的に映る。デイジーはヨーロッパの価値観を内在化したウィンターボーンを攪乱させる視線を向けたかと思うと、話しかけるとすぐに視線をそらし、まるでウィンターボーンを誘い込むかのようにその魅力に引きずり込んでいく。次の引用はデイジーを観察するウィンターボーンの視線である。

その若い女性はまた袖口を調べ、リボンをなでつけた。ウィンターボーンはほどなく景色の美しさについて思い切って話しかけてみた。もう当惑するのはやめてしまおうと考え始めていた。徐々にわかりかけてきたのだが、彼女のほうはまったく当惑している気配がなかったからだ。その愛らしい表情にはほんのわずかの変化も見られなかった。明らかに腹を立てているわけでもなく、喜んでいるわけでもなかったのだ。自分が話しかけても別のほうを見て、特に話を聞いている様子がないのは、彼女の癖でありいつもの態度なのだ。しかししばらく話しながら彼女がまったく知らないであろう名所を指し示してやると、彼女はだんだん彼のほうにありがたくも視線を向けてくれ始めた。それからウィンターボーンはこの視線が完璧にまっすぐでひるむことがないのに気づいた。しかしそれはいわゆる慎みのない視線ではなかった。なぜならその若い娘の目は奇妙にも誠実で生き生きとしていたからだ。彼女の目はすばらしくきれいだった。まったくのところ、ウィンターボーンはこの美しい同国人の女性の多様な表情ほどきれいなものを久しく見ていなかった。彼女の肌のきめ、鼻、耳、歯。彼は女性の美を楽しむ嗜好が大いにあった。女性の美を観察し、細かく調べることに耽溺していた。この若い女性の顔に関しても、彼はいくつかの観察をしていた。(“Daisy” 242-43)

デイジーの顔の部位をひとつひとつ「観察」し、「吟味」するさまは典型的な性の客体化を描き出している。「嗜好」（relish）、「耽溺」（addicted）といった単語から、ウィンターボーンのエロティックな欲望が滲み出ているのは明らかであろう。この引用以後もウィンターボーンの「観察」はまだまだ続くが、語り手はウィンターボーンに寄り添ってデイジーを観察する視線を一緒にたどっていくのである。そしてウィンターボーンの視線はデイジーの視線を捉え、「完璧にまっすぐでひるむことがない」視線が「慎みのない」ものではないことを主張する。これはカーンの引用を思い出してもらえば大きな意味があることがわかるだろう。当時のヨーロッパでは「まっすぐでひるむことがない」視線は普通は娼婦にしか許されていないものなのである。だからこそウィンターボーンはあえて「下品な」ものではないことを言わなければならない。ウィンターボーンはデイジーの奔放さが「ある種品行のだらしなさを示す証拠」ではないかと疑い、「実際に不品行な行いをしたことがあるか、これからする可能性があるのではないか」と考えながらもそれを「楽しみ、当惑し、そして魅了され」てしまう（“Daisy” 246）。

このようなウィンターボーンの視線がヨーロッパ在住のアメリカ人社交界の視線と共犯関係を切り結んでいるのは明らかであろう。ウィンターボーンは一見デイジーを擁護し、その「無垢」を周囲のアメリカ人に主張しているが、実のところほかのアメリカ人と同様の価値観を内在化させている。だからこそ自らは「魅了され」デイジーの無謀な行動につきあいながらも「みなが彼女のことをじっと見ていた」（“Daisy” 261）と言うように、周囲の視線が気にかかるのである。ウィンターボーンは自分がパノプティックな視線の対象になることをきわめて敏感に意識していたと言えるだろうが、その反面、一方的にデイジーの視線に淫靡な意味を与えている。だからこそその視線を公の場ではなく、個室で、自分にだけ、向けてほしいと考えているのである（「あなたはとても素敵な人ですが、わたしと馴れ馴れしくしてほしいのです、わたしとだけ」［"Daisy" 281］）。

この視線の問題は当然のことながらジェイムズの視線への意識と非常に密接に結びついている。周知のようにジェイムズは小説における視点の技巧に極度に意識的であった作家である。禁欲的なまでに単一の人物の視点に限定するのは後期になってからであるが、最初期からすでにそれ以前の「全知の視点」を前提とする小説とは根本的に異なる、視点人物の知覚に限定した語りを活用していた。つまり全知の語り手が自由に登場人物の個室を覗くのではなく、あくまで登場人物が覗き込める範囲までしか覗き込まないのである。したがってピンチョの丘でデイジーとジョヴァネリがパラソルの影に隠れてしまったとき、我々はウィンターボーンと同様その向こう側でふたりが何をしているのか知りようがない（"Daisy" 278）。個室の中は見えないままなのである。つまり我々は冒頭で見たビアボームの絵に描かれたジェイムズのように、ドアの前で耳を澄まして部屋の中の様子をうかがうだけなのである。晩年はその技巧が徹底され、たとえば『鳩の翼』のヴェニスの部屋で行われるケイトとデンシャーの情事は直接描かれることがない。ただその後部屋に残った残り香という換喩的（フェティシスティック）表象で想像力を刺激させられるだけなのである。

頻繁に指摘されるようにデイジーの内面の動きに関しても、読者はウィンターボーンの観察した事象をもとに類推するしかない。結局のところ読者にわかるのはデイジーの心の中ではなく、デイジーの心中を読もうとするウィンターボーンの心の動きだけである。最初はデイジーを「洗練されていない」

「思わせぶりなだけ」だと考えて満足するが（「この若い女の子はそういう意味では遊び人ではない。ただひどく洗練が足りないのだ。ただかわいらしい浮ついたアメリカ人なのだ」［“Daisy” 247］）、次第にデイジーの真意を測りかね、いわば「読めない」ことに魅力を感じながらも戸惑い始める（「ロマンス作家が「みだらな情熱」と呼ぶような感情の対象として彼女を見ることができれば話はおおいに簡単なのだ。（中略）しかしこのときデイジーは大胆さと無垢が不可解にも混ざりあった存在であり続けたのだ」［“Daisy” 273］）。そしてあくまでデイジーという個室を覗き込むことができないと悟ったとき、ウィンターボーンは完全にデイジーを拒絶する。

　ウィンターボーンはある種の恐怖を感じて立ち止まった。つけ加えなければならないが、そこにはある種の安堵も伴っていた。まるで突然光明がデイジーの行動の曖昧さを照らし出し、これまで謎であったものが簡単に読み取れるようになったかのようであった。彼女は紳士たるものがこれ以上骨を折って敬意を払わねばならないような若い女性ではないのだ。彼は立ったままデイジーを見ていた――彼女のつれ添いを見ていた。ウィンターボーンのほうはふたりをぼんやりとしか見分けられないのに、自分のほうはずっと明るい場所にいて見えやすいということに思いいたらなかった。ミス・デイジー・ミラーを正しく理解しようとこんなにもあくせくしていたことで自分が腹立たしかったのだ。（“Daisy” 291）

ここでウィンターボーンは「恐怖」と「安堵」という矛盾した感情を抱く。それはデイジーを「抜け目のない卑劣な堕落した人間」(a clever little reprobate) であると決めつけた結果であり ("Daisy" 291)、そのような人間を目の当たりにした恐怖と、「これ以上骨を折って敬意を払わ」なくてもよいという安堵を感じているのだろう。これまで推測するだけだったデイジーの行動がコロッセオでのふたりを「見た」だけで「突然光明がデイジーの行動の曖昧さを照らし出し」たように感じたというのは、デイジーの謎を「読み取」るという比喩とも相まって、またしても「小説の技巧」で描かれたイギリス人女流作家を思わせる。

しかしこの場面で重要なのはウィンターボーンが「彼女を見ていた」一方で、実はより明るく照らし出されていたのはウィンターボーンのほうであるということである。コロッセオ自体が円形劇場として観客の視線を集める場所であることは非常に示唆的であるが、ここでウィンターボーンは文字通り視線の対象となっている。これまでデイジーが男性の目を見返す革新性をもっていたことを論じてきたが、このクライマックスの場面において、ウィンターボーンは自分が見ているつもりで実はデイジーに見られていたということに気づくのである。これは、ここで明らかになるのが実はデイジーの内面ではなく、ウィンターボーンのほうの内面であることを示すとともに、覗き行為としての小説という罪深い娯楽の、その罪深さが見破られる瞬間でもあるということである。

すでに『アメリカ人』を論じた際に、結末部分でニューマンが覗いているつもりで覗かれているように感じた場面を指摘したが、ここで先触れされていたように、観察していたはずの主体が実は視線の対象として劇場の中心に明るく照らし出されるという仕組みは小説の語りの安定性を激しく攪乱する。もはや個室の中から他人の個室をこっそりと覗くという小説のあり方は覆され、その向こうから見返す目によって明るみに引きずり出されるような錯覚を与えるのである。[14] ピンチョの丘でパラソルの影に隠れたデイジーにも同様のことが言える。ピンチョの丘はローマ全体を「見渡す」高みに位置しているからであり、ある種小説の家から眺めているのは、それまで語り手の視線の対象であると思われていたデイジーなのである。

## 視線の小説

ジェイムズが『デイジー・ミラー』において初めて見返す視線のモチーフを活用し始めた理由に関してはここでは触れないが、[15] その萌芽はすでに『ロデリック・ハドソン』に見られる。すでに言及したように視点人物であるローランドはコロッセオでロデリックとクリスティーナの逢引きを覗き込む。この場面は一見ホーソーンの『大理石の牧神』でヒルダがミリアムとドナテロの殺人を目撃する場面同様、一方的な覗きの視線でしかない。しかしこのコロッセオの場面は作品終盤でもう一度ローランドとメアリ・ガーランドのあいだで再演されることになる。ロデリックとローランドがともにジェイムズの分身として同じコインの裏表であることはしばしば指摘されるが、この終盤のサン・ゴッタルド峠の場面から逆算するならば、コロッセオでローランドが目撃したのは自分自身の姿にほかならず、そういう意味で見る／見られる関係はここでもやはり双方向的であるということも可能であろう。

コロッセオは特に初期作品における視線の双方向性を導き出す特権的なトポスであり、『ある貴婦人の肖像』でもまたコロッセオにおいてあまり目立たない形で視線の交錯が描きこまれる。「イザベルはすぐに、ほかの見物客のひとりが円形闘技場の中心に立ち、注意をイザベルのほうに向け、頭を少しかしげて彼女のことをじっと見つめていることに気づいた」(*Portrait* 733) とあるように、やはり見ていると思っているときに見られていることに気づくという双方向の視線が描かれるのである。本章では以後、このモチーフが晩年においてどのように展開していったのかを明らかにしたい。[16] この見返す目による語りの攪乱は、視点人物を設定することによって個室の向こう側を不可視にする描き方に加えて、ジェイムズの小説技巧の中心となる。語り手を含む視線の交錯は、都市化とプライバシーの問題を意識していたためにとりわけ国際状況小説において深く追求されることになり、晩年のいわゆる円熟期の三大長編においては視線の小説と言ってよいほど複雑に描きこまれることになる。[17]

『大使たち』では、先にも触れた舟の場面も含め、物語の展開は視線の交錯によって決定づけられる。その最初はランバート・ストレザーが初めてチャド・ニューサムの家に行ったときの場面である。ストレザーがチャドの部屋を眺めているとき、本来は個室としてプライバシーの確保されたその部屋から「見晴らしのよい」バルコニーにひとりの若者が現れる。「若者は自分が観察されていることに気づき、彼［ストレザー］のことを見つめ始めた」(*Ambassadors* 86)。「小説の家」に立つのはストレザーではなく、若者（リトル・ビラム）なのである。この場面が『デイジー・ミラー』におけるコロッセオの場面よりもはるかに複雑になっているのは、その視線の交錯がたんなるふたりのあいだの視線にとどまっているのではなく、多重に代理表象によって覆われ、その正体を背後に隠しているからである。ストレザーがニューサム夫人の代理としてパリを訪れたという点で、いわばストレザーはアメリカ（ウーレット）の価値観を代表する「大使」である。その一方でリトル・ビラムはチャドの代わりに留守番をするチャドの代理であり、ヨーロッパ（パリ）の価値観を代表していると考えられる。多重の表象を介してここで描かれているのは個室に覆われたヨーロッパを覗き込もうとするアメリカの姿であり、そしてそのアメリカを見返すヨーロッパの視線、もっと言えばそのヨーロッパの視線への自意識である。[18] その後もストレザーはずっと、チャドやその知人たちに見られ、「試されている」と感じ続けるが（*Ambassadors* 149）、『大使たち』とはチャドをパリに引き止めている原因を突き止めようと「観察する」つもりでいながら実のところストレザー自身が常に「見られ」続けるという自意識の物語であると言えるだろう（「わたしは合格したのだろうか」[*Ambassadors* 150]）。

この視線の交錯の構図が逆転して描かれるのが、物語の中間となる第七部である。ストレザーはニューサム夫人から電報を受け取り、すぐにアメリカに戻らなければチャドの姉であるセアラ・ポコック夫人とその義理の妹でチャドの結婚相手であるメイミーをパリに行かせるという電報を受ける。

ストレザーは中庭で電報を読むと、その場で長いあいだじっと立ち尽くし、さらに五分ほどもう一度文面を熱心に読み返した。やがて邪魔者を取り除こうとするかのように素早く電報をクシャクシャに丸めたが、そのわりには捨てようとはしなかったのだ。——もう一度中庭をひとまわりしてから小さなテーブルのそばに置かれた椅子に沈み込んだときもまだその電報を持ったままだった。その紙切れを掌で握りつぶし、さらにしっかりとその手を腕組みで隠したまま、しばらくのあいだ座って考え込み、目の前をまっすぐに見つめ続けていたので、ウェイマーシュが出てきて近づいてきても、ストレザーの視界には映らなかった。ウェイマーシュは実のところストレザーの様子に驚き、ほんの一瞬じっと見つめたかと思うと、その強烈な印象に方向転換させられたかのように、ストレザーに話しかけることなく読書室へと戻っていった。しかしミルローズからの巡礼［ウェイマーシュ］はその隠れ家の透明なガラスの向こうからその場面を観察し続けた。ストレザーは座ったまま、テーブルの上にクシャクシャに丸めた信書を置いて丁寧にしわをのばし、もう一度読みふけった。そのまま数分がたち、とうとう顔をあげると、ウェイマーシュが中から自分を見つめているのを見た。ふたりの目があったのはこのときだった――しばらく目をあわせたままどちらも身じろぎしなかった。やがてストレザーは立ち上がり、より一層丁寧に電報を折りたたんでベストのポケットにしまいこんだ。(*Ambassadors* 227-28)

ここでは同じように代理表象に覆われながら、第一の場面とはそれぞれ役割が異なっている。今回アメリカの価値観を代表するのはストレザーではなく、ストレザーがすぐに見て取るようにニューサム夫人に協力し、内通したウェイマーシュである。したがってニューサム夫人を代理する新たな大使であるセアラ・ポコック夫人が到着した際、その目がウェイマーシュの目と同一視されるのは当然のことである(「遠くまで見通す彼女の目は、この重大な局面に奇妙にもウェイマーシュのそれを思い起こさせるような様子でこちらに届いた」[*Ambassadors* 259])。ウェイマーシュの視線の向う側にあるのは明らかにアメリカにとどまり続けるニューサム夫人の視線にほかならない。一方でストレザーはすでにパリの価値観に染まり、チャドの「一味」と目されている状態であり、最初は視線を向けていた対象であるはずのヨーロッパの価値観を体現するにいたっているのである。

『鳩の翼』は複数の視点人物から構成されているためもあり、視線の交錯という点ではもう少し複雑な側面を見せているが、物語の大枠としてはケイト・クロイとマートン・デンシャーがミリー・シールを陰謀の対象として「見る」物語であり、物語全体を通してミリーは多くの人物の視線を集めている。晩餐でその場にいないミリーの「成功」を話題にするとき、「［ミリーが成功を収めたという事実は］今や眼前に余すところなく繰り広げられていたために、ミリーのことを気遣う友人は座ったままその情景を見つめていた。それはかつてサーカスで円形劇場に引きずり出され、穏やかに愛撫を受けながら殉教するキリスト教徒の乙女の奇妙な光景を観客が鑑賞していたのとそっくりの目つきであった」と語られるが(James, *Wings* 444)、これは明らかにローマのコロッセオへの言及であることからも『デイジー・ミラー』のクライマックスを思い起こさせる。しかし『ある貴婦人の肖像』のイザベルが真相を「一瞥」したように、見られる対象であったミリーもまた物語の最後ではケイトとデンシャーが自分を陥れようとしているという真相を知ることになる。その場面は『ある貴婦人の肖像』の場合と異なり、ミリーではなくデンシャーの視点から描かれた場面で示唆される。デンシャーはサン・マルコ広場のカフェ・フローリアンでマーク卿を偶然目撃することによってマーク卿がミリーに真相をもたらしたことを類推する。いわばマーク卿を「見る」ことによって、ミリーが知ったことを知るという複雑な形をとって描かれるのである。「彼［デンシャー］の目はカフェの中の、ある顔を捉えた。ガラスの向こうに知人を発見したのだ。（中略）デンシャーはその人物の横顔をしばらく見つめていた。見つめているあいだに誰であるかがわかると、一瞬のことであったにもかかわらず、すべての脈略がわかったのだ。それは驚くべき、あからさまな脈略であった。それから見られていることに気づいて慌てて頭をこちらに向けたその相手の視線を、念を押すかのように捉えた」(*Wings* 593)。ミリーの真相を見る「一瞥」が、ここでは見破られたデンシャーがマーク卿を「一瞥」することによって知ることになるという二重構造、さらにミリーの視線を代理するマーク卿がデンシャーを見返すという視線の交錯によって、この場面はジェイムズの作品の中でも最も複雑かつ効果的にこの見返す眼差しを描き出した場面であると言えるだろう。

『黄金の盃』もまた、作品の中心的な象徴である黄金の盃が登場するふたつの場面において印象的な視線の交錯が見られる。この物語は前半がアメリゴ公爵の視点から、後半がマギー公爵夫人の視点から語られているが、ニューヨーク版の序文でジェイムズが明示しているように、前半で読者に与えられた情報を後半でマギーが知ることになるという構造である。最初に黄金の盃が登場するのは物語の前半である。前半においてイタリアの没落貴族である公爵は、経済的な必要性からアメリカ人大富豪で美術蒐集家のアダム・ヴァーヴァーの娘マギーと結婚間近である。かつて公爵と恋人どうしであったものの結婚をするには経済的余裕がないために別れることになったシャーロットは、その結婚の直前に突如公爵の前に姿を現す。シャーロットはマギーの親友でもあったが、マギーへの結婚のお祝いをブルームズベリーの骨董屋に探しに行く手伝いをしてほしいと公爵に頼む。実はシャーロットは公爵が結婚する前にマギーには内緒でふたりきりで会いたかったのである。ふたりは件の黄金の盃を前にして店の主人にわからないようイタリア語で会話をする。[19]「彼らをもてなす主人はそうしているあいだ、彼らに視線を注ぎながらその場に立っていた。娘はこのとき、何よりも友人との会話に熱中していたが、ふたたび店の主人と目があった。彼女にとって、外国語で話しているために何を話しているのか聞かれないですむのは気楽であった。——今、公爵が嗅ぎ煙草入れを手にしていたので、当然彼らはその品を買おうかどうか話しあっているように見えただろう」(James, *Golden* 530)。しかし彼らが「愛しい人」(cara mia, mia caro) と呼びあい、互いに贈り物をすることの是非を話しあっている最中に、実はこの店の主人がイタリア語を理解することが明らかになる。

> それからその店員は、シャーロットにとっては重大な意味をはらみながら沈黙を破った。「お目が高いようですね、残念ですが(ディスグラツィアータメンテ)、公爵夫人(シニョーラ・プリンチペッサ)」と、残念そうに言った。「ずいぶんと」——公爵がそれを聞いて振り向いた。重大な意味はことばの内容からというよりは音から伝わったのだった。その音というのはこれ以上ないほど思いがけなく耳にした明瞭なイタリア語であった。シャーロットはその音にふさわしい視線を友人と見交わした。しばしのあいだ、ふたりはその場に立ちすくんだ。しかし彼らの視線は結局ひとつ以上の意味を帯びていた。この身分の低い男に自分たちの親しげな会話を聞かれてしまったこと、ましてや彼女のおそらくそうだろうと考えられた、実際にはそうあり得なかった公爵夫人という称号を聞いたことへの不安に驚いたとともに、互いに安心させるように、いずれにしても問題にはならないと確認しあった。公爵はドアの近くにいたままだったが、すぐにその場から店主に話しかけた。(*Golden* 532)

ここでシャーロットが公爵と「視線を(中略)見交わし」、「しばしのあいだ、ふたりはその場に立ちすくんだ」のはもちろん、マギーに隠れてふたりで会っていることへのうしろめたさからであろう。だからこそ「不安」とともに「互いに安心させるように、いずれにしても問題にはならないと確認しあった」のである。このふたりの視線の絡みあいの直後に店の主人がもち出してくるのが水晶に金めっきをかけた黄金の盃である。

「黄金の盃」とはそのしばらくあとでシャーロットが引用してみせるように聖書の「伝道の書」に現れる「黄金の盃が割れるとき」という一節を連想させる（Eccl 12: 6）。つまり「黄金の盃」というフレーズがすでに「割れる」という連想を導くのである。実際にマギーの視点から語られた後半部分においてこの黄金の盃は割られることになるが、マギーにとってこの盃は何より公爵とシャーロットの密通を暴露する証言である。つまりこの場面で店の主人の視線（「気づきませんでしたか［中略］あの人がわたしたちのことを見てじっと注目していたのを。わたしたちのどちらだってあれほどじっくりと見つめられたことはないのではないでしょうか。ええ、あの人はきっとわたしたちのことを忘れません」［*Golden* 528］）は、後半でのマギーの視線の代理表象なのであり、時間を経過してふたりの密会を目撃する視線なのである。

見られることはないと「気楽」に盃を眺めていたふたりは、実のところマギーに盃の向こうから見返されていたのであり、その証拠にファニー・アシンガム［マギーと公爵の共通の友人で相談相手］が盃を割る場面においては著しい対照的な構図が見られる。「［公爵の声］は水晶が割れたのとほとんど同じくらいの鋭さで、ふたりの女性の熱のこもった対話に割って入った。それは部屋の扉がふたりの気づかないうちに開かれていたからであった」（*Golden* 854）というように、今度はマギーとファニーのふたりが公爵らの密通について話しあっているところを覗かれているからである。この瑕の入った黄金の盃は公爵とマギーの視線を時間差で交差させるための小道具として機能しており、それがこの二部構成の物語の構造をそのまま表してもいるのである。[20]

## アメリカ再訪

本章で扱ったのはジェイムズの作品の中でも特に古くから国際状況小説と呼ばれるジャンルに限っている。もちろん国際状況を描いた作品以外でもこの主張が当てはまる作品は数多くある。ピーター・ブルックスが詳細に分析した『聖なる泉』以外にも『ねじのひねり』や『アスパンの手紙』、『リヴァーベレイター』、『メイジーの知ったこと』、『檻の中』など、ジェイムズ作品に他人のプライバシーを覗く作品は数多い、というよりむしろジェイムズ作品のほとんどが覗きの小説であると言っても過言ではないくらいである。とりわけ『檻の中』はナサニエル・ホーソーンの「ウェイクフィールド」やハーマン・メルヴィルの「代書人バートルビー」などに続く都市小説として、本章の文脈にとっても重要な作品であるが、残念ながら別の機会に譲らざるを得ない。ここで国際状況小説に限って論じたのは上でも述べたように、プライバシーを覗く試みとその部屋の中から覗き返す視線がきわめて強く意識されているからである。ヨーロッパの影のある、つまりプライバシーのある場所と、すべてを明るみに照らし出すアメリカの対比は、ジェイムズの作品の根幹に位置する問題であり、そのような重要性を帯びる何より大きな理由のひとつがジェイムズにとっての小説の構造と密接に結びついているのである。

後期三大長編を書き上げたあと、ジェイムズは二一年ぶりにアメリカを訪れるが、そこで目の当たりにしたものはジェイムズの想像を大きく超えていた。『アメリカの風景』で描き出された醜い故国の姿はもはやヨーロッパ諸国に劣らぬ大都市以外の何ものでもない。にもかかわらずジェイムズにとってアメリカは相変わらずプライバシーのない世界であった。摩天楼のそびえるマンハッタンの対岸に立つジェイムズは金持ちの別荘が連なるのを眺め、「これほどの金額をかけて建てられながら最も目立つのは容赦なく人目にさらされているという雰囲気である。これらの建物が人目にさらされているのは、決して許されることのない条件であり、運命なのである。（中略）庭を囲む一フィートの壁もなく、人目を遮る日よけをあらかじめおいておくことすらないせいで、いかなる覆いもなく、奥まった場所に特有の神秘もなく、外界から身を守る複雑さもはらまない」と述べる（James, *American Scene* 364）。その結果、ジェイムズは以下のように結論づける。

このことがまさに風俗の問題に対する答えになっているようである。そのような状況で語るに足るような風俗はあり得ないという事実、どういうわけか彼らにとってプライバシーの根幹になるものが欠けているという事実、したがって社交における人間関係や可能性、礼儀作法、家庭における秩序を作り上げるものに関して、何もかも、どのような心象も、どのような想像も家の内側に映し出されることはないのだ、という事実がその答えである。（*American Scene* 364）

アメリカはいかに都市化したところでジェイムズの好奇心を掻きたてることはもはやない。長年ジェイムズの小説を支えてきた対比は、都市化とともに解消するどころかむしろはるかに強い形で際立つのである。アメリカ再訪のあとに書かれた「にぎやかな街角」もまた「自身は相手が見えないにもかかわらず（中略）相手からは常に見られてい」る状況を描き出すが（714）、もはや主人公スペンサー・ブライドンの覗き見たいと思う相手は自分自身の亡霊にすぎず、きわめて閉塞的な自己言及的循環に捕らわれてしまうのである。これはまさしく「見返される」ことが自明のこととして前提されたために生じる自己言及性であり、最も極端な形でのメタフィクショナルな現象であると言えるだろう。

## 注

［1］ビアボームの風刺画に関してはJ・G・リーウォルドの編集したビアボームの画集に収録されている。ここで解説が加えられているように、この風刺画はもともとジェイムズが一九〇三年に書いたガブリエーレ・ダヌンツィオに関するエッセイに由来する。リーウォルドはエデルの批判に関しても言及している（Riewald 224）。

［2］この直後の部分でジェイムズは、この一瞥するだけですべてを洞察する才能が「田舎でも都会でも」生じうるものであると主張している（“Art” 53）。もちろん「田舎」でも覗きの願望が存在していたであろうことは言うまでもない。都市の発展とともに個室に隠されるべきプライバシーという概念が生まれた以上、舞台が都市であれ田舎であれ問題とはならないだろう。ただここで注意しておいてよいのは、このあとで本書が論じるように、ジェイムズがアメリカとヨーロッパを田舎と都会の対立項として捉えていたとすれば、この「田舎でも都会でも」というさりげない一節は、ジェイムズにとって大きな意味をもっていた可能性があるという点である。

［3］実際にはこれ以前に『後見人と被後見人』を発表しているが、ジェイムズは後にこの作品を黙殺し、ニューヨーク版全集には『ロデリック・ハドソン』を処女作として収録した。

［4］「突然その場に立っていると、ローランドはロデリックがコロッセオでミス・ライトが止めるのも聞かず、危険を顧みなかったことを思い出した。そして自分の連れ添い［メアリ・ガーランド］の勇気を試してみたいという強い欲望に捕らわれた」(*Roderick* 472)

［5］「あらゆるものが背後に何かを隠していた。人生は閉じられたドアの長い長い廊下のようだった。彼女はこれらのドアはノックしないほうが賢明だということをすでに学んでいた。ドアは内側からあざけりのような音を発しているように思えた」(James, *What* 419)。少女のかいま見る世界はまたしてもビアボームの風刺画を思わせる。

［6］たとえばこの点に関しては海老根　一五三―七三を参照。またジェイムズが批評で用いる家の隠喩に関してはTanner 28を参照。

［7］先にも言及した典型的な覗きを描いた作品である『檻の中』もまた、「檻」に閉じ込められた主人公がその外側を覗くという点でまさしくこの「小説の家」を体現していると言える。「この透明のスクリーンは、人の運命がこの狭いカウンターのどちら側に投げ込まれたかに応じて閉じ込めてもいるし、閉め出してもいるのである」(James, "In the Cage" 835)。

［8］多くの読者が気づくように、この作品にはきわめて多彩な建築の比喩が用いられている。Machlanを参照。

［9］ジェイムズとプライバシーの問題に関しては、たとえばSalmonを参照。

［10］ヘンリー・ジェイムズはパリで『アメリカ人』を書いたが、パリではギュスターヴ・フローベールら文人たちのサークルに交じりながらも、そこに溶け込むことができず、受け入れられないままパリを去ってロンドンに向かった。そういう意味ではニューマン同様の失意があったと考えられる。P. Brooks, *Henry James Goes*, 49参照。

［11］先に引用したカーンは視線をめぐるジェンダーの非対称性に関する研究を網羅的に紹介しているが、その単純な二項対立的解釈には強く批判的である（Kern, *Eyes* 10-30）。

［12］すでに『ロデリック・ハドソン』のクリスティーナにその萌芽は見られる。クリスティーナの視線もかなり頻繁に描かれているが、デイジーのそれほど既存の価値観を攪乱するものとしては描かれていない。

［13］もちろん言うまでもなく、この自我の問題はこの三年後に書かれる『ある婦人の肖像』のイザベル・アーチャ

ーにおいてさらに掘り下げられることになる。

［14］ホーソーンの『ブライズデイル・ロマンス』で語り手のカヴァデイルがホテルの窓からゼノビアらを覗き、それに気づかれる以下の場面と見比べてほしい。

まもなく知ることになるのだが、この男［ウェスターヴェルト］は猫のような観察力を与えられていた。この世の中で最も非精神的な能力でありながらも、自分に都合のよいものを何でも嗅ぎつけるのだから精神的な洞察と言ってよいほど効果的であった。彼はそのことを、わたしがずっと観察していたことをかぎつけ見抜くという、わたしにとってひどくばつの悪い形で証明して見せたのである。ウェスターヴェルト教授の行動を明らかに詮索していたところを認められ、おそらくわたしの顔は赤らんでもおかしくなかっただろう。きっと赤らんでいたのだ。いずれにせよわたしはかろうじて平静を保ち、慌てて隠れるというような臆病さまで見せずにすんだ。

ウェスターヴェルトはこちらの居間の奥まで覗き込み、わたしに合図をした。その直後ゼノビアが窓際にひどく紅潮した顔つきで現れ、その目は、わたしの良心に言わせるならば、軽蔑の棘をつけたまばゆい矢を、わたしたちを隔てる距離をものともせずにまっすぐにわたしの紳士としての感覚に向けて射かけたのである。

(Hawthorne, *Blithedale* 159)

ゼノビアの視線はかなり印象的であるが、まずウェスターヴェルトの「観察力」を説明し、その「観察力」を「証明」するという形でいったんクッションをおいた上で、それに気づいたゼノビアがやっとカヴァデイルに視線を向けるという間接的な視線の提示の仕方になっている。

［15］おそらくはジェイムズがミニー・テンプルをモデルとした女性を初めて描こうとしたことに関係があることは間違いないだろう。この若くして死んだ従妹への愛情と、ヨーロッパを見せることなく死なせてしまったことへの罪の意識が、ヨーロッパで奔放に振る舞うデイジーを描きながらも咎めるように見返す視線を描きこまずにいられなかったのだと考えるのは、もしかするといささか単純にすぎるかもしれないが、手放し難い魅力を帯びてもいる。ミニー・テンプルとジェイムズとの関係、とりわけジェイムズの罪の意識に関しては L. Gordon を参照。

［16］この間に書かれた作品にも同様の場面は無数に見られ、すべてを論じることはできないが、たとえば『アスパンの手紙』は中でももっとも印象的なものであろう。ジュリアナ・ボルドロウは普段から緑のシェイドをつけていてその目は語り手に見えないが、勝手に部屋をあさってアスパンの手紙を盗み見ようとした語り手を見つけたその視線は非常に印象的である。「その手は持ち上げられ、いつも顔を半分覆っていたカーテンを持ち上げていた。そして最初で最後たった一度だけわたしはそのとてつもない目を見たのである。その目は私をにらみつけ、鳥肌が立つほど恥じ入らせたのだ」（James, "Aspern" 303）。

［17］本章は国際状況小説を都市小説として読む試みであるが、海老根は「ゾラ論における「三都市」への言及はジェイムズ自身後期の三作品において「都市」を書くことを意図していたことを示している」と論じている（海老根 七三）。

［18］ちなみにこのバルコニーの場面はその後、メイミーとふたりで（*Ambassadors* 306-308）、そして二度チャドとふたりで（*Ambassadors* 350, *Ambassadors* 415-16）形を変えて変奏される。いずれも視線の交錯が大きな意味をもつ場面であるが、紙幅の都合上、詳細に論じることはできない。

［19］これに先立ち、公爵が「ある一定の社会階層を下回っていればその人物を決して見ようとはしない」人物であるのに対して、シャーロットは「あらゆるあいだ柄に観察力を働かせた——これは公爵もすぐに見て取った。彼女は物乞いにも注目した。召使をよく記憶していた、御者を見知っていた。彼と出歩いているとき、しばしば薄汚い子どもに美を見出した。露店で見る顔の「類型」に見惚れた」というように（*Golden* 528）、ありとあらゆる人物を観察する。ここにはヨーロッパの階級社会とアメリカの雑多な社会との対比が見られるのは言うまでもないが、あらゆる人物を視線の対象とし、観察することでプライバシーを奪う「壁」のないアメリカを浮かび上がらせているとも言えるだろう。

［20］『黄金の盃』には後半のテラスの上でシャーロットとマギーが対決する有名な場面においても重要な視線の交錯が描かれているが（*Golden* 888-902）、紙幅の都合上本稿では扱わない。

# II　陵辱される女たち——欲望する身体

*1835-1940*

# 1.

# 性欲の詩学
## ——殺害されるポーの女性たち

### 性欲への恐怖

エドガー・アラン・ポーは「構成の原理」で、詩に最も ふさわしい主題は「美女の死」であると主張する。実際にポーの詩には多くの「美女の死」が描かれるが、一八三〇年代なかば以降、ポーはこの同じ主題を散文においても描き始める。巽孝之も指摘するように「ベレニス」「モレラ」に始まり、「ライジーア」「アッシャー家の崩壊」で完成を見る「美女再生譚」は、ポーが「創作活動の比重を詩から散文へ移行する」時期(巽 一四)、すなわちポーが小説ジャンルの可能性を詩との関わりの中で模索していた時期に書かれたのである。「美女の死」という主題が詩から散文へと移植される際、最も大きく変化したのは、散文においてはその美女が「蘇る」ことである。この美女の蘇りはポー作品の中でいったいどのような意味を帯びているのか。

また「美女の死」のテーマは、巽も指摘するように散文初期に始まった美女再生譚に限らず、「じつは「モルグ街の殺人」や「マリー・ロジェの謎」のように美女ばかりが殺される探偵小説のサブジャンルにおいても変わらない」。この点からポーは「美女の死」のモチーフに「生涯とりつかれていた」と巽は主張するが（巽　一六）、探偵小説で描かれる被害者は必ずしもいわゆる「美女」とは限らない。「モルグ街の殺人」ではそもそも殺される女性の美醜は問題とされていないし、「マリー・ロジェの謎」の被害者は確かに「美女」ではあるものの、美女再生譚の詩的美しさとは異なり、きわめて現実的な生身の女性である。[1]探偵小説において、女性たちは詩的美しさとはかけ離れたところで残虐に殺害されるのである。

本論では、美女の死と蘇りを扱った一連の小説と推理小説が実は表裏一体の関係にあり、どちらもポーのコントロールできない／されなければならない性欲を描いたものであることを論証する。ポーは自らの性欲を拒否し、抑圧しようとした。それゆえに男たちに性欲を抱かせる力をもった女性を憎み、殺害しようとしたのである。ポーの詩においてその抑圧は「美女の死」として表象される。しかしこのセクシャリティの拒否は必ずしもうまくいったわけではない。いかに抑圧しようとも、自らの性欲から完全に逃れきることなどできず、繰り返し蘇ってくるのである。それが一連の美女再生譚として描き出されることになった。推理小説はこの不合理な欲望を理性の力で抑えつけるために考え出されたジャンルなのである。いずれにしてもこの女性への敵意は性欲があるからこそ抱かれるものであり、敵意を向ける対象そのものがその敵意の根源でもあるという点で、根本的に矛盾をきたしている。そういう意味でポーの試みはいずれのジャンルにおいても最初から失敗する運命にあった。しかしポー作品がもつ作者のコントロールを越えた本質的な力は、この矛盾する欲望の相克から生まれているのである。

## 性の殺害とその失敗

これまでも指摘されてきたことであるが、一連の美女の死を扱った作品で、ポーの語り手たちは美女の精神性のみを重視し、身体的側面を嫌悪してきた。[2]「モレラ」では、語り手は「［モレラに向けた愛情の］炎はエロスの炎ではなかった」(Poe, "Morella" 225) と主張しているように、語り手の愛情はモレラの性的身体ではなく、精神へと向けられたものである。そしてモレラへの愛情が嫌悪に変わったとき、「弱々しい指で触れられることに、美しい響きのことばをつかうときの低い声音に、物憂げな目の輝きに、もはや耐えられなかった」("Morella" 227) と述べているが、ここから語り手のモレラへの嫌悪は触れること、声、目といった身体性がきっかけになっているらしいことが読み取れる。「ベレニス」においても、語り手が愛したのは「地上の現実的な存在としてではなく、そのような存在を抽象化したもの」(Poe, "Berenice" 214) としてのベレニスであった。「ライジーア」でもまた、精神を表すライジーアと肉体を表すロウィーナという対照的な女性を登場させ、肉体的なロウィーナを激しく嫌悪する。

このように、女性から精神のみを抽象し、肉体を殺害しようとするのは、女性たちの身体性とセクシヤリティを拒否しようとしている証左である。ポーが成熟した女性を恐れていたという解釈は、マリー・ボナパルトを引くまでもなく、これまで精神分析批評で何度も繰り返し主張されてきた。それが最も典型的に現れている「モレラ」を見てみよう。この作品は、語り手の妻モレラが亡くなると同時に娘を産み落とすという、出産の場面を描いているが、ポーが生物学的状況を描くのはきわめて珍しいと言えるだろう。しかしこの作品はむしろ出産を描くというよりは、描くことを避けているといったほうが適切であるかもしれない。以下が問題のモレラの出産場面である。

「もう一度言いますが、わたくしはもうすぐ死にます。でもわたくしの中にはあなたがこのわたくしモレラのために感じてくださる愛情の――ああ、なんと少ないことでしょう――愛情の証しがあるのです。そしてわたくしの魂がこの世を去るとき、その子は生を受けるのです。あなたと、そしてこのわたくしモレラの子どもが。（中略）

「モレラ！」わたしは叫んだ。「モレラ！　いったいどうしてそんなことを知っているのだ」――しかし彼女は顔を背けて枕に顔をうずめた。すると手足に微かに身震いが生じたかと思うとそのまま死んでしまい、それ以上モレラの声を聞くことはなかった。

しかし彼女が予言した通り、彼女の子が――死に際して産み落としたのだが、母親が息をしなくなるまで子どもは息を始めなかった――彼女の子が、娘が、生を受けた。（"Morella" 232-33）

死の床に横たわるモレラは自分が死んだあと、語り手とのあいだの子どもが生まれるだろうと予言する。出産を「予言」するという言い方から示唆されているのは、この段階において語り手がモレラの妊娠に気づいていないということである。そして出産そのものはいっさい描かれず、まるで死ぬと同時に妊娠と出産が瞬間的に生じているように見える。ポーのこの作品はいわゆるゴシック小説であり、リアリズム小説ではないが、それでも現実にはあり得ない、唐突な出産は読者に奇妙な印象を与える。

このいささか不自然な出産場面は、その背後にふたつの隠蔽が行われていることを指し示している。まず妊娠・出産にいたるには、それに先立つ性行為の存在がなければならないはずであるが、それが隠されていること、そして妊娠・出産のプロセスが当然もっているべき身体性が感じられないことである。つまり「モレラ」の出産場面が明らかにしているのは、出産にまつわる性と身体を、語り手が隠蔽しようとしていることなのである。おそらくは身体もセクシャリティももちあわせていたはずの生身の女性モレラは、死の直前に自分と語り手の子どもを産む。モレラはこのセクシャリティと身体性が最も明確に発露する行為によって、語り手が自分の身体に向けた敵意に報いようとするのである。しかし語り手は、自らの語りにおいて、本来出産という現実から切り離すことのできないはずの性と身体を取り除いてしまっているのである。

「ベレニス」では、女性の身体性がはるかに強い印象で立ち現れる。語り手は偏執的にベレニスの歯を手に入れなければならないと考えるが、それはベレニスの歯が精神の象徴であるからだと主張する。

あの歯！――あの歯！――あの歯はここにも、あそこにも、あらゆるところにあった。わたしの前に、目に見え、手にさわれる形で。長く、細く、はなはだしく白く、そのまわりには青ざめた唇が身もだえしていた。まるでその歯が初めて生え出したその恐ろしい瞬間であるかのように。その後わたしの偏執狂の猛威が訪れた。その奇妙で抵抗しがたい影響に抗おうとはしながらも屈服してしまうのだった。外の世界の無数にある物体の中で、わたしはあの歯のことしか考えられなかった。あの歯を、わたしは狂ったような欲望でほしいと願った。（中略）想像の中であの歯に感覚力と知覚力を、唇の助けを借りずとも心の有り様を表現できる能力を与えてみて、わたしは震え上がった。踊り子サレー嬢について「そのステップすべてが感情であった」と言われるが、ベレニスについてはわたしは真剣にその歯すべてが観念であると信じていた。観念！――ああ、これこそがわたしを破滅させた馬鹿げた考えであった！　観念！――ああ、だからこそわたしはあの歯をこんなにも狂ったように焦がれるのだ！　あの歯を手に入れることだけがわたしに平穏をもたらし、理想を取り戻すことができるのだと考えていたのだ。（"Berenice" 215-16）

語り手にとってベレニスの歯は肉体から抽象された観念（des idées）であり、朽ちていく身体の中にあって最後まで形を変えない精神の象徴と考えられている。つまり女性の身体を観念としてのみ捉え、その身体性を捨て去っているのである。

しかし語り手のこのことばとは違い、実際の「ベレニス」の歯はたんに「観念」としてのみ存在しているわけではなく、明らかに別の意味あいを帯びている。「[ベレニスの歯は］長く、細く、はなはだしく白く、そのまわりには青ざめた唇が身もだえしていた」という表現や、「想像の中であの歯に感覚力と知覚力を、唇の助けを借りずとも心の有り様を表現できる能力を与えてみて、わたしは震え上がった」という表現から感じ取れるように、むしろ語り手はここで性的対象としての歯に惹かれているのである。雑誌掲載のときにはあったが、後に削除された一節でも、「土色の唇はねじれ、ある種の微笑みを浮かべているようであり、垂れ込める暗闇を通していま一度、わたしに向けてまばゆく輝くのは、あまりにも明白な現実感を伴った、白くきらめくぞっとするようなベレニスの歯であった」("Berenice" in *SLM* 335) と、さらに扇情的に、語り手を性へと誘い込む存在として描かれている。

このような男を誘う歯は、言うまでもなくヴァギナ・デンタータ（歯のある膣）の典型的表象である。[3] このあと語り手は妻の口からすべての歯を引き抜く必要を感じるが、それは男性を誘う女性性器に対する恐怖の表れであり、だからこそ語り手はそこから危険を取り除き、自らの性欲とともに地中に埋葬せねばならなかったのである。いわば「ベレニス」の歯を抜くという残虐な行動は、身体から精神のみを抽象する行為であるのみならず、語り手にとっては男を誘い込む女性性を去勢する行為なのである。ここで描かれる歯は男性を誘い、おびき寄せ、おびやかす女性性器への恐怖を表象したものと言えるだろう。

「ライジーア」においても語り手はライジーアの精神性を強調しようとするが、語り手が微に入り細をうがって記述するのはライジーアの身体の細部であり、とりわけ印象的な黒い瞳である。ライジーアの瞳はもちろん、語り手にとっては精神への入り口として、ライジーアの精神的側面を強調するために選ばれた身体部位ではあるが、その瞳は語り手の意図を越えて息づいている。「長いあいだ忘れられていたものを記憶に呼び覚まそうとするとき、我々はしばしば思い出すぎりぎりのところまではいくものの、結局思い出すことができずに終わる。そして同様にライジーアの瞳をつぶさに吟味しているときに、その瞳の表すものが完全にわかるところまで近づいているような気がし——その瞳の表すものが近づいてくるのを感じながら——それでも完全にわかるところまではいたらず——結局まったくわたしの理解をすり抜けてしまうのだ」(Poe, "Ligeia" 313-14)。この語り手の瞑想は、ライジーアの瞳が理解できそうでできないもの、実はよく知っているものであるにもかかわらず、どうしても気づくことのできないものであることを語っているが、このような記述が示唆するところは明らかである。つまり語り手にとってライジーアの瞳が表象するものは、語り手が強く抑圧して見ないですませようとしているもの——ライジーアの身体性そのもの——であるらしいということである。語り手は、ちょうど「モレラ」や「ベレニス」の語り手がしようとしたように、ライジーアの瞳に身体性を見ることを拒否し、精神性のみを抽象しようとしている。しかしながらライジーアの身体性はたんに語り手の目から抑圧されているにすぎず、逆にライジーアの瞳はまぎれもなく身体の一部であることを、語り手の無意識に対して主張しているのである。

このライジーアの身体性がセクシャリティとつながっていることは明らかである。後に語り手は「外面においては平静で常に落ち着いていながらも、わたしの知るあらゆる女性の誰とも比較にならぬくらい、ライジーアは荒れ狂う猛禽のような容赦ない情熱(passion)の暴力的な餌食であった。そしてそのような情熱をかろうじて見て取ることができるのは、わたしを歓喜させながらも戦慄させるあの瞳が驚くばかりに見開かれるさまを見たときだけである」と述べる("Ligeia" 315)。"passion"が情欲をも意味する語であり、特に一九世紀においては性欲の婉曲語法として用いられていたことを指摘するまでもなく、ここで語り手の用いることばはライジーアの性的側面を強く感じさせる。そしてその強い情欲がライジーアの黒い瞳の向こうから語り手を覗き込み、誘っているのである。

語り手は「彼女の瞳の燦然たる輝きを欲しながらも」、同時に戦慄する。野口啓子が指摘するように、「ポーの語り手はすべて美女の殺害者」であり（野口 一〇九）、ここでもライジーアは死ななければならない（「わたしには彼女が死なければならないことがわかっていた」［"Ligeia" 316］）。そしてライジーアを精神的存在としてのみ見る語り手は、ライジーアが肉体の死をおとなしく受け入れるだろうと考えているが（「彼女にとって死は恐怖を伴うことなく訪れるだろうという確信をもっていた」［"Ligeia" 316-17］）、実際にはライジーアが自分の身体に執着することに驚き、「死の影にあらがってもがくすさまじさ」に圧倒され、そして「その哀れな惨状を見て苦悶のうめき声を上げ」るのである（"Ligeia" 317）。

ライジーアの瞳の奥にほの見える激しい性欲は、ライジーアのものであると同時に語り手自身のライジーアに対する欲望をも反映したものである。だからこそ語り手は「歓喜」と同時に「戦慄」させられ、殺害にいたるのである。ライジーアが死んだあと、語り手は金の力に物を言わせ、ロウィーナを花嫁として迎え入れる。語り手の狂気を映し出すかのような装飾を施された部屋に閉じ込められたロウィーナが自分を憎む様子に「むしろほかでもない喜びを感じ」ながら、「新婚の最初の一ヶ月、不浄の（unhallowed）ときをすごした」（"Ligeia" 323）と語る語り手が、サディスティックな性欲に捕らわれているのは明らかである（"unhallow" は「みだらな、わいせつな」という意味ももつ）。そして語り手がロウィーナを憎むのは何よりロウィーナが欲望を抱かせる性的存在であるからにほかならない。ライジーアとロウィーナは対照的に描かれているようでありながら、語り手にとっては両者とも自分に性欲を催させ、そのために殺意を抱かせる対象でしかないのである。しかし拒否し、抑圧しようとしても、女性に対する欲望は完全に捨て去ることなどできず、常につきまとうことになる。その嫌悪しながらも求めざるを得ないジレンマが、「ライジーア」を含む一連の美女物語において、殺害しても蘇ってくる美女の表象となって現れてくるのである。

欲望を感じながらも、まさにその欲望を掻きたてるがために、女性は罰せられなければならない。その矛盾する欲望はしばしば作中の女性に、作者自身も意図しなかったような強い力を与えることになる。ポーが一八三九年にフィリップ・クック宛に書いた手紙によると、物語の最後でのライジーアの復活は一時的なものにすぎないつもりだったという（Ostrom 118）。しかし、実際の「ライジーア」の結末部分を見る限り、ライジーアはポーの意図を越えて、あまりにも強い存在感をもち、読者の中に生き続ける。

触れようとするわたしからたじろぎ、頭を覆っていたあの恐ろしい屍衣を解き、払い落とした。するとその部屋の渦巻く空気の中に長く乱れた髪がほとばしり出た。その髪は真夜中の大ガラスの羽よりもさらに漆黒であった！　そして今やゆっくりと、わたしの前に立つその人物の目が開いたのだ。わたしは大きな叫び声を上げた「ここにあるのは、少なくとも決して――決して間違うことのない――大きく黒く狂気じみたあの目だ――わたしの愛する女性の――レディ・ライジーアの目だ！（"Ligeia" 329）

語り手を見据える "wild eyes"「狂気じみた目」＝「飼い慣らされていない目」は、読む者にあまりにも強烈な印象を与える。ポー自身も自分の意図が失敗であったことを認めているが、ここで強烈な存在感を放つライジーアは、もはやポーの思惑を越えて息づき、その意図通りおとなしく飼い慣らされてはいないのである。

## 天邪鬼

レスリー・フィードラーは『アメリカ文学の愛と死』ですでにポーの天邪鬼をセクシャリティと絡めて論じているが（Fiedler 396）[4]、結局ポーが強迫的に描き続けた天邪鬼とは、理性が抑圧すべきと考えているにもかかわらず、理性のコントロールを越えてつきまとう欲望のことにほかならない。ポーは作品中で何度も女性を殺害し、天邪鬼にとりつかれる男性を描いてきたが、それは女性を求めながらも拒否しなければならないというこの不合理な欲望こそがポーにとって作品を書く原動力のひとつであったからなのである。

一連の美女物語を書かなくなったあとも語り手にとって理解しがたい欲望を描く試みは続けられる。たとえば「黒猫」は女性の身体性を抑圧しようとする語り手が復讐される典型的な作品であると言えるだろう。黒猫はオスとして描かれながらも、しばしば殺害される語り手の妻との同一性が指摘されてきたが[5]、この黒猫を妻の表象と考えるならば、ここで語り手が妻の代替である女性身体を切り裂こうとするきっかけになるのは、猫が語り手の腕に噛みつくという行為である。語り手は酔っぱらって家に帰ってきて黒猫を見たとき、猫が自分のことを避けているように感じる。「わたしは猫を捕まえた。そのとき猫はわたしの暴力にあらがって、わたしの手に歯で軽い傷を負わせた」。そのことに怒り狂った語り手は「ベストのポケットからペンナイフを取り出し、開き、そのかわいそうな獣の喉をつかみ、片方の目を眼窩からゆっくりとえぐり出」すのである（Poe, "Black" 851）。喉を押さえつけて目にナイフを挿入する様子はレイプを思わせる描写であるが、その残虐な行為を引き起こすきっかけとなるのが黒猫の歯である。語り手によって猫という動物の表象に、しかもオスとして塗り込められることで、女性としての身体を拒否された女性が、ここで語り手の腕に嚙みつくという行為を通して自分の身体性を主張しているのである。歯も目もともに美女物語で描かれた女性身体の表象であるが、この猫の嚙みつく歯が「ベレニス」で描かれたヴァギナ・デンタータの変奏であるのは明らかであろう。語り手は嚙みつかれることによって、黒猫＝女性の身体の危険性を思い起こし、「ベレニス」のように歯を抜くことこそないものの、瞳をえぐり出す。なぜなら「ライジーア」で描かれていたように、女性の瞳には男性を誘う情欲が映しだされているからである。

この嚙みつかれるというエピソードの直後、「黒猫」の語り手は天邪鬼に捕らわれる。「してはいけないという理由からだけで邪悪でばかげた行動をしてしまう」（Poe, "Black" 852）という天邪鬼に捕らわれ、語り手はこの黒猫を殺害することになるのである。この天邪鬼が抑圧しても繰り返し蘇る欲望を表現しているのだとすれば、先ほど見た語り手の腕に嚙みつく歯は、この理解不能な欲望を呼び覚まし、誘い出すきっかけともなっているのである。そしてその後現れる二匹目の黒猫は語り手につきまとって離れないことが描かれるが、この猫が天邪鬼を体現する存在であり、殺しても死なない性欲の象徴であることは容易に見て取れるだろう。

## 推理小説と性の隠蔽

美女の復活や天邪鬼はポーが生涯を通じて何度も描いたモチーフであるが、ポーの作品では生きながら埋葬したはずの性欲がしばしば蘇る。本書第一部では都市化と大衆の欲望との関連からポーの推理小説を論じたが、視点を切り替えてポー自身の欲望から改めて考え直してみたとき、ポーが作り出したとされる推理小説という小説ジャンルは、実はこの何度も蘇る不合理な欲望を囲い込むために生み出された小説形式であると考えられる。本書第一部第一章でも指摘したように「モルグ街の殺人」においては、そもそも事件が起こる前は男性だけの世界と女性だけの世界がきわめて明確に分け隔てられている。その分け隔てられた世界に突如侵入するのが性欲の象徴たるオランウータンである。狭い煙突に無理矢理女性の身体を押し込むというレイプを思わせる行動だけでなく、オランウータンがそもそも逆上するきっかけになるのはレスパネー夫人が梳いていた髪の毛であり、また自分が切り裂いた傷口から流れる血であった。この髪や流れ出る血は女性の身体性とセクシャリティを強烈に指し示している。いわばこのオランウータンによる殺害は、ポーの語り手たちが抑圧しようとしていた性欲に捕らわれた男が、その原因たる性と身体をもつ女性を攻撃していることの表れなのである。したがってこの作品において見つけだされるべき真犯人とは、実は多くの作品でポーの語り手たちが隠し、抑圧していた性欲であると言うことも可能だろう。

ポーはこの抑圧しても監禁状態から抜け出し暴れ回る性欲を、捕らえ、再び閉じ込めて飼い慣らす必要を感じていたのである。デュパンの推理能力は、つきまとう不合理な欲望を合理性で説明するためのものと考えられる。あれほど頻繁に天邪鬼を描いたポーであるが、デュパンは人間の行動を徹頭徹尾合理的に説明し、未来の行動の予想までしてしまう。もちろんこのような合理性はデュパンだけがもっていたわけではなく、「暗号論」などを見てもわかるようにポー自身の傾向でもあった。ポー自身が合理的にすべてを解決しようとする傾向にありながら、理性で説明できない天邪鬼にとりつかれるという矛盾を抱えていたのである。

デュパンの推理も常にこの欲望の抑圧に成功していたわけではない。「マリー・ロジェの謎」が、実際の事件メアリ・セシリア・ロジャーズ殺しをほぼ忠実に扱い、未解決の事件の真相を解き明かそうとした作品であることは広く知られているが、この作品を実際の事件と比較してみると、ポーの性に対する意識がはっきりと現れてくる。ポーは、作品中で海軍士官と駆け落ちしたマリーがその途中で口論の結果殺害されたと推理した。『レイディーズ・コンパニオン』誌に三回に分けて掲載される予定であったが、一一月号と一二月号に二回分を載せた段階で真相が発覚し、実はメアリは堕胎手術に失敗して死亡し、死体を遺棄されていたことが判明したのである。ポーは最終部分の原稿の掲載を一ヶ月遅らせ、真相を知った上で二月号に修正した原稿を掲載した。

ジョン・ウォルシュがこのメアリ・ロジャーズ事件に関して詳しく記述しているが、そもそも当時の新聞には、メアリの行方不明が報じられた直後から堕胎手術を受けているのではないかという説が掲載されていた（Walsh 24）[6]。ポーは「マリー・ロジェ」を執筆するにあたって、当時の実際の新聞記事をほぼそのまま収録し、デュパンに反論させているが、おびただしい量の新聞紙上の意見を取り上げているにもかかわらず、堕胎に関する記事にはいっさい触れていない。またメアリは事件の数年前にたばこ屋で男性客を惹きつけるための店員として雇われていたが、実際には娼婦に近いものだった可能性も指摘されている（Van Leer 85-86）。この事件の数年前にもメアリは一度失踪しているが、そのときも目的は堕胎であり、メアリがこのように堕胎を繰り返さなければならなかったのは売春に近い仕事に従事していたためである。[7] メアリと同じ町に住んでいた経験のあるポーは当然このような事実を知っていたはずなのだが、なぜかポーは作中でマリーのことを「卑しい女性ではなかった」（Poe, "Mystery" 768-69）と述べるのである。

タバコ屋の主人アンダーソンは作中では香水店のルブランとして描かれているが、後に判明した事実によると、ポーにメアリ・ロジャーズ事件のことを書くよう依頼したのはアンダーソンであったという。[8] アンダーソンは自分に不名誉な噂をたてられることを恐れ、ポーに自分を事件とは無関係な人物として描くように頼んだというのである。したがってアンダーソンのもとでメアリが売春行為に従事していたことにポーが触れていないのはむしろ当然のことのように思えるかもしれない。しかしディヴィッド・ヴァン・リアが詳細に論ずるように、ルブランとマリーが売春業と関係していたことの痕跡は、ポーのテクストから決して完璧に隠されているわけではない。ルブランがそのような仕事にしては「気前のよい給料」を提供していたこと、母親はマリーがその仕事に就くことにためらいを覚えていたこと、ルブランは一度目の堕胎の事情を「知らないと公言していた」ことなどは、ルブランが斡旋こそしなかったかもしれないが、少なくとも客寄せのためにメアリの売春行為を黙認していたらしいことを暴露してしまう（Van Leer 84-86）。ここからもポーはメアリ／マリーの売春行為を目の前にしながらどういうわけかその事実に無自覚なのである。だからこそルブランの潔白を描くつもりで逆にその反証を自ら書き込んでいることに気づかないのである。

ポーはこの作品で、無残にレイプされた死体を描くことはできても、娼婦として男を誘い、堕胎を繰り返す女性を描くことはできなかった。その事実を見ることを拒否し、隠蔽することにしたのである。いわばポーはマリーを誘う女ではなく、被害者として描くことで、そしてデュパンにそう推理させることで、誘う女としての脅威を消去しながら、彼女を抹殺しようとした。しかしこの推理は事件に関わった人物の証言で誤りであることが暴露される。結局ポーはこの隠蔽工作に失敗し、原稿に「堕胎」の文字を書き込まざるを得なくなるのである。これは偶然の成り行きにすぎないが、隠蔽された性の問題がその抑圧を越えて浮上してくる様子を見ると、この作品の創作過程自体がまるで一連のポーの作品そのものと重なってくるようである。

真相を究明するという意味でも、作品の完成度という点からも、この「マリー・ロジェの謎」はまぎれもない失敗作である。しかしこの作品の失敗そのものが、欲望しながらもその欲望を拒否し、抑圧しようとしながらも失敗し続けるポー文学の本質を何より雄弁に物語っていると言えるのではないだろうか。

美女の復活の物語であれ、天邪鬼をモチーフとする物語であれ、推理小説であれ、ポーは自分を突き動かす矛盾した欲望を原動力として作品を創造してきた。完全に性欲から自由になることなどそもそも不可能であろうが、その性欲を強く憎み、拒否しようとしたがゆえに、ポーはますますその欲望につきまとわれることになったのである。矛盾する欲望に引き裂かれ、その矛盾の中で作品を生み出していたために、その作品は飼い慣らすことが不可能な激しい力を噴出させている。そしてベレニスの歯やライジーアの瞳、夜のパリを跳梁するオランウータンは、たんに物語を動かす小道具としての存在をはるかに超え、読者の中に強い生命力をもち続ける。そして繰り返し蘇りながら読者につきまとって離れないのである。

注

［1］C・オーギュスト・デュパンを主人公とする探偵小説の中で「盗まれた手紙」は「死」を扱っていないので本論では言及しない。

［2］野口啓子は肉体を殺害し、精神を抽象しようとする語り手の「狂気のドラマ」を論じている（野口 八七-一一三）。

［3］男性が女性に対して抱く脅威や去勢不安などを表すイメージであり、古くから男性上位の社会に広く認められる。Ducat 115-49 を参照。

［4］ただしフィードラーの議論は、異人種間のホモセクシャルな欲望についてである。

［5］たとえば Benfey 37 を参照。

［6］すでにこれ以前にもメアリは一度失踪しており、その際も実は当時のタバコ屋の雇い主アンダーソンの計らいで一度目の堕胎をしていたことが明らかになっている。

［7］「マリー・ロジェの謎」につけたトマス・オリーヴ・マボットの注釈を参照（"Mystery" 721）。

［8］この事実はマボットがすでに注釈で明らかにしているが、近年マシュー・パールがより詳細にこの経緯を説明している。（"Mystery" 722, Pearl xvi-xviii）

# 2.

## 敷居に立つヘスター・プリン
### ——『緋文字』における性欲の感染

**病**

『緋文字』には、病に関することばが多用されている。「病」を意味する“sick”（“sickness”、“sickened”を含めて）は一四回、“disease”、“ailment”はそれぞれ五回と一回、「病的な」という意味の形容詞“morbid”は一二回、「感染」を表す“pollution”（および“polluted”）は五回、“infect”（および“infectious”）は四回にわたって用いられる。そしてこれら「病」に関係することばは、そのことごとくが性的逸脱の罪の隠喩として用いられている。[1] そもそも作品の主題である姦通自体が非常に性的な題材であるが、チリングワースがディムズデイルの服を剝いで隠された緋文字を露わにするというレイプを思わせる行為[2]や、森の中でのヘスターが髪をほどいてディムズデイルを誘惑する場面など、ヴィクトリア朝的な隠喩や婉曲表現に隠しながらも、[3]この作品にはおびただしい数の性に対する言及が見られる。これら性的逸脱の罪に対する考察は『緋文字』批評の根幹を形作ってきたが、本章では罪が病の隠喩で語られることに着目し、当時の医学言説と文学言説が互いに互いを支えあいながら相互依存の状況であったことを明らかにする。そして罪が隠喩に流された結果、作中にどのような副産物を生み出し、それが作家の登場人物理解にどのような影響を与えているのかを論じる。つまり罪が病の隠喩で語られることによって、その罪は「感染」するものであり、従って感染源たる罪びとは隔離されるべき存在として捉えられるのである。また病、感染、隔離という図式の中で、ヘスターの性欲を感染源として敵視し、抑圧するメカニズムが働いていることを明らかにする。そういう意味で、『緋文字』はヘスターの性欲を抑え込む様を劇化した物語として読むことができるのである。そしてその図式を読み解くことで、ヘスターの人物像の持つ複雑性のひとつの要因を明らかにしたい。

『緋文字』において規範的な性行為を逸脱した「姦通」の罪は、さまざまな病の形をとって描かれる。作品が執筆されていた当時、アメリカ社会はしばしばコレラの流行や結核、梅毒などに襲われており、医学言説ではこれらの疫病は罪を犯したことに対する罰として描かれていた。スーザン・ソンタグが病に関する研究の古典、『隠喩としての病』で述べているように、今日においても隠喩を取り除いたあるがままの姿で病を認識することは非常に難しいが（Sontag 3）、一九世紀中葉のアメリカにおいては罪と病は不可分の概念として存在していたのである。したがって物語の冒頭でヘスターが処刑台に立たされ、姦通の相手が誰かを詰問される場面で、彼女の魂が「汚されている」(in its pollution) と書かれるとき (67)、当時の読者にとってこの"pollution"ということばは特別の意味を帯びていた。もともとこのことばは文字通りの「汚染」から精神的「堕落」までをさす幅広い意味をもっているが、とりわけホーソーンが『緋文字』を執筆していた一八四九年には当時猛威を振るっていたコレラの感染の原因としてさまざまな場所で目にすることばであった。

コレラはアメリカ大陸を合計三度襲う。一度目は一八三二年の夏、二度目が一八四八年から四九年にかけての冬、その後一八五四年まで断続的に出現したあと、突如姿を消し、一八六六年に三度目のアメリカ大陸上陸をはたす。この一八三二年から一八六六年という期間がホーソーンの作品執筆時期とほぼ一致するのはなかなか興味深い点であるが、実際に二度目のコレラ襲来の際、ホーソーンはおそらくこの病を強く意識していたはずである。たとえば一八五一年の『七破風の家』冒頭で描かれるモールの呪いが、あたりに充満する異臭や飲めば下痢を引き起こす井戸水など、コレラの症状を思わせるのは偶然ではないだろう。[4] またヨーロッパでコレラ勃発の知らせが届くと、大西洋に面したアメリカの各都市ではコレラ防衛のための大規模な隔離、検疫政策を実施した。『緋文字』執筆直前までセイラムの税関官吏であったホーソーンは、いわばヨーロッパから押し寄せるコレラ防衛の最前線にいたのである。

一九世紀中葉、神への信頼が揺らぎ始めた時代、疫病などの社会的脅威はなおさら神への不信心の結果とみなされ、疑似宗教言説で語られることになる。その結果、本来たんなる生物学的病にすぎないはずのコレラは罪を犯したことに対する罰と考えられた。歴史家チャールズ・ローゼンバーグはコレラの歴史を書いた著書で、当時の見解を以下のようにまとめている。

> コレラとは神の意志によって引き起こされたものである。一八三二年に流行したときと同様、一八四九年にも、あらゆる宗派の敬虔な信者たちはコレラが物質主義と罪とにまみれた国にぴったりの懲罰であると認めていた。アメリカ人の中にはコレラが貧乏人と罪深い人だけを襲うのだという意見に表向き反対していた者もいるが、それでも飲酒、無分別、過剰な性欲が及ぼす悪しき結果について噂をしていた。コレラを防ぐのに精神的手段はなくてはならないものだったのである。(Rosenberg 121)

病を不道徳に対する罰であるとみなすこのような考え方は、ホーソーンによる罪の子パールの描写にはっきりと反映されている。「パールが［自分をからかう子どもたちを］荒々しく追い回す様は、子どもの姿をした悪疫(infant pestilence)に――猩紅熱(scarlet fever)かあるいはまだ羽も生えそろわない裁きの天使か何かに――似ていた。そして次代を担う若者たちの罪を罰することをその使命としているのだ」(Hawthorne, *Scarlet* 102-103　以下、同作品からの引用はページ数のみ記す)。まるでエドガー・アラン・ポーの「赤死病の仮面」を思わせるような描写であるが、人の姿をとる疫病が「若者たちの罪を罰する」というのは、当時人びとが抱いていた「天罰としての疫病」のイメージそのものであった。

　姦通の相手ディムズデイルもまた常に病的に虚弱であるが、その描写は結核患者を思わせる。体力が著しく衰える中、「知性の働きは当初のままの力強さを保ってはいた、いや、あるいは病だけが与えることのできる病的な活力を獲得していたのかもしれない」(159、強調は引用者)と述べられるが、ソンタグが「病の働きに関する撞着語法――熱のある活動性、情熱的な諦め――は結核の典型と考えられていた」と述べるように(Sontag 12)、この状態は当時の結核を描く文学的表象の典型である。[5] またソンタグは「結核感染には性欲をもよおさせる働きがあり、激しい性的魅力をその人に与えるのだと考えられた」とも述べているが(Sontag 13)、結核に関する神話の中でも、結核患者特有の蒼白い顔色は性的魅力を持つとされていた。[6] 説教をするディムズデイルの声は、その罪のせいで不思議な共感作用があり、内容とは関わりなく聴衆の心にたちどころに共感を呼び起こすが(67、142、243)、罪ゆえの共感作用と、病ゆえの性的な魅力はそれほどかけはなれてはいない。

ソンタグによると結核は「両極端を揺れ動く」病であり、普段は虚弱な患者に「一時的に多幸症を引き起こし、食欲を増進させ、性欲を増大させると考えられた」(Sontag 11, 13)。この一時的な多幸症、食欲の増進、性欲の増大が『緋文字』にも描かれている。物語終盤、森でヘスターと出会い、ヨーロッパに脱出するようヘスターに説得されたあと、ディムズデイルは「ひどく感情が高ぶり、いつになく体力に満ちあふれ」て(216)、まるで別人のように見える。自分の部屋に帰り着いたディムズデイルはその後、「選挙祝賀説教」の原稿を書き始める。

ひとりきりになって牧師はその家の召使いを呼び出し、食事を求めた。食事が目の前に並べられると、彼はむさぼるような食欲でそれをたいらげた。それから選挙祝賀説教のすでに書き終えたページを暖炉に投げ込み、すぐさま別の原稿を書き始めた。思いついた考えや感情を衝動的に、流れるままに書き留めていたので、神の啓示を受けたのではないかと考えたほどであった。ただ不思議だったのは、神のことばの崇高かつ荘厳な音楽を伝達するのに、自分のような穢れたオルガンパイプを通すのが適切であると、天が考えたことである。しかしその謎は自ずと解けるに任せ、あるいは永遠に解けぬままにしておき、牧師は熱烈な性急さと恍惚の中で、自分の仕事を先へと進めた。このようにして夜はまるで翼をもった駿馬のように、瞬く間にすぎ去り、その駿馬を操るのもまた牧師その人であった。朝が訪れ、カーテンの隙間から恥ずかしそうに覗き込んだ。ついに夜明けが黄金の光を書斎に投げ込み、その光がまともにぶつかって牧師の目をしばたたかせた。ほら牧師がそこに。いまだペンを指のあいだに挟み、その背後には書き終えた紙が膨大で計り知れないほど広がっている！（225、強調は引用者）

これまでの虚弱な描写からは考えられないほど、ディムズデイルは別人のように見え、「むさぼるような食欲」で夕食をたいらげる。ソンタグのいう「性欲」には一見触れられていないようだが、ただひとり部屋に閉じこもり、一心不乱に「熱烈な性急さと恍惚の中で」文章を書く「穢れたオルガンパイプ」、ディムズデイルの姿には、急激なスピードで『緋文字』を書き上げる作者ホーソーンの姿が重ねあわされるのみならず、「ペン（＝ペニス）を指のあいだに挟」む孤独なマスターベーターの姿が透けて見えてくる。[7] T・ウォルターー・ハーバートも触れているように、一九世紀のアメリカではマスターベーションに関する言説が爆発的に増大した時期でもあった（Herbert 190-91）。一七一二年に書かれた古典的な書物『オナニア』がマスターベーションの危険性を訴えて以来、マスターベーションは徐々に医学的言説に組み込まれ始める。一九世紀にはマスターベーションを行えば身体を消耗させ、狂気や盲目を引き起こしてしまうのだという説が現れたために、この行為がひとつの「病」として捉えられるようになったのである（Friedman 85-102）。また、先ほど触れた“pollution”ということばには「汚染」「堕落」といった今日用いられる意味以外に「精液を体外に放出すること」という意味があった[8]。そういった社会的状況を考慮に入れるならば、上に引用したディムズデイルの姿は、森でヘスターに誘惑された牧師が自らの性欲を解放（マスターベーション）している場面と読むことも可能である。

キャロル・マリー・ベンジックは、「ラパチーニの娘」を新歴史主義的に分析し、作品に現れる病の症状が梅毒である可能性を示唆した。しかし作品中の症状から病名を特定すること自体が重要なのではなく、一九世紀の「お上品な伝統」が支配するアメリカでは、性欲が病という隠喩でしか語ることができなかったということのほうに注目すべきであろう。だからこそホーソーン作品においてはさまざまな病の症状が混在しているのである。当時の医学的言説が、疑似神学的言説を活用しながら病を罪の隠喩でくるむ一方、『緋文字』のような文学言説が逆に罪を病の隠喩で描いている。一九世紀においては医学言説と文学言説が互いに互いを支えあい、補強しあいながら、性欲という罪が病そのものの原因でありかつ結果であるという認識を再生産し続けていた。このことは、当時の「お上品な伝統」のもとでは直接語ることのできなかった性欲を語るための手段を、ホーソーンに与えることにもなったのである。

ここで安直にホーソーン自身が語ることを許されない性欲を描くために病の隠喩を用いたのだと考えるべきではない。比較的性の解放された時代に生きる我々の視点からすると、一九世紀の作家は描くことの許されない内容を隠喩に隠して語っているのだと考えがちであるが、性的なものを隠蔽するイデオロギーが強力に作用していた時代、表象を許されない「下半身」の領域は、ホーソーンにとって抑圧されていたというよりはむしろ不可視のものであり、認識すること自体を困難にしていたはずである。性が病の言語で語られるということは、ホーソーンにとって性欲が何より病として認識されていたということを表している。だからこそ、自分の用いる病という隠喩に引きずられ、ホーソーン作品においては、性欲は感染する。

## 感染

『緋文字』においてヘスターの最大の罪とは、たんに男性を惹きつける性的魅力をもっているというだけではなく、自らの意志でディムズデイルを誘い込む自発性にある。近年、この作品を当時のポピュラーな小説と比較する研究が盛んであるが、物語の構造上は男性が女性を婚姻外の性的関係に誘い込む誘惑小説に似ていながら、『緋文字』においてはむしろ誘われるのが男性であるディムズデイルのほうであり、ヘスターは強い意志をもって男性を誘う女性である（Kreger 310）。つまりピューリタン社会において最も危険なのはヘスターの性的魅力のみならず、ヘスターの性欲である。ヴィクトリア朝的隠喩に隠されながらも、作中で何度もヘスターは自らの「穴に潜む蛇のような」（80）性欲を抑えつけている様が描かれる。「贖罪の行為」（penance）を行いながらも「悔悛」（penitence）ははたしていないとされるヘスターは、ひとり静かに針仕事に励む。

女は男には理解しがたいことだが、繊細な針仕事に喜びを見出すものである。ヘスター・プリンにと

> ってそれは人生の情熱を表出し、ゆえになだめる方法であったのかもしれない。ほかのすべての喜び同様、ヘスターは情熱を罪として退けた。些細な事柄にも病的に良心を干渉させるこの状態は、真の揺るぎない悔悛を導くものではなく、奥底では何か疑わしいもの、ひどく誤ったものを導くのではないだろうか。（83-84）

「情熱」（passion）は「性欲」を指し示す婉曲語法であり[9]、ひとり針仕事に励みながら「情熱」を表出し、なだめるヘスターには、どこか先に見たマスターベーションをするディムズデイルにつながるものが見て取れる。緋文字を胸につけ、セクシャリティの象徴である髪を帽子に隠し、「ヘスターの身体は、威厳があり彫像のようでありながらも情熱が抱きしめようと思うようなものは何もなかった」ように見えるが（163）、実際には「その情熱はかつてあれほど激しく燃えさかり、今でも死に絶えたわけでも眠っているわけでもなく、同じ墓場のような心の内側に閉じ込められているだけ」であり、「[緋文字が]彼女の心を厳しく監視していたにもかかわらず、新しい悪徳がそこに忍び込んだか、あるいは昔からの悪徳が追い払われてはいなかった」と語られる（180-81）。表面的には「贖罪」を行い、性欲を追い払ったように見えながら、たんに性欲を抑圧しているにすぎず、したがって「悔悛」にはいたっていないのである。自分の性欲を意識するからこそ、ヘスターの「自意識の強い心は疑いなど感ぜられない場所に疑いを見出し」（182）、屋内ではディムズデイルとふたりきりになることを拒むのである。

ピューリタン社会の人びとがこのヘスターの性欲の「感染」を恐れていたことは、さまざまな箇所に見て取れる。たとえばヘスターの卓越した刺繍の腕前は「花嫁の汚れのない、赤く染まった頰を覆うためのベール」のために用いられることは許されない（83）。それはもちろんヘスターの犯した姦通の罪、性欲の逸脱が「汚れのない」花嫁に感染することを恐れているからである。若い女性はヘスターから目をそらせるが、それは「一瞬でも目があうとその清純さがいくぶんか汚されてしまうかのように」感じるからである（87）。またチリングワースが本名を隠すのは、罪を犯す以前に親しくしていた者にも「恥辱が感染」するからである（118）。ヘスターが罪を犯したが故に復讐の鬼と化したチリングワースは、実際にヘスターの罪に感染してしまったと考えられるだろう。ディムズデイルもまた、ヘスターによって姦通に誘い込まれたという意味で感染者である。森でヘスターに誘惑されたあとで、出会った信徒たちにその罪深い考えを次々と吹き込もうとする姿（217-20）は、先ほど見たパールと同様、町を突風のように襲う疫病に見立てられている。ディムズデイルが疫病の感染者と化したのは「これまでは一度もなかったことだが、幸せになれるという夢に誘惑され、自らの意志で選び取って致命的な罪（deadly sin）だとわかっているものに身をゆだねてしまったのだ。その罪の伝染性の毒（infectious poison）はこのように素早く彼の心全体に行き渡った」（222）からである。

ヘスターの娘のパールもまた、ある意味でその罪の感染した子どもであると考えられる。パールの奇妙な性格は、「パールが［母親の胎内で］魂を精神世界から吸収し、肉体を地上の物質から吸収」しているさなかにヘスターの精神状態が危うかったためであり、「母親の激情あふれる状態が媒介となって、いまだ生まれぬ幼な児に心の活動の光が伝達されてしまった」ためであると説明される（91、強調は引用者）。この描写は一八世紀末あたりから大きな社会的問題となっていた「先天性梅毒」（梅毒の母胎内感染）を思わせる。[10] 母親の状態（特に望ましくない状態）が胎児に「吸収」（imbibe）され、「伝達」

(transmit) されるといった表現を読めば、当時の読者は間違いなく先天性梅毒を連想したはずであり、その連想は作品理解に大きな影響を及ぼしたに違いない。つまりヘスターを感染源として、来るべき世代へと病が感染していく様が描き出されているという印象を与えるのである。

現実的な恐怖と不安の中で、先天性梅毒に関する言説は一九世紀後半には大きな文学的潮流へと変化していく。いわゆる梅毒文学とでも名づけられるべき文学ジャンルが登場し、そこで社会問題としての梅毒が無数に描き出されたのである。一九世紀末の梅毒文学を論じたエレーヌ・ショワルターは、梅毒文学を書く作家を男性と女性とに分け、それぞれ敵意を向けられる対象が男性の場合と女性の場合とでまったく異なっていることを指摘しているが、「男性作家の作品では、女性こそが敵であった。たとえば魔性の女が男性を性的誘惑に誘い込み、破滅させてしまったり、不感症の妻のせいで夫が売春宿へと追いやられたり、清教徒の女性作家や女性読者、女性評論家のせいで男たちの芸術が骨抜きにされてしまうのである」(Showalter 88) と述べている。[11] ここには女性が性欲をもっても、男性の性欲を受け入れなくとも、諸悪の根源をすべて女性に押しつけようとするメカニズムが見て取れる。これはハーバートの「二重の結婚」説と照らしあわせると、非常に示唆的である。ハーバートは、ヘスターが社会的にはチリングワースと結婚していたが、魂の結びつきという観点からはディムズデイルとも婚姻関係が認められる、そういう意味でディムズデイルと姦通を犯しながら、同時にチリングワースとの関係も姦通とみなすことができると論じている (Herbert 187)。この説を踏まえると、ヘスターは、ディムズデイルに対しては森での出会いの場面が象徴するようにショワルターの言う「男性を性的誘惑に誘い込む魔性の女」であり、同時にチリングワースに対してはディムズデイルに復讐心を燃やすきっかけを与える存在として「夫を悪の道へと追いやる不感症の妻」でもある。つまりディムズデイルもチリングワースも、ともにヘスターによって罪へと誘われる構図になっており、そういう意味で二重に「敵」として表象されているのである。このように『緋文字』においてはヘスターの罪が感染源として捉えられ、ヘスターのもつ性欲そのものが感染の恐怖を引き起こしている。そしてその疫病としての罪・性欲は、当時のコレラ対策がそうであったように、安全圏に「隔離」されなければならない。

## 隔離

『緋文字』とは、そもそも危険の対象である性欲を隔離するための物語と読める。その最大のシンボルが、ヘスターの胸にある赤いAの文字であることは言うまでもない。これまでヘスターが胸につける赤い文字のもととなった歴史的事実に関してはさまざまな研究が行われてきた。[12] そして『緋文字』の舞台設定や時代設定と正確には整合しないものの、セイラムやニュー・プリマスで姦通を犯した者が腕ないしは背中にAやADと書かれた布を貼らなければならないという法律が実際にあったことは広く知られている。また一八九七年に書かれたアリス・モース・アールの刑罰史には「緋文字」と題する章があり、酔っ払いに貼られるDの文字など、体にアルファベットを貼る刑罰の例を数多く抜き出している。そしてその起源は今となってはわからないとしながら、最終的には一四世紀のイギリスにまでさかのぼっている（Earle 86-95）。

アールは刑罰についてのみ書いているが、しかし身体に文字を貼りつけるという習慣は、刑罰に限られるわけではなく、もっと実際的な目的に用いられたこともあった。それは中世ヨーロッパの癩病患者に対する「烙印」である。ソウル・ナサニエル・ブロディによる癩病の研究書によると、癩病は当時性病であると信じられ、患者は「性行為への欲望で身を焦が」し、その「堕落した邪悪な行為のために社会を脅かす存在」であるとみなされていたが（Brody 52）、癩病の感染を恐れていた民衆は「癩病患者が近づいたことを警告する」ために「ガラガラやカスタネット」、あるいは「手や靴に結びつけられた鐘」をもたせ、「服装が裁断の仕方や色で区別できるようになっていた」という。その例として「フランスでは赤いLの文字を刺繍した灰色や黒の服」が挙げられている（Brody 67）。不道徳と病が感染するのを避けるため、罪人／患者に烙印を押すという図式は、一七世紀ニューイングランドの法律と同じである。またブロディは癩病患者たちの隔離された住居について次のように述べる。「服装とさまざまな器具を身につけ、癩病患者は隠遁所のある場所に追いやられた。大抵は町の外の広々とした野原に建てられたあばら屋であった。そのあばら屋の敷居で、癩病患者はこう言わねばならなかった。「この隠遁所はわたしのものである。わたしは自らの選択で常にここに住むのである」」（Brody 68）。ヘスターは特に行動を制限されているようには見えないかもしれないが、「街の外れ」の「小屋」（81）に自ら赴き、町中に入るときにはAの文字を身につけることで罪人であることを示さなければならないという点で、癩病患者のおかれた状況と酷似している。

　ここでホーソーンがこの時代の癩病患者の習慣を知っていたかどうかは重要ではない。癩病患者を印しづけるこういった習慣が一七世紀のニューイングランドでの刑罰にまで脈々と受け継がれており、そこには共通の構造があるということに注目すべきなのである。上記の引用でもわかるように、癩病患者の服装や道具は周囲の人びとに近づいてきたことを警告するためのものであり、つまりは感染を防ぐための方策であった。したがって胸に文字を貼りつける習慣とは、たんに罪びとを辱める刑罰なのではなく、罪を囲い込み、ほかの人びとと区別し、危険であると名指すためのシステムであったということなのである。

ブロディはほかの箇所で「司教や牧師は癩病を精神的堕落の隠喩として用いた」と述べているが(Brody 61)、癩病患者は人びとがそこから道徳を学ぶべき対象であった。ヘスターもまた「説教者や道徳家が指さして、そこに女の弱さや罪深い情熱の一例を生き生きと蘇らせて見せ、具体的に説明するための一般的な象徴」(79)として扱われている。このことからも明らかなように、赤い文字を胸に貼りつけることで、ヘスターの情熱(性欲)そのものが危険な感染源として囲い込まれているのである。そう考えると、ディムズデイルが密かに胸にまとっていたAの文字は、実際、人の目にさらされていないという点で「隔離」の機能をはたしていない。

ヘスターは帽子の中に豊かな髪を隠していることが描かれるが、これもまたヘスターの危険な性欲を囲い込むためであることは言うまでもない。語り手は「彼女の豊かで贅沢な髪が切り落とされたか、あるいは帽子の中に完全に隠されてしまったかして輝く髪が一度たりとも日の光の中にほとばしることがなくなったのは悲しい変化であった」と、ヘスターの髪の不在について述べた直後に彼女の女性性について触れる。「かつて女であったヘスターは女であることをやめ、変化を促す魔法の接触さえあればいつ何時でも再び女になるのだ」(182)。髪が女性性の象徴と捉えられているのである。その抑圧が突然解放される瞬間が、森の中でヘスターが髪をふりほどく有名な場面である。

彼女は自分の髪を閉じこめていた格式張った帽子を脱いだ。髪は肩に流れ落ち、暗く豊かで、潤沢にあふれる中に影も光も捕らえ込み、彼女の顔立ちに優しい魅力を授けた。（中略）過去は取り戻すことができないと人は言うが、彼女の女としての性が、彼女の若さが、彼女のあふれかえる美しさすべてが、過去から戻ってきたのだ。乙女の希望とともに、以前は知ることのなかった幸せとともに、今このときの魔法の環の中に群れをなして押し寄せてきたのである。（202）

この場面はヘスターがそれまで胸に貼ってあったAの文字を取り去り、投げ捨てた直後の様子を描いている。それまで隠されていた髪の毛をあらわにすることで一気に抑圧していた性欲が解放される様が描かれているのである。女性性の象徴としてのヘスターの髪は切られたのではなく、人目から隠されていただけであったということがここで明らかにされる。つまりヘスターの女性性は、この瞬間までは胸の赤い文字によって名指され、隔離されていたのが、ここでその隔離の囲い込みを破り、安全圏から逸脱してしまうのである。文化人類学者のデズモンド・モリスは、西洋での女性の髪がもつ象徴性を以下のように説明している。

長髪にした女性が直面する特別の問題があった。それは、長く伸ばした女性の柔らかい髪は、絹のような肉感的な手ざわりがするので、性的に抑制された社会では挑発的すぎるという問題である。ピューリタンはその官能性を憎んだが、さりとて切り詰めることを求めることはできなかった。なぜならそれは女性らしさを奪い、ひいては聖パウロが託宣した神の掟にそむくことになるからであった。（モリス三八、一部改訳）[13]

ここでモリスはまるで『緋文字』に関して述べているようである。髪のもつ「官能性を憎みながらも切ることを求められなかった」のは当時のヴィクトリア朝のダブルスタンダードを、つまり当時の男性たちは女性の性欲を憎み、敵視する一方で、それを必要ともしていたということを指し示している。同様にヘスターの性欲も「説教師や道徳家が指さす象徴」、つまりピューリタン共同体の人びとにとっての罪の象徴として、消し去られることなく安全圏に囲い込まれた形で存在させられるのである。

『緋文字』はこの女性のもつ官能性、性欲を封じ込める力学を劇化する物語であるということができるだろう。『緋文字』には繰り返し「境界線」(border)、「敷居」(threshold)、あるいはヘスターを囲む「魔法の輪」(magic circle) など、区画・隔離を意味する単語が現れる。そもそも物語の冒頭は「処女地の一部を墓場に、別の一部を刑務所に割り当てる (allot)」必要性について語り、「最初の埋葬地を区画した (mark out)」ことを説明するところから始まっている。つまり罪人と死者を隔離することで物語は幕を開けるのである。「物語の敷居で」読者に差し出される薔薇の花もまた、監獄の「敷居」に咲いていたものであり (48)、ヘスターは監獄の「敷居」で立ち止まり (52、78)、看病していた病人の家の「敷居をまたいで」立ち去り (161)、ディムズデイルと心の「敷居を」越えて交わる (190)。またディムズデイルの想像の中で町の人びとは家の「敷居」に立って処刑台に立つディムズデイルの姿を見る (152)。『緋文字』の中で最大の罪は、チリングワースの「人間の心の聖域を侵犯する」(195) 行為であるが、これもまた「敷居を越え」(137) る行為として描かれる。

物語中盤でヘスターを記しづけるAの文字は、真珠（パール）の色のように変幻自在に意味を変え始め、たとえば病人を看病するヘスターの「有能さ」(Able) を表す記号と解釈される。一見緋文字が隔離の機能をはたしていないように思えるかもしれない。しかし表面的にどのような意味を帯びようと、この緋文字がそこに決して口に出すことを許されない、隠蔽されなければならない何かがあることを指し示す記号として存在することに変わりはない[14]。だからこそ「薄暗い夕暮れが、彼女に同胞との交わりを維持する資格を与える媒介であるかのように」、「彼女を招き入れることができたのは暗くなった家だけだった」のであり (161)、あくまで光の当たらない隠された領域でのみ共同体の人びとと交わることが可能なのである。

最終的に物語は年取ったヘスターがヨーロッパから戻ってくるところで終わる。

敷居でヘスターは立ち止まった。――少し振り返った――もしかするとひとりきりで、そしてあまりにも変わり果てた、かつてあんなにも張りつめた生活を送った家に入ることが、耐え難いほどにわびしく陰鬱であるように思えたのかもしれない。しかしヘスターのためらいは、その胸に緋文字があることを明かすに十分ではあったものの、ほんの一瞬のことでしかなかった。

ようやくヘスター・プリンは戻ってきた、そして長らく見捨てられていた恥辱を再び取り上げた。しかし幼いパールはどこに行ったのだ。まだ生きているのなら、今やパールは女性性の花咲く絶頂期にいたに違いない。(261-62、強調は引用者)

小屋の「敷居で」立ち止まるヘスターは、彼女のために確保されていた隔離領域のことを読者に強く意識させる。そして非常に意味深いのが、今や「女性性の花咲く絶頂期に」いるパールが帰還を許されていないということである。もはや絶頂期をすぎて性欲のもつ危険性を失ったヘスターのみ帰還を許され、パールが作品から消えてしまうことは示唆的である。ヘスターの性欲の感染者ディムズデイルが死に、チリングワースが「人間の視界から姿を消し」(260)、パールが共同体の外部に追いやられたとき、やっと物語世界は平和と安全を確保することができるのである。

『緋文字』の序文「税関」でホーソーンは「中間領域」(the neutral territory) を描くといいながら (36)、物語は区画・隔離へと向かう。ヘスターという境界線をさまよう非常に魅力的な女性登場人物を描きながらも、物語 (緋文字) は境界線を越えることを断罪し、その女性性を抑圧・隔離しようとし、最終的には非女性化してしまうのである。このような中間領域を描こうとしながらも隔離に向かうホーソーンの姿には、どこか境界線を越えることに対する恐怖感に突き動かされている様が見えてくる。つまりホーソーンは性欲をもつ女性を封じ込め、隔離しようとする物語を描くことで、性欲を描きながら性欲を無効化しようとしているのである。

## 誤算

そもそもホーソーンがヘスターの隔離を描かなければならなかったのは、ホーソーンにとってヘスターのような欲望をもつ女性が危険であると認識されていた証左にほかならない。そしてヘスターを危険であると認識していたのは、ホーソーンの中にヘスターのような女性に対する欲望が潜在していたからでもある。欲望しながらもその欲望を罰しなければならないというこの矛盾が端的に現れているのが、先に引用した選挙祝賀説教の原稿を書くディムズデイルの姿である。「書くディムズデイル」が「書くホーソーン」を投影した姿であることは間違いないだろう。その「書くディムズデイル」に無意識のうちに「ヘスターを欲望する／マスターベーションをするディムズデイル」の姿が描き込まれているとするならば、その場面を書くホーソーンにもまた、ヘスターのような危険な女性を欲望する姿が見出されなければならない。ホーソーンはディムズデイルの性欲の罪を描きながらそれを罰し、抑圧することで、そして性欲の対象である女性を非女性化することで、実は自らの性欲を抑圧したかったのではないだろうか[15]。

欲望しながらもその欲望を抑圧しようとする矛盾がホーソーンに「性欲」を病の隠喩で語らせたのである。あるいはむしろ「性欲」こそがホーソーンに作品を書かせていたというのは言いすぎであろうか。作品に人間精神の深みを描くという文学的創造がホーソーンの中で「心の聖域を侵犯する」チリングワースの行為につながるように（第一部第二章参照）、『緋文字』という作品そのものが作品を生み出す欲望そのものに批判的に立ち返ってくる。欲望の対象であるヘスターはこの矛盾する欲望の中で生み出され、描き出された。作者ホーソーンのこの矛盾した欲望のために、『緋文字』におけるヘスターはいかに作者がテクスト上で罰しようとしても作者のコントロールを超えて著しい魅力を獲得している。

これまでヘスターの人物像に関しては、肯定的なものから否定的なものまで多様な批評を生み出してきた。ヘスターに関する論文集を編纂したハロルド・ブルームは、その序文で「［ヘスターが］『緋文字』そのものと比べても並はずれて関心を集めてきたのは、チリングワースや空想的なパールはもちろんのこと、ディムズデイル以上に逆説や自己矛盾を体現する人物であるから」であると述べている（Bloom 2）。チリングワースやディムズデイルよりも複雑であるかどうかに関しては異論があろうが、この「逆説」、「自己矛盾」こそがヘスターの魅力であることは間違いないだろう。フレデリック・カーペンターは一九四四年の論文で、「『緋文字』の偉大さはヘスター・プリンの人物造形にある。あえて自ら確信をもち、新世界で新しい道徳を確立する可能性を信じたために、ヘスターは人間的弱点にもかかわらず、ピューリタン社会の偏見にもかかわらず、そして最後に彼女を作った作者の偏見にもかかわらず、精神的偉大さを獲得したのである。（中略）ホーソーンに非難されているにもかかわらず、ほとんど理想的な人物となりおおせているのである」と述べている（Carpenter 69、強調は引用者）。作中でホーソーンはヘスターの思想を危険視し、その価値観を否定しているが、それにもかかわらずヘスターの人物像が作者ホーソーンの意図を越えて息づいていることをカーペンターは指摘している。いかに罪の病に感染した患者として描かれようと、半世紀以上も前にカーペンターが指摘したように、ヘスターが作者のコントロールを越え、病の隠喩を突き破って生命力をもっているという印象は『緋文字』の読者の多くが共通して感じていることではないだろうか。カーペンターからおよそ六〇年近くを隔ててブルック・トーマスが警告するように、あまりに強い生命力を帯びたヘスターのせいで、森の中でディムズデイルがヘスターに出会う場面が「あまりにも強力な場面なので、その本を教えた経験のあるものなら誰でも知っているように、語り手が実は恋人たちの意見を糾弾しているのだということがわかる文章を慎重に学生に示してやらなければならない」(Thomas 186) のである。

このようにヘスターが読者を惹きつける大きな原因のひとつは、自らを突き動かす欲望とその欲望を抑圧しようとする衝動との矛盾に引き裂かれたホーソーンが、ヘスターの造形を十分にコントロールできていないことにあるのではないだろうか。ホーソーンは危険な魅力をもつヘスターのような女性を欲望していたにもかかわらず、それを意識下では認めることができなかった。そのためにホーソーンのコントロールがヘスターの人物造形に十分に及ばず、作者の予想しなかった生命力が生み出されてしまったのである。その結果、ヘスターがいかにテクスト上で隔離・抑圧を試みられたとしても、その魅力は読者に「感染」してしまうのである。

## 注

［1］ホーソーンの病の表象に関しては、キャロル・マリー・ベンジックが「ラパチーニの娘」を論じた研究（Bensick）が古典的である。

［2］丹羽隆昭は「意識もおぼろな牧師の着衣を剝がし、『真実』を見出して狂喜する医師は、催眠術師の役割を帯びるとともに、同性間におけるレイピストという役をも果たしている」と述べている（丹羽 二二三-二二四）。

［3］レスリー・フィードラーは「アメリカ文学の偉大な作品群の中では珍しく、セックスは『緋文字』の中心に存在しているが、目立たなく隠されているために清純なとまでは言わないまでもほとんど清純に見えるほどわかりづらくなっている」と述べている（Fiedler 228）。

［4］たとえば「モールの罪の恐ろしさと醜悪さ、そしてその罰の悲惨さは、漆喰を塗ったばかりの壁を黒ずませ、古くて物憂げな屋敷に漂うような臭気がたちまちのうちに感染した」（*House* 9、強調は引用者）、「先に述べた井戸のわき水は汚れのないうまさをまったく失ってしまった。（中略）モールの井戸水が塩辛い硬水になったことは明らかである。今でも変わっていないが、付近の老婆たちの言うように、そこでのどの渇きを潤そうものなら腸の病を引き起こすのは間違いない」（*House* 10、強調は引用者）など。臭気や感染といった言葉、汚水を原因とする腸の病（下痢）などはコレラの典型的な状況を表している。

［5］またソンタグは次のようにも言う。「結核は情熱の病気として称えられていただけでなく、抑圧の病気ともみなされていた。ジッドの『背徳者』の高潔な主人公は（ジッドが自らの物語であると考えていたことと対応して）本当の性欲を抑圧したが為に結核に感染する」（Sontag 21）。これもディムズデイルの置かれた状況に似ていると言える。

［6］「結核は外見に関する作法であると理解されており、外見こそが一九世紀の礼儀作法の基本となったのである。健康的に食事をするのは不作法とされるようになった。病的に見えるのが性的魅力があるとされたのだ。「ショパンは健康であることが上品ではなかった時代に結核であった」とカミーユ・サン=サーンスは一九一三年に書

いている。「青白く血の気のうせているのが流行だった」」(Sontag 28)。

[7] フレデリック・クルーズはディムズデイルの執筆が、性欲を抑圧して「良心にとって受け入れやすい目的」に転嫁した結果であると主張している(Crews 148)。

[8] ちなみに『オナニア』の英訳タイトルは *Onania, or the Heinous Sin of Self-Pollution, and All Its Frightful Consequences in Both Sexes Considered, with Spiritual and Physical Advice to Those Who Have Already Injured Themselves by This Abominable Practice* である。ここでマスターベーションが "Self-Pollution" と表現されている。

[9]『緋文字』には passion あるいは passionate(ly) ということばが合計四五回にわたって用いられる。そのすべてが性に関するものではないが、語り手は「姦通」ということばを用いる代わりに「情熱の罪」(a sin of passion) という表現をしていることからも(200)、多くの場合「性欲」を指し示していることは間違いない。

[10] 一九世紀後半を舞台にしたガストン・ルルーの『オペラ座の怪人』がその典型例である。二〇世紀半ば以降、映画やミュージカルなどで怪人の顔の傷は徐々に変更を加えられていくが、そもそも原作は先天性梅毒に生まれついた主人公が五体満足に生まれてきた人々に復讐する話であった。つまり作品の書かれた一九一一年の段階においても、『オペラ座の怪人』がとりわけ人々に大きな恐怖を引き起こしたのは、一八世紀以来の先天性梅毒が人々の意識の中にしっかりと根づいていたからにほかならない。Gilman 67-92 を参照。

[11] 一方女性作家の場合は「世紀末の女性作家にとって、肉欲は父親たちの最も許すべからざる罪であり、性病はその罰であった。そしてその罰は不公平にも罪のない女性や子どもたちまで共有しなければならないものだった」と述べられている(Showalter 88)。

[12] ホーソーンが依拠したAの文字に関するさまざまな出典に関しては以下を参照。Dawson、Ryskamp、Newberry。

[13]「聖パウロが託宣した神の掟」とは、聖書「コリント人への手紙」の一節であり、そこでパウロは女性の髪は長くあるべきものだという社会的規範を説いたのである。

[14] そもそもヘスターの「有能さ」とは病人に対する「共感する力」(161) によるものであり、その力は緋文字が与えたものであった。「[緋文字は] 他人の心に潜む隠された罪に共感し、知る力を与えた」(86)。

［15］丹羽は「もともと屈折した自我意識を持つホーソーンは、いつも創作を通して自己批判へと傾斜してゆく。ホーソーンの『許されざる罪』なる主題は、対象批判が自己批判へと変質してゆくところに大きな特徴があると言えよう」と論じている（丹羽 二五）。

# 3.

# 欲望の荒野
## ——トウェインのレイプ願望

### ミスター・ドビンズの解剖書

マーク・トウェインは『ハックルベリー・フィンの冒険』の結末でのハックの「準州に逃げ出す」(Twain, *Huckleberry* 362) という宣言に見て取れるように、未開の荒野に楽園を求めた典型的な作家であるといえるだろう。しかしその一方でトウェインの楽園はこれから向かうまだ見ぬ場所として描かれるか、あるいは実際に行ってみると悪と欺瞞と奴隷制度の渦巻く悪夢のような場所として立ち現れる。楽園への希望を誘いながらも常にそれが不在の場所としてしか表象されないのはいかなる理由によるのであろうか。本章ではアメリカ文化にとって原初的なモチーフである荒野のエデンが、トウェインにとっては実際には楽園などではなく、自身の欲望と暴力を追いやった先にある危険な空間であったことを明らかにする。まずは『トム・ソーヤーの冒険』から欲望と暴力が排除されるメカニズムを明らかにすることで、一般的には子ども向けの物語として読まれているこの作品が、実際にはトウェイン自身の幼少期の欲望から生まれ、それを隠蔽するための物語であることを確認したい。このいったんは隠蔽されたトウェインの欲望は、アメリカ先住民という人種的他者に仮託されることで晩年にいたるまで多くの作品で描かれ続けることになるのである。

『トム・ソーヤー』の物語世界（主にセント・ピーターズバーグによって体現される）に、最初に欲望のモチーフが登場するのは、物語の中盤にいたってからである。少し長くなるがその場面を以下に引用する。

かわいそうに彼女［ベッキー・シャープ］は自分がどれほど足早に災難に近づいているのか気づいていなかった。校長のミスター・ドビンズは志を達成できないまま中年に達した人物である。彼の欲望の中で最も捨てきれなかったのは医者になるという夢であったが、貧困のせいでせいぜい村の学校の校長以上にはなりようがなかったのだ。毎日毎日彼は机から謎めいた本を取り出し、教室で生徒が朗読していないときにしばしばその本に没頭していた。その本はしっかり鍵をかけて保管されていた。その本を死ぬほど覗き見たいと思わない子どもは学校にひとりもいなかった。しかしそのチャンスは一度も訪れなかった。男の子も女の子もその本が何の本なのか、自分なりの説をもっていたが、それらはどれひとつとして同じではなく、そしてこの場合、どうやっても真相を確かめる手段はなかったのだ。ところがベッキーが扉近くに置かれたその机のそばを通りかかったとき、なんと鍵が錠にささったままであったのだ！　それは滅多にない瞬間であった。ベッキーはあたりを見回し、自分しかいないことを確認すると、次の瞬間、彼女はその本を手にしていた。表紙に書かれたタイトル——なにがし教授の「解剖」とあった——を見てもベッキーにはさっぱりわからなかったので、ページをめくり始めた。するとたちどころにベッキーは見事に浮き出し印刷された口絵を目の当たりにした——人体の図で、真っ裸であった。その瞬間誰かの影がページにかぶさったかと思うと、トム・ソーヤーがドアから入ってきてその絵を目にした。ベッキーは本を慌てて掴んで閉じたが、運悪く口絵のページの半分から下を破ってしまった。本を机に放り込み、鍵をかけたものの、恥ずかしさと腹立たしさで泣き出した。

「トム・ソーヤー、あなたって意地悪な人、こっそり忍び寄って人が見てるものを覗こうとするなんて」

「きみが何か見てたなんて知らなかったよ」

「恥を知るべきよ、トム・ソーヤー。あなた、わたしのこと言いつける気でしょう。ああ、どうすればいいの、どうすればいいの！　わたし、鞭で打たれるんだわ、今まで一度だって学校で鞭打たれたことなんかないのに」

そしてベッキーは小さな足を踏みならして言った。

「そんなに意地悪したければすればいいわ！　これから何が起こるかわかってるんだから。見てなさいよ。ああ腹が立つ、腹が立つ、腹が立つ！」そしてもう一度大声で泣きながら学校を飛び出していった。（Twain, *Tom* 148）

この場面ではいくつかの重要な点が指摘できる。まずは禁止が欲望を生み出す典型的状況が描き出されている点である。「しっかり鍵をかけて保管されてい」る「謎めいた本」は、「謎めい」ているからこそ生徒たちの「死ぬほど覗き見たい」という欲望を生み出している。いわばミスター・ドビンズの挫折した「欲望」は、「真っ裸」の「人体の図」に閉じ込められ、日々ポルノグラフィとして消費される。[1] そのミスター・ドビンズの欲望の対象を覗き見たいという欲望が、いわば他者の欲望を引き継ぐ形でベッキーの欲望へと転じる。ベッキーがこの解剖学の書にセクシャルな意味を読み取っていることは、その場面をトムに目撃されて「恥ずかしさ」を覚えていることからも明らかである。つまりこの場面は子どもの性へのイニシエーションの場面なのである。

またベッキーがすぐさまミスター・ドビンズに鞭打たれることを想定していることは、目覚めたばかりの性欲とサドマゾヒズムが関連づけられることを意味する。「ミスター・ドビンズの鞭打ちは非常に力のこもったものであり（中略）ほんの些細な欠点を罰するにも底意地の悪い喜びを感じているようであった」と書かれているように（*Tom* 153）、教師が鞭打つことにサディスティックな快感を覚えているらしいことが見て取れるが、子どもの中に目覚めたばかりの性は大人のサディスティックな欲望の対象になるということを意味しているのである。

ただこのミスター・ドビンズのサディスティックな欲望はセント・ピーターズバーグという物語世界

の規範を逸脱するものではない。あくまで学校教師の行う体罰としてみなされる範囲内にとどまるものであり、性の問題として社会に顕在化することはない。続編の『ハックルベリー・フィンの冒険』が規範を逸脱することを（最終的に規範に回収されるにせよ）物語の主軸としているのに対して、『トム・ソーヤー』においてはすべてが規範の枠の中に抑えつけられるのである。

## インジャン・ジョーとトム

物語の中で規範を超えるような性的エネルギーをもつ人物として想定されているのは悪役であるインジャン・ジョーにほかならない。トムとハックは裁判でジョーの殺人を証言したことへの報復を恐れているが、ジョーは実際には子どもには目を向けず、その復讐心をダグラス未亡人に向けている。

「前も言ったがもう一度言っておく。俺はあの女の金には興味がねえんだ。そんなのはお前にくれてやる。あいつの亭主は俺をひどい目に遭わせやがったんだ。何度も何度もひどい目に遭わせやがった。治安判事だったあいつは俺を浮浪罪でブタ箱にぶち込みやがった。それだけじゃねえ。そんなのはやつの仕打ちの百万分の一にもならねえ。あいつは俺を鞭で打たせやがったんだ。ブタ箱の前でクロンボみたいに鞭で打たせやがったんだ。町中の連中が見ている前でな。鞭だぞ、わかるか？　俺をそんな目に遭わせておきながら死んじまいやがった。だが俺は代わりにあの女に復讐してやるんだ」

「おい、殺したりしないでくれよ。そんなことはやめてくれ」

「殺すだと？　殺すなんて誰が言った。やつの亭主が生きていたら殺してやるとも。だがあの女は殺しやしねえ。女に復讐したかったら殺したりしないほうがいいんだ。くだらねえ。ねらうのは顔だよ。鼻の穴を切り裂いてやるんだ。そしてメス豚みてえに耳に切り込みを入れてやる！」

「なんてことだ、お前――」

「お前の意見なんて聞きたくねえ！　そうしたほうが身のためだぞ。俺はあの女をベッドに縛りつけてやる。出血で死んじまっても俺のせいじゃねえだろ。死んだところで涙も出ねえがな」（*Tom* 207-208）

ダグラス未亡人は続編で描かれる人物像とは大きく異なり、「美しく優雅な四〇歳」（*Tom* 37）とされているが、ここで「ベッドに縛りつけ」ると言っていることからも明らかにインジャン・ジョーの性的欲望の対象となっている。かつて鞭で打たれたことへの復讐が女性の顔を傷つけたいというインジャン・ジョーのサディスティックな欲望へとつながる。この欲望はもちろんミスター・ドビンズとは比較にならないほど凶暴なものであり、実行に移されれば社会の規範を大きく超える暴力性を帯びている。

シンシア・グリフィン・ウルフは主人公トム・ソーヤーとインジャン・ジョーの類似性を指摘しているが、ウルフによると、インジャン・ジョーの世界はトムが友人たちとしばしば興じるごっこ遊びをそのまま現実に体現している。また上の引用で、ジョーは本来敵意を向けるべき男性が不在であり、なおかつその男性の財産と権威を受け継いだ女性に敵意を向けているが、そういう意味ではトムのおかれた状況も同様である。トムもまた父親など成人男性の規範をもたず、育ての親であるポリーおばさんの押しつけるお上品な束縛に反抗しているからである。したがって「インジャン・ジョーはトムの影の分身」なのである (Wolff 647-48)。

フォレスト・G・ロビンソンの言うように「セクシャリティ全般、とりわけ性的攻撃性、不実、貪欲、さまざまな形の邪悪さ、暴力、社会的束縛への抵抗——これらは町の人びとが恐れる類のエネルギーであり、衝動である。したがって町の人びとはインジャン・ジョーにそれらを押しつけることで自分たちから取り除き、コントロールしようとする」のであるならば (Robinson 102)、ともに洞窟に閉じ込められながらもトムだけがインジャン・ジョーの隠した財宝をもち帰り、ジョーはそのまま洞窟の中で朽ち果てるという結末は社会の性に対する抑圧構造をそのまま表現していると考えてよいだろう。

トウェインは自伝の冒頭近くでインジャン・ジョーのモデルとなった人物について書いている。実在のインジャン・ジョーは洞窟に迷い込んだとき、『トム・ソーヤーの冒険』で描かれたのとは異なり、コウモリを食べて生き延びたと説明するが、その少しあとで突然その洞窟について非常に奇妙なエピソードを記している。

洞窟は不気味な (uncanny) 場所だった。なぜならそこには死体があったからだ。一四歳の少女の死体だ。その死体はガラスのシリンダーに入っていて、さらに銅製のシリンダーに入れられて、狭い通路に渡されたレールから吊されていた。死体はアルコールで保存され、ごろつきや無法者たちがよく髪をつかんで引っ張り出しては死体の顔を眺めていたらしい。少女はセント・ルイスの非凡な能力と大きな名声のある外科医の娘だった。奇矯な男で奇妙なことをたくさんしていた。彼はかわいそうな

娘を自らその寂しい場所に置いたのだ。（Twain, *Autobiography* 213-14）

トウェインがなぜこのようなエピソードを自伝に書き込んだのかはわからないが、洞窟の中に保存された少女の死体は、トウェインのセクシャリティを考える上できわめて意味深く感じられる。アルコールに浸かった少女の死体はおそらく裸であったろうし、トウェイン自身がその身体を見たかどうかはわからないものの、隠蔽された「裸」は少年の性的好奇心を強く誘ったはずである。トウェインの想像力の中で、間違いなく少女の裸は見ることを禁止されたものとして像を結んでいたはずである。カーター・リヴァードも示唆するように、洞窟の話に触れるときにシリンダーに閉じ込められた少女の裸を書き込んだのは、この少女の身体がトウェインの性欲を掻きたてた原点であったからではないだろうか（Revard 659）。

少女の裸を隠しもつトウェインの洞窟が「不気味」でありながらも好奇心をそそるのと同様に、インジャン・ジョーとともに宝物を内に秘めた洞窟は、脅威と欲望の対象である。トムが作者トウェインの分身であるのなら、洞窟に閉じ込められ、息絶えることになるインジャン・ジョーは、トウェインがトムから切り離した上で無意識下に閉じ込め、殺そうとした自らの性的攻撃性を指し示しているように思える。トウェインにとって、自らの性欲は欲望しながらも強く禁止・抑圧しなければならないものなのである。

このように考えてくると、ハックは自分を“sivilize”するセント・ピーターズバーグという文明を遠く離れ、先住民の住まう荒野へ向かおうとするが、そこは『トム・ソーヤーの冒険』で洞窟が抑圧していた暴力的性欲が解放され、満ちあふれた世界であると言えるだろう。『ハックルベリー・フィンの冒険』の結末部分で、"sivilize" されるのを嫌ってインディアン・テリトリーに逃亡しようとするハックは、これまでアメリカ文学に典型的に見られる、文明を逃れて荒野のエデンに向かう物語の枠組みと捉えられてきた。しかしハックが逃亡した先は無垢の楽園などではなく、むしろ抑圧されるべき暴力的な性欲に満ちあふれた場所なのである。

## 先住民のステレオタイプとレイプの欲望

トウェインの「インディアンの中のハック・フィンとトム・ソーヤー」は、『ハックルベリー・フィンの冒険』の続編として書き始められた。物語はジェイムズ・フェニモア・クーパーの作品を真に受けたトムが、高貴な野蛮人である先住民を見に行きたいと言ってハックとジムを説得し、インディアン・テリトリーへと向かうところから始まる。そこで彼らは西部へ移住する途中の白人一家がキャンプしているのに出会う。長女ペギーの婚約者ブレイスがあとから遅れてやってくるのをその場で待っているのである。そのすぐそばではキャンプをしていた先住民が非常に友好的にこの一家と交流している。ハックたちは彼らとしばらくのあいだ一緒にキャンプすることにするが、先住民は突然態度を豹変させ、一家をみな殺しにした挙げ句にペギーとその妹とジムを捕らえて立ち去っていく。ハックたちはペギーの婚約者ブレイスと合流し、先住民を追跡していくが、物語はその追跡の途中で中断してしまう。

一九世紀から二〇世紀にかけて浸透していた偏見では、アメリカ先住民は高貴な野蛮人か、狡猾で残虐な民族か、ふたつのステレオタイプで捉えられてきた。トウェインの先住民に対する偏見はこれまでもしばしば批判されてきたが[2]、この作品でも先住民は偏見に満ちたステレオタイプとして描かれる。物語の冒頭でトムは先住民を高貴な野蛮人であると考えているが、後に実際の先住民の狡猾さに触れて「現実」を知ることになる。しかし結局のところ、このトムの認識の変化は高貴な民族から残虐な民族へという、ふたつのステレオタイプを移行したにすぎない。そしてこのステレオタイプの移行は、同時に男性の性欲の対象が移行することをも意味している。以下の引用は、物語冒頭でトムがハックやジムを説得してインディアン・テリトリーに向かわせようとするセリフの一部である。

……そして若いインディアン女たちは世界中で最も美しい乙女で、白人ハンターを目に留めるとたちまちその人に恋をしてしまうんだ。そしてその瞬間から何があってもその愛情が揺らぐことはない。いつだってその人のことを危険から守ってやろうと用心していて、身代わりになって殺されようとするくらいなんだよ。ポカホンタスを見てみな！（Twain, *Indians* 36）

たとえ性的な問題をはっきりと意識していなかったにせよ、ここでトムはアメリカ先住民が白人男性の欲望の対象になり得ることを伝えている。このステレオタイプの先住民像は、物語の中盤で「現実」として提示されるもうひとつのステレオタイプ、つまり野蛮で狡猾な先住民像に取って代わられることになるが、そこでは逆に白人女性ペギーが先住民の性的対象となっているのである。テクストが支持する先住民像は、先住民の襲撃をきっかけにひとつのステレオタイプからもうひとつのステレオタイプへと移行することになるが、そこで生じているのは性的対象としての女性が先住民から白人へと移行しているということなのである。

どちらのステレオタイプにおいても女性が性的対象として見られているが、先住民女性への性的欲望も、先住民による白人女性陵辱への怒りも、どちらも根源的には同じ欲望に端を発しているはずである。実際には白人女性の書いた捕囚体験記では、アメリカ先住民が白人女性を陵辱したことは描かれていないが[3]、白人女性をレイプの危険から守らなければならないと考えるブレイスら白人男性の価値観にはレイプの脅威があらかじめ前提とされている。実際の根拠がないところにレイプの脅威を感じるのは、自分の内に暴力的な性欲が存在しているからにほかならない。自らに潜む暴力的な欲望を自分のものとは認められないがために、その欲望は他者に投影されなければならない。スーザン・グリフィンはレイプを研究した著書で、「男女に別々の道徳規範を当てはめるダブル・スタンダードを信奉し、処女性の価値を絶対視する男のほうが、レイプを犯す傾向が強い」ことを指摘し、「騎士道の制度では、男は男から女性を守ることになっている。これは今世紀の初めにマフィアがささやかな商売を営む人と結んだ、保護の関係に似ていなくもない。実際騎士道とは、レイプの存在を前提としてみかじめ料を奪う、昔ながらのゆすり行為でしかないのである」(Griffin 10) と述べている。

ガイ・カードウェルはトウェインのセクシャリティを詳細に論じ、トウェインがほとんど病的に妻のオリヴィアや娘たちの純潔にこだわっていたことを伝えている。そして女性たちが性の話題を取り上げたり、関心を示したりすることに対して強い拒否感をもつ一方で、本人は「性交渉への尋常でない衝動をあらわにしていた」(Cardwell 132) という。こういった例はグリフィンの論を見て明らかなように、

「レイプを前提とする社会」に典型的に見られる男性の発想なのである。
このトウェインの価値観をそのまま体現したようなブレイスは騎士道的に女性を守ろうとする人物として描かれるが、こういった特徴はみなレイプ社会を支える特徴でもある。つまりこのテクストはレイプの危険から女性を守る必要性をプロットの中心に据えているが、そういったテクストが背後に隠しているのは、他者の欲望として表象された自らの暴力的な欲望なのである。

## 四本の杭

カリフォルニア大学版トウェイン全集のテクストに付された注釈によると、トウェインが「インディアンの中の」を書き終えられなかった理由は以下のように説明されている。

マーク・トウェインはヒロインの誘拐をプロットのかなめとしたが、トウェインが依拠した先住民に関する資料によると、先住民の捕虜の必然的な運命はレイプでしかなかったのだ。レイプをありのままに描くことはできないにもかかわらず、リアリズムを求めるなら書かざるを得ないという状況に陥り、マーク・トウェインはこの物語を断念したのである。(*Indians* 272)

描くことのできないレイプを描かざるを得なくなったことが執筆を断念した原因であるというのが、これまでおおむね一致した意見のようである。しかしレイプを描かざるを得なくなったというよりはむしろ、最初からレイプを描くことこそがプロットのかなめであったのではないだろうか。なぜなら物語は始まってすぐの段階ですでにペギーがレイプされることの伏線を張っているからである。ペギーはハックに婚約者ブレイスからもらったという短剣を見せ、以下のように述べる。

……ブレイスが言うには、もし未開人の手に落ちるようなことになれば、彼のことだとか家族のことだとか、ほかの何だって考えていたらだめなんですって。それに助けてもらえるかもしれないなんて思って一時間でも待っていたらだめなんですって。ほんの少しでも時間を無駄にしている場合ではないし、一か八かに賭けてみるのもだめ、すぐにその場で自殺しないといけないいんだそうよ。……何度もそう約束させようとするんだけど、わたし、毎回のように笑い飛ばして、そんなにわたしに生きていてほしくないって言うんならなぜ自殺しなくちゃいけないのか教えてって言ったの。そうすればひょっとしたら約束してあげてもいいって言って。結局あのひと、どうしても言うわけにはいかないって言ってたわ。（*Indians* 44）

ブレイスが短剣を渡して自殺するように言うのは、もちろん先住民に捕まってレイプされるよりは死んだほうがましだと考えているからである。しかしペギーだけでなくこの話を聞いているハックも、なぜブレイスがペギーの自殺を望んでいるのか理解できない。その理由が物語中ではっきり言及されることは決してないのである。いわばレイプに関しては、テクストは暗に示唆しながらもはっきりと言及せず、空白のまま残しているのである。読者はこのような記述がレイプについて言及していることをすぐに理解するが、ペギーやハックはまったく理解できていないように描かれている。これは女性も子どもも無垢の存在であり、性的な問題を知らないものだという一九世紀的前提があるからである。しかし後にハックはブレイスから、トムはハックから、レイプを含めた性の問題を聞かされ、理解することになる。

> ぼくたちはインジャン・キャンプのほうに向かった。トムがちょっと前を歩いていたとき、ぼくは不意にブレイスに、本当にペギーに死んでいてほしいのか聞いてみた。それにもし死んでいてほしいんだとしたらどうしてなのか聞いてみた。彼はそれを説明し、それですっかりわかったんだ。(*Indians* 54, 強調は引用者)

> どうしてぼくたちがペギーの死体を見つけて埋めたとブレイスに信じさせたほうがいいと思うのか、トムに話さなきゃいけないように思えたので、結局ぼくはそれを喋ってしまい、それでトムは納得したんだ。(*Indians* 59, 強調は引用者)

ここでもブレイスがハックに語った内容、つまりレイプのことは「それ」とだけ言及され、はっきりと示されることはない。ここで明らかなのは、これまで無垢で性に関して知識をもたなかったハックとトムがちょうどこのとき、はっきりと明示されてはならない性の知識を獲得しているということである。

右のふたつの引用は、いわばハックとトムの性へのイニシエーションの場面であり、無垢の喪失の場面でもあるのである。ハックはおそらくペギーに恋心を抱いていたらしいことが描かれているが、この場面以降、女性が性的な存在であることを、そして自分の恋心が性と切り離せないことを知ることになるのである。

またハックとトムは、女性にとって生命よりも純潔を守ることのほうが重要であるとする当時の男性中心的価値観も同時に受け継ぐ。ペギーは先住民に襲撃される前に短剣を手放していたことが描かれているので、自殺できずに生き残っている可能性が高い。しかし女性の純潔に対する価値観を受け継いだトムとハックは、ブレイスを苦しめないようにペギーが自殺したと信じさせることにするのである。したがって急いで追跡すれば助けられたかもしれないペギーの命を、この価値観のために見殺しにしたということも可能なのである。テクストそのものも明らかに女性の純潔を生命よりも重視するという価値観を支持しているが、先ほどのグリフィンの引用からもわかるように、そのような価値観こそがレイプ社会を維持する考え方にほかならないのである。

その後原稿が中断する直前、ハックらは実際のレイプ現場の痕跡を発見する。

> すぐにぼくたちはブレイスが向こうで何かを見ているのに気づく。ぼくたちが行ってみると、それは地面に打ち込まれた四本の杭だった。すると彼はぼくたちの目をまっすぐじっと見つめる。最初にぼくを、次にトムを、そしてまたぼくを。(*Indians* 78)

ここで描かれる四本の杭は、この作品を書くにあたってトウェインが依拠した資料、リチャード・アーヴィング・ドッジの『大西部の平原とその居住者たち』で三ページ以上にわたって詳細に描かれているように（Dodge 395-98）、誘拐してきた白人女性の手足を縛りつけ、陵辱するためのものである。必ずしもレイプが行われたことが明示されているわけではないが、ここでペギーは多数の先住民に陵辱されたらしいことがほのめかされている。このようにこの作品は未完成ながら物語の始まりから中断する直前まで、ペギーのレイプを中心に進行すると言っても過言ではない。つまりレイプを描かざるを得なくなったから作品を完成できなかったというよりはむしろ、物語は最初からペギーのレイプに向けて進み続けていたのである。もちろん書かれた時代を考慮に入れると、レイプそのものを詳細に描くことは難しかっただろうが、レイプの痕跡を描くことによって、物語はすでにペギーのレイプを婉曲ではありながら描いてしまっているのである。物語が四本の杭の場面で中断したのは、もしかするとレイプが描けなかったからなのではなく、むしろ逆にレイプを描いてしまったがために、これ以上書き進める意味がなくなったからなのではないだろうか。表面上、物語は先住民への復讐を描くことを目的としているように見えながら、実は作者が意識していなかったにせよ、そもそもレイプを描きたいという欲望こそが真の動機であったと考えるのはそれほど的外れではないだろう。表面上の物語は結末に到っていないのに、トウェインが無自覚に抱いていた作品執筆の真の目的は、トウェインの知らないあいだに達成されてしまっていたのである。

## 楽園の悪夢

トウェインはこの原稿が中断してから一〇年近くたってからも、短編「カリフォルニア人の物語」で、先住民に捕らえられて陵辱された女性を主題としている。『トム・ソーヤー』でインジャン・ジョーがダグラス未亡人を「ベッドに縛りつけて」(*Tom* 208) サディスティックに痛めつけるのだと言うレイプ表象以来、先住民による白人女性のレイプという主題はトウェインが定期的に描こうとしたモチーフなのである。それはトウェインが自らのレイプ願望に無自覚でいながらその願望を他者に投影し、文明の枠外である荒野に追いやり、自分の目から隠蔽していたためである。

『ハックルベリー・フィンの冒険』の続編として書かれた「インディアンの中の」が、文明を逃れて荒野を求めるアメリカ文学特有の物語として意図されたことは間違いないだろう。それは一見、荒野のエデンを賛美する楽園物語のように見えるが、ここで描かれる荒野は楽園とはほど遠く、男性の暴力的性が発露する場なのである。そして白人男性の性欲は他者の性的攻撃性への怒りとして偽装され、荒野に住まう先住民や不在の他者をその怒りの対象としてきた。いかに先住民にその罪を負わせ、隠蔽しようとも、男性主人公たちが荒野で直面する脅威は自らの性欲の裏返しにすぎないのである。そして文明を逃れて荒野に向かうというこの図式が「リップ・ヴァン・ウィンクル」以降のアメリカ文学の典型であることに思いをいたらせるならば、このレイプの欲望はトウェインのみならず、アメリカの荒野の楽園追求の物語すべてに流れる底流であると言ってもよいのかもしれない。

## 注

[1] 医学的な解剖学の書が当時、出版物を検閲するコムストック法のもとでは猥褻図書として押収されていたことを指摘しておきたい。Buchanan を参照。

[2] トウェインの先住民表象に関しては Denton、Hanson、大島を参照した。

[3] たとえば大串 三二 を参照。

# 4.

# 麻酔、マゾヒズム、人種
## ――『マクティーグ』における痛みの認識論

### 痛みの物語

フランク・ノリスの『マクティーグ』は、アメリカ自然主義を代表する作品のひとつとして高く評価されている。物語は実在の事件に着想を得たもので、ノリスがハーヴァード大学の創作コースに在学していたときから書き続けていた題材である。主人公のマクティーグは鈍重なおとなしい大男で、サンフランシスコで歯科医業を営んでいる。そこへ同じアパートに住む友人マーカス・スクーラーがいとこで恋人のトリナをつれてくる。トリナの治療を通じて次第に彼女に惹かれていくマクティーグはマーカスに譲歩してもらい、ついにトリナと結婚することに成功する。しかしまだマーカスとつきあっていたときに買っていた富くじが当たったためにトリナは五〇〇〇ドルという大金を手に入れ、そのことがきっかけとなってマクティーグとマーカスの仲は次第に険悪なものになっていく。マーカスがその賞金の一部を手に入れる権利を主張し始めたのである。分け前をせしめることに失敗したマーカスは、マクティーグの歯科医業が実は無許可営業であることを告発し、マクティーグは歯科医を続けられなくなる。それ以後マクティーグ家はどんどん落ちぶれていき、常習的に飲酒を始めたマクティーグは病的なほど吝嗇になった妻に暴力を振るうようになる。やがてついにトリナを殺害したマクティーグは逃亡を企てるが、逃亡先の砂漠で今は保安官になっているマーカスに追いつめられ、格闘の末にマーカスを殺害する。しかし死の間際にマーカスは自分とマクティーグを手錠でつなぎ、砂漠の真ん中で動けなくなったマクティーグもまた、そのまま死ぬしかないことを暗示しながら物語は終わる。

『マクティーグ』に影響を与えた同時代の言説に関しては、これまでも多くの研究者が論じてきた。ジョゼフ・ル・コントの進化論やエミール・ゾラの自然主義文学論の影響に関しては最初期から注目されてきた。またチェザーレ・ロンブローゾの犯罪人類学の影響に関してはドナルド・パイザーのノリス研究の古典ですでに綿密に論じられている（Pizer）。本章では麻酔（およびそれと同様の働きをするアルコール）とマゾヒズムというトピックを中心に取り上げるが、アルコールに関してはウィリアム・B・ディリンガムに詳しい（Dillingham）。またマゾヒズムに関してもウォルター・ベン・マイケルズの論文で作品論としては不十分ながらも一応は取り上げられている（Michaels）。しかしこれらの研究はそれぞれ個別に追求されてきたのみであり、『マクティーグ』の主要なテーマである「痛み」の描写という視点からまとめて取り上げられたことはなかった。この作品は、歯の治療、夫が妻に振るう暴力、その暴力に対するマゾヒスティックな快感などの描写に見られるように、実は作品全編を通じて「痛み」の感覚を軸に展開しているのである。しかし当時の医学的技術の発展、文化的・政治的状況に照らしあわせて作中の「痛み」の描写がどのような意味を帯びているのかを考察した研究はこれまでなかった。本稿ではまず主人公マクティーグが歯の治療でトリナに麻酔をかける場面を見て、当時の麻酔のもつ文化的な意味づけを前提にこの場面が秘めている含意を考察する。続いて作品中に描かれるもうひとつの麻酔であるアルコールがマクティーグの獣性を目覚めさせる描写を見ることで、この作品ではアルコールはむしろ他者の痛みに対する「鎮痛剤」として機能していることを明らかにする。最後に結婚後のマクティーグの痛みに対する捉え方の変化を見ていく。具体的にはマクティーグのサディズム、トリナのマゾヒズムの直接的、間接的な原因を、当時の文化的・社会的な背景をもとにして探っていく。

## 麻酔のもつ意味

「ドクター・マクティーグ　歯科医　麻酔あり」(Norris, *McTeague* 7　以下、同作品からの引用はページ数のみ記す)。歯科医マクティーグの看板にはこのように記されている。あとで触れるようにマクティーグ自身は麻酔を非常に嫌っているのだが、それにもかかわらずこのように麻酔をかける設備のあることを看板に明示しているのは、ふたつの要因で当時のアメリカ社会が「麻酔」という技術とその恩恵を強く要求していたためである。まず第一に医学・文化的背景である。スティーヴン・カーンによれば一九世紀半ばに麻酔の技術が発明されて以来、西洋人は苦痛に対してそれ以前よりはるかに鋭敏になったという。いったん「痛み」を取り除く可能性を知ったあとでは、それまでキリスト教的禁欲主義から保持していた痛みへの耐性を失ってしまったというのである。[1]

第二に、当時の人種をめぐる状況が考えられる。世界規模の植民地主義的拡張政策の中、そして移民による異人種混交の脅威にさらされる中、当時のアメリカではアングロサクソン民族の優位性を主張するためにさまざまな疑似科学的説明がなされていたが、「痛み」の捉え方もそのひとつであった。そういった人種的偏見に満ちた説明の中では、「理性的・精神的な文明人」である西洋人が感覚に対して敏感・繊細であるのに対して「感覚的・身体的な未開民族」は通常痛みを感じることはあまりないと考えられていた。[2] いわば麻酔を必要とすることが、繊細な文明人であることの証拠として捉えられることになったのだ。西洋に伝統的な心身二元論的発想において、身体に加えられた痛みが精神に伝達されるのを妨害するのが麻酔の働きであるとすれば、麻酔とは身体が被った損傷から精神を保護するものと考えられる。身体ではなく精神をこそ守る必要のある「文明人」にとって、麻酔は文明の最も優れた到達点と考えられることになったのである。

オリバー・ウェンデル・ホームズは、麻酔の発明者である歯科医ウィリアム・トーマス・グリーン・モートンに以下のような手紙を送っている。

その状態は「麻酔」と呼ばれるべきだと思う。このことばは無感覚を、もっとはっきり言えば（中略）触れる対象に対する無感覚を意味している。（中略）

早いうちに呼び名がほしいのだ。そして（中略）一流の学者に相談して人類のあらゆる文明化された人種の口で繰り返されるようなことばに落ち着きたいものだ。（Warren 79, 強調は原典）

最後の部分を見てもわかるように、「麻酔」はその誕生当初から「文明」と関連づけられていたのであり、それが半世紀を経て非西洋を支配する「文明世界」の必需品として捉えられるようになるのである。したがって自らの痛みに敏感な当時のアメリカ社会は、痛みの伴う歯の治療に麻酔を使うことを当然強く要求した。それはある意味で自らの文化的優位さの申し立てでもあった。

『マクティーグ』は遺伝的に「野蛮」で「獣」のような性質を受け継いだ主人公マクティーグが、環境の影響によって先祖返り的に非文明の状態へと退化していく姿を描いた作品であるが、テクスト冒頭で「[マクティーグは]まるで神経をもっていないかのようであった」(14) と描かれる。つまりマクティーグは痛みとは無縁の存在であったことが示唆されている。このような「文明」とは程遠いマクティーグが麻酔を嫌い、拒否していたように描かれるのは当然のことと言えるだろう。

しかしマクティーグはトリナに出会うことで、麻酔に対する見方を徐々に変えていく。

虫歯は深く、トリナは顔をしかめ、うめき声を上げ始めた。トリナを痛めつけることはマクティーグにとって紛れもない苦痛であった。それにもかかわらず、彼は治療のあいだじゅうずっとその苦痛に耐えなければならないのだ。世界中でよりにもよって彼女に責め苦を与えなければならないなんて、まさしく苦悶であり、その苦悶の中でじっとりと汗がにじみ出た。これ以上最悪のことがあり得るのだろうか。

「痛い？」彼は心配そうに尋ねた。

彼女は眉をひそめ、短く息を吸い込み、指を閉じた唇に当ててうなずいた。マクティーグはタンニンのグリセリン溶剤を歯にスプレーしたが役には立たなかった。彼女を痛めつけるくらいなら麻酔を使わざるを得なかった。彼は麻酔をひどく嫌っていたのだが。亜酸化窒素ガスは危険であると考えていたので、この場合には、ほかのすべての場合にそうしたようにエーテルを用いた。(20-21, 強調は筆者)

強調の最後の部分を見ればわかるように、マクティーグはできることなら麻酔を使わずにすませたいと考えていた。しかし、トリナを傷つけることがマクティーグにとって「苦痛」(anguish)に感じられ、仕方なくマクティーグは麻酔をかけることにするのである。

この場面は本作品の前半部分のキーシークエンスになっている。ここで最も重要な事実は、マクティーグのほうが痛みに対して敏感な、すなわち文明化されたトリナの状態にあわせようとしていることである。後に結婚してからトリナは、服装や食事などでマクティーグに洗練された生活を送らせようとし、いわば「文明化」しようとするが(「それからふたりは少しずつではあるが妥協することを覚え始めた。全然気づかないうちにふたりは互いに生活様式をあわせていった。トリナが恐れていたようにマクティーグのレベルに下がるのではなく、トリナのほうがマクティーグを自分のレベルにもち上げることもできるのだということがわかってきた。」[106-107])、マクティーグの「文明化」はすでにこのときに始まっているのである。

そしてマクティーグが「野蛮」な状態から「文明」への一歩を踏み出したのは、トリナの痛みを自分の痛みとして感じたからなのだ。もっとも麻酔をかけられて意識を失ってしまったトリナを見て欲情したマクティーグはすぐに「非文明」の状態に逆戻りし、意識のないトリナに襲いかかろうとする。したがってマクティーグの「文明化」がここで完成されたわけではないのはもちろんである。しかしマクティーグの「文明化」がそもそも他者の痛みに共感することによって起こっていることに我々は注目すべきである。

マクティーグは結婚後、いったんはトリナの感化で文明人としての生活を営むようになるが、歯科医を続けられなくなって生活が困窮するようになると、再びもとの野蛮な状態に戻ってしまう。次第にトリナに対してサディスティックな暴力を振るうようになっていくが、マクティーグの野蛮への回帰を誘発することになるアルコールはどのように描かれているだろうか。

アルコールがマクティーグに及ぼす影響は奇妙なものであった。アルコールを飲んでも彼は酔っぱらわなかった。残忍になったのだ。酩酊するどころか、四杯目あたりから生き生きとしだし、抜け目なく機敏で饒舌にすらなった。それからある種の邪悪さが彼のうちに頭をもたげた。彼は強情で意地悪になった。そして普段よりほんの少しだけ飲みすぎると彼はトリナに嫌がらせをし、怒らせ、ときには虐待したり痛めつけたりすることにある種の喜びを見出すようになった。（168-69）

ここで問題にしたいのは、なぜアルコールがサディズムの衝動を引き起こす直接的なきっかけとして用いられているのかという点である。まず、ひとつには当時の文化的背景に「酔いどれアイリッシュ」というステレオタイプがあったことが挙げられる。マクティーグはその名前からおそらくアイルランド移民であることがうかがえる。ちなみに登場人物のほとんどがファーストネームで名を呼ばれているのに対して、マクティーグはファーストネームをもってすらいない。これは人種を表すファミリーネームをインデックスとして常に表示し続けたかったからかも知れない。アイルランドからの移民は一八四〇年代後半の大飢饉の影響もあって、トリナの家族らドイツからの移民とともに一九世紀後半の移民の最も多くの割合を占めていた。そしてマクティーグの父親は常習的に大量飲酒していたことが描かれている。森岡裕一が論じているように、[3]アイルランド移民―飲酒―暴力というのはしばしば結びつけて考えられることになったのである。つまりアルコールは当時、移民に対する差別的な表象を担っていたのである。

ノリス自身の人種観も、当時のアメリカのアングロサクソン至上主義者に典型的に見られるものである。[4]そしてそれはマクティーグ以外の登場人物たちもその大半が非アングロサクソンの人種として描かれ、ほとんどの人物が悲劇的な結末を迎えることからも明らかである。ドイツ移民のトリナ[5]はマクティーグに殺害されるが、トリナの家族もまた事業がうまくいかなくなったために、まるで追いやられるようにして当時はまだ未開の地であったニュージーランドへ再び移住することになる。同じくドイツ移民のマーカス・スクーラーは決闘の末マクティーグに殺され、メキシコ人のマリア・マカパとポーランド系ユダヤ人のザーコフの夫婦はマクティーグ夫妻の悲劇を再演し、夫は妻を殺害したあとで自殺する。

この作品に出てくる大半の人物は、一時的に文明化されることはあっても、本質的に野蛮な、未開の存在として描かれているのである。

この作品ではオールド・グラニスとミス・ベイカーのエピソードだけが唯一ハッピーエンドを迎えるように描かれている。これまで批評家たちはこのふたりだけがほかの登場人物のように不幸な結末で終わっていない理由に関して非常に頭を悩ませてきた。[6] しかし以上のようなことをふまえると、作品中さまざまな人種として描かれる登場人物の中で、アングロサクソンである彼らだけがハッピーエンドを迎えることはそれほど不思議なことではないはずである。作品中で最も繊細で敏感な（つまり文明的な）このふたりだけが、痛みを免れることが許されるのだ。

またアルコールが描かれるもうひとつの理由は、それがアメリカ大陸で担ってきた歴史に由来する。アメリカでは旧大陸からの入植最初期から、酒は貴重な薬品として使われてきた。まだ麻酔の発明される前はアルコール度数の高い酒を用いて痛みをやわらげてきたのである。したがって英語で"painkiller"というと、通常は鎮痛剤のことであるが、口語では酒、特にウィスキーを意味する。先の引用に明らかなように、マクティーグにとってアルコールは自らの感覚を麻痺させるものとして働いたというよりはむしろ、他者の痛みに対する共感力を麻痺させていたようである（「虐待したり傷つけたりすることにある種の喜びを見出すようになった」）。かつてマクティーグはトリナの痛みを自分のもののごとく感じ、一度は文明化され始めたのである。ここで彼は酒を飲むことでトリナの痛みに対していっさい無感覚になってしまう。つまり物語後半でのアルコール＝"painkiller"は、前半における麻酔のもつ意味と対をなしているのである。この作品で描かれたアルコールのもつ役割は、自らの痛みに対してではなく、いわば他者の痛みに対する鎮痛剤、麻酔であったのだ。

ノリスはハーヴァード課題作文の時点ですでに、マクティーグの殺人のきっかけをアルコールと想定していたが、そのことからも明らかなように飲酒に対しては非常に批判的であった。それはノリス個人のアルコール観というにとどまらず、広くアメリカ社会で受け入れられてきた考え方と言えるだろう。酒に対して寛容なカトリック教徒であるアイルランド人と飲酒を結びつけた批判的ステレオタイプが生み出されたことからもわかるように、アメリカではピューリタニズムの伝統から酒を社会悪と考える傾向が強い。

当時のアメリカ社会で麻酔が文明の到達した最も輝かしい業績であると考えられる一方で、同じように鎮痛剤の役割をはたす酒が害悪と考えられていたことは非常に深い意味をもっている。文明の象徴としての麻酔の恩恵からは、あらかじめ「非文明的」な他民族は除外されており、また社会的害悪と考えられていたアルコールは常に移民と結びつけて考えられていたのである。ノリスがこの作品で描こうとしたのは「五〇〇世代にもわたる」遺伝的な悪徳が先祖返りのようにして現代のサンフランシスコに蘇った姿であり、マクティーグはその悪徳を飲酒によって目覚めさせた野蛮人として描かれる。語り手は「種族全体の邪悪が彼の血管を流れていた」(22) と述べるが、しかしその「種族」とはあらかじめ「非文明的」とみなされていた非アングロサクソンの移民でしかあり得なかったのである。いわば五〇〇世代も以前の祖先の犯した悪徳はすべて移民に背負わされ、そうすることでノリスは自分たちアングロサクソンを安全な位置に確保していることになるのである。

## マゾヒズムの発明

『マクティーグ』はノリスがハーヴァード大学在学中に書いた課題作文を発展させたものである。ジェイムズ・D・ハート編集によるノリスの課題作文集によれば、マクティーグのトリナ（この段階ではベシーと呼ばれていた）に対する暴力は当初以下のように描かれていた。

幼稚園のほかの教師たちはよく目にしていたのだが、ベシーの指先は膨れ上がり、爪は紫色に変色していて、まるでドアに挟まれたように見えた。実際ベシーはそうだといって説明していたのだが。しかしそれは嘘だった。彼女の夫マクティーグはウィスキーを飲んで帰宅したときにはよく彼女の指先に噛みつき、その力強く大きな歯で噛みしめていたのだ。そういったときにはいつだって、狡猾にもどの指が一番痛いかよく覚えているのだ。彼女が抵抗しようものなら巨大な骨張った拳で眉間を殴りつけて叩きつぶすのだ。

こんな風に残酷さを発揮することで、彼はしばしば好色な情欲を燃えたぎらせ、彼女を投げ飛ばし、拳から血を流しながら正気を失い、ベッドにまたがると、その後は忌まわしく、獣じみていてことばにも出来ないようになってしまうのだった。(qtd. in Hart 78)

興味深いのは、課題作文の時点では夫婦間の暴力において性的快楽を抱いているのは、夫のほうなのだが、完成した作品では妻もまた、その暴力に対して倒錯的な快楽を覚えているという点である。以下の引用が完成版での問題の場面である。

近所の人たちや食料品店の店員などは、まるでドアに挟まれたかのようにトリナの指先が膨れ上がり、爪が紫色になっているのによく気がついた。実際彼女はそんなふうな説明をしていたわけなのだが。実のところはマクティーグが酒を飲みすぎたときに彼女の指先のいちばん痛いところに嚙みつき、かじったり嚙み潰したりしていたのだ。ときにはこのやり方で彼女からお金を奪い取ってもいたが、たいていは己の満足のためにそうしていただけだった。

そして何らかの奇妙で説明のつかない理由で、この残忍さがトリナの愛情をますます掻きたてたのだ。彼女の中に病的で不健康な、服従することへの愛情を呼び覚まし、屈服することへの、そして男性的な抗いがたい力が命ずるままに己を委ねることへの、奇妙で不自然な喜びを引き出したのだ。(171)

ハーヴァード課題作文の段階では、たんに夫がサディスティックな性癖をもっていたことしか描かれていなかったのに対して、完成作品のほうではそのサディスティックな虐待に対して、妻の側が喜びを見いだしていたことまで描かれるようになったのである。この変更はいったい何を意味しているのだろうか。

この質問に答えるためには、当時サディズムやマゾヒズムが文化的にどのように受け止められていたかを見ていく必要がある。フロイトに先立つ性に関する精神分析の研究書、リヒャルト・フォン・クラフト＝エービングの『性的精神病質』が出版されたのは一八九〇年、その英語訳が出版されたのが一八九二年のことであり、出版と同時にたちまちベストセラーとなった。この本は初めてマゾヒズムという概念を提唱し、その存在を世間に知らしめたものとして有名である。以下に述べるように、この作品におけるマゾヒズムの描写が『性的精神病質』の記述に酷似していることから、時期的に考えてもノリスがこの本を読んでいたことは間違いないだろう。ハーヴァード課題作文のときにはなかった、夫の暴力に倒錯的な快感を抱く女性というモチーフを取り入れたのは、このクラフト＝エービングのベストセラーを読んだから、あるいは利用することを思いついたからではないだろうか[7]。

クラフト＝エービングはマゾヒズムを次のように説明している。「女性的なマゾヒズムという意味での、この服従の本能が病的に増加する症例は、もしかすると頻繁に見られるものかもしれないが、慣習がその顕現を抑圧しているのである。多くの若い女性たちは夫や恋人の前にひざまずくことが何よりも好きなものである」(Krafft-Ebing 131)。「サディズムがその精神的な特質において、男性的な性的特徴が病的に強まったものであるとみなしうるのに対し、マゾヒズムはむしろ紛れもなく女性の精神的特質が病的に堕落したものを意味している」(Krafft-Ebing 133)。クラフト＝エービングによれば、女性が男性に服従したいという衝動は「本能」であり、それがあまり表面に現れないとすれば、それはたんに社会的な慣習によって抑えつけられているからにすぎないという。また、サディズムが「男らしさ」の強化であるのに対し、マゾヒズムは女性的特質の「堕落」であると考えられている。クラフト＝エービングはマゾヒズムを「精神病質」と捉えながらも、その根本的原因を女性性の本質に求めているのである。

サディズムに関しても同様である。クラフト＝エービングによるサディズムの解説は以下のようなものである。

しかしながらそのような奇怪な、サディスティックな行動は、男性にあっては女性よりはるかに頻繁に見られるものであるが、女性とは異なった生理的な状態に原因があるのである。両性の交わりにおいて、積極的かつ攻撃的役割は男性のものであり、女性は消極的かつ受け身のままでいるものである。女性を勝ち取り、征服することは男性にとって大きな喜びであり、それゆえ求愛の技術において自分の身を明け渡す寸前まで自らを守り続ける女性が慎み深くあることは大きな精神的意義と重要さをもっているのである。通常の状況では男性は障害にぶつかるものであり、その障害を克服することこそが男性の役割なのである。そしてそのような障害があるために、自然が男性に攻撃的な性格を与えたのである。しかしこの攻撃的な性格が病的な状況下では異常に発展するかもしれず、その欲望の対象を徹底的に屈服させ、あるいは破壊し、殺害しようとする衝動となって現れるかもしれないのだ。(Kraft-Ebing 56)

ここでクラフト＝エービングはサディズムの原因を突き止めようとし、男は性的関係において、常に活動的、攻撃的な役割をはたし、女性は受動的で防御的な役割をはたすものだ、と指摘する。したがって男性は女性を勝ち取り、征服し、服従させることに喜びを見いだす生き物である、と述べているのである。そして最も重要な点は、女性の抵抗に打ち勝つために、「自然が男性に攻撃的な性格を与えた」と主張している点である。つまりサディズムにせよマゾヒズムにせよ、クラフト＝エービングはその原因を男性性・女性性の本質に求め、男性の攻撃性を「自然の与えたもの」として正当化していると言える。[8]

ジョン・K・ノイズもマゾヒズムの研究書で述べているように、[9] マゾヒズム的実践は歴史的にもっと古くからあったにもかかわらず、マゾヒズムということばと概念はちょうどこの時期に「発明」される必要があったのである。その要因のすべてをここで扱う余裕はないが、原因のひとつとして考えられるのが家父長制イデオロギー崩壊の危機である。最初期のフェミニズムの勃興などによって、ヴィクトリア朝的な男性の特権が次第に疑問視され、家庭に捕らわれた女性の解放が徐々に叫ばれるようになってきたこの時期、女性は男性に服従するものであり、男性が支配することが「自然」なのだとする疑似科学的主張が数多く現れた。このような時期にクラフト＝エービングは男性の本質を攻撃性、女性の本質を男性への服従であるとするマゾヒズム論を提起し、男性による女性の支配を正当化しようとしたのである（したがって『性的精神病質』で「異常」とされるのはもちろん男性に現れるマゾヒズムである）。

一方マクティーグによるトリナの「征服」は、物語の前半の主要部分を占めているが、このクラフト＝エービングの本質主義的男性観・女性観に忠実に従っているように見える。

　突然彼はその巨大な両の腕で彼女を捕らえ、計り知れない力で彼女の抗うのを押しつぶし、口にべったりとキスをした。それからマクティーグに対する大いなる愛情が突然トリナの胸のうちに燃え上がったのだ。彼女はかってそうしたように、彼に身をゆだね、だしぬけに征服され、屈服させられたいという奇妙な欲望に身を投げ出したのだ。（103）

最初は抵抗していたトリナが、力でもってねじ伏せられると今度は逆にその力に服従することを望むようになってくる。だからこそ、彼女がマクティーグに対して愛情を抱くのは彼に屈服したあとなのである。また、当然女性を勝ち取ることに喜びを見いだす男性は、いったん女性が征服されてしまうと、その喜びの大きな部分が失われてしまうことになる。

従順で素直な、手に入れることのできるトリナは、以前のままに、つまりあの近寄りがたいトリナと同じくらい魅力的で愛らしいだろうか。あるいは彼［マクティーグ］はぼんやりと気づいていたのかもしれない。きっとそうなのだ、変わらぬ世の常に違いない。――男というものは女が与えようとしないものがあるからこそ、女を望むのだし、女というものは自分が男に明け渡したものがあるからこそ男を崇拝するものなのだ。ひとつ、またひとつと譲り渡されるごとに、男の欲望は冷えていく。ひとつ、またひとつと明け渡すごとに、女の崇拝はいや増していくのである。しかしどうしてそうでなければならぬのか。(51)

クラフト＝エービングの描いた図式通り、トリナは「服従する本能」をもっていたために、屈服したことによってますますマクティーグに愛情を寄せることになるのである。それに対して「征服すること」に喜びを見いだすマクティーグは、トリナが一度屈服してしまうとトリナに対する興味の大半を失ってしまう。

多くの伝記作家が指摘しているように、ノリス自身、実生活では相当家父長的イデオロギーに染められていたようである。[10] そのような人物にとって、崩壊しつつあるヴィクトリア朝的男性中心主義とフェミニズムによる女性解放運動は、意識的にせよ無意識的にせよ、脅威として捉えられていたはずである。こういった点を考慮に入れると、ハーヴァード課題作文のときにはなかったトリナのマゾヒズムという要素がなぜ組み入れられることになったのか、という問いの答えは明白であるように思われる。つまり、おそらくはマゾヒズムという概念を「発明」したクラフト＝エービング自身がそうであったように、トリナのマゾヒズムは男性の家父長的支配の正当化として働いているのである。

## 矛盾

以上で見てきたように、『マクティーグ』の中心的な主題が「痛み」を描くことにあると考えると、物語がふたつの軸を中心に展開しているのがわかる。ひとつは主人公マクティーグの一時的な「文明化」とその後の「先祖返り」である。痛みを感じない野蛮人から「他者の痛みへの共感」を通していったんは文明化されるが、アルコールを引き金として再び他者の痛みに対して鈍感な野蛮人へと回帰していく。もうひとつの軸はマクティーグとトリナのサドマゾヒズムである。彼らの生活が貧困になり、かつての祖先のころの自然へと回帰していくに従って、「女は服従し、男は征服する」という「普遍の真理」をますます極端なかたちで再演し始める。

しかし、このふたつの軸を重ねあわせて見たとき、おそらくはノリスの意図していなかった大きな矛盾が立ち現れてくる。マクティーグとトリナに見られる征服と服従の欲求は、「変わらぬ世の常」(*McTeague* 51) という表現がされていることからもわかるように、男女間の普遍的心理として描かれている。そうであればこそ、男性による女性支配の構図を正当化する根拠になったはずなのである。しかしその「変わらぬ世の常」はアメリカ社会の中で増加しつつあるとはいえマイノリティである異民族の中で再演されているのである。ノリスはマクティーグらの「野蛮さ」を慎重に異民族の中に囲い込み、自分たちアングロサクソンを安全圏に確保しようとした。しかし男性による女性の支配という「不変の真理」もまた、その同じ構図の中に囲い込まれ、マクティーグの体現する冷酷で残忍な性質と並置されてしまう。つまりノリスの正当化しようとした家父長制もまた、サドマゾヒスティックな倒錯と同じく、五〇〇代前から脈々と受け継がれてきた「野蛮」の特徴に回収されてしまうことになる。

『マクティーグ』における麻酔（アルコール）とマゾヒズムの表象は、それぞれ同時代の文化的・政治的言説に回収され、人種的・性的支配構造を支える働きをしている。しかしそれと同時にこのふたつの要素は互いに矛盾しあい、同時に併置されたとき、そのまま支配的言説に回収されるのを拒んでいるのである。

## 注

［1］Kern, *Anatomy* 78 を参照。

［2］「一般的に啓蒙思想家たちは原始主義について述べる際、自然の中の未開人たちが痛みを感じないことを賞讃した。未開人たちは「過敏な」ヨーロッパ人種がかかる病や神経の障害とは無縁であるとされていた。こうして自分たちの感じる痛みはむしろ特殊なものだという白人たちの信念は、知識人旅行者や素人人類学者たちが広く世間に公表していた観察記によって追認されることとなった。一九世紀アメリカの有名な神経学者S・ウェア・ミッチェルは、『我々は文明化される課程で、苦しむための能力を高められたのだ。未開人たちは我々のように痛みを感じたりしないのだ』と書いている」(Morris 39)。

［3］「[アイルランド人移民は]一九世紀後半に顕著な反カトリック、反移民という、社会的ダーウィニズム、土着主義の犠牲になった感が強い。(中略)一八六七年の聖パトリックの日に、酔っぱらったアイリッシュが警官や市民に狼藉をはたらく場面を描いた絵[には]彼らが類人猿、すなわち人間以下の野獣として描かれている」(森岡一八)。

［4］たとえば「フロンティアはついに消滅した」というエッセイは、アメリカの帝国主義的拡張政策を擁護したものであるが、ここで彼はアングロサクソン民族の優秀性を歌い上げている。

［5］作品前半ではマクティーグを文明化する存在として描かれており、一見矛盾するように思えるかもしれないが、当時ドイツからのゲルマン系移民は非アングロサクソンの直接的祖先として比較的文明に近いとされていた。「広く認められていたように、[白人の]中で最も高い位置にあるのはゲルマン民族が出現したインド・ヨーロッパ語族である。イギリスと北アメリカではさらに細かく絞られ、アングロサクソンがゲルマン語族の最も好まれた支族であった」(Appiah 280)。

［6］たとえばCampbellを参照。

［7］『マクティーグ』の出版は一八九九年、ハーヴァード課題作文の上記引用箇所は一八九五年に書かれている。

ハーヴァード課題作文のときにはまだ『性的精神病質』を読んでいなかったか、利用することを思いつかなかったのかもしれない。あるいは課題作文という短い文章の中にはあまり複雑な要素を盛り込むことができなかったためとも考えられる。

[8] クラフト＝エービングは当時の支配的言説であったソーシャル・ダーウィニズムの影響を強く受けており、その当然の帰結としてあらゆる病質は遺伝的決定性に基づいて本質主義的に求められるようになる。

[9]「苦痛のエロス的表現は、クラフト＝エービングやザッヘル＝マゾッホのはるか以前から存在していた。しかしながら、この二人の時代に登場したコード化のために、これらの行為は、まったくそれまでとは違った形で問題視されるようになった。これらの行為がこのように変化したのは、ほかのこととは無関係な科学的発明のせいではなかった。それは、人間存在の本質、そして、人間の生物学的素質、セクシャリティ、社会組織についての考え方が変化したことと密接に関連していたのである」（ノイズ一二）。

[10]「私生活でノリスは明らかにヴィクトリア朝男性のもつ特権を要求していた（中略）女性の居場所は絶対に家庭にあるべきであり、女性の役割は夫をなだめ、褒め称えることにあると――一九世紀初頭のトラクト運動家たちさながらに――思っていたようだった」（French, *Frank* 87）。

# 5.

# 素脚を見せるブレット・アシュリー
## ——矛盾する欲望と『日はまた昇る』

### ジェイク・バーンズの視線

『日はまた昇る』の第二部開始早々、読者は語り手ジェイク・バーンズの奇妙なコメントを目にする。

ビルはバーに入っていた。立ったままブレットに話しかけていたが、ブレットは背の高いスツールに腰掛け、膝を組んでいた。彼女はストッキングを履いていなかった。(Hemingway, *Sun* 64, 強調は引用者。以下、同作品からの引用はページ数のみ記す)

一見さりげなく書かれているが、ここでなぜジェイクはブレット・アシュリーのストッキングをはいていない脚に注意を払ったのだろうか。ほかの箇所ではブレットの服装や身体の輪郭が描写されることはあっても、剝き出しの脚について言及されることはない。ジェイクがブレットに性的欲望を抱いていることはほかの部分からも容易に見て取れるが、ここで突然ブレットの素脚に言及しているのはあまりにも唐突で、あまりにも露骨に思える。いったいなぜジェイクはこのようなコメントを残したのだろうか。

これまで『日はまた昇る』のセクシャリティ研究は、ジェイクの傷と性的不能を中心にしたアーネスト・ヘミングウェイの男性性に対する態度を考察した研究と、「新しい女性」としてのブレットを時代のコンテクストに位置づけ、ヘミングウェイの女性に対する態度を考察した研究の大きくふたつに分けられる。特に後者では近年フェミニストの批評家たちによってブレットの人物像の見直しが図られているが、依然としてブレットを肯定的に見る批評家と否定的に見る批評家とに二分されている[1]。

本章ではジェイクがブレットに向けた欲望の視線を分析することで、後者の研究において対立するブレット論が生み出される原因をテクストの中に見出す。冒頭で引用したブレットの脚をめぐる描写を詳しく見ていけば、実のところこのむき出しにされた脚の表象が語り手ジェイクや登場人物だけではなく、作者ヘミングウェイをも絡め取る欲望の中心として機能していることが明らかになるのである。

## 女性の脚の歴史

『日はまた昇る』が舞台とする一九二〇年代は、実は女性の服装が大きく変化する過渡期であった。冒頭の引用でのブレットのスカートはストッキングをはいていないことがわかる程度に短い。しかし一六世紀以来この作品が書かれたほんの数年前まで女性の脚は分厚くて大きなスカートに隠され、まるでないもののように扱われていた。それは脚が性器との隣接性から性欲を指し示すためであり、一九世紀の「お上品な伝統」のもとでは男性のズボンでさえ、ぴったりとして脚の輪郭を示すものから筒状のゆったりしたものに変化する。しかし少なくともズボンをはくことで脚が存在することを明示できた男性に対して、性欲をもつことを否定されてきた女性は、素脚の露出だけでなく性欲を指し示す脚の存在自体が隠されなければならなかった。

二〇世紀に入ってもフレデリック・ルイス・アレンが述べているように、一九一〇年あたりまでは女性はどのような状況であれ、地面から二〜三インチまでスカートで脚を覆わねばならなかった（Allen, *Big 8*）。しかし第一次世界大戦が女性の脚を巡る状況を一変させた。軍需工場などで男性並みに働く機会を得た女性たちは、それまでのように動きにくい格好を続けるわけにはいかなくなった。その結果、過去数百年にわたって隠されてきた女性の脚がついに現れることになった。徐々に上昇を始めたスカートの裾は一九二〇年代にピークに達し、ついに膝のあたりまで上昇する。[2] 次々頁の図は一八八九年と一九一五年の広告を比較したものであるが、前者では「わずか四インチ脚が見えただけでシルクハットの男性の注意を引くことができた」が、後者では同様の趣旨の絵を描くのに一八インチが必要とされている（Goodrum and Dalrymple 69）。[3]

一九二〇年代はちょうど女性の服装にこの大きな変化が起こった過渡期であった。それまで重いスカートの中に隠されていた脚が人目にさらされたとき、当時の人びとに与える衝撃がどれほど大きなものであったかは、今日の我々には想像することしかできない。現在では女性の脚はあまりにも見慣れた光景となったため、分厚いスカートの奥に隠されていたものを突然目の当たりにしたときに当時の人びとが感じた強烈な違和感は、我々には無縁のものとなってしまったのである。

隠すことによってエロティシズムが生まれるとするならば[4]、ヴィクトリア朝のアメリカは最も効率的にエロティシズムを生産してきた社会だと言えよう。隠されているがためにエロティシズムを生み出す装置となっていたその脚が突然人の目にさらされたとき、エロティシズムをめぐる社会的状況は大きく変動することになったであろう。つまり社会的に見せてもよいとされていた箇所と人目にさらすことが禁じられていた箇所との境界線が揺れ動くことで、それまで機能していたエロティシズムの生産システムが根本的に混乱をきたしたであろうことは間違いない。

『日はまた昇る』が書かれたのは、ちょうどこの境界線がかつてない規模で大きく揺れ動いた時期なのである。ジェイクがブレットの裸の脚に言及するとき、そこにはそれまでは決して目にすることがなかったものを突如目撃したことへの戸惑いが含まれているのである。そしてこのブレットの剝き出しの脚は、既存の価値観が崩壊し、性の解放が叫ばれる混乱の時代――「性にとりつかれた」（92）時代――において、現在の読者が想像するよりはるかに大きな意味を帯びていたのである。

*Apparently in 1889 it took only four inches of leg to get the attention of the top-hatted man on the sidewalk, and presumably this titillating sight was equally arresting to viewers of this poster. Note the product name was on a line with the lady's hose as well as beside her beguiling eyes.*

1915

*By 1915 silk hose had become accessible to ordinary people (instead of their previous availability only to the rich), and the advertiser could reveal a good eighteen inches of stocking without being accused of bad taste. The sight appeared to be as interesting to this top-hatted man as four inches had been to his predecessor in 1889. Black-and-white newspaper versions of this same ad carried the caption, "A sight draft with interest."*

## ブレットの脚を見るジェイクの視線

「彼女はストッキングをはいていなかった」というジェイクの発言を今日的な観点から見ると、ジェイクがブレットの脚に欲望を喚起されているように見える。しかし女性の剝き出しの脚を見ることに慣れてしまった今日の我々のまなざしと、一九二〇年代半ばにジェイクが女性の脚に向けたまなざしとは、まったく異なるものであったはずである。きわめて厳しい禁止の対象である脚は、剝き出しにされた段階で禁止を解除されるため、見る者が侵犯することもまた不可能となる[5]。つまりブレットのストッキングをはかない脚は、見る者からエロティシズムの本質である「侵犯」の可能性を奪っているのである。

当時ストッキングは禁止そのものを表す記号であった。そういう意味でストッキングはエロティックな視線を拒むのではなく、むしろ誘いかける装置であった。アレンは次のように述べている。

> 一九二〇年代の女性はゴルフ場や職場でも男性を誘惑できるようになりたかった。髪を短く刈り上げ、扱いやすい小さな帽子をかぶり、週末には半ズボンを履くようなフラッパーたちは、シルクのストッキングとハイヒールを手放そうとは思わなかった。(Allen, *Only* 93)

「男性を誘惑できるようになりたい」女性が「シルクのストッキングとハイヒールを手放そうとは思わなかった」とあるように、当時の女性たちにとってストッキングが欲望を掻きたてる道具であったことがよくわかる。スカートの下に脚が存在することを示しながら、脚そのものの表面を隠すという構造が、その下に隠されたものに対する禁止を強調し、欲望を喚起するのである。ここでジェイクが欲望喚起のための小道具を身につけていないブレットの素脚を見て欲望を抱いていると見るのは早計なのである。

もともとブレットは身体の線がわかる服を身につけ、剝き出しの肩をさらすなど、当時の水準からは相当露出度の高い服装をしていたと言えるだろう。「ブレットはひどくすてきだった。レース用のヨットの船体のような体つきだった。ウールのジャージの服を着ているので、体つきがはっきりとわかった」(18)、「ブレットは黒い袖なしのイヴニングドレスを着ていた。とてつもなく美しかった」(116)。こういったブレットの服装はすべて、ファッションの歴史的文脈の中に位置づけることが可能である。それまでと比べて圧倒的に多くの素肌をさらし、身体のラインを見せる服装は、いわば当時の流行であった。ところが女性たちがストッキングをはかない脚を人目にさらし始めたのは一九五〇年代に入ってからである。[6] 第二次世界大戦中に物資の供給不足からストッキングが手に入らなかったとき、女性は絵の具でストッキングの縫い目を脚に描いていた、というエピソードも広く知られている(能澤 一五六)。これは素脚をさらすことへの羞恥というよりはむしろ、ストッキングをはかないことが社会的タブーと捉えられていたことを示している。したがってブレットの剝き出しの脚は歴史的文脈の中にはめ込むことができない。ジェイクの語るブレットの服装描写は、右の引用からも明らかなようにそのほとんどがブレットの美しさへの賞賛である(「ひどくすてきだった」「とてつもなく美しかった」)が、最初に引用したブレットの剝き出しの脚を描くジェイクのことばにはいっさいの価値判断が見られない。このブレットの脚へ向けたジェイクの視線が、欲望を喚起された、魅せられた視線ではないとするならば、むしろブレットがタブーを犯したことへの非難の視線なのではないだろうか。

ジェイクは古い道徳観に幻滅し、パリ左岸の国籍離脱者に混ざって新しい時代の価値観の中で暮らしているが、その反面古い価値観を必ずしも捨てきれずにいることも描かれている。古い時代の価値観をナイーブに信じるロバート・コーンを見下しながらも、かつての伝統的道徳観の支配するスペインを頻繁に訪れ、コリーダで再演される伝統的な男性性の誇示を闘牛愛好家として楽しんでいる。いわば『日はまた昇る』とはふたつの価値観に引き裂かれ、そのどちらにも属することのできないジェイクを描いた作品であるとも言えるだろう。そのジェイクにとって、セクシャリティの規範を犯すホモセクシャルの一団を到底受け入れられなかったのと同様（「ひどく腹が立った。どういうわけか連中を見ているといつもひどく腹が立つのだ」［17］）、ブレットの剝き出しの脚もまた必ずしも肯定的に捉えられるものではなかった可能性が高い。

## テクストの罠

そのように見てみると、ジェイクの語りにはブレットに対して読者が非難の目を向けるようしむける仕掛けが巧妙に張り巡らされていることに気づくだろう。そのひとつが娼婦ジョルジェット・オバンのエピソードである。ジョルジェットはそもそも社会の中では性産業という特定の囲い込まれた場所にしか存在できない禁止された者である。ジェイクは作品が始まってすぐにこの娼婦をレストランやダンスホールなど公共の領域につれ出す。このジョルジェットの境界侵犯そのものが、当時狂騒の二〇年代と呼ばれたパリの性的混乱状態を映し出している。しかしこの境界侵犯は、境界線を壊すというよりはむしろ積極的に維持する働きをはたしている。境界線は踏み越えたときに最も意識されるものだからである。ダンスホールではブレットのつれてきたホモセクシャルの一団は（彼ら自身が境界侵犯の一例であることは言うまでもない）、すぐにジョルジェットが娼婦であることに気づき、その場違いさ、つまり社会的な規範の逸脱をひとつの余興として楽しもうとするのである（「断言してもいいよ。あれは正真正銘の商売女だ。僕はあの女と踊ってみせるぞ、レット。見てろよ」［17］）。公共の場で禁止されているはずのジョルジェットが公共の場所でホモセクシャルと戯れる様子は、「逸脱」のあからさまな例として逆に社会的な規範の存在を著しく強調する結果になる。

ジェイクは意識的になのか、無意識的になのか、この境界を越えた娼婦とブレットとを同一視しているらしいことが見て取れる。ジェイクは馬車でブレットにキスしようとして拒まれたあとひとり部屋に戻り、ブレットのことを思いながら眠りにつくが、その直後の場面である。

> それからブレットの声が聞こえた。半分眠りながらわたしはその声がジョルジェットのものだと思いこんでいた。どうしてだかわからない。ジョルジェットがわたしの住所を知っているはずはないのだから。(26)

深夜四時という時間に突然訪ねてきて騒ぎを起こすブレットの声を、寝ぼけながらジェイクはジョルジェットの声だと思ってしまうのである。この何気ない取り違えは、公共の場に侵入する禁止された女性ジョルジェットとブレットとを同一視することで、ブレットがジョルジェット同様の「いかがわしい」存在であるとほのめかすことになる。いわばテクスト上にブレットを貶める罠が張られているのである。

また作品後半、闘牛愛好家でホテルの主人、モントーヤとジェイクとの会話でも同様の仕掛けが施されている。モントーヤはアメリカ大使が若い闘牛士ペドロ・ロメロを食事に招待したいと要求してきたことについて、同じ闘牛愛好家と認めるジェイクにどうすればよいか相談する。ジェイクもモントーヤもロメロの将来が金持ちの道楽のために堕落させられないよう、その招待をロメロに伝えるべきではないという結論で一致する。その後、ジェイクは次のような話題を切り出す。

「そこに泊まっているアメリカ人の女は闘牛士を収集している」
「知ってます。連中は若いのだけを欲しがるんです」
「そうだ」わたしは言った。「年をとると太ってくるからな」(138)

ジェイクは金持ち連中や、若い闘牛士ばかりを「収集」しているアメリカ人女性に言及し、そういった女性にロメロを近づけないよう勧めている。ここで闘牛士コレクターは前途ある若い闘牛士を堕落させる誘惑者として捉えられているのである。その後モントーヤが立ち去ってからジェイクたちが食堂で食事をしていると、たまたま隣のテーブルにロメロがいあわせる。ロメロに性的魅力を感じたブレットはジェイクにロメロを紹介するよう頼み込み、それを断りきれないジェイクはふたりを同じテーブルに座らせ、一緒に酒を飲み始める。その様子をモントーヤが目撃した途端、それまでふたりのあいだにあった闘牛愛好家としての友情と連帯感はいっさい崩れてしまう。

> ちょうどそのとき、モントーヤが部屋に入ってきた。わたしに向かって微笑みかけようとしたが、ペドロ・ロメロが片手にコニャックの大きなグラスをもち、酔っ払いだらけのテーブルで、わたしと肩を剝き出しにした女に挟まれて笑っているのを見た。モントーヤは頷くことすらしなかった。（141）

この場面はこの作品が今日見られるような長編小説として構想される以前、最初に書かれた場面である。マイケル・レノルズによれば、この場面こそが『日はまた昇る』の源泉として中心的な役割をもつ場面である（Reynolds, "False" 125-26; Reynolds, *Paris* 306-07）。そしてこの中心的な場面で描かれている内容はまたしてもブレットを貶める罠なのである。なぜならモントーヤが問題にしているのは、ロメロの手にする酒や、同じテーブルにいる酔っぱらいだけでなく、「肩を剝き出しにした女」、すなわちブレットだからである。ここで読者はブレットを若い闘牛士を「収集」するアメリカ人女性と同一視するよう誘われている。ここでもやはりテクストがブレットに対して敵意を抱いていることは明らかである。先ほど論じたジョルジェットの場面と同様、この場面においても「性欲」をむさぼる女性にさりげなく言及しながら、その直後にブレットとの同一化を誘うことでテクストの構造そのものがブレットを貶めようとしているのである。

これまでブレットの評価に関しては批評家のあいだで一致した意見がなかった。むしろブレット・アシュリーほどヘミングウェイ研究者たちのあいだにまったく相対立する意見を引き起こす登場人物はほかにいないだろう。エドマンド・ウィルソン以来、根強く続く一方の解釈では、ブレットは「売女」(bitch) としてその性的放縦さを批判されてきた。[7] おそらくこのような解釈が今日にいたるまでいまだに続いているのは、上で論じたようにテクストの構造自体がそういう読みを誘発しているからなのである。

また近年はフェミニストの批評家によってブレットを新しい時代を代表する女性として再評価する傾向が盛んである。しかしこういった研究者にとって、娼婦ジョルジェットや闘牛士コレクターとブレットとの同一化は大きな障害となる。[8] リンダ・パターソン・ミラーはブレットを肯定的に評価するため、彼女が「色情狂でもなく、男を食いあさる女でもなく、自分の美しさをよく知っていて、その美しさの罠にかかっている女性」(Miller 10-11) であると述べているが、ブレットは「美しさの罠」というよりはむしろ、テクストの罠にかかっていたのではないだろうか。今日フェミニストたちはテクスト中からブレットの肯定的側面を次々に発見し、ブレット再評価を試みているが、いくら今日的観点からブレットの政治的正しさを掘り出したところで、ジョルジェットとブレットを混同する場面やモントーヤの場面のようにテクストそのものがブレットを断罪し続けているために、ブレットを「売女」と考える意見があとを絶たないのである。作品の結末部分ではブレット本人が、ロメロのもとを去ることで自分は「売女」にならずにすんだと主張するが、実際にホテルの部屋から立ち去ったのはブレットではなくロメロのほうである。「売女」ではないというブレットの主張はすぐさまテクストに裏切られてしまう。小笠原やマーティンが指摘するように、ブレットはその革新性への賞賛と、それを否定するようなネガティブな側面とに引き裂かれているのである。

## 見せるブレット

それではこのテクストがブレットにここまで悪意を向けなければならない理由は何なのか。ここでやはり重要な意味を帯びてくるのがブレットの脚である。ブレットの脚を「見られる客体＝欲望の対象」としてだけ考えていると、このテクストの悪意の原因はわからない。近年「見る／見られる」という二項対立図式で登場人物の関係を読み解く試みが頻繁に行われているが、[9]ブレットのような登場人物をこのような単純な図式で解釈するのは非常に危険である。それはこの二極分化理論から「見せる主体」という概念がまったく抜け落ちているからである。[10]「見る」能動性をもつ主体と「見られる」だけの対象との二項対立において、伝統的に女性は「見られる」対象でしかなかったと考えられてきたが、男性の視線に迎合するのではなく、自らの欲望として「見せる」主体を想定すれば、そこには当然「見る」主体と同等の主体性が存在するはずである。ブレットをめぐる解釈が対立しているのはまさにブレットの「見せる」欲望を見落としているからにほかならない。ブレットの剝き出しの脚がテクストによって非難されているとするならば、それは「見られている」からではない。「見せている」からなのである。

ブレットは周囲の人びとの中で常に中心的な場所を占め、人びとの視線を一身に集めている。それにもかかわらずブレットはたんに見られる客体の立場にとどまっているわけではない。むしろ積極的に「見せる」ことで見る側の視線をコントロールしているということもできるだろう。性欲を指し示す脚を見せること自体が欲望する主体であることを主張することになるが、そればかりでなく、隠すからこそ隠された部位にエロティシズムが生まれ、性的対象としての意味が与えられるとするならば、まったく隠すことなくさらされるブレットの脚は性的対象として消費されることを拒否しているのだとも考えられる。

またブレットは男たちの欲望の対象になっているだけでなく、「見る」女性でもある。ブレットの視線のもつ力は物語の前半、馬車の中でジェイクのキスを拒絶した直後に非常に印象的に描かれる。

ブレットはわたしの目を覗き込んでいたが、その様子は本当に自分の目で見ているのかどうかわからなくなってくるような見方であった。その目は世界中のあらゆる目が見るのをやめたあともずっといつまでも見続けるのだろう。まるでこの世界にあるすべてのものをあんなふうに見つめるかのような視線だった。そして実際にはブレットはあんなにもたくさんのものにおびえていたのだ。(22)

ここに明らかなようにブレットの視線は「世界中のあらゆる目が見るのをやめたあともずっといつまでも見続ける」永続性と、「この世界にあるすべてのものをあんなふうに見つめるかのような」対象の個性を打ち消す力を秘めている。このあと、ジェイクが「その目は何層にも異なった深みをもっていて、ときには完璧に深みを失うように見えることもあった」(22)と述べるように、ブレットの目は見るものの視線を拒絶するのも引き込むのも意のままになるようである。上の引用は「実際にはブレットはあんなにもたくさんのものにおびえていたのだ」と結論されているが、この恐れはブレットのものというよりはむしろ、見ているジェイクの恐れが投影されているように見えてしまう。

このような強力な視線をもつブレットは作品後半でロメロに熱心に視線を注ぐ。いやロメロその人ではなく、ぴったりとした細いズボンに包まれたロメロの脚を見るのである。


「ああ、あの人すてきね」ブレットは言った。「それにあの緑のズボン」

「ブレットはあのズボンから目を離さないんだ」

「ねえ、明日は双眼鏡を貸してほしいの」(132)


「ブレットがあの緑のズボンを履くところを見たがってるって言ってやれ」

「やめなさい、マイク」

「ブレットがどうやってあんな細いズボンに脚を入れられるのか死ぬほど知りたがってるって言ってやれ」

「やめなさいよ」(141)


「まったく！　あの子すてきだわ」ブレットは言った。「それにどうやってあんな細い服に身体を入れられるのか見てみたいわ。きっと靴べらでも使ってるんだわ」(141)

このようにブレットがロメロの脚から目を離さないでいる状態が繰り返し描かれる。ここで一九世紀以降女性だけでなく、男の脚もまた隠されていたことを思い起こすべきであろう。中世の貴族文化ではぴったりとしたズボンで脚の形を露わにしていた男性たちも、ゆったりとした筒状のズボンの中にその輪郭を隠すことになるのである（能澤 一三二-四〇）。闘牛士の衣装もまた、コリーダという閉じた空間でのみ許されるのであり、その禁じられた対象をブレットは自らの欲望で鑑賞しているのである。

またデブラ・モデルモグは闘牛に関するジェイクの描写（「牛はもう一度やりたがった」[173]、「まさにその瞬間、彼［ロメロ］と牛はひとつになった」[174] など）を「性的な絶頂を思い起こさせることば」（Moddelmog 180）であると述べている。モデルモグはここからジェイクのロメロに向けた同性愛的欲望をあぶり出しているが[11]、ここで問題にしたいのはむしろ、コリーダで演じられる性的表象を見つめるブレットのまなざしである。牛と対決するロメロに魅了され、食い入るように見つめるブレットは、ジェイクのように闘牛愛好家になったことを示しているのではない。ブレットはそれまで男にのみ許されてきた「下半身」を見つめるまなざしを獲得しているのである。

## 矛盾した欲望

語り手のジェイクは、こういったブレットの自由奔放さに惹かれながらも、ほかの男に性欲を抱く主体性をもったブレットを断罪せざるを得なかったのである。ジェイクはブレットに恋愛感情を抱きながらもブレットの性欲を満たすことができないために、彼女を諦めざるを得ない。しかし先に引用した馬車の場面のように、拒絶された直後にはすぐさまそのブレットを娼婦と同一視するようにしむける。またブレットに逆らえず、自らの感情を殺してロメロを引きあわせるが、その際にはしっかりと忘れずにブレットを闘牛士コレクターの「売女」と同一視するよう読み手に誘いかける。
ブレットの剝き出しの脚を見つめるジェイクの視線には、ブレットを所有したいという欲望と、ブレットが欲望をもつことへの敵意という、矛盾したふたつの要素が込められているのである。ブレットの脚は本来はジェイクの欲望の対象でありながらも、隠されていないために（つまり欲望する主体性をもつために）、同時に敵意の対象でもあるのだ。たんに性的欲望の対象にとどまらず、欲望する主体性をもち、ジェイクの欲望を阻んでいるのである。[12]
このブレットに対する複雑な感情の揺らぎの背後には、ヘミングウェイ自身の矛盾した欲望が潜んでいる。作者ヘミングウェイと語り手ジェイクを同一視するわけにはいかないが、ブレットの脚を見るジェイクのまなざしの中には、作者自身の欲望が無意識のうちに顔を覗かせているのである。それは作品執筆のそもそもの原動力がブレットのモデルであるダフ・トワイズデンに向けたヘミングウェイ自身の欲望であることに由来している。先にも述べたように、作品の発端は闘牛士をダフが誘惑する場面であった。作品を書く動機がダフへの欲望であり、欲望するダフを描くことであったのだ。この短いスケッチが後に長編小説へと発展していきながらも、当時のパリの読者が実話小説として受け止めていたほど作中人物のモデルが誰であるかはっきりとわかるように描かれていた。当時ヘミングウェイはすでに最初の妻ハドリーと結婚していたので、実際にはダフと性的関係を結ぶことはなかったらしいが（Reynolds, *Paris* 289）、実話小説とも受け止められる作品を書いたのはダフという現実の女性を作品の中に捕らえたいという代替的な欲望につき動かされていたからなのだ。[13]　ハロルド・ローブらと情事にふけるダフにへミングウェイが激しい嫉妬を抱いていたことは友人たちのあいだでも広く知られていた。ダフを手に入れたいという阻まれた欲望が、ダフをテクストの中に描き込みたいという欲望に転じたとき、『日はまた昇る』は生まれることになったのである。

本章の冒頭で引用したブレットの脚に向けたジェイクの視線は、ブレットが自ら欲望をもつ「新しい女性」であることを示すとともに、その事実がジェイクに与える不安もまた同時に指し示す表象なのである。ダフ／ブレットが欲望をもっているからこそ、ヘミングウェイ／ジェイクはダフ／ブレットに対して欲望を抱くことになったが、同時にダフ／ブレットが欲望をもつが故に嫉妬を抱く原因となり、阻まれた欲望が敵意に向かう。おそらく『日はまた昇る』というテクストには、自らの欲望に絡み取られてしまったために、ダフ／ブレットに対する欲望と敵意とが混在しているのである。そしてこのテクスト上の破綻がブレットに作者の意図しない生命力を与えてしまったのである。欲望されると同時に「見る／見せる」主体でもあるブレットの視線はあまりにも強力で、あまりにも多元的な意味を帯びてしまう。その結果、異なる深さをもつブレットの視線は読者の目をも強く惹きつけ、欲望を喚起している。これまでブレット・アシュリーについてはおびただしい数の研究論文が生み出されてきたが、決して単一の言説に回収されることなく異論を呼び続けているのは、この欲望と敵意の矛盾から生じる破綻のためであり、その破綻が作者の思いも及ばなかった強力な生命力を生み出してしまったからなのである。そして『日はまた昇る』が実話小説として生み出されながらも、時代のコンテクストを超えて現代にいたるまで読者を惹きつける強い魅力をもっているのもまた、作者自身にも御しきれない力が作中に産み落とされたからにほかならない。

## 注

［1］前者ではたとえばジェイクの傷の正体を探ったウォルフガング・ルダットやジェイクの行った性行為を分析するリチャード・ファンティーナなど（Rudat, Fantina）。後者は後に本文中で幾つかの研究に言及するが、ブレット否定派と肯定派の批評の流れを概観した Brøger を参照。

［2］女性の脚をめぐる服飾史に関しては能澤 一三一-六四を参照。

［3］ほとんど同じ時期にそれまでは女性には許されていなかったズボンが流行しだしたのも重要な変化であると言える。一九二〇年代の服装関係のカタログに最初に女性のズボンが登場するのは一九二三年である（Blum）。

［4］ジョルジュ・バタイユによれば、エロティシズムの本質は禁止と侵犯である。バタイユは、エロティシズムとは無縁の動物の生殖活動と、そこに「禁止」をもち込んでエロティシズムを生み出した人間のセクシャリティとを対比している。

［5］「一般に性器の名を口に出すことは禁じられている。恥じらいもなく性器の名を口に出すならば、人はそのとき、侵犯から無関心へ——俗なるものと最も聖なるものとを同一次元に置く無関心へ——移行している」（バタイユ 二三一-三二）。

［6］Allen, *Big* 202-203 を参照。同じ本でアレンはアメリカでのストッキング消費量について述べているが、一九〇〇年には一五万五千足が生産されていたのに対して、一九四九年には五億四三〇〇万足（一四歳以上の女性ひとりあたり九〜一〇足の割合）が生産されたという（*Big* 193）。当時ストッキングがいかに女性たちの必需品となっていたかがよくわかる数字である。

［7］『日はまた昇る』のブレットはほかに比類がないほど破壊的な影響力である」（Wilson, "Gauge" 238）。ブレットを否定的にみる批評家は多数いるが、たとえば Aldridge 24 や Wylder 59 などを参照。

［8］フェミニストのジョルジェット分析は、ジェイクがジョルジェットを当時レズビアンとして有名だったジョル

ジェット・ルブランだといって紹介する点から、同性愛的モチーフの表現と理解する（モデルモグ一七六‐七七など）か、ブレットを肯定的に評価するためにブレットとジョルジェットの類似性を否定しようとする（Fulton 66など）。しかし前者の言うようにルブランへの言及のためだけに登場させるには、この娼婦ジョルジェットはあまりにも存在感が強すぎると言わざるを得ない。また後者のようにいかにジョルジェットとブレットの相違点を発掘したところでジェイクがこのふたりを混同していることは紛れもない事実である。

［9］ローラ・マルヴィの記念碑的映画論以来、数多くのフェミニストが追従した。今日では批判も多い。たとえばスティーヴン・カーンは一九世紀の絵画を分析し、「女性も見ていた」ことを主張している（Kern, *Eyes* 11-14）。

［10］マルヴィはハリウッド映画に見られる女性の「露出狂」的性質を論じながら、それを男性的窃視症を反映したものと捉え、マルヴィの言う「見られること性」（to-be-looked-at-ness）に回収してしまう（Mulvey 19など）。

［11］谷本は同じ場面を論じて、「ブレットとロメロが前の晩に性的関係を持ったことを、ジェイクはもちろん知っている。それゆえジェイクは、この日の闘牛を、彼らの性的交わりと重ね合わせずにはいられないでいる」（谷本一四五）と論じる。

［12］ジェイクから欲望の主体性を奪うという意味では、ジェイクは「去勢」されている。フェティッシュ（ファルスの代替物）としてのブレットの脚をジェイクが欲望しているとすれば、それは欲望する主体性をブレットから取り戻したいという欲望である、と解釈できる。

［13］F・スコット・フィッツジェラルドの助言で削除した小説の冒頭部分はそもそも「これはあるレディに関する小説である。彼女の名前はレディ・アシュリーである」（Svoboda 131）であったことも思い起こすべきである。

# 6.

# 音のない炎

## ——欲望の象徴としての『サンクチュアリ』

### 欲望の象徴

ウィリアム・フォークナーは小説を書くという行為そのものが欲望を満たすためのものであることをよく心得ていた。ちょうどフィッツジェラルドがゼルダと結婚するために『楽園のこちら側』を書き（第二部第七章参照）、ヘミングウェイがダフ・トワイズデンへの欲望を『日はまた昇る』に昇華させたように（第二部第五章参照）、フォークナーもまた女性への自らの欲望にもとづいて作品を書いていた。フォークナーの長編第二作に当たる『蚊』で主人公フェアチャイルドが以下のように発言することからも、作家が性欲と創作の関連に意識的であったことは明らかである。

「［詩を書く男は］いつだって女のために書くんだ。自分より背が高いか金持ちか男前の愚か者を出し抜くんだってばかばかしくも信じ切ってね。文学を書く男が書くことばはみんな結局のところ、女にいい印象を与えようという目的で書かれるのさ。相手の女の方では、女ってのはみんなそうだが、文学なんか何とも思ってやしないかもしれないけどね。まあその女ってのがいつもいつも生身の女とは限らないが。ただ何らかの欲望の象徴にすぎないこともある。でも女ではあるんだ。名声なんてその副産物にすぎないんだよ……」（Faulkner, *Mosquitoes* 460）

フォークナーはこのフェアチャイルドの主張を実践するかのようにとりわけ初期の詩作を女性たちに捧げ、フォークナー自身のことばを借りるならば「私が詩を読み、書くことに携わろうとしたのは、第一に当時関わっていたいくつかの戯れの恋愛を成功させるためだった」という（Faulkner, "Verse" 115）。[1]

一九三一年に出版された『サンクチュアリ』は、かつてトラウマ的な失恋の相手であった幼なじみのエステルと結婚する時期に書かれた作品である（Blotner 53-55）。以前の失恋は経済的な理由によるものであった。祖父のコネでかろうじて就いていた職も見通しは暗く、結婚生活を支える経済的手段をもたなかったことを理由に結婚を反対され、結婚を諦めざるを得なかったのである。離婚をして二人の子どもをかかえたシングルマザーとなったエステルは精神を病んでおり、そのエステルと結婚するために新しい家を建てたばかりのフォークナーは、アンドレ・ブレイカスタンも述べるように「金がひどく必要であった」(Bleikasten 214) のである。ちょうどその時期に『サンクチュアリ』を「わざわざ金を稼ぐために思いついた」という事実は非常に示唆的である (Faulkner, "Introduction" 177)。なぜならフォークナーにとってこの『サンクチュアリ』を書くということは、ちょうどフィッツジェラルドにとっての『楽園のこちら側』がそうであったように、エステルを手に入れるための行為にほかならないからである。いわばフォークナーにとって『サンクチュアリ』はエステルへの欲望の象徴なのである。

しかし田中久男が注意するように(「恋に身をやつす作者の内面の真摯な表白として理解するだけでは、少し単純すぎるように思われる(中略)。恋への情熱的な耽溺を相対化する複眼的な眼差しが感じられる」[田中久男 四〇])、明らかに恋する女性に宛てて書かれた詩作においてすらフォークナーはそのことに無意識であったわけではない。先に引用した『蚊』にも見られるように、フォークナー自身、自分の作品が「欲望の象徴」であることに意識的であったのである。

オリジナルの『サンクチュアリ』[2]は後に出版された改訂版以上に弁護士ホレス・ベンボウを中心とした物語であったことはしばしば指摘されるが[3]、にもかかわらずフォークナー自身は編集者のベン・ワッソンに宛てて「今トウモロコシの穂軸でレイプされる女の子についての本を書いているところだ」と書いている (Blotner 237)。フォークナーの中ではあくまで「レイプされる女の子」を描くことこそが目的であったと考えられるだろう。エステルとの念願の結婚を控え、「金を稼ぐために」レイプを中心とする物語を書くということは、女性に対する性的搾取を描くことが「売れる」のを意識していたからであり[4]、そこにはフォークナー自身のエステルへの欲望が最初から自意識的に重ね合わされているのである。したがって作品にはフォークナー自身の女性嫌悪的な性暴力が発露すると同時に、男性という性のもつ暴力性への自罰感情もまた併存している。それらが必ずしも解決されないまま「売りたい」＝「女性を手に入れたい」という欲望と、その欲望の暴力性への拒否感が作品内でせめぎあうのである。したがってフォークナーのレイプ表象のもつ男性中心的傾向を厳しく断罪したダイアン・ロバーツの論や、レイプ表象の芸術的戦略を明らかにすることで逆に作品を評価しようとしたローラ・タナーの論など、まったく正反対の見解が混在しているのも当然のことなのである。[5]

本章ではフォークナーが三大長編作品を書き始め、モダニズムの大作家として多産な時期を迎えつつあったときに書かれた『サンクチュアリ』のレイプ表象を見ることで、フォークナーが自らの欲望にどのように取り組み、それを表象したかを検討する。そしてオリジナル原稿から二年を挟んで改稿された際、フォークナーの欲望と女性嫌悪にどのような変化が生じていたかを考えてみたい。

## 見る（だけの）男たち

一七歳の少女をレイプし、売春宿に監禁するという衝撃的な事件を題材とするこの物語は、冒頭から視線による性的対象化を繰り返し描きだす。テンプル・ドレイクは初めて作品に登場した際、「待っていた車に飛び乗ろうとして、最後にしゃがんで回転したときに剝き出しになる下履きや何かを」通行人に目撃される（Faulkner, *Sanctuary* 28　以下、同作品からの引用はページ数のみ記す）。ダンフリース駅で酔っ払ったガワンの車に乗ろうか逡巡するときには「オーバーオールを着た男たちがゆっくりと嚙みたばこを嚙みながら彼女の方を眺めてい」るために、結局車に乗ることになる（36）。密造酒を製造するオールド・フレンチマン・プレイスでは、いあわせた男たちのほとんどがテンプルにエロティックな視線を向けている。トミーは初めてテンプルに出会ったときから「彼女が太ももを持ち上げるのを見」(41)、テンプルの着替えを覗き(69-71)、そしてしばしばテンプルへの性欲に身もだえする(「身体全体が激しい不快感にもだえ苦しむのを感じた」[68]、「時折彼は強烈な大波が身体を流れるのを感じた。まるでバイオリン曲を聴いたときにそうなるように、血が急に熱くたぎり、静まった後に生暖かい不幸な気分に落ち込むような感じだった」[78])。またテクスト中でははっきりとは書かれていないものの、おそらくはグッドウィンと思われる「男のしゃがんだ輪郭」がテンプルの排泄を覗く(91)。この場所でテンプルを覗かない男は目も見えず耳も聞こえないパップだけであるが、パップは覗かないのと同時にテンプルの助けの声を聞くこともできない。

共犯関係を切り結びながらテンプルを視線で追い詰めるのは男たちだけではない。オールド・フレンチマン・プレイスで唯一テンプルの味方となり得るはずの女性ルビー・ラマーは、テンプルに向けて「ご立派な女」の非難をする。「あんたたちはもらえるものは全部もらって何も差しだそうとしないんだ。「私は汚れのない女の子なのよ、そんなことはしないわ」ってね」(57)。これは男性の価値観を内在化させ、男性にとって都合の悪い女性を非難することばであり、いわばテンプルに向かって身体を差し出すようにと要求しているに等しい[6]。

すでに第二部第三章で見たように、南部の騎士道精神は一見女性を守る文化のように見せかけながらも実のところは女性が常に男性の暴力にさらされていることが前提とされている。それまで「町の男の子」や「大学の学生」と一緒に寮を抜け出しても(29)、デートの相手には騎士道的に守られていたが、その騎士道精神の裏側には彼女に対する欲望の脅威が潜んでいるのである。したがってテンプルは自分を性的に対象化する視線に常に取り囲まれている。テンプル自身それを知っているがゆえに結果的にガワンに従ってオールド・フレンチマン・プレイスに逃げ込まざるを得なかったのである。

テンプルを捕らえようと張り巡らされたこの視線の網において、とりわけ注意を惹かれるのが作品の男たちのほとんどが性的満足を得ていないという事実である。テンプル・ドレイクをレイプする当のポパイが性的不能であり、レイプ行為そのものがトウモロコシの穂軸という代替物を用いてのものであることは言うまでもない。テンプルと実際に性行為を行うのは作中では物語後半でポパイに殺害されるレッドだけであり、そのレッドすら、結局のところポパイの機能しないペニスの代替物として使われるにすぎず、性行為を目撃したいというポパイの覗きの願望を満たすための道具なのである。

ポパイだけではなくほかのほとんどの登場人物もまた、ただテンプルを覗き、性欲を掻きたてられながらも性的満足にいたることがない。ただ見ることでテンプルを性的に搾取するという点において、男たちはみな共犯関係を結んでいるのである。主人公のひとりであるホレス・ベンボウですらこの視線の共犯関係から免れているわけではない。ホレスとポパイの同一性に関してはしばしば指摘される点であるが[7]、ホレスの義理の娘リトル・ベルに向けた視線はポパイのテンプルに向ける視線と同質のものであることが後に明らかになる。ホレスはテンプルのレイプの語りを聞いたあと、自分の部屋でリトル・ベルの写真を手に取る。「ほとんど目に見えるくらいはっきりとあの［スイカズラの］香りが部屋を満たし、［写真の］小さな顔はみだらなけだるさで恍惚となっているように見えた。やがてその顔はどんどんぼやけ、薄れ、ホレスの目に誘惑とみだらな約束と秘密の同意の柔らかく薄れつつある名残を、まるで香りそのもののように残していった」(223)。写真でホレスを「誘惑」するリトル・ベルの「みだらな」顔は、ホレスの欲望を反映したものであるのはもちろんのこと、ポパイのテンプルに対する覗きの再演になっている。つまり以前は無自覚なまま東屋を覗き、写真を見るだけにとどめていた自らの欲望を、テンプルに見て取っているのである。

このようにテンプルはレイプされるだけでなく、常に男たちの視線の脅威にさらされ続け、男たちは掻きたてられた性欲に身もだえしながら視線でテンプルを取り囲む。テンプルは男たちの視線を避けようと逃げ続けるが、その逃げ込んだ聖域(サンクチュアリ)で処女を失うことになるのである。誰もが性的満足を得ないまま、ただ視線によってテンプルを性的対象にし続けている。見ることによって性欲を掻きたてられるだけで実際に性欲を満足させられない登場人物たちの状況は、この作品を読む読者の状況とほとんど同じであると言えるだろう。読者もまた登場人物と一緒にテンプルの脚や下着を目撃し、登場人物と一緒に性欲を抱くことを求められるが、当然のことながらテクストを読む読者は決してその性欲を満足させられることはない。そういう意味で読者はこの見ることによるテンプルの性的搾取の状況と共犯関係におかれてしまう。[8] それは以下で論じるように、決して男性読者に限られたことではない。

## ふさがれた逃げ道

『サンクチュアリ』出版当時から近年にいたるまで、被害者であるはずのテンプルはしばしば研究者たちに批判を受けてきた。たとえばエリザベス・カーは「ガワンと一緒に行動するという反抗的行動によって、そしてオールド・フレンチマン・プレイスを立ち去ろうとしないことによって、テンプルは自らのレイプへといたる出来事を誘発し、引き起こすのである。悪夢のような印象に圧倒されて読者はともすると、テンプルが助かろうと真剣な努力をしていないことを見逃してしまう」（Kerr 93）と主張し、さらに「テンプルはナルシスティックである。（中略）レイプされることを期待して横たわる前に、そしてポパイと一緒にグロットに行く前に、入念に白粉を塗り、身支度をするのである」（Kerr 93）。またサリー・R・ペイジは「テンプルを取り巻く災難は、ほかの人間の幸せをいっさい考慮しないテンプル自身の残酷にも自己中心的な肉欲と、自分が巻き込まれている悪がどのようなものか予想することのできない子どもっぽい世間知らずが組み合わされた結果なのである」と批判する（Page 81）。ほかにも同様の例は枚挙にいとまがないが、これらの批評家の見解はおおむね共通していて、テンプルのレイプが当然の報いであり、むしろテンプル自身がそれを望む色情狂であるというものである。近年はこういった男性的偏見を暴露し、フェミニスト的なアプローチからテンプルを擁護する意見が多く出されているが、たとえばダイアン・ルース・コックスは『サンクチュアリ』で描かれるテンプルの性格——若く、無責任で、いい加減に生きている——は、あまり多くの点で立派でもなければ好感ももてないかもしれないが、フォークナーはテンプルの受難に対して哀れみを感じて読むよう読者に求めているのであると主張し、テンプルの名誉を回復しようとする（Cox 106）。コックスの論にはうなずける部分も多くあるが、しかしコックス自身も先行する男性作家と同様の価値観を内在化させており、男性的偏見から完全には免れられていない。ポパイのもとから逃れようとレッドをグロットに呼び出したあと、テンプルは「もう待てないの。どうしてもしたいの。本当に身体に火がついたのよ」（239）と性欲に駆られてレッドを求めるが、コックスはこのテンプルの様子を「醜く誇張された振る舞い」と呼び、その後テンプルが性欲をもつことに関してそれがいかに仕方のない成り行き上のことであるか一ページ以上にわたって言い訳をする（Cox 118-19）。しかしそもそも女性が性欲をもつこと自体は「醜く」もなければ言い訳を必要とすることでもない。コックスは無意識のうちに女性が性欲をもつことを「悪」とするイデオロギーを内在化させているのであり、そのイデオロギーこそがレイプを正当化し、テンプルを断罪してきたのである。本書第二部でこれまで見てきたように、ポーやホーソーンの時代から性欲をもつ女性は危険視され、敵視されてきたのであり、トウェインが明確に示していたように女性を守らなければならないという騎士道精神の背後には女性のもつ性欲への敵意が潜んでいるのである。フォークナーの描く南部においても、そしてさらに不穏なことに、フォークナーを読む読者にとっても、この伝統は何ら変わっていないのである。したがってテンプルは媚態を示すからといってレイプされ、性欲をもつからといって断罪される。

むしろコックスの主張とは異なり、フォークナーがテンプルに対して「哀れみを感じて読むよう」求めているのではなく、逆にフォークナーこそがテンプルを断罪していることが最も大きな問題なのである。フォークナーは先にも引用したベン・ワッソンに宛てた手紙で「今トウモロコシの穂軸でレイプされる女の子についての本を書いているところだ」と書いたあと、「この悪すべては彼女自身から流れ出したものなのだ、まるでアヒルの背中から水が流れ出すように」「女はあらゆる点で悪の影響を受けないものなのだ」と書いている（Blotner 237）。テンプルのレイプが自業自得であるとするフォークナー自身の見解こそが読者にそのまま受け継がれ、近年にいたるまでのテンプル批判を招いていることは間違いない。だからこそテンプルの性欲はフォークナー自身のことばで「股間をレッドに押しつけて身もだえするとき、テンプルの口はまるで死んだ魚のように開かれ、醜かった」と書かれ（238）、同じように性欲に「身もだえ」するトミーと同一視されてしまうのである。[9]

テンプルは結局のところ登場人物だけでなく、作者自身に、そして読者にも男性的価値観で包囲されることになる。すでに引用したカーやペイジ、コックスが女性読者であることからも明らかなように、女性読者も男性の価値観を内在化させ、テンプルへの攻撃に荷担することになる。それはこの『サンクチュアリ』という小説を読む読者がレイプを見たがる読者であることを最初から求められているのだから、なかば当然のことであると言えよう。

誰ひとり味方はなく、男性のエロティックな視線にさらされ続けるテンプルにはどこにも逃げ場はない。カーが「テンプルの屋敷の中や周辺での逃走は逃げようとしているというよりは男たちを刺激するだけである。（中略）逃げ出そうという試み自体を、ポパイと一緒に立ち去る際にやめてしまうのだ」と述べるように（Kerr 99）、しばしばテンプルはポパイの手から逃げ出さないことを非難されてきた。しかし上で見たようにテンプルは最初から男性の視線に包囲されていて逃げ場はないのである。それどころかオールド・フレンチマン・プレイス自体がそもそもダンフリース駅の「オーバーオールを着た男たち」の視線から逃げてきた先なのである。

ポパイにレイプされてまだ出血の収まっていないテンプルは、オールド・フレンチマン・プレイスから車でダンフリースまで連れてこられたとき、「ここは知ってる人がいるかも……」（139）と、何よりも人に見られることを恐れている。テンプルが恐れているのは周囲に張り巡らされた視線の網の目であり、それこそがテンプルを捕らえているのである。

樽と壁のあいだにテンプルはしゃがんでいた。「もうちょっとで見られそうになったのよ！」彼女はささやき声で言った。「ほとんど私の方をまっすぐ見てたんだから！」

「誰が？」ポパイは言った。通りの方を振り返ってみた。「誰が見てたんだ？」

「まっすぐ私の方に歩いて来てたの！　男の子よ。学校の。まっすぐ私の方を――」（140）

テンプルはこの「男の子」に助けを求めることは考えもせず、自分に向けられた性的な視線を避けることだけを恐れている。それはテンプルの目にこの「男の子」が救いとして映っているのではなく、テンプルを性的に対象化しようと共犯関係を切り結ぶ男たちの視線として映っているからである。レイプの証拠である血を流した状態で見られ、その視線によって性的に対象化されることを何よりも避けたいのである。このような男の視線が周囲に張り巡らされている以上、テンプルには最初から逃げ場はなく、「逃げ出そうという試み」をしないという批判は筋違いである。テンプルを「見る」男が助けにならないことは、後にテンプルを売春宿に見に来るホレスが結局テンプルをそこから連れ出そうとしないことからも明確に例証されることになるのである。そしてそのホレスが明らかにするように、本来彼女を性的に対象化しないはずの家族ですらも、フォークナーの作品世界では近親相姦的視線を向けてくるのである。

## テンプルの語り

いかに視線を避けようと試みたところで、テンプルはミス・リーバの売春宿においてもやはり自分が性的な対象であることを常に意識させられる。

　あとになってタオルを腰に巻き、ベッドに横たわっていると、ドアの外で犬が鼻を鳴らして泣いているのが聞こえた。コートと帽子はドアの釘にかけてあり、服とストッキングは椅子に乗せてあり、テンプルにはどこかで洗濯板のパシャパシャというリズミカルな音が聞こえるように思え、下履きを脱がされたときにそうしたように、身を隠したいという苦悶にもだえてまた激しく身じろぎをした。(145)

ミス・リーバはそのテンプルの様子を出血の痛みと勘違いするが、テンプルが恐れているのは自分の姿を見られることであり、この後もたびたびシーツやタオルで身体を隠そうとする。医者の診察を受けるときですら「仰向けに横たわり、脚をしっかりと閉じ、テンプルは泣きだした。絶望的に、されるがままに、まるで歯医者の待合室にいる子どものように」と、視線を恐れているのである(150)。

「されるがままに」(passively) 視線を恐れるテンプルに変化が見られるのは、ホレスの訪問を受けたときである。それまで受動的でただ男たちの性的対象とされ続けていたテンプルが、このとき初めて語る主体となるのである。最初はベッドに潜り込んで視線を避けていたテンプルが、やがては自分の体験を語り始める。

ベッドの盛り上がりが動いた。テンプルはカバーをはねのけ、身を起こした。髪は乱れ、顔はむくみ、ほお骨の紅はふたつの点のようにくっきりと、口紅は乱暴な天使の弓の形に塗られていた。彼女は一瞬ホレスを黒い敵意をもって見つめ、すぐに目をそらした。(214)

これまでただ見られていたテンプルはここですぐに目をそらすもののホレスをまっすぐに見つめる。その「黒い敵意」はホレスもまたその共犯であるところの男たちの暴力的な視線に向けられたものである。ホレスは自分の聞きたいことを聞き出そうと「時折ホレスは犯罪そのものに話を向けるよう促」すが、テンプルはそれに従わずに自分の語りに戻る(215)。その長い語りは、すなわちテンプルが主体性をもつことは、男性的価値観で形成された社会においては娼婦になることとして否定的な印象を与えるものでしかない。

彼女はそんなふうに話を続けた。女が舞台の中心にいると気づいたときにやってのけるあの生き生きとした口数の多いおしゃべりを。突然ホレスは彼女が自分の経験を本当のところ自慢げに語っているのだと気づいた。ある種素朴で人間味のない虚飾で語っているのだ。まるで作り話をするかのように。(216)

ホレスが求めていたのは自分の質問に対する答えであり、ホレスにとってテンプルはあくまで自分の捜査の手がかりとして客体でなければならなかった。しかしホレスが用意した「舞台」に乗せられ、客体として消費されようとしたとき、テンプルはその「舞台」で主体として語り始める。そのとたんにホレスにとってその語りは「自慢げ」であり、「虚飾」と映るのである。

しばしば論じられるように、このテンプルの語りを聞いたホレスは自分とポパイの同一性に、自分がリトル・ベルに向けた性欲がポパイのテンプルに向けた性欲と同一であることに気づかされる。それがホレスの維持していた騎士道精神の幻想を壊すものであり、リトル・ベルを守ろうとしていると思い込んでいた東屋に向ける視線（13-14）が、ポパイがテンプルとレッドに演じさせた性交を覗く視線と同一のものであることを暴露するものであることは間違いない。だからこそホレスはテンプルを性欲をもつ悪として敵意を向けなければならないのである。だからこそ「彼女にとっては今夜死んだ方がましなのだ、とホレスは考えた。私にとってもその方がいい」と考えるのである（221）。

結局テンプルは男性の性欲の対象として犠牲にされるか、あるいは主体性を取り戻し、「悪」として断罪されるかのどちらかしか選ぶことができない。そしてテンプルは本来自分を救ってくれるはずのホレスを目にしたとたん、明確に自分の性欲を肯定し、主体を取り戻すことで断罪されるほうを選ぶのである。

これまでしばしばテンプルが無実の男を死に追いやる偽証をする理由について問われてきたが[10]、テンプルにとってはグッドウィンはそもそも「無実」ではない。テンプルを性的対象とする視線で追い詰めた男たちのひとりでしかない。しかし裁判の場面でテンプルは取り戻した主体を維持することはできない。「部屋の奥の何か」をじっと見つめる様子からは（284）おそらく脅されて証言を強要されていたことが窺えるが、テンプルの証言はグッドウィンに対する復讐というほどの主体性をもたず、むしろ操られた上での「されるがまま」の受動性でしかない。したがって証言のあいだも男性的原理の支配する法廷でのルールに従わされ、かつてホレスに語ったように自分の思うままに発言することを許されない。短い受け答えしかさせてもらえず、その発言もしばしば地方検事によって遮られる。


「トミーがいました。あの人が言うには――」

「彼は小屋の中にいたのですか、外ですか」

「ドアの外にいました。見張ってくれてたんです。あの人が言うには誰も――」

「ちょっと待って。誰も入れないようにと頼んだのですか」

（中略）

「トミーはポパイを止めようとしましたか」

「はい。あの人が言うには――」

「待ちなさい」（287）


など、ことごとく発言を遮られ、検事の誘導する方向でしか話をさせてもらえないのである。これは主体性をもとうとしたテンプルを去勢し[11]、再び男性の客体となるよう抑圧しようとしている場面として読める。この場面で我々が作者の意図に逆らって読み込むべきなのは、テンプルの偽証の理由ではなく、男性による女性の主体性封じ込めのメカニズムである。

テンプルはこの物語の中で、父の命令に背くという主体性をもったときにはトウモロコシの穂軸による去勢を受け、さらに自らの性欲を認めるという主体性をもったときには裁判という「舞台」で主体として発言することを禁じられ、再び客体化される。テンプルはいわば主体になろうとして客体化されるという悪循環に捕らわれているのである。フォークナーの小説世界においてこの犠牲か断罪かという牢獄から逃れるには、ナーシサがそうしたように徹底的に客体であり続け[12]、男性の価値観を内在化することで男性の権力をもつ以外にはないのである。

## レイプ願望と去勢

裁判のあとでホテルの滞在客であるセールスマンは、レイプ犯とみなされたグッドウィンへの暴力的な怒りをみなぎらせるが、そのうちのひとりの「見たよ。あの娘はなかなかのもんだな。まったく。俺だったら穂軸なんか使わなかったよ」(294)というセリフほど女性を守ろうとする騎士道精神が女性を襲う暴力と直結している事実を示すものはないだろう[13]。ここでも明らかになるのはテンプルがコミュニティ全体の性的欲望の対象であるという事実である。このような一節を挿入していることからも、フォークナーが南部騎士道精神の両面を意識していたことは間違いないだろうが、それと同時にそのようなフォークナーが騎士道精神の中で育った以上、フォークナー自身もそこから完全に自由であったわけではない。だからこそ「金を稼ぐために」レイプが売り物になると考えたのである。ホレスが作中で気づく自らのレイプ願望とは、結局のところこの作品を書くに際してフォークナーが気づく自らのレイプ願望にほかならないのではないだろうか。

オリジナル版の『サンクチュアリ』の原稿を書いてから二年後に書き直した完成版では多くの変更点が見られるが[14]、とりわけ目立つのは前者がホレスの物語であったのに対して、後者ではテンプルの比重が非常に高くなっていることである。諏訪部浩一は改稿版でホレスの「ロマンティックな物語」がテンプルの「リアリスティックな物語と並置され、強烈に相対化され」ていることを指摘し、にもかかわらず「「ホレスの物語」が弱められたことを意味しない（中略）改稿版はホレスに「悲劇の主人公」という特権的立場を許していないがゆえに、読者には「現実」に対峙させられたホレスの震撼がよりリアルに伝わってくる」と論じている（諏訪部　一一二）。このテンプルの存在感の高まりとホレスの衝撃の増大は、おそらくフォークナーがこの作品を書いた際に抱いていた女性性搾取の願望に対し、より距離をとれるようになったことの表れであろう。

改稿版でつけ加えられたグッドウィンのリンチによる「去勢」の場面は、いわばこのレイプ願望への自罰感情の表れとして読み取ることが可能である。

ホレスは群衆の中を走った。そして取り押さえられたがそのことにも気づかなかった。取り押さえた連中が話をしていたが、その声も聞こえなかった。

「あいつの弁護士だ」

「あいつを弁護した男がいるぞ。あいつを無罪放免にしようとしたやつだ」

> 「こいつも放り込んでしまえ。まだ弁護士ひとり燃やすくらいは残ってるぞ」
> 「あいつにやったことをこの弁護士にもしてやれ。あいつがあの娘にしたことだ。ただ俺たちは穂軸なんか使わないがな。せめて穂軸を使ってくれと懇願させてやろうぜ」
> ホレスにはその話は聞こえていなかった。燃やされ、叫んでいる男の声も聞こえていなかった。火の音も聞こえていなかった。火はいまだ弱まることなく渦巻きながら自分自身を食い物にするかのように燃え上がっていた、音のないままに。憤怒の声は夢の中のように平穏な空虚から静かにとどろいていた。(296)

ホレスがリンチの危険をどのように逃れ得たのかは結局テクストは明らかにしない。群衆に取り押さえられ、自らに迫る脅威も「聞こえていな」いホレスがこの場を逃れられたのは非常に奇妙なことであるが、あるいはホレスは物語のその後の展開とは関係なく、フォークナーの中で殺されているのかもしれない。このレイプ願望の殺害こそが改稿版で試みられたことなのである。

そして「穂軸なんか使わない」この群衆の暴力が先のセールスマンと同様、レイプ願望の裏返しにすぎず、自らのうちにくすぶる性的衝動が「渦巻きながら自分自身を食い物にするかのように燃え上がっ」た結果であるとするならば、この場面がテンプルの「音と沈黙が入れ替わった」レイプ場面と似ているのは当然のことと言えるだろう(「ポパイが動くとき、まったく音がしなかった。手を離したドアが開け放たれ、ドア枠にぶつかったが、やはり音はしなかった。まるで音と沈黙が入れ替わったかのようであった」[102、強調は引用者])。レイプ願望とレイプ犯への暴力は同じ欲望の両面でしかなく、グッドウィンを取り巻く「音のない」「憤怒の声」はかつてポパイにテンプルを欲望させた炎であり、ホレスがリトル・ベルに向けた欲望が自分自身に返ってきたものなのである。そしてグッドウィンを焼くこの炎は「私燃え上がってるの」「私身体に火がついたの」とテンプルを燃やす欲望の火でもあるのである(239)。男たちを燃やす性欲の炎はテンプルの身体に火をつけ、そしてふたたび男の身体を文字通り燃やすことになる。ホレスは自らもその一部であるところの性暴力の循環の中に捕らわれているのである。

『サンクチュアリ』はこの家父長的イデオロギーのもつ性暴力の側面に気づく主人公を描きながらも、同時にそこには主体性をもとうとするテンプルに対する敵意も暴露してしまっている。二年前に書かれたオリジナル版を読んだとき、フォークナーがどれほどその事実に自覚的であったかは想像の域を出ないが、しかし少なくともテンプルの語りの比重を高め、ホレスを性暴力の循環の中に放り込むという改稿を行っていることからも、自分を含めた男性の欲望の暴力性をより明確に描き出そうとしたことは間違いないだろう。少なくともテンプルの主体性は物語全体により大きな影響力を与えているということは言えるはずである。『響きと怒り』のキャディ・コンプソンが語りの中で声を与えられていないにもかかわらず大きな存在感をもつように、作者の敵意を越えて届くテンプルの存在感をこそ、我々読者はすくい上げるべきであろう。いわば作者フォークナーの意図する「音と沈黙」とを入れ替えて読まなければならないのである。

## 注

［1］平石貴樹はこの一節をフェアチャイルドのほかの発言と比較検討し、フェアチャイルドが「問題の構図そのものを明確に超越し、その構図全体を見おろす第三者（中略）の位置にみずからを落ち着かせる」と主張している（平石 一三九）。

［2］フォークナーは『響きと怒り』を完成させた直後の一九二九年一月から五月にかけて『サンクチュアリ』を執筆する。その後いったんは出版を拒否されるが、再度出版計画が持ち上がり一九三〇年一一月にゲラがフォークナーに送られる。フォークナーは同年一二月までに原稿を根本的に手直しし、一九三一年二月九日に改訂版『サンクチュアリ』が出版される。Arnold and Trouard xiii-xiv を参照。

［3］たとえば Polk 19 を参照。

［4］カーヴェル・コリンズがエステルにインタビューをした際の記録によると、エステルとフォークナーのあいだには以下のようなやりとりがあったという。「エステルが手書き原稿かタイプ原稿で『サンクチュアリ』を読んだとき、「彼女はひどく腹を立ててひどく不愉快な本だと言った。「そのつもりで書いたんだよ」と彼は言った。「きっと売れるよ」」（Sensibar 471）。

［5］ダイアン・ロバーツはフォークナー作品全体の女性表象を批判的に検証しているが、『サンクチュアリ』のレイプ被害者テンプル・ドレイクは女性嫌悪的な男性の観点からテクスト中でも犠牲にされていることを論じている（Roberts 123-39）。ローラ・E・タナーは逆にテンプルの具体的なレイプ表象が故意に空白として残されているため、読者を安全圏に留めさせず、レイプの具体的状況を自ら構築させられる結果、読者を共犯関係に巻き込んでいると主張する（L. Tanner）。

［6］ジョン・N・デュヴァルは「彼女のことを売女と呼ぶ男にイエスと答えるようテンプルをさとすことで、ルビーはポパイがテンプルを犯すのが構造的に妥当であることを示している」と論じる（Duvall 68）。

［7］たとえばパット・エスリンガーは次のように述べている。「森の水たまりに映る自分たちの姿を観察する冒頭

の場面からポパイとホレスは互いを映し合う鏡像である」(Esslinger 557)。

［8］この点に関してはロバート・R・ムーアも同様の指摘をしている (Moore 115-16)。

［9］もちろん言うまでもなく『サンクチュアリ』の二〇年後に書かれた『尼僧への鎮魂歌』でテンプルに自分の「悪」を認めさせていることは、フォークナーのテンプルへの敵意のさらなる証拠となる (Faulkner, *Requiem* 117)。

［10］非常に多くの論が出されてきたが、代表的なものとして C. Brooks 121-27、Muhlenfeld 54、Cox 120 などを参照。

［11］もちろん医学的な用語として用いているわけではない。男性中心社会で男性にのみ許される主体性を奪うことをここでは「去勢」と呼んでいる。

［12］ナーシサは『埃にまみれた旗』においては性欲をうちに秘めながらもバイロン・スノープスの覗き行為の対象であり、またベイヤード・サートリスにも無理やり処女を奪われて結婚にいたる (Faulkner, *Flags* 258-59)。ナーシサもまた性の主体となることは許されていなかったのであり、だからこそ「彼女にとっての平和は男がひとりもいない世界にしかない」と考えるのである (*Flags* 251)。

［13］同様にホレスを乗せたキンストンのタクシー運転手はジェファソンでのリンチに触れ、「そうして当然ですよ。(中略) 娘たちは守らないといけませんからね。自分たちの必要に備えてね」というが (298)、これも同様である。

［14］オリジナル版との詳細な比較に関しては、Massey、Langford を参照。

7.

# 近親相姦の時代
## ――『夜はやさし』の欲望を読む

### 欲望を描く作家

Ｆ・スコット・フィッツジェラルドは作家活動の最初期から欲望をテーマに作品を書き続けた作家である。特に初期作品に特徴的に見られるのが、女性を手に入れようとする欲望が物語を駆動させているという点である。とりわけ学生時代に書かれた習作「ピエリアの泉と最後の藁」は後のフィッツジェラルド作品の多くのモチーフを先取りしていると言える。主人公は作家であり、かつて求めていた女性に失恋した痛手から立ち直れないでいる。その女性が夫を亡くしてからやっと作家はその女性を手に入れるが、そのとたんにピエリアの泉すなわち詩的霊感の源泉を失い、作品を書けなくなるのである。マシュー・ブルッコリも指摘するように、この作品はフィッツジェラルド作品で何度も変奏される「身勝手な女性に破滅させられる才能ある男」を描いたものであり[1]、「[主人公に求められる]少女こそが作家のインスピレーションであるが、ただそれはその少女が手に入れられないという限りにおいてである」(Bruccoli 76)。

　手に入らないものを求めるという主題がフィッツジェラルドのロマン主義的傾向を示すものであることは言うまでもないが、このことはフィッツジェラルドの伝記と、その背景にあった社会状況と強く結びつく。「ピエリアの泉」自体はジネヴラ・キングとの失恋を契機として書かれたものであるが、フィッツジェラルドはその後ゼルダ・セイヤーに失恋し、『楽園のこちら側』を書いて作家として成功したあとゼルダと結婚するという、「ピエリアの泉」の作家と似た人生をたどることになる。手に入らないからこそ欲望の対象になり、フィッツジェラルドを創作に向かわせたゼルダというピエリアの泉を実際に手に入れてしまったあと、フィッツジェラルドが欲望と創作の関係をどのように表象するようになったのかという問題は非常に興味深い。

　その一方で第一次世界大戦を経験した世代は、かつて前例のない大規模な物質主義文明と消費社会を迎え、自ずとその欲望の網の目に捕らえられることにもなったのである[2]。フィッツジェラルド自身、時代のスポークスマンを自認し(Bruccoli 80)、欲望にまみれた戦後社会を描き出すことを試みていたが、自身がそういった消費社会のメカニズムに取り込まれていたことも否定できない。ブルッコリはフィッツジェラルドの理想の女性を「美しく、金持ちで社会的に安定しており、人びとに求められる (sought after)」女性であると述べているが（Bruccoli 54、強調は引用者）、これはとりもなおさずフィッツジェラルド自身が欲望をめぐる消費システムに取り込まれていたことを示唆するものである。消費社会は他者の欲望を欲望させられることによって成り立っているからであり、他者が求めるものをこそ欲望するのはその欲望を引き受けているからにほかならない。したがって『グレート・ギャツビー』のギャツビーもまた、「目に見えない有刺鉄線」で隔てられた手に入らないデイジーを「どきどきするほど魅力的（desirable）」であると考え、「すでに多くの男たちがデイジーを愛していたことが余計に興奮させた――ギャツビーからすると、そのせいでデイジーの価値は増大したのだ」と考える（Fitzgerald, *Great* 116）。ボードリヤールをもち出すまでもなく、近代の主体は消費社会の欲望の網の目の中で構築される（ボードリヤール 六八）。人びとは他者の欲望を引き受け、欲望する主体となることで、自らの内に他者の欲望の及ばない〈本来の自己〉という幻想を作り上げ、その上でそれを失ってしまったという虚無感を抱えることになる。そういう意味で消費社会においては欲望の主体となると同時に自己を喪失するという逆説的状況におかれるのである。そう考えるとフィッツジェラルドの主人公たちを欲望させる女性たちがみな「男性に破滅をもたらす存在」として描かれるのは、消費社会の状況を如実に表していると言える。フィッツジェラルド作品の男たちは自分では内在的な欲望を女性に向けているつもりで実のところ「多くの男たち」の欲望を引き受けているだけであり、この欲望の網の目に取り込まれることによって必然的に〈本来の自己〉を失ったという虚無を抱えることになるからである。

もちろん作品に描き出すことでフィッツジェラルド自身がこのような消費社会の欲望の様態を客観的に見ていたこともまた確かである。大衆に求められるままに短編小説を書き、金を稼いでゼルダと派手な生活を送ることによってこの欲望のシステムに巻き込まれながらも、フィッツジェラルドはそれを作中で表象し、相対化するという二重の視点をもっていたのである。[3]
『夜はやさし』は一九三四年に出版されたが、作品の舞台は一九二〇年代に設定されている。つまり消費社会到来の最初のインパクトをあとから振り返った作品なのである。[4] これまでこの作品は決して高い評価を得てきたわけではないが、作品に向けられた批判の中でも最も多いものとして、ミルトン・スターンは以下の二点を挙げている。「(一) ディックの崩壊に対して説得力のある——あるいは少なくとも明確な——理由がないこと、(二) ローズマリーによる冒頭部分が終わったあと、視点と時系列の移動が紛らわしい」(Stern 3-4)。しかしディックの欲望の変容に着目すれば、これら問題とされていることがむしろ当然の帰結であることが明らかになる。[5] 本論考は前時代の価値観を保持しながら消費社会に巻き込まれるディックの欲望がいかに変容していくかを捉えることで、突然消費社会に放り込まれた戦後の人びとが欲望のシステムに巻き込まれ、失われた自己を内に抱え始める様が描き出されていることを明らかにする。[6] 自己の喪失、分裂をテーマにしている以上、これまで多くの研究者が指摘してきたようなテクスト上の問題は必然の帰結であり、テクスト自体が分裂、崩壊することにこそこの作品の意義があるのである。

## 欲望の主体となることを拒否するディック・ダイヴァー

主人公ディック・ダイヴァーの振る舞いを見ていくと、奇妙な特徴に気づかされる。それはディックが少なくとも作品前半では主人公であるにもかかわらず、終始欲望の主体となることを拒否しようとしているように見えることである。三〇〇ページを超える長編小説の主人公が欲望の主体として物語を駆動させることを拒むというのは異例のことであり、すでに何人かの研究者もこの点を明らかにしようと試みている。[7] 第一部は主に若い女優ローズマリー・ホイトの目を通して描かれるが、そこで強調されるのはディックが彼女への欲望を抑圧しようとする様子である。ディックは誘いかけてくるローズマリーに対して、「あまりにも何回もこういうセリフを聞いてきた——言い方すら同じだ」と考えるだけで、応じようとはしない（Fitzgerald, *Tender* 74　以下、同作品からの引用はページ数のみ記す）。ここから明らかになるのはディックがこれまで常に欲望の「対象」となることはあっても、欲望する主体として積極的に行動することがなかったということである。実際ディックは少なくとも物語のこの段階までは多くの友人に好かれる人物として描かれ、結末近くでもメアリ・ミンゲッティはかつてのディックのことを「みんながあなたのことを愛していたのよ。言えばほしい人は誰だって手に入れることができたのに（You could've had anybody）」と言うが（350）、メアリの仮定法に明らかなように、そこに男性的主体性を発揮してこなかったのである。[8]

一方のローズマリーは自らが欲望の対象になろうとしてしきりにディックを欲望の主体の位置に立たせようとする。女優であるローズマリーは本来常に見られ、欲望される客体の位置におかれているが、ここでは社会的ステレオタイプとして女性に与えられた伝統的立場を表面的に守りながらも、ディックの男性的主体性を誘い出そうとしている。最初にディックを誘惑しようとするとき、「ローズマリーはキスしてもらおうと（to be kissed）静かに顔を上げた」と受け身の形を装う（74）。そして「ねえ、お願いだから男の人がすることを何でもして。わたしがそれがいやだったとしてもかまわないから」という言い方をすることで（76）、自らの欲望の主体になることなく、ディックに欲望させようとするのである。この場面がきわめて逆説的なのは、「いやだったとしてもかまわない」と言うことでローズマリーは表面上、自分の欲望を放棄し、欲望の対象となろうとしているように見えるものの、実のところ能動的男性が受動的女性を欲望するコンヴェンショナルな図式を作り上げようと主体的に働きかけているからである。

主体となることを主体的に放棄するというローズマリーの逆説的立場は、彼女が女優であることに起因する。「彼女の手はディックのコートの襟を型どおりに（conventionally）もてあそんだ」（74）、「突然彼女はこれが今まで演じてきた中で一番大きな役割であることに気づき、さらに情熱的にそこに身を投げ込んだ」（76）、「ローズマリーにとって、今は泣くときだった。なのでハンカチを当てて少し泣いた」（86）などと書かれているように、ローズマリーは「役割」を演じているのであり、「型（convention）」を意識して自らの仕草を計算しているのである。ローズマリーは大衆の欲望の対象としてハリウッドという巨大な欲望のシステムの中で常に客体であることを強いられ、そう訓練されてきた。「母親が愛情深く世話をした結果の生産物（product）」なのである（80）。

同じように主体の位置に立つことを拒否するディックもまた、初めて登場する場面では「謎めいたバーレスク」を演じ（12）、ヨーロッパのアメリカ人コミュニティの中で「演じる人」として描かれる（いみじくもローズマリーはディックに向かって「ああ、わたしたちってたいした役者よね——あなたもわたしも」と言う［121］）。しかしディックとローズマリーの決定的な違いが、彼女が自分の出演した映画をディックらに見せる場面で明らかになる。この場面はある意味で消費社会の縮図とも言える状況を描き出している。映画というメディアが大衆の欲望を喚起する消費システムの代表であることは言うまでもないが、ここではローズマリーは自分が大衆の欲望の対象として消費されている様子をディックに見せることによって、その他者の欲望をディックに転移させようとしているからである。ただこの場面でより興味深いのは映画の上映が終わった直後、ローズマリーがディックにスクリーンテストを受けさせようとし、ディックがそれに対して「むしろきみを見ていたいんだ」と拒否する点である（82）。映画に出演するということは巨大な欲望のシステムに欲望の「対象」として参与することを意味するが、ローズマリーが女優として従事しているのはまさしくこの欲望のシステムで対象として消費されることである。一方ディックは同じようにバーレスクを演じながらも演じる相手は限られた観客でしかない。ディックは自分を欲望する観客を選び、「文字通り囲い込み」、「自分たちで完結した小さなグループを形成」しているのであり（22）、不特定の大衆にとっての欲望の対象となり、消費されるローズマリーとは決定的に異なっている。消費社会の中でローズマリーは欲望の対象になり、「買われる女」となることを仕事にしているが、ディックは「買う男」にも、「買われる男」にもなりたくないのである。しかし自分が見られるよりはローズマリーを「見ていたい」というディックのことばは、ローズマリーの意図通りに観客の欲望の転移を受けたことを意味するとともに、その結果このあと否が応でもディックが欲望の主体の位置に追いやられることを暗示している。この場面に見られるのはローズマリーが積極的に客体の位置に立ち、ディックは受動的に主体の位置に立たされるという逆説である。そしてその逆説には、欲望の主体となると同時に自己を喪失するという消費社会の逆説が見て取れるのである。

## ディック・ダイヴァーの「有用性」

　ディックは「買う男」にも「買われる男」にもなることを拒否しているが、実際のところは後述するようにウォーレン家に金で買われた医者でしかない。ディックがそのような事実から目をそらし欲望の網に巻き込まれていないという幻想をかろうじてもち続けるよりどころとしているのは、父親から受け継いだ前近代的な「有用性」の概念である。ローズマリーの誘惑を断るたびにディックが口にするのは「ニコルと僕は一緒に生活を続けなければならないんだ。ある意味でただ生活を続けたいというよりももっと重要なことなんだ」という理由である(87)。これはニコルへの愛という形をとってはいるが(そしてそれ自体を否定するつもりはないが)、ここで「なければならない」(has got to)というフレーズを使っていることから、そしてそれが「続けたい」(wanting to go on)という欲望より重要であると言っていることから、ディックにとってある種の義務感として捉えられていることが見て取れる。つまりディックは医者として求められること、欲望するよりもその対象となること、つまり有用であることでアイデンティティを維持しているのである。

　ディックは自分が「使われること」、有用であることをとりわけ重要視している。ニコルはそんなディックを「彼には人を喜ばせようとする衝動があり、そのせいでただひたすらどうしても使われる必要があるのだ——そんなふうに人を喜ばせたいと感じる人は、腕を落とさず努力しながら自分では何も利用できないような相手に好かれようとし続けなければならないのだ」と考えている(101)。この同じ「人を喜ばせようとする衝動」すなわち「人助けをしたい、あるいは褒められたいという圧倒的な欲望」

（235）は作品の結末近くでも蘇ってくるが、そこでディックは「若いころから愛されるのが習慣になってしまっていた」と述べる（338）。人に求められ、利用されることに喜びを見いだすディックのこの価値観は、「愛されるのはあまりに簡単だ――愛するのはあまりに難しい」という有名な一節にも現れているが（276）、本来は父親譲りのものである。「父は自分が何者であるのかはっきりとわかっていたのだ。自分を育ててくれたふたりの誇り高い未亡人から強いプライドを受け継ぎ、「優れた本能」すなわち名誉、礼節、勇気に勝るものは何もないと信じていたのだ」とあるように（232）、ディックの父は自分のアイデンティティをしっかり保持し、「名誉、礼節、勇気」に最上の価値をおいていたのである。これらはアーネスト・ヘミングウェイの『武器よさらば』における主人公フレデリック・ヘンリーの「栄光や名誉、勇気、神聖などといった抽象的なことばは下品だ」という宣言（Hemingway, *Farewell* 161）をもち出すまでもなく、前時代の価値観であり、第一次世界大戦を経験した世代にはもはや空疎なことばと化してしまった概念である。父を愛し、「繰り返し何度も父ならおそらくどう考え、どう行動したかを判断の基準とした」（232）ディックは、他人の役に立ち、「人を喜ばせようとする衝動」をおそらくは父から受け継いだのであろう。[9] そういう意味でディックは戦後世代の価値観ではなく、前時代の価値観をもち続けており、時代と齟齬を来した「滅び行く一族の最後の頼みの綱」なのである（338）。

しかし父の時代には有用性は美徳であったかもしれないが、現在ではたんなる「製品」（product）として経済的価値しか見いだされない。したがって第二部の冒頭でディックは「銃で弾丸として撃ち出されるにはあまりにも価値があり（valuable）、あまりにも大きな資本投資（capital investment）」であったとみなされ（133）、そしてその後ウォーレン家に商品として購入されるのである（「ウォーレン家は二コルに医者を買ってやるつもりなのだ。わたしたちが使えるいいお医者さんをおもち？　ニコルを心配する必要はない、なぜなら連中はニコルに、まだペンキも塗りたての若くていい医者を買ってやれる立場にあるのだから」[176]）。その後もニコルや姉のベイビー・ウォーレンはディックを製品として「所有」する（「当然ニコルは彼を所有したいので、彼に永久にじっとしていてほしいので、彼が怠惰な生活を送るようそそのかした」[195]、「わたしたち［ニコルとベイビー］はあなた［ディック］を所有しているのよ。あなたも遅かれ早かれ認めることになるでしょうけど。自分が自立しているなんてふりをいつまでもしているのは馬鹿げているわ」[203]、「彼女［ニコル］は所有されたくないと思っているディックを所有しながら寂しい生活を送っていた」[206]）。ディックの父親の世代では生産性と経済力をもち、主体の位置にいるのは常に男性であり、その前提においてこそ男が他者の役に立つことが美徳として機能したのである。しかし『夜はやさし』の世界では経済力をもつのは職をもつローズマリーであり、莫大な遺産をもつニコルである。さらに消費社会とともにその美徳が失われ、経済価値でしかものがはかれなくなったとき、主体の位置に立つ男性は女性を客体化し、欲望の対象としかみなさなくなる。したがってディックの父親の死が象徴的に前時代の価値観の崩壊を告げたとき、作品の背景にさまよい続けるもうひとりの父親であるデヴロー・ウォーレンは近親相姦を犯すレイピストでしかない。ディックはニコルに対してニコルの父デヴローの役割を引き受けながら、デヴローのように欲望の主体となることは拒否せざるを得ない。その結果ディックは欲望の対象としてのみニコルの感情的転移を引き受ける。このようにディック自らは父親世代の価値観における「有用性」に存在意義を見いだし、〈本来の自己〉を保持しているという幻想を抱き続けているが、実のところ物語が始まった当初から女によって買われる商品でしかないのである。

## 欲望の主体へ

ローズマリーに誘惑される際にディックはかたくなに欲望の主体の位置に立つことを拒否していたが、それはニコルに対して医者として「有用性」をもつことに満足していたからである。しかし他者にとって「有用」であることが美徳として機能しなくなり、自分が「製品」でしかないことに気づき始めるにつれて、ディックは欲望の主体の位置へと押しやられる。第一部で描かれているのはローズマリーに誘惑されることでディックが徐々に主体の位置に追いやられていく様子である。

> 彼は彼女にキスをしながらそれを楽しいとは思っていなかった。そこに情熱があることはわかっていたが、彼女の目にも口にもその影は見られなかった。ただ彼女の息にはかすかにシャンパンの匂いが混じっていた。彼女は必死になってさらにしがみついてきたので、もう一度彼女にキスをし、その彼女のキスの罪のなさに、目があった途端に彼を通り越して夜の暗闇の、世界の暗闇の中へと向かうその視線に、身震いさせられた。(75)

ディックに身を任せ、欲望の対象となろうとするローズマリーは、「情熱」(passion)を主体的に示すことをしない。そのためにディックは自らが欲望の主体とならざるを得ず、「彼女のキスの罪のなさ

(innocence) に（中略）身震いさせられ」るのである。このあとディックはローズマリーへの欲望を徐々に抑えることができなくなり、どんどん主体の位置に追いやられていく。上の引用の直後、ディックは「混乱」し始め、「均衡」を失い（77）、「パニックを感じ」(86)、「抑制の喪失」(98) に気づき始め、「自分ではなくローズマリーこそが主導権を握っていることにこのとき初めて気づ」く (98)。そしてその結果、ディックはこの「初めて気づいた感情の衝撃に揺るがされ」たせいでいつものように女性たちの要求に応えることができなくなり (98)、「周囲が見えなく」なってしまう (100)。[10] 積極的に客体の位置に身をおき、ディックを主体の位置に立たせようとしていたローズマリーの働きかけが成し遂げられたとき、「主導権」を握っているのは表面上主体の位置にいるディックではなく、そのコンヴェンショナルな図式を作り上げたローズマリーのほうである。結局のところ、ディックは消費社会の中で「買われる男」か「買う男」のどちらかにしかなれないのであり、欲望の網の目の中で自己を喪失しているのである。

ローズマリーの友人コリス・クレイから聞かされた列車のコンパートメントの逸話は、ディックを欲望の主体の位置へと押しやる最後の一押しとなる。コンパートメントの中でドアに鍵をかけ、カーテンを降ろした状態でヒリスという名の少年とすごしていたローズマリーに想像をめぐらせるディックは突如嫉妬と欲望にかられる。

細部にまで想像をめぐらせ、デッキで災難に遭ったというふたり共通の経験をしたことに嫉妬まで覚え、ディックは自分の中で生じている変化に気づいた。第三者の存在が、たとえそれがもういなくなった人物であっても、彼とローズマリーの関係に入り込んできたことを思い巡らせると、ディックは落ち着きを失い、痛みと惨めさと欲望と自暴自棄の波が全身に流れ込んだ。生き生きと思い浮かぶローズマリーの頰に置かれた手、速まる呼吸、外から見るとその出来事は白熱する興奮状態であり、内には犯しがたい秘密の温もりがあった。

――カーテンを降ろしてもいい？

――ええ、お願い。ここはまぶしすぎるわ。（102）

このときディックの「自分の中で生じている変化」は、「有用性」にこだわり、近代的な欲望の主体になることを拒んできたスタンスをやめ、これまでかたくなに拒んでいた欲望の主体の位置へと移行したことを示している。それはディックの「均衡」を崩し、主体であるからこそ感じることになる「痛みと惨めさと欲望と自暴自棄の波」をもたらすのである。この「変化」が決定的であることは、最後の二行に見られるディックの妄想の中に現れるローズマリーとヒリスの会話が反復強迫のように繰り返すことからも明らかであろう[11]。

そしてこの妄想の直後、ディックはローズマリーを自分から（欲望の主体として）求めて撮影所にまで向かうのである。いるかどうかわからないローズマリーが現れることを期待して撮影所の周囲を徘徊するディックは、もはや「あまりにも何回もこういうセリフを聞いてきた」といってローズマリーを求めようとしなかったころのディックとは別人のようである。

彼は自分のしていることが人生のターニングポイントになるということがわかっていた――それ以前の行動と何もかもそぐわないのだ――ローズマリーに与えたいと願う効果にすらそぐわない。ローズマリーはいつだって彼のことを正しい行いの規範として見ていた――この区画を歩き回る彼の振舞いはあってはならないことなのだ。しかしディックがこうしないでいられないという事実はある覆い隠された現実を映し出していた。つまり彼はそこを歩き、そこに立つことを強いられているのである。シャツの袖は手首にぴったりとあい、コートの袖はシャツの袖をスリーブ弁のように包み込み、カラーは首の形にあわせてかたどられ、赤い髪はきれいに刈りそろえられ、手はしゃれた小さなブリーフケースをもち――まるでそれはフェラーラの教会の前に改悛の意を示して立たねばならないと思いいたった男のようであった。ディックは忘れられず、許されず、清められることのないものに貢ぎ物を捧げていたのだ。(105)

ディック自身がこのときを「人生のターニングポイント」であると気づいている。しかし気づいているにもかかわらずローズマリーを追い求めずにいられないのが「覆い隠された現実」だという。このディックを強いる(compell)「覆い隠された現実」こそがディックを「有用性」にこだわらせていたのであり、消費社会において他者の欲望を強制されている状況を意味しているのである。父親の教えに従って美徳としての「有用性」を獲得するために押し隠してきた欲望は、ここでディックが主体の位置に立つことで蘇り始める。引用最後で言及されているフェラーラの教会とは一般的にはカノッサの誤りであるとされているが[12]、「改悛の意を示して」「忘れられず、許されず、清められることのないものに貢ぎ物を捧げ」るディックは、まるでローマ教皇に屈服して許しを請うたハインリヒ四世のように、いわばこれまで抑圧してきた欲望に屈服したことを表している。ディックの父親が牧師であることを考えると、ここで父の美徳から欲望に屈する様を「悔悛」と表現するのは非常に皮肉ではあるが、この時代もはや忠誠を誓う相手は教会ではなく、資本主義経済というシステムなのである。このあとにニコルの発作で第一部は終わるが、これは「人生のターニングポイント」を通りすぎたディックが「有用性」にすがることができなくなったことをはっきりと示しているのである。

## ディック・ダイヴァーの分裂

第一部の終わり近くで「ターニングポイント」をすぎた直後、ディックとニコル、ローズマリーは食事中に「戦死者の母親（ゴールド・スター・マザーズ）による互助会」と偶然いあわせるが、ディックは戦争に送り出して夫や息子を失った女性たちの「美徳」に感動する。

> 昔ながらの忠誠と献身とが周囲を渦巻く中、しばしディックは［幼少期に戻って］父の膝の上に座り、モスビー大隊長［南北戦争時の南軍の兵士］と一緒に馬を駆っていた。ほとんどやっとのことでテーブルのふたりの女性に向き直り、彼の信じるまったく新しい世界に直面した。
>
> ――カーテンを降ろしてもいい？（116）

「父の膝の上に座」っていたことからも明らかなように、この戦争未亡人たちが体現する価値観は父親の価値観であり、「有用」であることが美徳であった時代を指し示している。しかしディックはその価値観に安住することはできず、「ほとんどやっとのことで」同席しているニコルとローズマリーに、すなわち「彼の信じるまったく新しい世界」のほうに向き直る。その世界とは消費社会の欲望システムであり、まさしく列車のコンパートメントの妄想が反復する世界なのである。

人の役に立ちたいというかつては美徳であったものが、現在では経済的価値しかもたず、金持ちに買われ、望まぬままに所有されるという状況は、ディックに分裂をもたらし始める。

　ディックはどうすればよいか考えようとした。ニコルを見る視線の二重性──すなわち夫としての視線と精神科医としての視線──はますます考える力を麻痺させていた。この六年間、彼女はディックをつれて何度も一線を越えていった。哀れみの感情を誘い、突飛で乖離した機知を矢継ぎ早に繰り出して彼を懐柔してきたのだ。だから実際にことが終わって初めて緊張が解け始めるのを意識しながら、彼は自分のよりよい判断を彼女がうまく覆してしまっていたことに気づくのだった。(215)

作中で精神が「分裂」しているとされるのはもちろんニコルのほうであるが、[13] ニコルの回復とともにそれと逆転するようにディックもまた同様に分裂していく様子が描かれている。[14] ここでディックが感じているのは、医者として「製品」であることを強いられながら、夫としてニコルを愛したいという欲望をもつことの分裂である。ディックは「製品」として扱われることに抵抗しながらも、ニコルが次第に回復していくにつれて「製品」としてのディックの価値は失われていく。そして父の死の知らせとともに、かつては美徳であった「有用性」の価値観が崩壊したことを知るのである。その結果、ディックはこれまで自分が保持していると信じていた〈本来の自己〉がたんなる幻想にすぎないことに気づく。ディックは精神科医としてニコルの父親デヴロー・ウォーレンを引き継ぎ、ニコルの転移を引き受けていた。それはすなわちディックが潜在的に（欲望の主体の位置に立てば）近親相姦的レイピストとなりうることを意味している。医者として使われる製品でありつづけ、欲望の主体となることを拒否することで、ディックはニコルの代理的父親となっていたが、欲望の主体の位置に立つとき、必然的にディックは他者の欲望を引き受け、近親相姦を犯し、娘の精神を引き裂いたレイピストにならざるを得ない[15]。

物語の終盤近くでディックはかつてあれほど拒否していた欲望の主体の位置に立ち、再会したローズマリーと性交渉をもつがその様子は以下のように語られる。

ディックは背筋を伸ばして服装を整え、髪をなでつけた。ある瞬間が訪れ、そしてともかくもすぎ去った。三年のあいだ、ディックはローズマリーがほかの男をはかる理想であり続けたために、否応なくその背丈は実際より大きく増大させられていた。ローズマリーはディックがその辺の男と同じであってほしくなかったが、今目にしたのは、まるで彼女のいくぶんかをポケットに入れてもち帰りたいとでもいうような、ほかの男と変わらぬ切羽詰まった渇望であった。(240)

もはやかつてディックを支えていた「有用性」はここでは見られず、「ほかの男と変わらぬ切羽詰まった渇望」を見せるだけである。かつてディックの人格を支えていた「有用性」が失われることで、ディックは消費社会の網に取り込まれた欲望の主体となり、もはや「ほかの男」と区別がつかなくなっているのである。[16] 残されたのが性欲だけであることは、ディックのローズマリーに向けたまなざしからも明らかである。「ディックは自分がローズマリーを愛していないし彼女のほうも自分を愛していないということを発見し、ディックの情欲は減るどころかむしろ増大した」が、そのとき「ローズマリーはディックにとって見知らぬ女性となった」(246)。それは性欲の主体としてローズマリーを見るために、ローズマリーが完全に客体化され、性欲の対象としてしか認識されていないからである。年齢の大きく離れたローズマリーに性的欲望を抱くディックの姿は、言うまでもなくニコルの父親デヴローを思い起こさせる。

ローズマリーに限らず、作品終盤でディックは見知らぬ女性に「欲望」を抱き、そのことにずっと心を奪われるが、「若いころならちょっと口説けばきれいな女性などいくらでも手に入った」にもかかわらず(231)、今になって突然女性を欲望し始めるのは、かつては父親の美徳に従って欲望の主体の位置に立つことを拒んでいたのが、それが美徳として成り立たないことを悟ったということであろうか。

欲望の主体になるということは消費社会の欲望システムに参与することを意味する。それはディックから「有用性」という最後のよりどころを奪い、欲望の主体となることを強制し、その結果「ほかの男」と変わらぬ存在へと変えてしまったのである。その一方でニコルはディックと同様に作品終盤で急激に主体性を取り戻し、トミー・バルバンを欲望する(「彼女は「情事」がほしかったのだ。変化がほしかったのだ」[326])。かつて父親からの性的虐待によって「精神分裂」へと追いやられたニコルは、いわば欲望の対象とされることで人格を崩壊させられた人物である。男性の欲望の対象とされることを避けることで正常を維持してきたニコルは、作品の最後で欲望の主体となることで本当の意味で回復する。トミーを欲望するニコルが、最終的に「鞍頭に横たえられてつれ去られる」(332)というきわめて受動的なイメージを抱くのは、もはや男性の欲望の対象とされても問題ないことを示しているのであり、いわば主体的に客体の位置に身をおけるようになったことを意味しているのである。これは自らコンヴェンショナルに欲望される対象となり、ディックを主体の位置に誘おうとしたローズマリーの姿を思い起こさせる。

作品の中心的モチーフであるニコルの「分裂」はそもそもディックに「有用性」を与えるものであった。したがってニコルが回復したとき、その「分裂」はディックに転移されるほかない。そういう意味でこの「分裂」はそもそもディックのものであり、ニコルに一時的に預けられていたものと言うこともできるだろう。冒頭で述べたようにフィッツジェラルドが終生描き続けたのはニコルも含めて男性を破滅にいたらしめる女性であり、その女性への欲望が物語を駆動させていた。経済価値でしかものをはかれない時代に男性こそが主体の位置に立ち女性を客体とする慣習(convention)を維持することは、必然的に男性が欲望の対象たる女性の主体を奪い、分裂を(主体と客体両方の位置に)招くことにつながる。だからこそフィッツジェラルドの女性は「手に入らない」存在でなければならず、いったん手に入った以上は自らが「分裂」を引き受ける脅威にさらされることになるのである。[17]『夜はやさし』のプロットが随所で分裂を来たし、単一のテクストにさえ統一することができないのは、フィッツジェラルドが消費社会において主体であることが「分裂」を招くことにつながり、なおかつ主体以外の何者にもなれないことを自覚していたからであり、作品そのものがその「分裂」を捉えることを試みているからにほかならない。

『夜はやさし』は物語の大部分で主人公が主人公としての明確な主体性をもたず、逆説的な言い方をすれば受動的に欲望の主体の位置に追いやられる様子を描いた作品である。そのために物語を解釈する定まった視点を提供できない。本稿の冒頭でも述べたように、この作品は出版以来、繰り返しディックの破滅の原因が明確でないことと、視点と時系列の移り変わりが紛らわしいことを批判されてきたが、これまで論じてきたことを念頭におくと、それらはなかば当然の結果とも言えるだろう。そして物語後半において、主人公がそれまで抱いていた「有用性」というよりどころを失い、いわば欲望の主体になるとともに自己を喪失するという袋小路に突き当たってしまうのである。しかしこれは二〇世紀前半の（そしておそらく現在においても）欲望をめぐる消費社会の状況そのものであるとも言える。資本主義経済のシステムに取り込まれることによって、主体は無数の他者の欲望を受け取り、欲望するがゆえの喪失感を抱える。『夜はやさし』はこの現代におけるアポリアを、ディック・ダイヴァーという人物に仮託することによって描き、分裂の不安におびえる我々自身の姿を生々しく映し出しているのである。

## 注

[1] この作品以前にも「不運なサンタクロース」や「デュークの足跡」で同様のテーマを描いている。またジェイムズ・W・タトルトンは『夜はやさし』もまた男性を破滅させる女性を描いた作品のひとつとして読めると主張している（Tuttleton）。

[2] 消費社会についてはソースティン・ヴェブレンの『有閑階級の理論』がその最初期のものであるが、一九世紀においては浪費的な消費行動は有閑階級に限られていた。第一次世界大戦以降アメリカが直面した大衆消費の段階についてはディヴィッド・リースマンの『孤独な群衆』(Riesman)、ジャン・ボードリヤールの『消費社会の神話と欲望』が古典的である。また消費社会の発展についての歴史的研究としてはスーザン・ストラッサーの『欲望を生み出す社会』を参照。

[3] カーク・カーナットは同時代の多くの作家が消費社会を批判的に描いていたのに対してフィッツジェラルドはそういった物質の氾濫に魅せられていたのか批判的であったのかがきわめて曖昧になっていると指摘している（Curnutt, "Consumer" 90）。

[4] メラーキー・プロットと呼ばれる作品の原型は一九二五年に書き始められ、内容を変えながら断続的に書き継がれた。そういう意味で言えば消費社会の到来から世界恐慌による不況までの歴史の中で書かれていた作品でもある。

[5] 近年『夜はやさし』の再評価は次第に活発になってきたが、それら再評価の大半がスターンの指摘するような語りの欠点をどう肯定的に評価するかを中心にしていることからも、いかに多くの読者が物語構造の問題点を意識させられているかがわかる。比較的最近の再評価の試みとしては、三浦玲一の「単独性」という概念から作品に切り込んだもの、ローラ・ラトレイの視覚を中心に論じたものや、草稿からの発展を視野に入れたカーナットの語りの研究が説得力をもつ（Rattray; Curnutt, "Unity"）。

[6]『夜はやさし』に消費社会という観点から切り込む試みに関しては、Godden を参照。

［7］たとえばジュディス・フェタリーはこの点を指摘し、ジェンダーの観点からその理由を探ろうとしている（Fetterley, "Who" 114）。

［8］前述のフェタリーはディックが常に女性の役割を演じていることを論じている（特に Fetterley, "Who" 116-17）。

［9］そもそもディックの父親の牧師という職業は、多かれ少なかれ神に対して主体を放棄する立場にあることは言うまでもないだろう。

［10］最終的にはニコルに「あなたはかつては何かを作り出そうとしていた――それが今は粉々にしようとしている」（300）と言われるにいたる。

［11］『夜はやさし』における反復に関してはエピグラフに引用されたキーツの「ナイチンゲールに寄す」に関連づけてフィリップ・マクガワンが詳しく論じている（McGowan）。

［12］Bruccoli and Baughman 93 を参照。

［13］現在では統合失調症と病名が変更され、精神が「分裂」する病でないと考えられていることは言うまでもない。

［14］ゼルダの「精神分裂病」の原因の一端がフィッツジェラルド自身のアルコール中毒にあることが指摘されるが、フィッツジェラルドはそれをかたくなに認めようとせずに酒を飲み続けた。医者はゼルダの回復が夫との関係と密接に関連していると考え、「事実上フィッツジェラルド夫妻両方を治療していた」（Bruccoli 303）。

［15］Godden 24 を参照。

［16］ディックが複数の他者の欲望を引き受けていることは作品中の随所で言及される（「彼のうちに入り込んだ数多くの男たちの情欲」［120］、「かつて出会い、愛した人びとの自我を残りの人生ずっと抱えてすごすよう運命づけられたようだった」［276］）。

［17］ニコルやローズマリーら女性が主体となることは肯定的に描かれているように見えるが、それはフィッツジェラルドが男性として主体の位置に立つことの不安を感じていたからであると考えると当然のことと言えるだろう。

# 8.

# 創造と陵辱1
## ――『誰がために鐘は鳴る』における性的搾取の戦略

### パブリックイメージとその弊害

ヘミングウェイが非常に自意識の強い作家であり、そのパブリックイメージの形成にきわめて熱心であったことは今さら指摘するまでもないだろう。なかば時代とヘミングウェイ本人とが共犯関係を切り結びながら、時代の要請する「男性的」な力強いイメージがある種アメリカ文化のアイコンと化すにいたった。ヘミングウェイが自伝的要素を執筆に利用する作家であったこともあり、最初期の研究においてはしばしば、特に長編小説の主人公と作者ヘミングウェイとが同一視され、そういった主人公の表面的なヒロイズムが作家本人に結びつけられるのである。よく言われるようなヘミングウェイのマッチョなイメージは、しかしながら一九三〇年代後半、すでに作家としてその地位を確立したあとで徐々に形成され始めたものである。とりわけ西武劇作家オーウェン・ウィスターとの交友の影響もあり[1]、一九三七年の『持つと持たぬと』以降は登場人物の伝統的「男らしさ」がますます強調され、それにつれて作家本人もまたそういった登場人物にあわせてカリブ海での大物釣りやサファリに興じるようになる。

この時期のヘミングウェイが非常に興味深いのは、作家自身の生活の中で男性的パブリックイメージを追求しながら、自らが演じる「強い」男性性のもつ暴力性にも同時に気づいていた点である。それは一九四〇年に出版された『誰がために鐘は鳴る』を読めばよくわかる。この作品はヘミングウェイの理想的な「男性的」主人公ロバート・ジョーダンを描こうとしながらも、少なくともある程度は主人公から距離をおこうとし、男性性が女性に対する性的搾取の上に成り立っていることを描いた箇所も見られるのである。その結果、マーク・トウェインが無自覚に暴露し（第二部第三章参照）、ウィリアム・フォークナーがなかば自罰的に描き出した（第二部第六章参照）男性性のもつ暴力性を、かなりの部分相対化することに成功していると言える。

この作品は近年にいたるまでヘミングウェイ作品の中では比較的論じられていない[2]。それはおそらくは作品が表面的にはきわめて浅薄なヒロイズムと不自然なまでの従順な女性とのメロドラマを描いているように見えるからであろう。最初期の批評においてもたとえばエドマンド・ウィルソンはこの作品の書評で主人公ロバート・ジョーダンとマリアの恋愛があまりにもメロドラマ的であることを指摘して、この作品が「まったくハリウッド向きに作られた恋愛物語」(Wilson, "Return" 242)であり、さらに「すべてが若者のエロティックな夢想をあまりにも完璧に映し出している。ヘミングウェイのほかの作品で見られたような恋愛の真実の差し迫った感情を欠いている」("Return" 242)と不満を述べている。一九五〇年代にヘミングウェイ批評の礎を築いたフィリップ・ヤングも同様に、この作品が「ヘミングウェイの本の中でもっとも過小評価されたもの」(Young 107)と言いながら、マリアの人物描写に関しては「マリアは周囲の状況を考えるとあまりにも非現実的である。信じられないくらい従順で献身的であり、そのために人物としての個性が死んでしまっている」(Young 109)と批判的である。後の『誰がために鐘は鳴る』の批評は、このウィルソンやヤングの意見をそのまま受け継ぐ形で発展していく。誰もが作品の価値を認めながらも、それはヘミングウェイの政治(特に共産主義)への幻滅が現れているからであり、[3]作品自体は構成が緩慢で人物描写は浅薄であるというのがヘミングウェイ批評の常識となってしまったのである。

『誰がために鐘は鳴る』はスペイン市民戦争を舞台にしたゲリラの一団を描く作品である。アメリカの大学でスペイン語講師をするアメリカ人ロバート・ジョーダンは、人民戦線側の攻撃作戦の一環として、ゲリラ団をひきいて橋梁爆破の任務を引き受ける。ジョーダンはパブロを首領とするゲリラの協力を取りつけるためにグアダラマ山中に向かうが、そこでゲリラに救出された少女マリアに出会う。マリアはファシストにレイプされ、頭を丸刈りにされていた。物語は橋梁爆破にいたる三日間と、その間に発展するジョーダンとマリアとの恋愛を描くが、橋の爆破を物語の中心に据えながら、その中心に収斂することなく、パブロの妻でゲリラ団の事実上の実権を握っているピラールの語りやマリアのレイプの語りなど、さまざまな人物の視点からの語りを含めながら拡散し、肥大していく。

実際に映画化されたこともあって、研究者たちは当然のように「ハリウッド向きの作品」として考えているが、ジョーダンは表面的にはヒロイックな人物として描かれながら、実のところそういったヒロイズムを体現した登場人物として意識的に作り出されており、慎重に読めば物語の構造がジョーダンに対して批判的であることは明白である。したがってマリアは男性の望み通りの行動しかしない非現実的な人物ではなく、むしろジョーダンの「男性性」の犠牲になる女性なのである。いわばジョーダンは従順な女性を暴力的に支配したいという欲望を持つ人物であり、ジョーダンの欲望を反映する人物としてのマリアは、ジョーダンにとって非現実的なほど従順である必要があったのである。物語はマリアへの暴力的な欲望と、マリアをレイプしたファシストへの暴力的な怒りとに捕らわれたジョーダンが自家撞着に陥る姿を描き出す。

## 欲望の対象

まずはふたりが初めて出会った直後の食事の場面を見てみたい。

両手を膝の上に乗せて座ったときにズボンの開いた裾から斜めにのびたマリアの脚は長くてきれいだった。グレーのシャツの下で上向きに盛り上がる小さな胸の形がよくわかった。ロバート・ジョーダンは彼女を見るたびに喉に硬いものがこみ上げるのを感じた。

（中略）
一同はスペインの風習通り、何も言わずに大皿から直接食べた。玉ねぎとピーマンを混ぜて煮込まれたうさぎの肉であり、赤ワインソースにはひよこ豆が入っていた。よく煮込まれており、うさぎの肉は骨から簡単に剝がれ落ち、ソースはうまかった。（Hemingway, *For Whom* 22-23　以下、同作品からの引用はページ数のみ記す）

後に初めてふたりがセックスをするときからジョーダンはマリアのことを「うさぎ」というあだ名で呼び始めることを考えると、上の引用は非常に重要な意味を持つ。ジョーダンが何より注意を惹かれているのはマリアの剝き出しになった脚であり、その肉体を横目にしながらうさぎの肉を味わっているのである。このときマリアはジョーダンの中で欲望の対象と化しており、ジョーダンがこの日の夜にマリアの肉を味わうことになることを予示しているのである。

アレン・ジョゼフスは「うさぎ」ということば（conejo）がスペイン語では女性性器を意味するきわめて卑猥なことばであることを指摘し、レイプされた女性に対するあだ名としては不適切であることから、ヘミングウェイのスペイン語の知識が乏しかったことを指摘している（Josephs, "Poor" 211-15）。しかしヘミングウェイは作品中で使われたスペイン語に関してはスペイン人グスタボ・デュランにネイティブチェックを依頼しており、デュランであれば"conejo"が卑猥なことばであることに気づいたはずである。あるいはこのことばはジョーダンのマリアに対する欲望を指し示すために故意に使用された可能性もある。

マリアがヤングの言うように「信じられないくらい従順で献身的」であったのは、それがマリアにとって生き残るための唯一の手段であったからにほかならない。そもそもファシストの欲望の対象としてレイプされ、ゲリラに救出されたあとはレズビアンのピラールの欲望の対象として、ピラールからジョーダンに譲り渡されたあとはジョーダンの欲望の対象として、マリアは他者の欲望を受け入れることで生き残ってきた。いわばマリアは他者の欲望を映し出す鏡なのであり、その意味でエドマンド・ウィルソンがマリアを「若者のエロティックな夢想をあまりにも完璧に映し出している」(Wilson, "Return" 242) と批判したのは、ウィルソンの意図とは別の意味でマリアの本質を言い当てている。

ジョーダンとマリアのセックスの場面もまた、しばしばメロドラマ的であると批判されてきた。ふたりがセックスをするとき、ジョーダンは「大地が動く」のを感じる。

今あらゆるものを超えて上へ、上へ、上へ、そして虚無へと持ち上げられ、突然たぎるように、すがりつくようにあらゆる虚無が消え失せ、時間は完全に静止し、ふたりともその場に戻った。そして時が止まったまま大地が動き、ふたりの下からなくなってしまうのを彼は感じた。(159)

ジョーダンが性的絶頂に向かうにしたがって文章そのものが次第に高揚していく。このあとも作品中で何度か現れる「大地が動」くという表現は、あまりにも通俗的である。しかし一見ふたりの性的高揚をドラマティックに描いているようだが、この直後のふたりの会話を読むと、上の引用の高揚感はあくまでジョーダンの視点から描かれたものにすぎず、マリアは必ずしも同じようには感じていなかったらしいことがわかる。

「君を愛してるとき、死にたいような気分になるんだ」

「ええ」彼女は言った。「私毎回死んでるわ。あなたは死んでないの？」

「いや。もう少しで死にそうだった。でも大地が動くのを感じただろう？」

「ええ。死んでしまったときに。お願い、肩を抱いてほしいの」

「いや。君の手を握っているから。君の手だけで十分だ」（160）

ここで特徴的なのは、マリアがジョーダンの言葉に対してすべて迎合するように肯定的に答えているのに対して、ジョーダンの応答はすべて否定であることである。この部分を読む限り、ふたりの感じているものの間には明らかに距離がある。そしてその感覚の相違がふたりの間でうまく伝わっていないのである。これはヘミングウェイ作品に非常に頻繁に見られる男女間のミスコミュニケーションのモチーフの典型例と考えられるだろう。そして否定するジョーダンとそれに応じようと試みるマリアという図式からは、マリアがジョーダンの欲望の対象であり、ジョーダンがマリアの自発的意志を抑圧しようとしていることが読み取れる。

ジョーダンがマリアを欲望の対象と捉えていることはこれ以後も作品中に何度も繰り返しほのめかされている。[4] そしてさらに重要な点は、表向きマリアの保護者として振舞いながらも、ファシストにレイプされて頭を丸刈りにされたマリアの傷に対してジョーダンがきわめて鈍感であることである。マリアと歩きながら思考をめぐらす中で、ジョーダンは急にマリアと結婚してもかまわないと思いつく。

スペインの女は素晴らしい妻になる。結婚したことはないがわかっているのだ。そして大学に復職したら彼女は講師の妻ということになる。スペイン語Ⅳの授業をとる学部生が夜に煙草を吸いに来たりしてケベードやローペ・デ・ベガやガルドスやあるいはほかの立派な死者たちに関してこの上ないざっくばらんな議論を交わしたりする。そんな際には青シャツの運動家たちが真の信仰のためにマリアの頭にのしかかり、ほかの連中が腕をねじり、スカートを捲り上げてその裾を口に押し込んだときの様子をマリアは話してやれるだろう。(164-65)

ゲリラの一団に救出されたあと、マリアは長い間口をきくことができなかったという。これは自分の受けた体験を語ることがどれほど大きな精神的衝撃になるかを物語っている。ジョーダンはそのマリアの受けたレイプの場面を空想の中で常套的なレイプ場面として再構成し、それを当然のことのように自分の学生に語らせようと考えているのである。これはこの段階でジョーダンがファシストと同様の欲望を抱いていることの証左であり、レイプを被害者であるマリアの視点から見ることができていないことを表していると言えるだろう。いわば『サンクチュアリ』におけるテンプルの裁判を鑑賞する男たちの視線と同じものである(第二部第六章参照)。

## マリアの陵辱

しかし作品後半にはマリアがジョーダンの欲望の対象であることを拒む場面が描かれる。橋を爆破する前夜、ジョーダンはマリアと一夜をすごすが、マリアが痛みを感じたためにセックスをすることができない(「ああ、ロベルト、私できなくてごめんなさい。ほかにしてあげられることはない?」[342])。おそらくはファシストにレイプされたときの暴行が痛みの原因であるとマリアはジョーダンに説明しているが、ジョーダンはマリアの身体を気遣いながらもセックスできないことを「最後の夜だというのについていない」(341) と考える。マリアの痛々しいレイプ・ナラティブはこのセックス失敗の直後におかれているが、ここからもヘミングウェイがジョーダンの性欲とレイプとを関連づけようとしているのは明らかである。そしてジョーダンはそのマリアの語りを抑圧しようとする。「話さないでくれ」「もう話さないでくれ」「これ以上話さないでくれ」「そのこと話さないでおこう」(350-53) と、マリアの語りを遮ろうとしているが、この場面はまたしても『サンクチュアリ』における裁判の場面でテンプルの語りを遮る検事ユースタス・グレアムを思い起こさせる。ジョーダンのこれらの言葉には、たんに愛する女性の痛々しい語りを聞いていられないから、という理由もあるだろうが、結果的にマリアの体験を自分の学生に語らせようとしていたときに念頭においていたのと同様の常套的なレイプ場面に回収することにつながる。

またパブロが爆薬の起爆装置を持って逃亡したことを発見したあと、その激しい怒りを徐々に鎮めながら「愛してもいない女と性行為を行ったあとのような」気分になり、眠っているマリアに向かって

「ちょっと前にきみが何か話していればきっと殴りつけていただろう」(370)と話しかける。そのしばらくあとで、結局目覚めたマリアとジョーダンはセックスをすることになる。

「ああ、マリア、君を愛している。してくれてありがとう」

マリアは言った。「話さないで。話さないほうがいいわ」

「こんなにも素晴らしいんだから言わずにいられないんだ」

「いいの」

「僕のうさぎ――」

しかし彼女はジョーダンをしっかり抱いたまま顔を背けていた。彼は優しく尋ねた。「痛いのか、僕のうさぎ」

「いいえ」彼女は言った。「もう一度栄光(ラ・グロリア)の中にいられて感謝してるだけ」(379)

セックスをしたばかりで興奮しているジョーダンとは対照的に、マリアは話すことを拒み、ジョーダンから顔をそむけている。おそらくは痛みを感じているマリアとジョーダンとがセックスをしていることから明らかになるのは、ヘミングウェイがジョーダンをファシストのレイピストたちと同一視させようとしていることである。結局のところ、ジョーダンの行った行為は、行為としてはファシストのレイプと同じものであり、ファシストの与えた痛みをジョーダンがここで引き継いでいると考えるならば男性の性欲のもつ暴力性が強く浮き彫りにされることになる。ジョーダンという登場人物において、暴力とエロスは完全に結合している。

『誰がために鐘は鳴る』は、語り手が物語の大半をジョーダンの視点から語っているために、不注意に読むとジョーダンを作者の価値観を体現した人物として考えてしまいがちであるが、マリアとの関わりを注意深く見てみる限り、作者は慎重にジョーダンから距離をおいている。自らの欲望を一方的にマリアに押しつけるジョーダンは、最初からマリアをレイプしていたのであり、それが橋の爆破前夜に実際にファシストのレイプと重ねあわされて描かれる。

しかしながら物語はこのジョーダンの暴力性を描いておきながら作品中で解消させることなく、クライマックスの橋梁爆破の直前になって急にステレオタイプな男性的世界へと回帰する。それまでピラールにゲリラ団の指揮権を奪われていたパブロが首領へと復権し、ジョーダンと和解をする。そして橋を爆破するという暴力的な作戦において女性は背景へと追いやられ、通俗的クライマックスへと収斂するのである。オーウェン・ウィスター的西部劇の世界とピラールの体現するセクシャリティの規範を越えた女性の世界との間を揺らいでいた物語が、一気に前者へと回帰する結末となっているのである[5]。

おそらくこの作品がフォークナーの『サンクチュアリ』よりも女性的世界に近づけているとするならば、そのひとつの要因はフォークナーに見られる処女崇拝がヘミングウェイにはほとんど見られないことだろう。『サンクチュアリ』を論じた第二部第六章で述べたように、処女崇拝はレイプ願望の裏返しにすぎないが、おそらくはマリアが内在化している[6]この男性的価値観をヘミングウェイは共有していない。その一方でジョーダンが、レイプされ処女を失ったマリアをほとんど何の抵抗もなく受け入れることとは、その点に限れば成熟した姿勢でありながら、深く掘り下げられることはない。ジョーダンは結局自分の男性性のもつ暴力性には最後まで気づかないまま男性的世界で男性的に活躍し、男性的に死を甘受するのである。この矛盾とも言える両面は『サンクチュアリ』のホレス・ベンボウに見られる葛藤のドラマへと展開しないのである。ジョーダンの死は、テンプルを陵辱し、性暴力を振るい続けたポパイが最後に泰然と死を受け入れる姿を彷彿させる。フォークナーのレイプ願望がホレスとポパイというふたりの登場人物に分裂して投影され、自罰と黙認という矛盾する姿勢を表象しているとするならば、『誰がために鐘は鳴る』は葛藤にいたることもなく、まるでヘミングウェイ自身が批判を加えた『ハックルベリー・フィンの冒険』の結末部分のように[7]「残りの部分はただのごまかし」となってしまうのである（Hemingway, *Green* 57）。この男性性のもつ暴力性をめぐる問題はヘミングウェイの中で解決されなかったために、一〇年の期間を隔てて書かれる次回作『河を渡って木立の中へ』まで持ち越されることになるのである。

注

[1] 特に Reynolds, "Hemingway's West" に詳しく論じられている。

[2] たとえば『誰がために鐘は鳴る』だけを扱った研究書はレナ・サンダーソンの編集した論文集（Sanderson）とアレン・ジョゼフスの著作（Josephs, *Undiscovered*）の二冊のみである。

[3] 研究者たちはヘミングウェイが一九三〇年代に傾倒していた共産主義と袂を分かち、以後は政治的に無関心で

あったということを主張するために『誰がために鐘は鳴る』を利用してきた。左翼批評家のケアリ・ネルソンはこのような解釈を強く批判している。Nelson 36を参照。

［4］たとえばマリアを娼婦と比較している箇所など（166）。

［5］ジョーダンの男性性と女性性のあいだでの揺らぎは拙著『引き裂かれた身体』で詳しく論じている（高野『身体』二三七－四八）。

［6］マリアがレイプされたことを打ち明ける場面は以下のように描かれている。


それから突然、［マリアは］ジョーダンの腕の中で生気を失い「でも、私、されてしまったの」

「誰に」

「いろんな人に」

いまや彼女は完全に身動きせず、まるで身体がしんでしまったようになって顔をジョーダンからそむけていた。

「もう私のことは愛そうとしないんだわ」

「愛しているよ」彼は言った。

しかしジョーダンには何らかの変化が起こっており、マリアにはそれがわかった。（71）


自分が処女を失ったためにジョーダンから愛されなくなることを、マリアは当然視しているのがわかる。その一方でこの内明け話を聞いたジョーダンに「何らかの変化」が起こっていることから、ジョーダンもマリアの処女性喪失にショックを受けていることは描かれている。しかしジョーダンはこのショックをほとんど一ページにみたない間に克服してしまうようである。これ以後この問題はマリアをレイプしたファシストへの怒りというかたち以外では作品中でいっさい言及されることはない。そしてこのファシストへの怒りの感情ですら、このしばらくあとでピラールが語る共和国側の残虐行為によって相対化されることになる。

［7］サファリ旅行を描いたエッセイ『アフリカの緑の丘』においてヘミングウェイは「あらゆるアメリカ文学はマーク・トウェインによって書かれた『ハックルベリー・フィンの冒険』という本から始まる。その本を読むのであれば黒人のジムが子どもたちから盗まれるところで終えておかなければならない。そこが本当の結末なのだ。残りの部分はただのごまかしなのだ」と書いている（*Green* 57）。

# III　見られる男たち——内なる他者としての身体

*1950-1980, 1839*

# 1.

## 創造と陵辱2
### ――『河を渡って木立の中へ』における性的搾取の戦略

#### 老いと性的不能

第二部第八章で述べたように男性性のもつ暴力性を意識しながらもそのイデオロギーに捕らわれていたヘミングウェイは、四〇年代後半から性的不能に悩まされる[1]。これはたんに自らの男性性を脅かされるだけにとどまらない。なぜなら性的能力はしばしば作家の創作力と同一視されてきたからである。実際一九一〇年~三〇年代にかけての医学書などでも生殖能力と身体の若返りの関係に関して広く論じられており、芸術の世界では身体のエネルギーと創作力が同一視されるようになっていったのである。その結果、一九三四年にアイルランドの詩人、ウィリアム・バトラー・イエイツが六九歳で、自らの創作力の枯渇を回復するために生殖能力回復手術を受けたことはよく知られている（Gullette 20-22）。ヘミングウェイも、一九四〇年の『誰がために鐘は鳴る』を書いてから一〇年間、作品を発表することなく創作力の枯渇に悩んでいたが、ちょうどそういった時期に同じような医学書の影響を受けたのである。[2] そして手術こそ受けなかったが、一九四〇年代末から一〇年間にわたってオレトン-Mという合成テストステロンを服用し続ける（Reynolds, *Final* 155, 321-22）。これは『河を渡って木立の中へ』の執筆を始めるのとほぼ同じ時期にあたる。

若いころから自らをパパと呼ばせ、若い女性に「娘」（daughter）と呼びかけるなど、故意に実年齢以上の「老人」として、いわば家父長制最上位の長老の役割をはたそうとしてきたが、非常に興味深いのは自らの性的不能を自覚するにいたってこのようなセクシズム／エイジズム的傾向が矛盾を抱え始めることである。自分を年齢以上の「老人」に見せ、年長者として振る舞おうとしながらも、作家としての創作力の枯渇に悩み、「若返り」を試みなければならなかったのである。いわば、四〇代後半にいたって、性的能力の減退と創作力の枯渇という現実に直面したとき、それまでのようにイノセントに「老いた」家父長としてのペルソナを維持することができなくなったのである。

かつてヘミングウェイは『日はまた昇る』で性的不能に陥ったジェイク・バーンズという主人公を描いている。そこでジェイクがロールモデルとして考えるのがミピポポラス伯爵である。おそらくは高齢から性的不能であると思われるが、ものの価値を知り尽くした伯爵はもはやそのことをまったく気にする気配もなく、泰然としている。まだ若いヘミングウェイにとって伯爵は老人の理想像であったのかもしれないが、現実に老いて性的能力を失いつつあるとき、ヘミングウェイがミピポポラス伯爵のようには振る舞えなかったらしいことは明らかである。

## 主人公と語り手の距離

『河を渡って木立の中へ』はちょうどそういった時期に書かれ、作品テーマにもそのような老いの問題が色濃く反映されている。多くの読者はこの作品を読むと、死ぬ間際の老人と一九歳にもならない若い女性の恋愛という構図の醜さに目を奪われ、強い嫌悪を誘われる。晩年になった作家本人が自分を投影し、自らの欲望を垂れ流しにしているようにしか見えないからである。これまで『河を渡って木立の中へ』がまったく評価されてこなかったのも、こういった観点によるものであろう。たとえばリチャード・ハヴィーは「小説というよりはまったくの白日夢に近い」(Hovey 178) と酷評している。老人と若い女性の恋愛という作品の構図自体が、女性を性的対象と見るセクシズムと、若さに価値をおくエイジズムの典型的表象であることは異論のないところだろう。そしてそれがヘミングウェイの伝記と容易に重ねあわせることが可能であるために、作品をヘミングウェイの願望充足として捉えたいという誘惑に駆られてしまうのである。しかしここでは主人公リチャード・キャントウェルに、ヘミングウェイがある程度自分を投影しながらも、自らの老いをいかに相対化して描いていたかを明らかにしたい。まずはこの作品が老いた自己韜晦をそのまま垂れ流しているわけではなく、そのような自己韜晦を距離をおいた地点から眺めている語り手の視点が存在することを意識する。そうすることでヘミングウェイ作品でも最大の失敗作とみなされているこの作品の解釈に新たな光を投げかけたい。

作品は五一歳のキャントウェル大佐が鴨撃ちをする場面から始まる。心臓が悪くて死期を悟っているキャントウェルは、どういうわけか機嫌の悪いボートの漕ぎ手に悩まされる。しかし心臓に問題を抱え、おそらくこれが人生最後の鴨撃ちになるだろうことを悟っているキャントウェルは、不機嫌な漕ぎ手に鴨撃ちを台無しにされないようにと考える。

このあと物語はその二日前にキャントウェルがトリエステからヴェニスに向かうところに戻る。そしてその後の物語の大半は、「人生最後で唯一の恋人」一八歳のレナータと食事をし、語りあい、愛しあう場面で占められる。そのレナータという名前がイタリア語で「再生」を意味することばであることはよく指摘されるが、キャントウェルはレナータと愛しあうことによって自らの若返りを試みているのである。これはいわば古いヨーロッパによる若いアメリカの搾取というヘンリー・ジェイムズ的構図の逆転であると言えるだろう。

伝記的にもヘミングウェイはキャントウェルと同い年であり、レナータと同い年のイタリア人貴族の娘アドリアーナ・イヴァンチッチと出会ったことがこの作品の着想のきっかけであった。ここでこのキャントウェルとヘミングウェイを無批判に重ねあわせると、物語はきわめて醜悪に見える。五〇歳を超えたヘミングウェイ＝キャントウェルが一九歳にもならない少女アドリアーナ＝レナータを搾取することで失われた若さを取り戻す物語として見えるからである。

しかしこういった評価は実のところ主人公のキャントウェル大佐を作者ヘミングウェイと同一視する粗雑な解釈にすぎない。作品を丁寧に読めば、語り手がキャントウェルから距離をおいて相対化していることは随所に描き込まれているのである。冒頭部分ですでにキャントウェルを離れた位置から眺める語り手の存在が明確である。

「船縁のまわりの氷をもっと割ったほうがよくないかね」と、ハンター［キャントウェル］はボートの漕ぎ手に呼びかけた。「鴨を惹きつけるほど水がないようだが」

漕ぎ手は何も言わず、オールでぎざぎざになった氷の外側を砕き始めた。この氷を割る作業は不必要であり、漕ぎ手はそれを知っていた。しかしハ、ン、タ、ー、の、ほ、う、は、知、ら、な、か、っ、た、の、だ、。（Hemingway, *Across* 16、傍点引用者。以下、同作品からの引用はページ数のみ記す）

ともすると読者は完全にキャントウェルの視点から物語を見てしまうが、語り手は慎重にキャントウェルの能力に問題があることを提示しているのである。鴨撃ちに際してキャントウェルは、自分では銃の腕前を自画自賛しているものの、実はハンターとしての判断力に問題があったらしいことがさりげなく書かれているのである。

また語り手は、内的独白の形でキャントウェルの運転手ジャクソンの思考にも入り込む。「こいつ［キャントウェル］は何でこんなに俺に底意地の悪いことを言うんだ。昔准将だったからって何でも知ってるつもりでいやがる。立派な准将だったんなら、何で降格されてしまったんだ。めちゃくちゃにやられたせいでパンチドランカーになったんだろうな」（34）、「こいつ［キャントウェル］はまったく意地の悪いくそ野郎だ、とジャクソンは思った。そのくせひどくいいやつになるときもあるんだ」（42）。キャントウェルにはわかりようのないジャクソンの心の声によって、キャントウェルが批判的に観察されている。これらの例から、語り手が完全にキャントウェルの視点から語っているわけではなく、ある程度の距離をおいていることは明らかである[3]。

さらにキャントウェルとヘミングウェイには、これまでの研究者が重視しなかった大きな相違点がある。それはキャントウェルが軍人であるという点である。ヘミングウェイはたびたび戦場に赴き、負傷の経験もしているが、実際に軍隊に所属したことは一度もない。第二次世界大戦中にヘミングウェイが従軍記者であるにもかかわらず、軍事行動のまねごとをしたことなどが知られているせいであろうが、これまで研究者はキャントウェルが軍人として描かれていることもまたヘミングウェイの願望充足のひとつであるとみなしてきた（Baker 121-22）。しかしキャントウェルが軍人であるために、キャントウェルとレナータとの関係はヘミングウェイとアドリアーナの関係とは根本的に異なることになるのである。それはたんにふたりの間に年齢差があるというだけにとどまらず、戦勝国の軍人と敗戦国イタリアの貴族という関係性が生まれてしまうからである。

## 戦争に勝つことの代償

この点をまずは詳しく検討したい。物語では冒頭からすでに彼が戦勝国の軍人であること、そのことに対する周囲の反応に敏感であること、そしてときとしてその反応を読み間違っているらしいことが描かれている。ヴェニスの人びとが自分のことを丁重に扱ってくれることに対して、キャントウェルはかつて第一次世界大戦で戦ったときのことを思い返し、「ヴェニスはわたしの街だ。なぜならまだ少年のころ、ヴェニスのために戦ったからだ。今ではもう一〇〇歳の半分の年齢になったし、連中もわたしがこの街のために戦ったから街の共同所有者だということを知っていて、だからわたしによくしてくれるのだ」と考える。しかしつい数年前の第二次世界大戦ではアメリカとイタリアは互いに敵同士となって戦ったのであり、すぐにそのことを思い出して、キャントウェルは「連中がよくしてくれるのは、わたしが戦勝国側の陸軍大佐だからだろうか」と自問する。「いやそんなことは信じない。とにかくそうであってほしくない」というキャントウェルは、ヴェニスを愛しながらも居心地の悪さを感じていることが見て取れる（33）。

またミラノのバーでは、軍服を着ている自分をぶしつけな目で見た客の視線を意識して、たんに視線を向けられたことに対して過剰に反応して乱暴に文句を言う。「軍服（ユニフォーム）を着ていて申し訳ない。しかしこれはユニフォームなのだ。コスチュームではない」（43）。キャントウェルは、このように自分が戦勝国の軍人であることを意識し、そのことに対して過剰に防御的になっているのである。そしてそのためにキャントウェルはこれまで自分がイタリア人にどう見られているのかということばかりを気にし、イタリアの人びとの内面を慮ることができていなかった。そのことを思い知らされるのが、これまで自分を気に入ってくれていると思っていたウェイターが突如予期せぬプライドを示す場面である。

彼［キャントウェル］は札を第二ウェイターの手に滑り込ませた。第二ウェイターはそれを返した。
「勘定書にチップを書き込んでいただいております。あなたもわたしもグランマエストロも飢えてはおりません」

「奥さんと子どもはどうかね？」

「おりません。あなた方の中型爆撃機がトレヴィーゾの家を破壊したので」

「すまない」

「謝る必要はないです」第二ウェイターは言った。「わたしと同じくあなたも歩兵でしたから」

「どうか謝らせてほしい」

「もちろん」第二ウェイターは言った。「それにそんなことをして何が変わるっていうんです？　楽しんでください、大佐。楽しんでください、お嬢様」（141）

飢えているわけではないからと言ってチップを受け取ろうとしないこのウェイターは、アメリカの中型爆撃機による空爆で妻と子どもを失ったことを語る。キャントウェルはこれまで政治に明け暮れ、間違った命令を下す上官たちを軍人としてこき下ろしていたが、ここで初めて自分が加害者でもあることを自覚させられるのである。

　キャントウェルは誰に対しても命令口調で話す乱暴な軍人気質と優しい穏やかな性質とをあわせもつ人物として描かれており、この作品がその両極を揺れ動く物語であることはすでに多くの研究者が指摘している。[4] キャントウェルはレナータと会話をする中でしきりに「そんなに乱暴なことを言わないで」とたしなめられ、グランマエストロやウェイターに対して「お願いします（プリーズ）」という言葉を使うようにと言われるが（135, 138）、ここで自発的に「どうか謝らせてほしい」と言うのは、ウェイターに対して強い罪の意識を感じていることの証拠であろう。それまでのキャントウェルは戦場での自分の判断力や軍人としての能力をひたすら誇示していたが、ここで初めて軍人であることがすなわち加害者であるという当たり前の現実を意識させられるのである。[5]

## 軍事行動としての性交

この場面のあと、キャントウェルとレナータはゴンドラに乗って毛布の中で濃厚なラブシーンを演じることになるが、語り手は彼らが実際に何をしているかをきわめて曖昧にメタファーを用いて描く。[6] 少し長いが以下に引用する。

大佐は波がひたひたと寄せる音を聞いていた。風は身を切るような冷たさで、毛布のなじみ深いざらざらした肌触りを感じていた。そして彼は少女が冷たくて温かく、愛らしく感じた。盛り上がった胸を左手で軽くなでさすった。それから悪いほうの手を彼女の髪に、一度、二度、三度と差し入れて、そして彼女にキスをした。それは絶望よりひどい気分だった。

「お願い」彼女はほとんど毛布の中から話しかけた。「今度はわたしにキスさせて」

「いや」と彼は言った。「もう一度わたしだ」

風はとても冷たく、ふたりの顔に打ちつけた。だが毛布の下には風も、何もなかった。ただ彼の駄目になった手が高く切り立った土手の間を流れる大きな河の中にある島を探していた。

「そこよ」と彼女は言った。

それから彼はキスをし、島を探し、見つけては見失い、そしてまた今度はうまく見つけた。うまかろうがまずかろうが、と彼は考えた。永遠にこれを最後に。

「好きだよ」彼は言った。「誰よりも君がいとおしい。お願いだ」

「だめよ。ただとてもきつく抱いていて。そしてその高い場所（high ground）を支配し続けて」

大佐は何も言わなかった。なぜなら、時折男が見せる勇気を除いて唯一信じている秘儀の手助けをしているさなかであり、その秘儀に参加しているのだから。

「お願い、動かないで」少女は言った。「それから思い切り動いて」

大佐は風の中、毛布の中で横たわりながら、男が祖国や母国のためにすることを除けば、たとえ何と考えようが、それが手に入れた女のために男がやる唯一のことであるとわかっており、そのまま続行した。

「お願い」少女は言った。「わたし耐えられそうにないの」

「何も考えないで。いっさい何も考えてはいけない」

「考えてないわ」

「考えてはいけない」

「ねえ、お願い、話をするのはやめて」

「いいのか？」

「わかってるでしょ」

「きっと？」

「ねえお願い話さないで。お願い」

いいとも、と彼は考えた。お願い、またお願い、だ。

彼女は何も言わなかった。彼もまた何も言わなかった。ゴンドラの閉じた窓のはるか向こうを大きな鳥が飛んでいて、その姿が見えなくなり、どこかに行ってしまったあとも、ふたりは何も言わなかった。いいほうの腕で、彼は彼女の頭を軽く抱え、もう片方の腕は今、高い場所を確保していた。

（143-44、傍点引用者）


何が行われているのか、きわめて曖昧でわかりにくいが、何らかの性行為であることは間違いないだろう。そしてここでの性行為を担っているのが、キャントウェルのつぶれた手であることは非常に重要である。戦場で傷ついた手はこの作品を通して頻繁に描かれるモチーフであるが、ここではキャントウェルの男性性器の代用として用いられている。『日はまた昇る』を持ち出すまでもなく、これまでヘミングウェイ作品では戦場での負傷が性的不能としばしば結びつけられて描かれてきたが、執筆当時、性的能力の減退に悩んでいたヘミングウェイはこの場面で傷ついた手を通し、まるでシンボリカルに性的能力の回復を描き出そうとしているようである。ここでは傷ついて不能となった手が男性性器の代替として機能し、まだ女性に快楽を与えられることを主張しているのである。

また傍点を付した部分を見ればわかるように、その性行為を語るメタファーが地形と軍事行動の用語で語られている。「高く切り立った土手のあいだを流れる大きな河の中にある島」を探し、一度発見し、失ったあともう一度見つけ、そして「高い場所」を確保するという書き方から、キャントウェルがレナータの身体を軍事作戦上の地形に見立てていることがわかる。「高い場所」は原文で"high ground"とされているが、もともとは「有利な地形」を意味する軍事用語である。

キャントウェルをずっと悩ませているのは自分の部隊を全滅させることになったヒュルトゲンの森の記憶である。それはキャントウェルの中で河と丘に強く結びつけられている。以下はキャントウェルと運転手ジャクソンとの会話である。

「フィレンツェとローマをとったのはどこでした？」

「我々だよ」

「じゃああなたもそんなにひどい目にあっていたわけじゃないんですね」

「大佐殿」と大佐は優しくつけ加えた。

「申し訳ございません、大佐殿」運転手は素早く言った。「自分は第三六師団におりました、大佐殿」

「記章を見たよ」

「ラピード川のことを考えていたのです、大佐殿。無礼であったり敬意に欠けた振る舞いをするつもりもありませんでした」

「もちろんだよ」大佐は言った。「ただラピードのことを考えていただけなんだ。ただな、ジャクソン、長いあいだ兵士をやってるやつはみんな、自分のラピードをもってるものなんだ。それも一度ならずな」

「一度以上は耐えられそうにありません、大佐殿」(25)

運転手のジャクソンが所属していた第三六師団は、ラピード川を渡るのにほぼ全滅状態となった。それに対してキャントウェルは、軍人なら誰でもひとつやふたつラピードを抱えているものだと言う。もちろんキャントウェルにとってのラピードとはヒュルトゲンの森で自分の部隊を全滅させたことである。後に眠っているレナータに向けて「告白」(204) することになるヒュルトゲンの森について、キャントウェルは「考えないでおこう」と思いながら「ふたつだけ考えてそれでもう忘れてしまおう」と考える。そのうちのひとつが作戦上通らなければならない「剝き出しの丘」(a bare-assed piece of hill) である。河を渡ること、丘を超えて「高い場所=有利な地形」を確保すること、というイメージで捉えられるキャントウェルのトラウマは、レナータとの性行為の際にレナータの身体の上で再演されることになるのである。

レナータを通して若さ(性的能力=創作力)を回復しようと試みるキャントウェルの姿には確かに執筆当時のヘミングウェイの願望が投影されていることは間違いない。しかしここには必然的に戦勝国アメリカと敗戦国イタリアの関係が重なってこざるを得ないのである。レナータの身体を流れる「河」はもちろん作品タイトルとも響きあいながら、物語のさまざまな場所と呼応している。そもそも『河を渡って木立の中へ』というタイトルの由来になったのは、南北戦争のときにストーンウォール・ジャクソンが攻撃を始める前に「河を渡って向こうの木立で休もう」と言ったことばに由来するが、これが死に瀕したキャントウェルの最後の渡河と重ねあわせられていることは容易に読み取れるだろう。そして先ほども述べたラピード川（すなわちキャントウェルの中ではヒュルトゲンの森）や、キャントウェルがかつて負傷したタリアメント川（冒頭と最後で鴨撃ちをするのはこの河である）と結びついている。つまり河を渡ることがキャントウェルにとっては軍事行動であり、同時に死への旅立ちでもあるという二重性を帯びているのである。そしてレナータの身体をめぐる軍事行動として、河の中の「高い場所」＝「剝き出しの丘」を確保することが、つまりレナータの身体を占領するという軍事作戦に成功することが、キャントウェルにとって死へのあらがい＝生命力の回復を意味するのである。

## 若さの回復と暴力性

このゴンドラの場面の直前でウェイターに気づかされたように、軍事作戦に従事する以上は必然的に加害者とならざるを得ない。そしてそれはこのレナータという身体＝地形をめぐっても同様のことが言えるのだろう。ヘミングウェイがただ自分の願望を投影しただけではなく、この加害性をこそ描き出そうとしていたことは、先ほど見た性行為の続きの部分に明らかだろう。


「わたしはすべきでないことを何でもするただの女よ。いえ女の子っていうべきかしら、どっちでもいいけど。もう一度しましょう、お願い、今はわたしが風下よ」

「島はどこに行った？　どの河にあるんだ？」

「あなたが発見するのよ。わたしはただ知られざる国だから」

「それほど知られざるわけでもないな」と大佐は言った。

「下品な言い方しないで」と少女は言った。「そしてお願いだから優しく攻撃して、前と同じ攻撃の仕方で」

「あれは攻撃じゃないよ」と大佐は言った。「何か別のものだ」

「何だっていいわ。何だっていい。わたしが風下にいるあいだに」(145)


あくまでもレナータ＝イタリアを防衛するつもりでいたキャントウェルだが、ここでレナータはそのメタファーを逆転させている。いかにキャントウェルが違うと言ったところで、キャントウェルの行う性行為は「知られざる国」への「攻撃」であることを明らかにしている。国や土地を女性の身体にたとえ、男性がそれを征服するというメタファーは西洋の文学できわめてありふれたものであるが、[7]ここでレナータはあえてそのメタファーを持ち出すことで女性の身体をめぐる男性中心的な視点を暴き出しているのである。

レナータもまたドイツ人に父親を殺されたというトラウマを抱える人物であるが、キャントウェルの戦場でのトラウマとは性質が決定的に異なっている。


「好きなドイツ人はたくさんいるの?」

「とてもたくさんいるよ。中でもエルンスト・ウデットが一番好きだが」

「でもあいつらは悪いほうにいたのよ」

「もちろん。だが誰が悪いほうにいなかったかね」

「わたしは絶対にドイツ人を好きにはなれないし、あなたみたいに寛大な態度はとれない。だってドイツ人はわたしのお父さんを殺してブレンタにあったわたしたちの屋敷を焼き払ったし、サンマルコ広場でドイツの将校がショットガンで鳩を撃っているのを見たの」

「よくわかるよ」大佐は言った。「だがお願いだ、娘よ、わたしの態度もよくわかってほしいんだ。あまりにもたくさん殺すと、親切になれるものなんだよ」

「何人くらい殺したの？」

「一二二人は確実だ。確認できなかったのは除いて」

「良心が痛んだりしない？」

「いや、一度も」（116-17）

これは先ほどのウェイターとの会話の直前の場面である。キャントウェルは敵であったドイツ人の一部に対しても、軍人同士互いに通じあえる相手として好意を寄せているが、父親を殺され、家を焼き払われたという圧倒的に被害者であるレナータにとってはそのような「寛大な態度」はとれないのである。キャントウェルのような姿勢はしょせん勝者にのみ許される余裕でしかないが、この段階でキャントウェルがそのことに気づいている様子は見られない。

ベッドでレナータとともに横たわったキャントウェルは[8]、唐突に以下のようにシェイクスピアの『オセロー』に言及する。

わたしたちはオセローとデズデモーナではない、ありがたいことに。同じ街だし少女はシェイクスピアの登場人物よりきれいであることは間違いないが。そしてわたしはおしゃべりのムーア人と同じくらい、いやもっと数多く戦ってきたのだが。(211)

自分たちはオセローとデズデモーナではないと言うが、後にレナータは、キャントウェルからの唯一の贈り物としてムーア人の人形をほしいと言う。レナータはその人形を、間もなく別れることになるキャントウェルの代理として身につけるのである。これはオセローであることを否定するキャントウェルが、実のところオセロー的人物にほかならないことをレナータが主張しているようにも見える。キャントウェルはオセローのように嫉妬こそしないが、自分でも認めるように過剰に男性的な軍人として大きな共通点がある。最終的にデズデモーナを殺害する人物として、キャントウェルの攻撃性、加害性が主張されているのである。

キャントウェルが自らの加害性を徹底的に認識することになるのは、作品の最後で再び鴨撃ちの場面に戻ってくるところであろう。作品がいわゆるイン・メディアス・レスの構造で、鴨撃ちの場面から始められていることからもこの物語がこの鴨撃ちに焦点を当てていることは間違いないが、キャントウェルは終始機嫌の悪いボートの漕ぎ手について次のような事実を知らされる。

「なあ、アルヴァリート。わたしのボートを漕いでいた管理人はどうしたっていうんだ。最初からわたしを憎んでいるようだったが。最後までずっとだ」

「軍服のせいだよ。連合軍の制服を見ると、あいつはそんなふうになってしまうんだよ。もともと礼儀正しいやつでもなかったしね」

「それで」

「モロッコ人がここまでやってきたとき、連中はあいつの嫁さんと娘をレイプしたんだ」

「酒が飲みたくなったよ」と大佐は言った。

「テーブルにグラッパがある」(277)


これは作品の結末近い場面で、キャントウェルの死の直前であるが、ボートの漕ぎ手の機嫌が悪かったのはキャントウェルの着ている連合国の軍服のせいであったことが判明する。なぜならモロッコ人がイタリアに攻め込んだときに、この人物の妻と娘をレイプしていたからであり、同じ陣営に属していたキャントウェルをその仲間であると考えていたからである。

この場面が読者に強烈な印象を残すのは、キャントウェルがレナータに対して行った行為がモロッコ人のレイプ行為と重なってしまうからである。ムーア人とは北西アフリカのイスラム教徒を指す呼称であり、モロッコ人もこれに含まれる。キャントウェルはここでレナータが胸に飾るムーア人の人形と自分とを重ねあわせたはずである。キャントウェルはレナータを通して若さを回復しようと試みていたのだが、この作品が描き出すのは、そのような行為が弱者を搾取する暴力行為につながるということなのである。

ヘミングウェイは生涯家父長的な「老人」像を身にまとい続けるが、ちょうど性的能力の衰え始めた四〇年代後半から、この自画像をそれまでのようにナイーブに維持することができなくなり始める。それはヘミングウェイにとってもはや「老人」が家父長的権力を意味するだけでなく、性的不能＝創作力の枯渇をも意味し始めるからである。この自画像が激しく揺らぐ中で書かれた『河を渡って木立の中へ』は、決してヘミングウェイ本人が思っていたほどの最高傑作ではなかったが、自らの創作力への不安を描き込み、克服しようともがいているきわめて興味深い作品であるとは言えるだろう。

本章では主人公キャントウェルと語り手の距離に注目することで、ヘミングウェイがキャントウェルを相対化する視線をもっていたことを明らかにした。もちろんこれまで多くの読者に批判されてきたことからもわかるように、ヘミングウェイの意図通り常に距離をとれていたわけではなく、ときとしてキャントウェルはあまりにもヘミングウェイ本人に近づきすぎる。しかし『誰がために鐘は鳴る』以来一〇年にわたって創作力の枯渇に苦しんだヘミングウェイが、自らの老いと性的不能に悩まされた結果、前作では十分に批判的視線を向けることのできなかった男性性のもつ暴力性に初めて正面から向き合うことができたのである。『河を渡って木立の中へ』はこれまで考えられてきたようなヘミングウェイの欲望を垂れ流しにしたたんなる「白日夢」ではない。この作品を丁寧に読み、キャントウェルを批判的に描こうとした点をすくい上げることで、一般的に男性性を誇示する作家と思われてきたヘミングウェイが、実は自らの老いと抗う中で男性性のもつ意味を考え続けていたという、新たな作家像が見えてくるのである。このことは、作品の完成度を超えて重要な意味をもっていると言ってもよいのではないだろうか。

## 注

[1] ちなみに最後の息子三男グレゴリーが生まれたのは一九三一年のことである。ヘミングウェイと老いに関する包括的な議論に関しては高野『ヘミングウェイと老い』を参照。
[2] ヘミングウェイが読んでいたのは、Paul de Kruif, *The Male Hormone* である (Reynolds, *Final* 155)。
[3] この点に関しては Turner を参照。
[4] たとえば S. Tanner、Turner を参照。
[5] その後もキャントウェルは街中で自分に対して無礼な態度をとるイタリア人に対して攻撃的に反応するが、「連中を責められない、なぜなら連中は負けたのだから」(175) とも考えるようになる。
[6] 何をしているかの分析に関しては Eby 80-81 を参照。
[7] とりわけ植民者による開拓によって作られた国アメリカではこのことが顕著に目立っている。Kolodony を参照。
[8] 厳密には原文では自由間接話法で書かれている。

# 2.

# 異形の身体
## ——サリンジャー作品に見られる身体へのまなざし

### 醜い身体

『ライ麦畑でつかまえて』において、主人公ホールデン・コールフィールドの性に対する関心は非常に大きな割合を占めて描かれている。これまでもしばしば指摘されてきたように[1]、ホールデンの性に対する姿勢は首尾一貫しているわけではなく、非常に大きな矛盾に満ちている。ホールデンには性に対する強い関心と拒否感とが併存しているのである。ホールデン自身が「セックス狂い」(sex maniac) (Salinger, *Catcher* 62 以下、同作品からの引用はページ数のみ記す) であるとまで認めているが、四〇歳代の同級生の母親を始め、プリンストンの学生に教わった「バーレスクのストリッパーか何か」をしている女性（63）、ホテルのナイトクラブで席を隣りあわせた三〇前後の「非常に醜い」三人組の女性（69）、娼婦サニーなど、ほとんど見境なくセックスをすることを考えている。

その一方で、ホールデンはいまだ性行為の経験はない。本人はその理由を「いつも何か面倒が起こるから」、「女の子ともうちょっとであれをしようという段階になると（中略）いつもやめてって言い出すんだ。僕の場合、問題は実際にやめてしまうってことなんだ」（92）、「どうしてもセックスする気にならない――本気でしたい気にならないんだ――すごく好きでもない子とは」（148）、などとさまざまな理由を挙げている。このホールデンの矛盾に関してはこれまでも数多くの説明がなされてきたが、[2] 最も大きな原因であると思われるのは語り手のホールデン自身が性を十分に理解していないことにある。

セックスって僕にはあんまりちゃんとわからないんだ。いつもいったい自分が何をやってるのかわからなくなる。自分でセックスのルールを作ってはすぐにそいつを破ってしまう。去年なんか、本当を言うとうんざりするような女の子とはいちゃつかないようにするって決めたんだ。でもそのルールを作った同じ週のうちにはもう破ってた――いや、実際はその日のうちだった。アン・ルイーズ・シャーマンっていうとんでもないインチキと一晩じゅう抱き合ってたんだ。セックスって僕にはぜんぜんわからないんだよ。まったくもってわからない。（63）

ここでホールデンは性を拒否しようとしながらも、同時に性に捕らわれ、自分の性欲をコントロールできていないことが見て取れる。このこと自体は思春期の少年の性意識としてそれほど奇異なこととは言えないだろうが、同世代の女の子や娼婦と性行為を行おうとしたとたんに怖じ気づいてしまうのは何が原因なのだろうか。

これまで先行研究ではホールデンの語りを根拠にし、女の子を傷つけたくないという繊細さや性行為に対する潔癖さに原因を求めてきた。もちろんそれも間違いではないだろうが、信頼できない語り手であるホールデン自身が主張するそのような原因が必ずしも事実であるとは限らない。ホールデンがはっきりと述べない原因がほかにも作品中に隠されている可能性は十分にある。実のところテクストを注意深く読み込むと、ホールデンが性行為にいたる直前になって急に怖じ気づくのは、ホールデンの身体的劣等感が原因のように思えてくる。

自分の身体的弱さにしばしば言及するホールデンが身体的劣等感を抱いているらしいことには、おそらく異存はないだろう。しかしホールデンがほかの人びとの身体に向けるまなざしの中にこそ、ホールデンの身体的劣等感が隠されているのである。何人もの女性と性行為を行ってきたストラドレイターの身体、とりわけその強さを賞賛する一方、スペンサーの年老いて醜くなった身体に対して、「年寄りがパジャマやバスローブを着ているのを見るのはいやなものだ。でこぼこになった胸はずっと見えているし、脚だってそうだ。浜辺とかで見える年寄りの脚ときたら、いつも真っ白で毛も生えていない」と述べる（7）。またアックリーの身体に向けるまなざしも同様に辛辣なものであり、「鼻腔の障害、にきび、汚い歯、口臭、汚れた爪」といった身体的欠陥に嫌悪感を抱いていることが見て取れる（39）。アメリカ社会でこういった身体の欠点がよくないものとして批判にさらされることになるのは一九二〇年代から四〇年代にかけてのことであり、サリンジャーがこの作品を書いた一九五〇年代には比較的新しい現象だったと言える。以下の引用はアメリカにおける美容整形の歴史を扱った研究の一節であるが、アメリカの身体観が二〇世紀の初頭に大きく変化したことを述べている。

一九世紀末から二〇世紀にかけて、アメリカ文化は「プロテスタント的ヴィクトリアニズムから世俗的消費文化」へと変貌をとげた。そしてそれに応じてアメリカ人の美に対する考え方も変化した。ヴィクトリア朝文化では、美とは内面の性格と健全さによるものとされてきたのに対して、一九二一年までにはたいていのアメリカ人たち（特にアメリカの女性たち）は、肉体の美は外面的なものであり、内面の美とは独立した――したがって変えることのできる――性質であると理解するようになっていた。だからこそ肉体の美を追い求めるのには著しい量の時間と面倒と金のかかることであったのだ。（Haiken 18-19）

消費文化が加速度的に進行する中で、内面とは関わりのないところで外面を美しく保つ努力が当然のものとみなされ始めたのである。

そしてこの傾向は第一次世界大戦を迎えることで決定的となった。それは膨大な数の兵士の身体が粉々にされる様子を映画館のニューズリールや新聞記事などで、あるいは直接に目撃したからであり、それらの身体が発達しつつあった外科手術のテクノロジーによって修復されることを知ったからである。このテクノロジーの発展についてティム・アームストロングは以下のように述べている。

モダニズムの時代はテクノロジーと手を携えながら、身体に断片化と拡張をもたらす。身体には何かが欠けていることを示し、それと同時にそれを補うテクノロジーを提供するのである。時代が進むにつれ、広告、美容、美容整形、映画などがうまく働きかけることによって、テクノロジーによる補完は完全な身体という資本主義的幻想の一端を担うようになる。広告も美容も整形手術も映画も、すべて身体が完全なものになることを約束している。その意味では身体が補完できるものであるという考え方を人びとに植えつけているのである。(Armstrong 3)

身体の部位は、仮想上の補綴術(人工器官によって体の欠損部分を補完する外科手術)がおりなすシステムの中に組み込まれている。そのシステムは身体に欠陥があることを暴き出すと同時に矯正し、そうすることによって「完全な」身体というものがあることを指し示すのである。そしてその「完全な」身体はテクノロジーによってのみ獲得することができるのである。また、その完全さは常に先延ばしにされることになる。欠陥のある身体器官を置き換えるために行う消極的な補綴術と、広告／美容のシステムとの橋渡しをする行為が美容整形手術であり、戦場での症例から得られた経験を積み重ねて両大戦間に発達することとなった。美容整形は失われた身体部位を補完するのではなく、本来「自然」な状態にあるはずの身体に働きかけ、ふさわしくない、醜い、もはや若さを失ってしまったのだと宣告するのである。(Armstrong 100)

ここで論じられているのは、身体を修復できるという可能性そのものが、逆説的にありのままの身体にも修復される余地があるということを示唆するという新たな状況である。すでに大量消費社会を迎えていたアメリカでは、何ら欠損のない自然な身体に対して修復を企てる美容整形が非常に受け入れられやすく、第二次世界大戦が始まるころには全米で六〇人の形成外科医が存在した。この数字はイギリスの一〇倍以上、イギリスを除く全世界の形成外科医の合計の約二倍に値する（Haiken 34-35）。

このように、あるがままの身体を加工できるという可能性が出現した結果、修復する際のモデルとなる身体、規範的な身体が人びとの意識の中で想定され始めることになる。この規範的身体、いわば永久に到達されることのない「完全な身体」は、あらゆる人びとのあるがままの身体を「不十分」であると名指しすることになるのである。先に見たホールデンが列挙するアックリーの身体的欠陥の中で、にきびや汚い歯、口臭[3]、汚れた爪などは、大きく変わり始めたアメリカの身体的規範の中で初めて「欠陥」とみなされるようになった特徴なのである。ハーヴェイ・グリーンも「雑誌やラジオ放送は化粧品や食品、服装ファッションや衛生用品の呼び売りであふれかえっていた。そしてそれらの商品を使わないと社会的に追放され、恥にまみれるのだと述べるのである。広告の世界は正しい商品を使えば解決できない問題などないことを描き出していた。たとえば「病」を治すのに新しい薬品類が出現した。そこで病とされたのは、ハリトーシス（口臭）、ＢＯ（体臭）、ブロモドーシス（足が臭いこと）、ホモトーシス（「趣味の悪い」家具）、アシドーシス（胃酸の出すぎ）、ふけ、便秘、などである」（H. Green 24）と述べているように、より「自然な身体」が求められるようになる中で、その規範から外れるあらゆる特徴が「欠陥」として認識され始めたのである。そしてその「欠陥」を修復しようとしない者は、アックリーのようにその社会の中で「異常」として周縁に追いやられるのである。

サリンジャーがこのような物質主義的風潮に批判的であったことは多くの作品から明らかであり、伝記的にラマクリシュナの思想に傾倒していたこともその一端であると言える。[4] しかしホールデンの他者の身体へのまなざしを見る限り、少なくともホールデンがこのような規範的身体を内在化させていたことは間違いないようだ。そしてその規範的身体に照らしあわせ、自らの身体の欠陥を強く意識させられていたのである。

### 映画を見る女たち

先の引用でアームストロングが言及する、規範的身体を強要する「広告、美容、整形、映画」などのシステムはどれもサリンジャー作品に見られるモチーフであるが、[5] ここではそのすべてを扱う余裕がないので、以下では映画と身体の関係に関心を絞って論じる。映画は雑誌広告とともに初めてアメリカの広大な国土全域に画一的な規範を浸透させることを可能としたメディアであり、アメリカ人の身体観にきわめて重大な影響を与えた。いわばスクリーン上の映画スターの身体は、人びとが追い求めるべき理想の身体として機能していたのである。

サリンジャーの初期作品においては、しばしば現実の身体と映画に描かれる規範的身体とが対比されて描かれていることに気づかされる。たとえば「ロイス・タゲットのやっとのデビュー」は上流階級の物質主義にまみれた女性の成長を描いた作品である。主人公のロイスは化粧をしたり爪の形を整えたり規範的身体を維持することにいそしむ女性として描かれる。そのロイスが、最初の結婚相手として選んだのは、家柄は悪いものの身長が高くハンサムな、きわめて規範的身体に近いビルであった。ビルは財産を目当てにロイスと結婚するが、ビルは外面とは違ってその内面には倒錯した性欲を秘めた人物なのである。非常に皮肉なことに、ビルが自分の妻となったロイスに初めて恋をするのはロイスが規範から逸脱している様子を見たときである。

それから突然ロイスは自分がとてつもなく幸せであることをはっきりと知った。なぜなら結婚してから間もないある日、ビルがロイスに恋をしたからである。ある朝起きて仕事に向かうとき、ビルはもう一方のベッドに目を向け、かつて見たことのないような状態のロイスを見たのだ。ロイスの顔は枕に押しつけられ、むくみ、眠りのせいでゆがんでおり、唇も乾いていた。これまで生きてきてこれほどひどい顔でいたことはなかった——そしてその瞬間、ビルはロイスに恋をしたのだった。彼がこれまで見知っていた女たちは起き抜けの顔をあまり見せようとはしなかったのだ。ビルは長いあいだ、ロイスをじっと見つめた。エレベーターに乗って階下に降りていくときも彼女がどんな様子だったかを考えていた。(Salinger, "Long Debut" 154-55)

ロイスは朝まだ眠っており、それまで見せたことのなかったような醜い姿をさらしている。この様子を見てビルは妻を愛するようになるが、その後しばらくしてある日、自らの倒錯した性欲に操られるようにして、ビルは自分でも理解できない衝動に駆られ、たばこの火をロイスの腕に押し当てるのである(「しかしビルは(中略)故意に、しかしほとんど何げなく、自分がしなければならないことをした」[“Long Debut” 156])。またその次の機会にはゴルフクラブでロイスの裸足の脚をたたきつぶそうとする。ビルの倒錯した性欲は、ロイスの身体が規範から逸脱することを望んでいるらしいのだ。

このビルの異常な性癖が身体の欠損を求める欲望として描かれていることは、規範的身体を求めることこそが「正常」であるというイデオロギーが深く浸透していたことを逆説的に示している。その後ロイスはビルと離婚するが、以後「背の高いハンサムな男」(“Long Debut” 157)が怖くなり、善良ではあるものの背が低く、規範とはかけ離れたカール・カーフマンと再婚する。そして愛のない結婚生活を営む中で、ロイスは朝の一一時から映画館に通い始める。サリンジャー作品の多くの女性たちが映画館に通うことで現実逃避していることは田中啓史が『ミステリアス・サリンジャー』で指摘しているが(田中啓史 二二六-二二七)、ここで映画が当時の身体の規範を画一的に浸透させる役割をはたしていたことを思い起こすべきであろう。見た目は美しくとも現実の男は内面にゆがんだ欲望を秘めている可能性があることを知り、それでも規範から逸脱した夫には満足できないロイスは映画のスクリーンに映し出される現実のものではない規範的身体によりどころを求めるのである。

同時期の作品では「イレイン」もまた同様のテーマを扱っており、主人公のイレインが女性的なウェーブした髪や白い手をもつテディ・シュミットとの結婚を避け、母と祖母と三人で映画館へと向かうことが描かれる。

## 女の視線の暴力

これらの作品において、内面と外面の乖離を描き出すことで外面ばかりを取り繕う上流階級の物質主義文明を批判する意図がサリンジャーにあったことは間違いないだろう。しかしそれ以上にここには自己の身体に対するサリンジャーの意識が逆説的に提示されている可能性がある。つまり規範的身体を求めて映画という空想に向かう女性たちの視線を描くということは、自分の身体が常に規範から逸脱したものであるということを意識していたはずだからである。サリンジャーは身長も高く、決して醜い男性ではなかったが、人びとを支配する規範的身体はあらゆる現実の身体を「逸脱したもの」として見せ、「完全な身体」を常に先送りにするのである。いわば完全な規範的身体は広告や映画で描かれる幻想の中にしか存在しない。学生時代、自分も俳優として舞台に立った経験もあるサリンジャーは、当然自分の身体が規範から逸脱していることをより厳しく意識させられていたはずである。あるいは俳優を目指すことで、より強く規範を追い求めていたということも可能かもしれない。

「ロイス・タゲットのやっとのデビュー」や「イレイン」でそのような規範を求める女性の視線を描き出したサリンジャーは、その次の段階としてそのような女性の視線にさらされる現実の男の身体を描くことになる。このことはとりわけ『ナイン・ストーリーズ』に収められた短編群に顕著に見られる特徴のように思える。たとえば「バナナ・フィッシュにうってつけの日」のシーモアは、海水浴場にいるにもかかわらずバスローブを着て肌を見せようとしない。ことあるごとにローブの襟をかきよせ、少しでも肌が露出するのを避けようとする様子が見て取れる上、ローブでは隠すことのできない足を見られることも極度にいやがる。

海水浴客が使うよう指示されているホテルの地下一階で鼻に亜鉛の軟膏を塗った女性が若い男と一緒にエレベーターに乗り込んできた。

「あなたが僕の足を見ているのはわかってますよ」エレベーターが動き始めると彼［シーモア］はその女性にそう言った。

「何ですって？」女性は言った。

「あなたが僕の足を見てるのがわかっていると言ったんです」

「何ですって？　わたしはただ床を見ていたのよ」女性はそう言ってエレベーターのドアのほうを向いた。

「僕の足が見たいんならそう言ってくださいい」若者は言った。「でもこそこそ盗み見るのはやめてもらいたい」

「ここで降ろしてちょうだい」その女性はエレベーターを操作している女の子に素早くそう言った。

エレベーターのドアが開き、女性は振り返りもせずに降りていった。

「僕には普通の足がちゃんとふたつあるんだ。いったいどうして僕の足をじろじろ見なきゃいけないのか見当もつかないよ」若者は言った。（Salinger, "Perfect" 17-18）

ホテルの部屋に戻る途中で、エレベーターに乗りあわせた女性の視線を過剰に意識して、自分の足を見られているのだと思い込んでいるのである。この自意識はホールデンがスペンサーの身体を見たときの感想を思い起こさせるだろう。シーモアの身体は決してスペンサーのそれのように年老いてはいないが、本人の意識では規範的身体から逸脱しているのである。シーモアの身体もまた、「色白で肩幅が狭い」（"Perfect" 13）ことが描かれるが、これはもちろんアメリカ人の抱く規範的身体からはほど遠く、むしろホールデンの描くスペンサーの年老いた身体と似通っていると言えるだろう。映画や広告のシステムで規範を内在化したシーモアにとっては、女性の視線がきわめて暴力的に働いているのである。そういう意味でシーモアは規範からの逸脱をきわめて強く意識するホールデンと共通の視線をもっていると言えるだろう。

「笑い男」もまたリチャード・アラン・デイヴィドソンが指摘するように（R. Davidson）、主人公ゲスズキの語る「笑い男」の物語自体が身体的コンプレックスの投影であることは間違いないだろう。ゲスズキは身長が低く、ずんぐりとしていて、肩幅も狭く、なで肩である。また額が狭く、鼻が大きいと描かれている。これらはサリンジャーの作品に描かれる身体的劣等感をもつ男たちに共通の特徴である。なぜなら色の白さ、肩幅の狭さ、背の低さはどれも「弱さ」を指し示す記号として働くが、四〇年代から五〇年代にかけてのアメリカの規範は何より「強さ」を求めていたからである。

女性の視線にさらされる男の身体を描いた作品の中でも、以下では「愛らしき口もと目は緑」を詳しく見てみたい。登場人物のひとり、アーサーは妻ジョーニーの浮気に悩まされているが、帰ってこない妻を心配して相談の電話をかけた相手はよりによってジョーニーの浮気相手のリーである。ちょうどジョーニーの隣にいるリーが電話でアーサーと話す会話がこの物語の大半を占めている。アーサーはジョーニーの「動物のような」性欲に悩まされ、妻の浮気を常に恐れているが、それはどうも自分に自信がないことが原因であることが会話の中で徐々に明らかになってくる。「まったく俺は弱いんだ」と何度も繰り返しながら（Salinger, "Pretty" 124）、妻が配達人や警官など、屈強な男と浮気をしているのではないかと不安になっているのである。実際に妻のジョーニーがどういう理由で浮気をしているのかは作品中ではまったく語られないが、少なくともアーサーは自分の身体が規範から外れているために妻を性的に満足させられていないと思っているようである。

アーサーが妻に贈った詩がタイトルにも用いられているように、その目を強調していることは非常に意味深い。

どうしても思い出すんだが——くそ、こんなこと言うのは恥ずかしいんだが——俺たちがデートし始めたばっかりのころ、彼女に贈ったくだらない詩のことを思い出すんだ。「肌は薔薇のような白、愛らしき口もと目は緑」。くそ、まったく恥ずかしい——あの詩を見ると彼女のことを思い出したものだ。彼女の目は緑なんかじゃない——まったく浜辺に落ちてる貝殻みたいな目なんだ、くそ——でもとにかく彼女のことを思い出すんだよ……もうわからんよ。こんなこと話して何になる？　頭がおかしくなりそうだ。もう電話切ってくれよ。どうして切らないんだ？　本気で言ってるんだぞ。（"Pretty" 125）

実際には貝殻のように何も映し出していないと言いながら、アーサーはジョーニーの目に引き込まれているのである。ちょうどシーモアがエレベーターに乗りあわせた女性の視線を過剰に意識したように、身体の規範を内在化させた人びとにとっては、女性の目が実際に何を映しだしているかは問題ではない。そこに勝手に自分を値踏みする視線を見いだしてしまうのである。その結果、自分の身体が規範から逸脱していることを意識し、アーサーの自信を奪い取ってしまうのである。

一方のリーは髪型にも気を遣い、自分の見た目の効果を意識している人物として描かれているが、アーサーとの電話のあいだ、リーもまたジョーニーの視線にさらされ続けることになる。実際、物語は冒頭からリーを見つめるジョーニーの目を描いているのである。

> 娘［ジョーニー］はまるで遠くのほうから聞こえるかのように彼の言うことを聞き、顔を彼のほうに向けた。片目——光の当たっているほう——をしっかりと閉じ、開かれたほうの目はたとえ何を隠そうとしているにせよ、ひどく大きく、あまりにも青いのでほとんどすみれ色に見えるほどだった。（中略）娘は肘で身体を支えたまま彼［リー］を見守っていた。彼女の目はなにかに気を配っていたり物思いにふけっていたりというよりはただ開いているだけで、映し出すのはただ自分の目の大きさと色あいだけだった。("Pretty" 115-16)

大きく開かれた目はほとんどすみれ色と見まがうばかりだが、実際には自分の目の大きさと色あいを映し出しているだけ、つまりリーを映し出しているわけではない。それでも「青い目をしたアイルランド人の警官」が監視しているようだと描かれているのは示唆的であると言えるだろう("Pretty" 116)。「灰色の髪の男［リー］はもう一度その娘［ジョーニー］のほうに頭を向けたが、それはおそらく自分の顔つきがどれほど我慢強いか、ストイックですらあるかを見せようとするためであった」というように、リーは電話の途中でも自分がどう見られているのかにきわめて意識的である。「しかしその娘はそれを見逃した。膝で灰皿をひっくり返していたのだ」というように、結局リーのねらった効果は簡単に見すごされてしまうことになる（"Pretty" 122)。

電話をするあいだずっとジョーニーの視線にさらされ続けたリーは、結局のところジョーニーに対する欲望を失ってしまうらしいことが描かれる。


「あなたは素敵だったわ。とてつもなく素晴らしかった」その娘は彼を見ながら言った。「本当に、わたし犬になったみたいに感じるわ」

「まあ」灰色の髪の男は言った。「きつい状況だったよ。どれだけ素晴らしかったのかはわからないが」

「素晴らしかったわよ。あなたは素敵だった」その娘は言った。「わたし、力が入らないの。どうしようもないくらいぐにゃぐにゃになってる。わたしを見て」

灰色の髪の男は彼女を見た。「まあ、実際、あり得ないような状況だね」彼は言った。「つまり何もかもが想像もつかないくらいでむしろ……」

「ねえ――ちょっとごめんなさい」その娘は素早くそう言って覆いかぶさってきた。「あなた、火がついたのね」彼女は指の腹で男の手の甲を短く機敏に撫でさすった。「いや、もう灰になったよ」娘は身を起こした。「いいえ、あなたは素晴らしいわ」彼女は言った。「まったく、完全に犬になった気分よ」

("Pretty" 127-28)

「あなたは素敵だった」というジョーニーの評価は肯定的なものではあるが、その視線が電話のあいだじゅうずっとリーを値踏みしていたことを暴露している。その値踏みをするような視線はサリンジャー作品の男たちが恐れ続けた視線以外の何ものでもなく、男を不能にする視線でもあるのである。「犬になったみたいに感じる」「力が入らない」というジョーニーのセリフは、リーが性的に魅力的であること、自分がリーに性欲を抱いていることを表現しているが、一方でリーは「わたしを見て」というジョーニーの身体を見ても性欲を掻きたてられているようには見えない。いわば値踏みされることによってリーはジョーニーに対する性欲を失ってしまっている。いわば視線によって去勢されたこの状況はまさしくアーサーが陥った状況と同じである。アーサーもまた想像上の視線によって自らの身体が規範から外れていると思い込み、去勢されているからである。

リーとアーサーとの類似点はこのあと、決定的になる。ふたたび電話をかけてきたアーサーは、ジョーニーが帰ってきたという嘘をつく。これはリーにとっては嘘であることが明らかであり、それゆえに滑稽に感じてもよいような状況である。しかしリーはアーサーのこの嘘を聞いたとたんにそれまでの自信を急に失い、うろたえ始める。それはつまり、いないはずのジョーニーが帰ってきたと偽るアーサーと、ジョーニーが自分の隣にいながらいないように偽るリーとは、ジョーニーの存在を介して同じ嘘を維持する共犯関係に追い込まれることになるからである。アーサーの嘘を聞いたとたんにうろたえ、それまでの自信を急に喪失するリーは、「自分は弱いのだ」と泣き言を言うアーサーと同じ立場に追い込まれたことに気づかざるを得ないのである。

## 映し出される身体

『ライ麦畑でつかまえて』のホールデンもしばしば性行為にいたる直前になって怖じ気づくことが描かれるが、ホールデンもまたアーサーやリーのように男を不能にする女性の視線を恐れているということが言えるのではないだろうか。ポン引きのモーリスに殴られたあと、ホールデンはハリウッド映画の一場面であるかのように、腹を拳銃で撃たれた男を演じるが、これはロイス・タゲットやイレインと同じようにハリウッド映画の作り出す幻想に逃げ込んでいるのだと言えるだろう。つまりホールデンは自分の現実の身体、簡単に殴り倒されてしまう弱い身体を見ることを拒否し、幻想の身体を作り出しているのである。

結末近くで描かれるアントリーニの挿話はホールデンの身体への意識にとって非常に重要であったと言えるだろう。深夜に行き場のなくなったホールデンは、かつての教師アントリーニの家に行き、しばらく泊めてもらおうとする。しかし夜中に自分の頭を触るアントリーニに気づいた途端、その行為が「倒錯」であると感じ、慌ててそこを飛び出そうとする。アントリーニの行為がホモセクシャルの欲望によるものであったかどうかははっきりと描かれていないが、少なくともアントリーニに触れられることでホールデンは現実の身体を意識させられることになるのである。その後ホールデンは着替えているところをアントリーニに見られることを強く意識するが（「暗かったりしたせいではっきりと彼［アントリーニ］の姿が見えなかったけど、間違いなく僕のことをじっと眺めているのはわかっていた」［193］）、これは自分の身体がホモセクシャルの欲望の対象となることを恐れているのであり、自分の身体が「倒錯」した身体とみなされることへの恐れでもある。

ホールデンの一人称の視点は、一人称であるがゆえに自分の身体を映し出すことはない。つまり一人称の語りを採用すること自体が自分の身体を見ないですませるための手段であると考えることも可能だろう。しかしホールデンが見ないですませようとする身体は、他者の視線にさらされることでその視線に映し出されてしまうのであり、だからこそホールデンは自分の見せたい姿だけを見てくれるフィービーやアリー以外の人びとを避けようとする。しかしいかにホールデンが他者との関わりを避けようとしても、あらゆる他者の視線を避け続けることはできないのであり、時折映し出される自己の身体に苦しむことになるのである。

『ライ麦畑でつかまえて』を始め、サリンジャー作品は当時の身体観を映し出すとともに、その規範に捕らわれる人物を描き出していた。そしておそらくはサリンジャー自身もまた、この規範に捕らわれていたことは間違いないだろう。作品中、あるいは私生活で見られるサリンジャーの物質主義批判や性に対する抑圧は、こういった規範から逃れるための必死の努力であったのではないだろうか。

## 注

［1］たとえば French, *J. D.* 167 を参照。

［2］たとえば Baldwin を参照。

［3］『ライ麦畑でつかまえて』の中で、この時代新しく用いられるようになった「口臭」(halitosis) ということばは、ここ以外にもう一カ所で現れる (155)。

［4］サリンジャーの伝記作者であるイアン・ハミルトンはラマクリシュナの教えを以下のようにまとめている。「山中の洞窟に住み、身体に灰をすり込み、断食を守り、厳しい戒律を実行することはできても、その心が世俗的なものに、「女と金」に向かうのであれば、私は言おう、「恥を知れ！」と。「女と金」は悟りを開く道へのもっとも恐ろしい敵である。そして金よりも女のほうがより恐ろしい。なぜなら「金への執着を生むのは女だからである。女のために男は他人の奴隷になり、自由を失う。ゆえに男は思うままに行動できないのだ」」(Hamilton 128-29)。またケネス・スラウェンスキーの伝記では、サリンジャーがこの教えに従ってセックスを罪と考え、性行為を生殖のためだけに限っていたことが述べられている (Slawenski 220, 266-67)。

［5］広告に関しては最初期の「未完の物語の真相」ですでに言及されている。また『ライ麦畑でつかまえて』の第一章でも、ホールデンにペンシーの広告が偽りを含んだまがいもの (phony) であることを言及させている (2)。サリンジャー自身が広告を強く意識していたことは、自分の本を出版社が宣伝することに強く反対していたことからもよくわかる（アレクサンダー 二〇八）。美容に関しては多くの短編で描かれる上流階級の女性たちはそのほとんどが美容に熱心であるが、とりわけ「エディに会いに行け」のヘレンは印象的である。整形が言及されることは決して多くないが、「倒錯の森」の主人公コリーンの父親は整形外科器具の商人である。

# 3.

## 冷戦下のカメレオン
### ――トルーマン・カポーティの同化の戦略

### 異質な身体と政治性

第二次世界大戦終結後の冷戦期、アメリカ社会は共産圏に対抗して、画一化された「良きアメリカ人」のイメージを規範として掲げていた。郊外の家に幸せな家庭を築き上げて子どもを産み育てるという「普通の」アメリカ人家庭のイメージは、共産圏に対するアメリカの優位を示すための必要条件であり、そこから外れた人びとは「反アメリカ的」とされた。したがって第二次世界大戦後の赤狩りにおいては、共産主義者だけでなく、「アメリカ的」家庭を作らないホモセクシャルもまた排除の対象とされたことは当然の帰結であった。アメリカ文学研究の基礎を築いた研究者たちの中でも、社会主義者であっただけでなくホモセクシャルでもあったF・O・マシーセンは自殺に追い込まれ、カポーティの恋人であったニュートン・アーヴィンもまたポルノグラフィ所持の廉でスキャンダルになっている。[1]いわば当時のアメリカ社会では反共・ヘテロであることが「普通」のこととして強制されていたのである。規範から外れた身体と欲望をもつ人びとは、その存在自体が政治的であり、もっと言えば反アメリカ的とされたのだ。

トルーマン・カポーティは従来きわめて政治に無関心な作家であると考えられてきた。晩年になってから自分へのインタビューという形式で書いたエッセイ「自画像」では「政治的関心は？」という質問に「ない。投票したこともない。もちろん誘われれば誰のであろうとほとんどの抗議運動に参加するだろうとは思うがね。反戦であれ、フリー・アンジェラであれ、ゲイの解放や女性解放など何でもね」(Capote, "Self" 303-304) と答えている。しかしホモセクシャルであることを公言し、冷戦下のドメスティック・イデオロギーからかけ離れた登場人物を描き続けたカポーティは、本人の関心いかんにかかわらず、この時代に生きること自体が政治と無関係でいられなかったのである。おそらくカポーティの書いた文章の中で最も頻繁に引用されてきたであろう一節「わたしはアル中である。わたしはヤク中である。わたしはホモセクシャルである。わたしは天才である」("Nocturnal" 468) は、カポーティの反アメリカ性をはっきりと言い当てている。ここに列挙された特徴は、きわめてアメリカ的でありながら、冷戦期のイデオロギーにおいては（「天才」であることも含めて）[2]、「反アメリカ」と名指されるものであった。本章では冷戦期アメリカという極度に抑圧的な社会で、カポーティがいかに自らの「異常」とされる身体を囲い込み、「正常」な社会に溶け込もうとしていたかを読み解き、身体への自意識が政治性を帯びる様を明らかにしたい。

## 「異常」の囲い込み

初期のカポーティ作品の中で最も挑発的な作品『遠い声、遠い部屋』は、このカポーティの反アメリカ性がきわめて顕著に表れた例と言えるだろう。主人公の少年ジョエル・ノックスを囲む登場人物たちはみな、当時の画一化されたアメリカ社会の中では異形の存在である。ランドルフは女装癖のある同性愛者であり、父エド・サンソムはジョエルが望む父親像とはかけ離れ、ランドルフに撃ち込まれた銃弾のせいで植物状態になっている。ジョエルの親友ズーはキリンのように首が長く、結婚式の日に夫に首を切られ、殺されかけた黒人女性であり、アイダベルは女の子でありながら男になりたいと思い、自らの女性性を拒否している。主人公のジョエル本人でさえ、当時の規範的な男の子像から逸脱していることが、テクスト中で慎重に言及されている。冒頭でジョエルを物語の主要舞台へと運ぶトラック運転手ラドクリフは以下のように考えている。

ラドクリフはビールグラス越しにその男の子をじろじろ眺め、気にくわない容姿(なり)をしていると思った。ラドクリフは「本物の」男の子がどんな風であるべきか、自分なりの考えをもっていたが、このガキはどういうわけか、そういうものを貶めているようなのだ。かわいらしすぎるし、ひ弱すぎるし、それに色も白い。目鼻立ちのひとつずつが細やかな正確さで形作られ、女の子っぽい優しさでやわらいだ目は、褐色で大きかった。(Capote, *Other* 4)

ここでラドクリフが抱いている「自分なりの考え」とは、すなわち当時の規範的な男性性のあり方にほかならない。そしてここでそういった規範から外れているジョエルは、ある種の成長物語の体裁をとる本作品の結末部分において、規範的男性性を取り戻すのではなく、ランドルフとの同性愛に目覚めるのである。

この結末が当時のアメリカ社会においていかに危険視されていたかはダイアナ・トリリングの書評を見れば明らかである。トリリングは作品の結末を次のように論じる。

「カポーティの」本が言おうとしているのは、たまたま人生の状況のせいで、愛情への渇望を満たすほかのもっと普通の可能性が拒まれたとき、少年はホモセクシャルになるということである。(中略)しかしこれは間違いなく非常に危険な社会的態度である。なぜならジョエルの人格が若いころの経験という偶然によって形成されるというのなら、そのまったく同じ意味で我々もまた、ホモセクシャルであろうとヘテロセクシャルであろうと、昔の経験によって形成されているのである。それならば社会の構成員の誰もが、たとえヒトラーであっても、自分の人格に責任をもたなくてよいというのか?(Trilling 134)

トリリングは本書を、主人公（作者）がホモセクシャルになったことの言い訳であると解釈し、ホモセクシャルになるのは環境のためではなく、個人の責任であると主張している。ここから読み取れるのは、ホモセクシャルがヒトラーになぞらえられるような「悪」であるという前提であり、そしてそのような「悪」を生み出すものはアメリカ社会にあるのではなく、自立した「個人」にあるという主張である。トリリングにとって、そして多くのアメリカ人にとって、カポーティのこの小説は、ホモセクシャルを肯定しているという点と、その原因を個人の主体ではなく環境に求めているという点で、二重の意味で危険思想であった。

しかし、このような反アメリカ的「異常」を描き続けたカポーティ本人が「反アメリカ的」であったかというと、そう短絡的に結論づけることはできない。なぜなら「異常」を「異常」として表象することは、むしろ逆説的に規範的アメリカ性を「正常」として補強する働きをはたすからである。『遠い声、遠い部屋』でも、「異常」は「正常」からは隔離され、「正常」を脅かすことはない。なぜなら主人公ジョエルは最終的に、ほかの住民たちとともに物語の舞台であるスカリーズ・ランディングに囲い込まれることになるからである。そしてその外側の世界ではラドクリフの抱く「自分なりの考え」が脅かされることはなく、規範から逸脱したジョエルたち登場人物がアメリカ社会に浸透することもないのである。

この「異常」の囲い込みの力学はカポーティ作品全般にわたって見られる。カポーティの作品がイーハブ・ハッサンによって「昼の文体」と「夜の文体」に分類されたことはよく知られているが（Hassan 231）、どちらも冷戦イデオロギーによって排除されるべき「異物」を描いているという点で共通していると考えられる。「正常」な生活を送る者の日常に突如入り込む「異物」の恐怖を描くのが「夜の文体」であるのなら、「異物」として排除される側に立って物語を語り、そのために必然的に明るくコミカルになっているのが「昼の文体」であると言えるだろう。前者の作品群は、人間の抱く根源的な恐怖を描いているが、カポーティの想像力の中でその恐怖の対象はいずれも反アメリカ的現象として立ち現れている。「ミリアム」は、それまで何事もなく日常生活を送ってきたミラー夫人のもとに、突然ミリアムと名乗る謎の少女が現れたために日常が崩壊していく様を描いている。しかし一九四五年に発表されたこの作品において、「日常」とはすなわち戦時下の日常であることを忘れてはならない。映画館に行ったミラー夫人がミリアムと初めて遭遇するとき、背後に響いているのはニューズリールの爆撃の音である (Capote, "Miriam" 39)。これまでミリアムはミセス・ミラーのドッペルゲンガーとしてのみ解釈され、社会的背景と結びつけて考えられることはなかったが[3]、当時の読者にとっては背後の戦争は当たり前の事実であり、日常であったのだ。ミセス・ミラーに現れるドッペルゲンガーとは、すなわち戦時下の日常生活で抑圧していた欲望の表出にほかならず、そういう意味でミリアムとは、国家が戦争へと向かう大きな流れを形成する中で、それに逆らう異物であると言えるだろう。

一九四六年の「無頭の鷹」は、日常を営むヴィンセントのもとにD・Jと名乗る精神病院から脱走してきた少女が現れる。次第にヴィンセントはD・Jの中に自らの似姿を見いだしていくという点で、主人公の分身を描く「ミリアム」に近い作品であると言えるだろう。しかしこの作品における「異物」はD・Jではなく、むしろD・Jがしきりに恐れるミスター・デストロネッリである。ミスター・デストロネッリは、D・Jによると「誰もが知っている」人物であり、「あなた［ヴィンセント］やわたし、たいていの人に似ている」のだという（Capote, "Headless" 102-103）。そして鷹や子どもや蝶などあらゆるものに化けることができ、いたるところに現れる変幻自在の存在でもある（"Headless" 114）。そして戦後間もない時期に、この恐怖の対象がイタリア系の名前をもつことは決して偶然ではないだろう。D・Jは同じアパートに住むミスター・クーパーをミスター・デストロネッリだと思い込んではさみで攻撃するが、ミセス・ブレナンはそのことに抗議して、ヴィンセントに次のように言う。「ミスター・クーパーを一目見るだけで、あの人がイタリア人なんかじゃないことはわかるでしょう」（"Headless" 111）、「ミスター・クーパーがイタリア人だと思うなんて考えてもみなさいよ。あのひと、あなたやわたしと同じくらい白いでしょう」（"Headless" 112）。これらのセリフからはミセス・ブレナンがイタリア人に対して人種的反感をもっているらしいことがわかるが、最近まで続いていた戦争の敵性市民であるイタリア人のもつ印象は、いわば反アメリカの象徴として強い敵意の対象であった。

「マスター・ミザリー」は、一九四九年に発表され、作中に描かれる新聞記事の見出し（「ロシア、拒否」[Capote, "Master" 171]）などにも明らかなように、冷戦期の社会状況を背景にしている。作品で描かれるのは夢を買う謎の男ミスター・リヴァーコームである。彼は「夜の樹」でケイが恐れる「魔術師」(Capote, "Tree" 89）やD・Jが恐れるミスター・デストロネッリと同様、いたるところに潜み、子ども時代の恐怖の記憶を体現する存在である（"Master" 164）。ニューヨークの町中で密かに人びとの夢を買い続けるこの男は、冷戦下においてアメリカ社会に浸透しつつある共産主義への恐怖と結びついている。物語の終盤近く、浮浪者オライリーがミスター・リヴァーコームの助手ミス・モーツァルトに向かって「おまえのことをたれ込むつもりだったんだ、この汚ねえコミュニストめ」と罵ったとたんに、ミス・

モーツァルトは怒り狂って暴れだし、警官に取り押さえられる（"Master" 173）。ここでは密かにアメリカ人の夢を盗み出し、それを食らう人物への恐怖が共産主義と結びつけられている。そしてそれが子どものもつ普遍的恐怖とされることによって、共産主義の脅威が普遍化されているのである。

同様のことは、そのトーンにおいて正反対であるとされる「昼の文体」にも当てはまる。「誕生日の子どもたち」のミス・ボビットもまた、アラバマの社会から排除されなければならない異物であり、物語の最後では殺害される。一連の自伝的短編に現れるミス・スック・フォークもまた、子どものまま成長をやめた人物であり、「正常」とはかけ離れているが、語り手の限りない愛情を込めた視線で描かれながらも決して社会に溶け込むことはなく、「異物」として扱われる。『ティファニーで朝食を』のホリーもまた同様である。一見何ものにも縛られず自由を謳歌しているようなホリーを取り囲んでいるのが、当時敵性外国人であった日系人ユニオシ[4]、ラスティー・トローラーのようなナチスのシンパサイザー、語り手を含む同性愛者たち、マフィアのサリー・トマトらであることは意味深いが、ホリー自身も結局は物語の最後でアメリカからは排除されてしまう。従来この作品に関して頻繁に指摘されてきたのが、一九六一年に公開された映画版との違いである。自由を探求する原作の主人公と異なり、映画版ではラストシーンで男性と結ばれ、支配的イデオロギーに回収されてしまう点が、原作の結末を一八〇度反転させていると考えられたのである。しかし原作の結末で提示される、自由を探求し続け、世界中を旅するホリーのイメージは、実のところ不確かな噂をもとにした周囲の男たちの願望の投影でしかない。実際にはアメリカ社会から排除されたホリーがその後どうなったかはまったくわからないのである。そういう意味で言えば、支配的イデオロギーに回収される映画の結末と、社会から排除しながらも、それを希望的空想で隠蔽する原作の結末とは、これまで指摘されてきたほどの大きな違いをもつと言えるだろうか[5]。

このように「異常」を囲い込み、排除する様を描くことによって、カポーティ作品は逆説的に規範を支持してしまっている。このことは、冷戦期アメリカの文化政策を裏側から支えていたと言えるだろう。フランシス・ソーンダーズはこの時代のＣＩＡ主導による文化政策を以下のように述べている。

> 冷戦の緊張が最も高まっていたころ、合衆国政府は莫大な資金を投じて西ヨーロッパにおける秘密の文化的プロパガンダ計画を実行した。このプログラムの中心的特徴は、そんなものなど存在しないという主張を前面に出すことであった。極秘裏にアメリカの諜報機関、中央情報局によって運営され、この極秘作戦の中心を担ったのが「文化的自由のための委員会」であり、ＣＩＡエージェント、マイケル・ジョセルソンが一九五〇年から六七年まで指揮したのである。作戦期間の長さは言うに及ばず、その業績はとてつもないものであった。最盛期には「文化的自由のための委員会」は三五ヶ国に事務所をもち、何十人もの職員を雇用し、二〇を越える一流雑誌を発行し、美術展を開催し、通信・報道機関を所有し、注目を集めるような国際学会を組織し、音楽家や画家に賞を与え、講演会や展示会を開いた。その使命は、いまだマルクス主義や共産主義に惹かれている西ヨーロッパの知識階級の目をそこから逸らし、より「アメリカ的なやり方」に沿った観点をもたせることにあった。(Saunders 1)

カポーティがこのような文化政策に直接関わっていたという証拠はないし、むしろ発表当時からきわめて評価の高かった『冷血』ですら、主要な文学賞を何ひとつ獲得していないという事実は、カポーティの冷戦イデオロギーからの逸脱を何より物語るものであろう。しかしながらカポーティの作品と右に引用したＣＩＡの文化政策は、社会に与える影響において決して矛盾するものではない。むしろ一見冷戦イデオロギーに反するような作品でありながら、裏側からそれを支えているという点において、表向き存在しないふりをするこの文化政策と同質のものであるとさえ言えるだろう。そしてそうすることによってこそ、カポーティはアメリカ社会で生き残っていくことができたのである。いわば作品を書くことによって、自らを「異常」として囲い込み続けたと言えるだろう。

## プロパガンダの逆流

しかし冷戦が過去のものとなった現在、このカポーティが描く強迫的なまでの「異常」の囲い込みは、我々に別の側面を見せ始める。冷戦というコンテクストから外れたところにいる読者の目には、いたるところに共産主義の脅威を見いだすアメリカ社会こそが閉鎖的で、人びとを閉じ込める監獄のように映り始める。抑圧的な共産主義社会を描くはずが、その表象が逆に「自由」であるはずのアメリカ社会に投影されているのである。「マスター・ミザリー」のシルヴィアはニューヨークを次のように嫌悪する。「匿名性、道徳的恐怖、話し声の漏れ聞こえる配水管、夜通し消えることのない明かり、やむことのない足音、地下鉄の通路、番号を振られたドア（3C）」（"Master" 157）。まるで監獄の描写のようである。カポーティ自身はニューヨークを気に入っていたが、作品で描かれるニューヨークは、ほとんどすべて強い閉塞感を感じさせる。いやニューヨークだけではない。「夜の文体」に分類される作品群で描き出される閉所恐怖症的な閉塞感は、確実に冷戦期アメリカの激しい排他性を映し出しているのである。

『遠い声、遠い部屋』のランドルフは物語の結末近くで、地面を這う蟻について以下のように語る。

敬虔な虫だ、ランドルフは蟻のことをそう呼んだ。「こいつらを見ていると、まったく、とてつもない賛嘆と同時にとてつもない憂鬱を感じるんだ。神に命じられた勤勉さで何も考えずにひたすら列をなして歩き続けるピューリタン的精神。でもこんなにも反個人主義的な政府が理解を超えたものの詩を認めることができるのだろうか。きっとパンくずを運ぶことを拒否した者は、暗殺者に追われ、他人の笑顔に死刑宣告が隠されていることに気づくのだ。僕としては孤独なモグラでいるほうがいいよ。モグラはとげや根に頼る薔薇でもなければ、変わることのない群れに生きている時間を管理される蟻でもない。目こそ見えないが自分の道を行き、真実や自由なんて心の受け止め方にすぎないということを知っているのだ」(*Other* 218)

稲澤秀夫はこの一節に関して「共産主義または社会主義に対するカポーティの呪詛」(稲澤 二〇八)を読み取っているが、はたしてその読みは適切であると言えるだろうか。むしろここに我々は、神の名のもとに宗教と政治が一体化したピューリタン的アメリカ社会の閉鎖性をこそ読み取るべきでないのか。たとえ稲澤の言うようにカポーティがこの一節を共産主義への呪詛を意図して書いていたとしても、そういった共産主義社会が、「神」や「ピューリタン的精神」といったアメリカ社会の重要な要素を交えて描かれるのが問題なのである。つまり冷戦期の共産主義に対するイメージと当時のアメリカ社会とが酷似していることこそが問題なのだ。

これまで述べてきたように、共産主義への攻撃が、逆説的に攻撃を加える側のアメリカの閉鎖性に跳ね返ってくるという、プロパガンダの逆作用が生じることを、カポーティ自身も遅くとも五〇年代半ばまでには気づいていた。カポーティは一九五五年にオール黒人キャストのガーシュウィンオペラ『ポーギーとベス』のソヴィエト公演を取材し、翌年そのルポルタージュ『詩神の声が聞こえる』を出版している。この作品では『ポーギーとベス』が米ソの両方に対して正反対のプロパガンダとして機能しうることが描かれている。ソヴィエト文化省はこのオペラが「きわめてエロティック」で「宗教的」であることを危険視しながらも、「無慈悲な南部白人のなすがままに搾取され、貧困に苦しめられてキャットフィッシュ横町に隔離されたアメリカ黒人の状況」を描いているという点で、反アメリカのプロパガンダとして活用できると考えていた。アメリカ国務省はこのようなソヴィエト側のプロパガンダ的利用を免れ得ないとして『ポーギーとベス』への資金援助を打ち切るが、その一方で「オペラのもつ社会批判的な側面が、つまりアメリカの劇場では自由に表現し得るという事実そのものが、ソヴィエトのプロパガンダが効果をもつ可能性を打ち消すはずだ」と考えられていた。『ポーギーとベス』に限らず、プロパガンダは常にまったく逆の方向から二重に機能し得るのである（Capote, "Muses" 83-84）。

カポーティはこのように『ポーギーとベス』でのプロパガンダの両面性を描いているが、『詩神の声が聞こえる』自体もまた、この両面性に捕らわれている。この作品では、アメリカ人カポーティのオリエンタリズム的視点から見たソヴィエトが表象されているが、[6]作中でカポーティやその他の人びとが見たソヴィエトとは、結局のところアメリカの西部や南部を投影したものでしかない。彼らアメリカ人の目に未知の場所であるソヴィエトは、アメリカの「西部」や「冬のワイオミング」、「南部の刑務所」などにたとえられて理解されるのだ（"Muses" 103, 105）。作品の終盤で描かれる労働者の集まる酒場に行く場面は、『ポーギーとベス』のプレミア公演の描写以上に本作品のクライマックスとも言うべきであるが、カポーティは「まるでニューオーリンズのスラムの中を歩いているよう」（"Muses" 145）に感じる。そうやってアメリカを投影しながら描き出されるソヴィエトの下層階級の人びとの悲惨な状況は、徐々に『ポーギーとベス』のキャットフィッシュ横町とのインターテクスチュアルな関係を切り結びながら、反転してアメリカ下層階級を読者に思い起こさせる。つまりカポーティは鉄のカーテンの向こう側の未知の場所を描くのに、自分のよく見知っているアメリカを投影して描いている。そのためにソヴィエトに向けたはずの批判がアメリカへと逆流してくるのである。

同行したソヴィエト人オルロフは、着ている服装から店のウェイトレスには高い身分であるとみなされているが、その一方で酒場で酒を飲んでいるほかの労働者たちは、若者ですら「歯が腐り、顔にはしわが刻まれて」いる。カポーティの隣にすわる「四〇から七〇歳のあいだの何歳ともとれる」男は片目を失い、そのうつろな眼窩を使ってキリストのパロディを演じて周囲の注目を集めようとしている。ビールを飲んでは失われた目からそのビールをにじみ出させ、キリストの磔の格好をしてみせるのである（"Muses" 146）。またもう一人の酒場の人気者は客の要求に応えてギターを弾き、歌を歌うことで生計を立てている「道化のように悲しみが顔に塗りつけられた」少年である。彼はオルロフの通訳によると、父親がイギリス人で母親がポーランド人であると言い、イギリスに行きたいのだという。目に涙を浮かべながら、知っている数少ない英単語である「助けて(ヘルプ)」ということばを弱々しく繰り返してカポーティに助けを求めるが、オルロフら周囲の人びとは意に介さず、彼にコメディ・ソングを無理矢理歌わせる。片目の男は周囲の関心が自分から少年の歌に移ってしまったことに嫉妬し、しつこく眼窩からビールをにじみ出させる（"Muses" 146-47）。浮かれ騒ぐ酔っ払いに囲まれ、そしてビールの涙を流す片目の男と対比され、少年の悲しみは読者に強い印象を残す。

ギターをもった少年はドアへ向かう我々の道をふさいだ。まだ残っている客は歌を歌い続けており、その声は通りの向こうまで響いていた。そしてカフェではウェイトレスたちが最後まで残っているしつこい客を叩きだし、本格的に店の明かりを消し始めた。「助けて」少年はそっとわたしの袖をつかんで言った。「助けて」じっと目をわたしに見据え、そう言った。ウェイトレスがオルロフに言われ、少年を押しのけてわたしたちを通してくれた。「助けて、助けて」彼はうしろからわたしに呼びかけた。あいだでドアが閉められ、そのことばは夜に降る雪のように無へと消えていく、くぐもった音になった。

「彼は頭がおかしいのだと思いますよ」とオルロフは言った。（"Muses" 147-48）

「もっと高級なレストラン」からその酒場にやってきたオルロフは、明らかに酒場のほかの客たちよりも身分が高いことが見て取れる。まるで貧困層の労働者を見物しに行くかのようにその酒場に行くオルロフとカポーティであるが、このときカポーティが描き出した悲しみの情景はたんにソヴィエト労働者の情景にとどまらない。助けを求める少年と、その少年を「厄介者」（"Muses" 147）だと言って無理矢理歌わせるオルロフは、『ポーギーとベス』のキャットフィッシュ横町における黒人労働者たちと、彼らを搾取する白人を思い起こさせる。

おそらくカポーティが政治に対して無関心であったとする先行研究は、ある一面において間違いではない。しかし、政治的に無関心であったからこそ、カポーティ作品は無批判に冷戦イデオロギーを反映してしまうだけでなく、その同じイデオロギーの抑圧性をも映し出している。冷戦期のコンテクストにおいて共産主義を恐怖の対象として描くシンボルは、そのコンテクストから外れたところから見たとき、冷戦イデオロギーそのものへの批判として機能し始める。いわばカポーティ本人が知らず知らずのうちに冷戦期の閉鎖的アメリカ社会の牢獄に囚われているのである。

## 政治的「非政治性」

カポーティはこの旅行の際に、ソヴィエト作家協会で講演をしている。そのときの様子をジェラルド・クラークは以下のように述べている。

モスクワ滞在中、彼はソヴィエト作家協会で講演を行い、作家としての主な関心は内容ではなく文体であると宣言した。それに対して、ソヴィエト作家協会ではその順序は逆だと考えられているのですと会長は答えた。「我々の考えではあらゆる詩や歌は弾丸であり、旗印なのです」と会長は言った。「そんなことを言われて、まったく何も言い返せなかったよ」ニューヨークに戻ってカポーティは記者にそう話した。（Clarke 293）

このエピソードはこれまでカポーティの非政治性の根拠として考えられてきたが、冷戦というきわめて政治的な状況において、「非政治性」を主張すること自体が政治的営為なのである。我々はこのカポーティの姿勢を政治に対する無関心と解釈するのではなく、冷戦期におけるきわめて政治的な発言としてみなすべきなのである。

カポーティはその後一九五八年一月と一九五九年初春の二度、ソヴィエトを訪れている。しかしカポーティの決定版伝記と言われる前述のクラークの著書では、五八年のモスクワ、レニングラードの訪問に関しては一段落、五九年のモスクワ旅行に関してはわずか二行の記述しか残されていない（Clarke 305-306, 315）。これはカポーティの「非政治性」を前提にしているために生じた問題であり、この二度目、三度目の訪問でカポーティが何をし、どのような発言を残したかに関してはほとんど何も研究されていないのである。

カポーティが「非政治的」であるとする研究者の見解は、ＦＢＩの見解と奇妙にも一致する。ハーバート・ミットガングはカポーティが「政治的というよりはむしろ社交的活動家」であるにもかかわらず、ＦＢＩがカポーティを「つけねらい、彼に関する文書に極秘や機密といったスタンプを押し、彼の著作を研究したことは、作家に対する監視がどれほどまで行きすぎていたかを示す、とりわけばかげた例である」(Mitgang 122, 124)と述べている。しかし情報公開法によって公開されたＦＢＩファイルを精査する限り、ミットガングの主張とはまるで反対の印象が立ち現れてくる。カポーティに関する調査資料は一三〇ページにも及ぶが、その大半は「対キューバ公正委員会」に関するものである。これは革命後のキューバを擁護するために組織された委員会で、ノーマン・メイラーやシモーヌ・ド・ボーヴォワール、ジェイムズ・ボールドウィンらとともにカポーティもその名を連ねている。そしてリー・ハーヴェイ・オズワルドがニューオーリンズ支局長を務めていたことでも知られているが、そのためにケネディ暗殺後に事実上活動を休止せざるを得なくなったのである。ＦＢＩファイルは一貫してカポーティの政治性には問題がないことを強調しているが、この委員会への参加に関しても、ほかの支援者の名は列挙されているだけであるにもかかわらず、カポーティに関してのみ、まるで言い訳をするかのように「義理の父親がキューバ人であるため」(97-1792, 18)という説明がつけ加えられている。また六八年五月二三日付メモランダムではカポーティがＦＢＩに対する情報提供者になっているらしいこともわかる(62-18763)。名前は黒塗りにされて不明であるが、何者かの居場所を通報しているのである。ＦＢＩファイルから見て取れるのは、ミットガングが主張するようにＦＢＩが「つけねら」っていたというよりはむしろ、ＦＢＩとカポーティのあいだに密接な協力関係があったということである。

カポーティは実際には対キューバ公正委員会を始め、米ソの文化交流や死刑廃止運動など、さまざまな政治活動に関わってきた。しかしそれらの活動がアメリカの社会に対して破壊的影響を及ぼすことはなかったし、おそらくカポーティもそう望んではいなかっただろう。「非政治性」という無色の装いをしながら、実際にはその都度、社会の政治的状況に応じて色を変えていた、と考えるのが妥当である。

そうしなければ規範から逸脱したカポーティの身体はあまりにも目立ちすぎるのである。『冷血』以降、カポーティの才能は枯渇し、作品を書けなくなったというのがジェラルド・クラークを始めとする一般的な定説であるが、カポーティ最晩年の一九八〇年に出版されたエッセイ集『カメレオンのための音楽』は、『冷血』には及ばないにせよ、それとはまったく異なったきわめて高い芸術的水準に達している。このエッセイ集と『冷血』との大きな違いは、ルポルタージュであると主張しながらも収められた作品のほとんどが実際にはフィクションであること、そして『冷血』では作者の姿は限りなく隠されているが、ここではTCと名乗る、明らかにカポーティ本人を示唆する人物が登場することである。[7]またケネディ兄弟の裏話、ジョン・F・ケネディの暗殺、その実行犯のリー・ハーヴェイ・オズワルドや黒幕と目されるクレイ・ショー、ショーを訴追したジム・ギャリソンへの言及など、非常に政治的な内容に満ちている。未完成に終わった『叶えられた祈り』の一部をなす「ラ・コート・バスク、一九六五」発表をきっかけに社交界を事実上追放されたカポーティは、[8]『冷血』以後のフィクションとルポルタージュの融合を目指す実験的作品を書きながら、突如それまで口をつぐんでいたのが嘘のように、政治に対する言及を一気に始めるのである。

ここでは紙幅の都合上、表題作の「カメレオンのための音楽」のみを扱う。舞台のマルティニーク島は、亡霊が昼間から歩き回るという、生者と死者の境すら曖昧な「不思議の中に浮かぶ」島である(Capote, "Music" 321)。ある貴族の館に招かれた語り手は、幻想を生み出すというアブサンを口にしながら、現実と空想の区別もつかないときをすごす。折しも島はカーニヴァルの真っ最中であり、町は異形の者たちであふれかえっている。七〇歳を越える館の女主人によると身体の色を変化させるカメレオンは音楽を好むという。実際にモーツァルトのピアノ・ソナタを弾いてみせると、色とりどりのカメレオンが集まってくる。演奏を止めて足を踏みならすと「爆発する星から出る閃光のように」散っていく（"Music" 321）。老貴婦人はさまざまな不思議な話を語るが、その合間に語り手はかつて友人のユダヤ人音楽家マーク・ブリッツスタインがこの島で殺害されたことを話す。語り手はその事件があったせいでマルティニークにはずっと来たくなかったのだという。

ブリッツスタインは共産主義者のホモセクシャルであり、一九三七年の『ゆりかごは揺れる』が共産主義的とされて上演が禁止されたことが有名である。また四九年までアメリカ共産党に入党しており、HUAC（非米活動委員会）に喚問されたこともある人物である。ブリッツスタインは六四年、酒場で出会ってつれ帰ったポルトガル人の船員に殺された。[9] 当時作曲中であったのはオペラ『サッコとヴァンゼッティ』であった。

さまざまに色を変化させながら、芸術を求め、美しいものに集まるカメレオンがカポーティ本人の鏡像であるとするならば、ブリッツスタインはそれとは正反対に、冷戦期に政治的信念を貫き、不遇のまま人生を終えた作曲家である。そのブリッツスタインの殺害について話しながら、カポーティの視線は「自分の意志に逆らって」老貴婦人のもつ黒い鏡に吸い寄せられる。本の形をした革製のケースにはめられたその鏡には、「何も読んだり見たりするものは書かれていない——ただ、その無限の深み、闇の廊下に沈み込む直前に、黒い鏡の表面に映しだされる、自分の像の神秘的な姿があるのみである」。その鏡はかつてゴーギャンのものであり、前世紀、画家たちのあいだではよく用いられたものであるという。「しばらく仕事をして目が疲れると、こういった暗い鏡を覗き込んで目を休めたのです」（"Music"

323）と老貴婦人は説明する。語り手は、カメレオンの作り出す色鮮やかな情景とは著しい対照をなす、色を剝奪されたその鏡に魅せられる。
　語り手はその黒い鏡を膝に置いたまま、ブリッツスタインの殺害の様子を語る。次の引用は老貴婦人の感想から始まる。

　「恐ろしい事件でしたね。とてつもない悲劇です」
　「悲劇的な事故でした」黒い鏡がわたしのことをあざ笑っている。なぜそんなことを言うのだ？　あれは事故なんかではなかった。（"Music" 326）

　語り手が膝の上の鏡に見ているのは、いわばそれまでまとってきたさまざまな色をはぎ取られた本来の自分の姿であると言えるだろう。かつてカメレオンのように色を変えながら生き延びてきたカポーティは、ブリッツスタインのような作家が犠牲になることをどう考えていたのか。「事故」だと言って友人の殺害から目をそらそうとするものの、鏡はその態度をすべて見透かすかのようにあざけり笑う。この引用からは、自分とは対照的な政治的態度を維持したブリッツスタインに対する、語り手のうしろめたさが顔を覗かせている。あるいは語り手がマルティニークに来たくなかったのは、昼間から亡霊の歩き回るこの島でブリッツスタインと出くわすことを恐れていたのかもしれない。ブリッツスタインを殺したのは政治とは無縁の強盗にすぎなかったのかもしれないが、語り手はこの島に来たことでその死に向きあわなければならないのである。少なくとも黒い鏡は目をそらすことを許さない。そして冷戦期をうまく立ち回ったことで、そうしなかった友人の死に複雑な罪の意識と責任を感じざるを得ないのである。

物語は次のようにして終わる。

> 悪魔のような鏡の光沢から目を上げると、女主人が少し前にテラスから薄暗い客間に入っている。ピアノの和音がひとつ、またひとつとこだまする。女主人は先ほどと同じ調べをつま弾いている。すぐに音楽を愛する者たちが集まってくる。緋色の、緑の、ラヴェンダー色のカメレオンたち。テラコッタのテラスの床に並んでいると、その聴衆はまるで音符を絵で書き表したようである。まるでモーツァルトのモザイク模様だ。（"Music" 327）

鏡の中に隠された悪魔のような暗い像と、眼前に広がる色とりどりのモザイク模様。この様子はさながらカポーティの人生そのものに見えてくる。この作品はブリッツスタインとは違ってひたすら芸術の高みを追求する自らの作家像を描き出すとともに、同時にかつてＦＢＩに通報までした体制迎合する自身に、「非政治的」であるがゆえの政治性に、罪の意識を感じざるを得ない複雑な心境を描いた作品でもある。

先にも述べたように、『カメレオンのための音楽』に収録された作品にはきわめて政治的言及が多い。しかしながらその言及は虚偽や真偽の疑わしいゴシップを含んでおり、作品自体がルポルタージュとフィクションの狭間を揺れ動いているように、カポーティの政治的姿勢もまた真偽のわからないまま揺れ動き、その姿は一向に見えてこない。まさしくカメレオンのように色を次々と変えてゆくのみである。

これまで見てきたように、カポーティ作品は非政治性を貫き通そうとしても、作家の意図に反して政治性を帯び、その都度カメレオンのように色を変えていく。先にも引用したカポーティ本人の主張、「政治的関心は（中略）ない。投票したこともない。もちろん誘われれば誰のであろうとほとんどの抗議運動に参加するだろうとは思うがね。反戦であれ、フリー・アンジェラであれ、ゲイの解放や女性解放など何でもね」は嘘ではないだろう。このことばは「非政治的」であろうとするがゆえの「政治性」をきわめて雄弁に語っている。それは時代の規範から外れた身体をもつカポーティの、生き残るための戦術にほかならないのである。[10]

注

[1] マシーセンに関してはD. Bergmanを、アーヴィンに関してはWerthを参照のこと。
[2] そもそもアメリカでは、「天才」であること自体が民主主義にそぐわないものである。
[3] たとえばウィリアム・L・ナンスは「ミリアム」を含む初期短編が、「社会的、政治的関心をほとんどまったく欠いた内面世界で起こる」（Nance 17）と主張している。
[4] 彼はカリフォルニア出身の日系人とされているが、カリフォルニア在住の日系人たちが第二次世界大戦中にマンザナールを始めとする強制収容所に入れられていたことは想起すべきであろう。

［5］舌津智之は赤狩りの時代におけるカポーティの複雑な立ち位置を以下のように論じている。「そもそも、「イヤな赤」の気分から逃れるためにティファニー宝石店へ行くというホリーは、富裕な場所に対して敏感であり、おそらくは作者のカポーティと同様、資本主義社会を否定していない。そのことは、マッカーシズムの時代におけるホリー／カポーティの立ち位置をすこぶる不安定にする。なぜなら、コミュニストと同性愛者が弾圧を受けた五〇年代にあって、資本主義を信奉しつつ、次世代の再生産を担う規範的な異性愛制度には与しないとなると、赤狩りに関して共犯者であると同時に抵抗者である、という屈折したポジションに立たざるをえないからである」（一九六―九七）。

［6］ヨーロッパとアジアにまたがるソヴィエト連邦の国民オルロフとカポーティとのあいだで、オリエントに投影されるイメージにずれが生じていることが、ふたりの行くレストランの描写に見られる。「イースタンと呼ばれているレストランはネフスキー大通りから少し入ったところにあるホテル・ヨーロッパに付属するレストランである。鉢植えの干からびたシュロの何本かがオリエントを思わせる以外、その場所にアジア系の雰囲気があるというオルロフの主張をどう解釈してよいかわからない」（*PO* 142）。

［7］カポーティはモスクワ滞在中に、当時亡命中であったオズワルドに会ったことがあると、複数の場所で繰り返している（*PO* 331、Grobel 121-22）。しかしオズワルドが亡命したのは一九五九年一〇月のことで、カポーティの最後のモスクワ旅行は同年初春であることから、ふたりがモスクワで会っていた可能性はない。

［8］一九七五年に『エスクワイア』誌に掲載されたこの作品（未完に終わった『叶えられた祈り』の一部になる予定であった）で、親しくしていた上流階級の人びとの暴露話を盛り込んだため、これ以降カポーティは社交界から事実上追放され、大半の友人を失ってしまうことになる。

［9］「カメレオンのための音楽」では借りていた家にふたりの船乗りを連れ帰ったことになっているが、実際には三人の船乗りを連れ、路地裏で性行為に及ぼうとしたところを暴行され、殺害されたのである。E. Gordon を参照。

［10］越智博美の『カポーティ――人と文学』は現在日本語で書かれたもっとも優れたカポーティ研究書であるが、ここで越智は深く掘り下げてはいないものの、「自身をスタイリストであるとするカポーティの政治性は、むし

ろ非常に微妙なかたちで発揮されるので、こうした点についても再検討が必要」（二五七）であると述べている。

# 4.

# ポーの見たサイボーグの夢

## ふたつの『ロボコップ』

一九八七年に公開された映画『ロボコップ』は、一見すると荒唐無稽な子ども向けアクション映画のように思われがちであるが、実際にはフィリップ・キンドレッド・ディックの一連のＳＦ小説と同様[1]、記憶とアイデンティティの問題を描き出し、人間とは何かという哲学的問いかけを発した秀作であった。映画が描くのは近未来の犯罪都市シカゴである。ロボットの警察官を導入しようとするも、機械だけではうまくコントロールできないことが判明したため、殉死した警察官の脳を使ってロボコップを完成させるという設定である。しかし用いられたアレックス・マーフィの脳には生前の記憶が残っており、それが徐々に蘇ることでロボコップは自分が何者なのか葛藤し始める。身体としてはすでに死亡し、本来はただの機械でしかあり得ないはずのロボコップが、苦悩の末に最終的に自分をマーフィであるとみなすようになる結末からは、人間のアイデンティティの根源が記憶（精神）にあると主張しているように見える。

この作品は二〇一四年にジョゼ・パジーリャ監督によってリメイクされる。しかしおおまかなストーリーは前作を踏襲しているものの、物語のもつテーマは大きく異なっている。一九八七年版がいわば死体の再利用というSFらしい物語であったのに対して、二〇一四年版はドキュメンタリー映画出身の監督らしく、より現実的な補綴術（義手や義足などの人工器官で身体の欠損を補う医療）の延長としてロボコップは誕生する。マーフィは全身に重傷を負うものの、破損した身体を機械で補うことで生きながらえ、ロボコップとなるのである（したがって厳密にはロボットとは言えない）。ロボコップを作るのは一九八七年版のときのような技術者ではなく、リハビリを専門にする医師デネット・ノートン博士である。マーフィがロボコップとして補綴されたあと初めて目覚めたとき、ノートンは「わたしはデネット・ノートン博士だ。きみを治療している」と名乗る。あくまでノートンの行っているのは「治療」であり、「製造」ではない[2]。物語が始まって間もないころ、ノートンはリハビリ棟で両腕を義手にした患者を前にし、「あなたの本体は腕や脚や手じゃない。あなたの本体は脳なんだ。あなたの脳には情報を処理する能力があって、そのせいであなたはあなた自身でいられるんだ」と言って励ます。一九八七年版で葛藤の末にたどり着いた精神（記憶）こそが人間の本質であるとする結論は、二〇一四年版では作

図1　『ロボコップ』2014年版

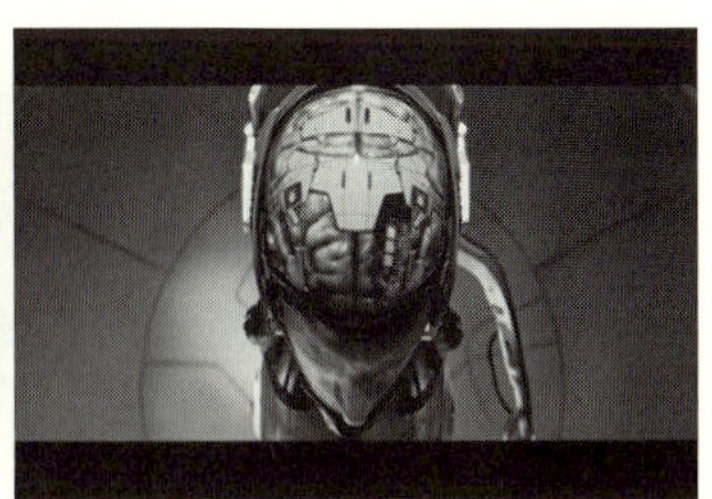
図2　『ロボコップ』2014年版

品の出発点である。むしろ二〇一四年版が前提とするのは――未来のテクノロジーを最新のSFX技術で描いて見せてはいるものの――昔ながらの粗雑な心身二元論であり、身体を精神の容れ物としてしか見ない精神優位主義であると言えるだろう。

二〇一四年版『ロボコップ』は実のところ、この設定の変更によってあらかじめ失敗することが決まっていた作品であったと言えるだろう。なぜなら主人公がいかに華々しく活躍しようとも、その主人公誕生の要件が補綴術であることから、観客は主人公の優れた能力よりも身体的欠損を常に意識させられるからであり、結果的に観客に奇妙な不安と不快感を与え続けることになるからである。ロボットが人間の記憶によって人間になる一九八七年版と異なり、二〇一四年版は人間が身体を失うことで人間でなくなっていく物語であり、観客の感情移入を最初から阻むのである。作品の主張する「本体は脳」であるというテーゼは、実際にその状況を描き出した映像を前にした観客にとってまったく説得力をもたない（図1、2）。ノートンは「きみの身体はなくなったかもしれないが、きみはまだここにいる」となだめようとするが、マーフィは自分の身体が失われたことにひたすら恐怖し、「決定権があるのなら、俺は死にたい。俺を生かしているものすべてを引き抜いて、この悪夢を終わらせてくれ」と懇願する。未来の補綴術は人間以上の能力を提供し、超人的な活躍を可能にするが、そこには活躍するヒーローの爽快感はまるでなく、ただ身体を失ったという「悪夢」があるだけである。妻と息子のためにマーフィは生きる決意をするが、結局のところ物語は機械の手しかもたないマーフィが、妻と、息子と、文字通りの意味でどのように「触れあう」のか、答えを提供しないのである。そしていかに登場人物によって身体に対する精神の優位を保証されようとも、観客は疑似身体による補完に安心するよりも、本来の身体を失う恐怖を感じるのである。

右に示した映像を見たとき、これがエドガー・アラン・ポーの「使いはたされた男」の結末部分と酷似しているのに気づかされるのではないだろうか。この物語でも『ロボコップ』同様、極度に発達した補綴術によって身体が補完された結果、頭部の一部しか残っていないはずのジョン・A・B・C・スミス准将が際だって見目麗しい人物として振る舞っている。語り手が物語の結末で発見する准将の身体の秘密は、人工器官によって身体の欠損を埋めることができる可能性を示すテクノロジーとして提示されながら、やはり読者はこの結末部分に著しい不安を感じるのである。たとえばダニエル・ロヨーはポーのユーモアに関して論じた論文において、物語の結末で「気味の悪いユーモアは身の毛のよだつ茶番へと沈み込む」と論じている (Royot 64)。この「気味の悪い」「身の毛のよだつ」という情動と、「ユーモア」「茶番」という物語ジャンルとの不整合こそがこの作品が読者に与える最大の特徴であろう。

そもそも欠損を補うためのテクノロジーとして歓迎されてしかるべき人工器官は、なぜこうも我々に不安と恐怖の情動を引き起こすのか。輝かしい技術の勝利であるはずのジョン・A・B・C・スミスの身体はなぜ「悪夢」として立ち現れるのか。[3] そしてそれから二百年近いときを隔てた二〇一四年版『ロボコップ』を見たとき、なぜ我々は同じ情動を受けるのか。

## 身体補完のテクノロジー

B・フランク・パーマーは一八四六年、補綴術の歴史上、きわめて革新的な義足を作り上げる（図3）。それまでは義足というと失った脚の代替となる木製の棒（peg）でしかなかったが、パーマーの作った新しい義足は外見までも脚に似せて作られた。機能性とともにその革新性を高く評価された「パーマー・レッグ」は後に南北戦争中、手足を失った兵士に提供されるようになる。オリヴァー・ウェンデル・ホームズはこの「パーマー・レッグ」を「アメリカの創意あふれる発明品の最も申し分のない勝利のひとつ」と述べるが（Holmes 575）、この木の棒から義足への転換は一九世紀アメリカの身体観に絶大な影響を及ぼすことになるのである。エリン・オコナーはこの影響を詳しく論じ、以下のように述べている。「補綴術は自分自身の複製を提供することで人間を補完する。その結果、自然は機械化によって作り出すことができると

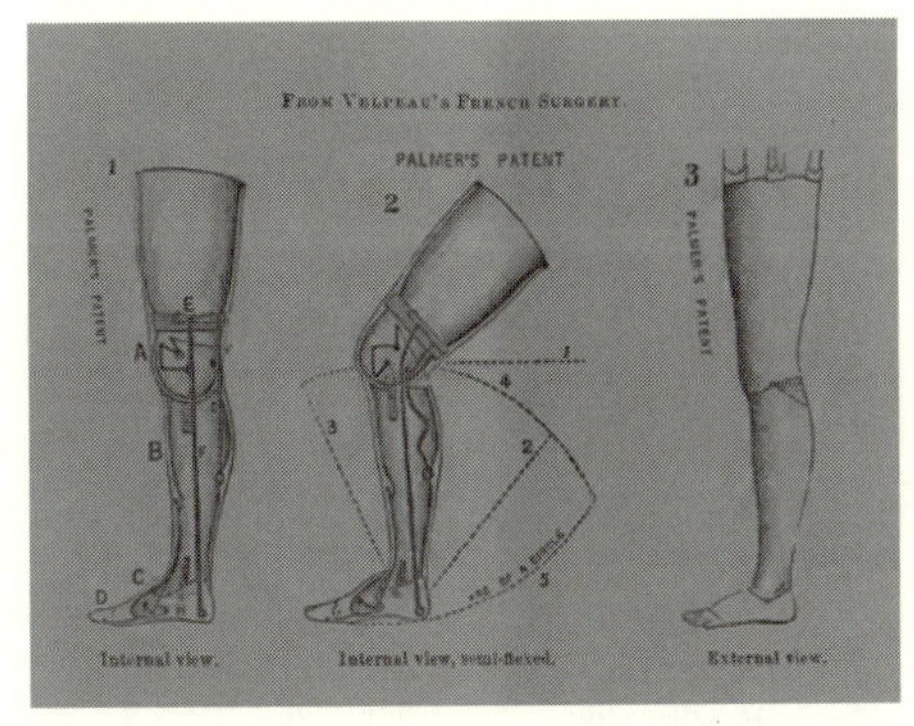


図3　The Palmer Arm and Leg, Adopted for the U.S. Army and Navy by the Surgeon-General, U.S.A. (Philadelphia American Artificial Limb Company, 1865), 27

主張することになる。つまり本質は模倣によって再現することができるのだ、アイデンティティとはつけ足すことのできるものなのだ、と主張するのである」（O'Connor 759）。オコナーが言うように身体が人工の器官で代替可能であるということは、自然と人工との境界線を揺るがすとともに、それまでは唯一無二の自己の身体にもとづいて形成されていたアイデンティティにも大きな影響を及ぼすことになる。つまりパーマー・レッグはたんなる医学上の発展ではなく、一九世紀のアメリカ人の自己形成のあり方を根本的に変えてしまうことになるのである。

ポーの「使いはたされた男」は明らかに、自らを自然であると偽るこの人工器官によって、失われた身体器官を補うテクノロジーを描いているが、この作品はパーマー・レッグの衝撃の七年も前に書かれている。ちなみにハーマン・メルヴィルの『白鯨』はパーマー・レッグ登場の五年後に書かれているにもかかわらず、エイハブが身につけている義足は鯨の骨で作られたものであり、傍目に明らかに義足とわかるものであった（Melville, *Moby* 124）。[4] ではポーはなぜパーマー・レッグ以前に周囲の人びとの目を欺くことのできる人工器官を想像することができたのか。それはひとつにはもちろんポーの先見性が挙げられるが、それに加えてポーがパーマーと同様に歴史家スティーヴン・ミームの言う「産業化の時期に都市部が急速に発展したことによって生まれた新しい社会秩序」の影響を受けていたからであった（Mihm 286）。ミームは南北戦争以前のこの時期に新しい義足が生み出された要因を、産業化の発達による中産階級の台頭と結びつけている。都市化とともに見知らぬ他人の中で活動するようになった中産階級の人びとは、以前の農村社会のように、あるいは貴族階級のように、自分の出自によって社会的地位を示すのではなく、特定の外見や振る舞いを身につけることで自己形成をするようになる。

しかしこのたたき上げ精神にはもっと不吉な側面が潜んでいた。野心家であろうと詐欺師であろうとともに立派な外見を身につけることができるということになるのだ。中産階級の人びとはゆえに自分たちが商売をしたり社交をしたり結婚をしたりする相手がきちんとした資質をもっているかどうか確かめることに固執していた。自分たちの不安定な社会的地位を支え自分たちの階級の境界線を守るために数多くの念入りな社会的儀式を作りだし、本当に立派な人と、たんに雰囲気だけを身に纏い外見を取り繕うだけの連中とをより分けようとしたのだ。(中略)

そのような不安定な状況の中、中産階級の人びとは自分たちがつきあう人物の内なる真実の性質を見抜くために奇妙な戦術に頼るようになっていく。中でも筆頭にあげられるのが内なる性格を決定するためにその人物の身体的特徴を「読む」ことである。骨相学者や一般向けエチケット教本を書く中産階級の作家は身体の特徴から気質や性格を読み取る能力をきわめて強く強調した。ことば遣いや服装なら偽ったり身につけたりすることも可能である。しかし頭のこぶや身体の輪郭を見れば、その人物の本当の性格を見抜くことができるように思えた。ほかのあらゆるものが外見を装う振る舞いの中に消えてしまう時代において、これこそが確かな目印であるように考えられたのだ。(Mihm 287-88)

その結果、「外面の身体的特徴と内なる性格を同じものとみなすこの傾向は、身体を切断された人びとにとってとてつもない問題をもたらす」ことになる (Mihm 288)。身体器官を欠いた人びとは、身体の外観こそが内面の指標となる時代において、立派な人間としてみなされなくなる。ナサニエル・ホーソーンの『緋文字』に登場するロジャー・チリングワースのようにバランスを欠いた身体が知と情のアンバランスを示すのならば、身体の一部を欠いた人間の内面はいかに「読まれる」ようになるのか。中産階級の身体欠損者は自らの内面を取り戻すためにこそ補完を必要としていたのである。

その一方で「都会の労働者にとってはこの新しい世代の補綴術はもっと明白な機能をはたした——つまりもう一度歩けるようにし、労働に復帰させることである」(Mihm 292)。オリヴァー・ウェンデル・ホームズは「個人的な美しさが最も価値をおかれる時代」にパーマー・レッグが必要であることを力説しながら、以下のように述べる。

この粗末な装置［peg のこと］は作られた当時はすばらしい働きをした。今でも場合によっては目的にかなうことだろう。女性に求愛する年齢を通り越し、個人的な外見のために多くを犠牲にする必要のないような平凡な労働者なら、飾らない昔ながらの木製の脚が安価で長もちして修理の必要もない、最も便利なものに思われるだろう。それより社会的地位の高い人にとっては、外見がすなわち現実であるこの時代、(中略) 上流社会で見せてもよいような手足を障害者に提供するのは重要なこととなった。上流社会でもはっきりと目に見える不幸は哀れみを誘うだろうが、シャンデリアの下では［そのような姿をさらすことは］許されないのだ。(Holmes 574)

このホームズの階級意識に見られるように、新しい世代の義足は中産階級の価値観から生まれたものであり、とりわけ労働者階級から自分たちを区別するためにもぜひとも必要とされたものであった。したがって船の上でこそ特権階級であっても陸の上品な「シャンデリアの下」に現れることのないエイハブにはパーマー・レッグは必要ないものであった。そして中産階級に属するためにはこういった人工器官を用いて身体の欠損を不可視にする必要があったのである。

## 身体と自己形成

ポーは都市化／産業化の流れの中で[5]、この新しい義足を作り出した時代のイデオロギーと中産階級の価値観を共有していたからこそ「使いはたされた男」という作品を発想することができたのだろう。しかし作品はその中産階級的価値観を風刺の対象ともしているという点で、無条件にこれを受け入れているわけでもない。作品の語り手はジョン・A・B・C・スミス准将の「個人的特性全体に関して何か注目すべき（remarkable）点――そう、わたしが言いたいことを十分に伝えるにはあまりにも弱いことばだと言わざるを得ないが、まさしく注目すべき点があった」と言うが（Poe, “Used Up,” 378　以下、同作品からの引用はページ数のみ記す）、その直後の記述を見れば明らかなように、語り手はスミスの外見をこそ注目すべきであると言っているのである。「このトピックに関して――スミスの個人的外見というトピックのことだが――詳細に語ることに、わたしはある種憂鬱な満足感を見出してしまう」と言いながら（378-79）、語り手の描写するスミスの身体的特徴はすべて最上級で褒め称えられる。「これほど豊かに流れ、これほどの光沢をもつ髪はほかにない」「この世の中で最も立派なひげ」「完全に比類のない口」「およそ考えられるあらゆる歯の中で最も完璧にまっすぐ並んでいて最も光り輝く白さのもの」「[目は」群を抜いて大きく輝いていた」「わたしがこれまで見てきた中で疑いもなく最上の胸」「これまでこのような完璧な肩を見たことがない」「すばらしい脚の中でも最高のもの」「あの大腿骨のカーブほど優美なものは想像もしたことがなかった」(379、強調は引用者)。ここにはあまりにもありとあらゆる身体部位が完璧すぎることが逆に不自然で人目をひいてしまう(remarkable)という逆説が提示されている。「ちょうど今言及した注目すべき点――この新しい友人を取り巻く、ことばで言い表せない奇妙な雰囲気――が全体的に、あるいは完全にその身体的天分の至高のすばらしさにあるのだとはどうしても信じられなかった」というが(380)、すべての身体部位が最上級であることは逆に不自然さを生じさせる。逆に言うと不完全さこそが人間らしさの条件なのである。語り手のこのスミスへの賞賛と不安の混在には機械の「完全さ」への憧憬と、不完全さゆえの人間らしさへの愛着がせめぎあっているのである。

それと同時に、これらの最上級の完璧さを列挙する際に語り手が「憂鬱な満足感」を感じているのは、他者の身体の完璧さを欲望し、嫉妬を感じているからであると言えるだろう。語り手はこのあとこの「謎」(378)に執拗にこだわり、その正体を突き止めようとするが、結局のところ語り手の求めるのはスミスの身体の完璧さの秘密である。「個人的な美しさが最も価値をおかれる時代」に語り手はスミスの完璧な身体の秘密を探り出し、我がものにしようとしているのである。その完璧さが人工器官で置き換えられた偽物にすぎないことを発見する結末が、外見に固執することの滑稽さを風刺していることは明らかであろう。そういう意味で言えばこの作品の語り手はポー最晩年の一八四四年に書かれた短編「眼鏡」に登場する、外見ばかりを気にするあまり眼鏡をかけずにいたために騙されることになる語り手と同種の人物であるとも言えるだろう。[6]

しかしこの作品は外見を重視する価値観への風刺でありながら、一方で外見による自己形成という中産階級的振る舞いが脅威にさらされる状況への不安を描き出してもいる。本来は人間の内面を表す指標であるはずの身体部位が人工器官で置き換えられる、その可能性が想定された瞬間に、それまで外見にもとづいて作り上げられていたアイデンティティが大きく揺らぎ始めるからである。「我々はすばらしい国民だ。そしてすばらしい時代に生きている。パラシュートに鉄道——人捕り罠に仕掛け銃！（中略）発明の進歩にはまったく終わりはない。最もすばらしい——最も気高い——そしておまけに、ミスター……ミスター……トンプソン、というお名前でしたよね、確か。おまけに最も有益な——最も本当に有益な機械の発明品はキノコのように毎日飛び出してくるのだ」（381-82）とスミスはテクノロジーを礼賛するが、テクノロジーが身体を置き換える可能性は、身体にもとづくことで確実なものと思えた自己形成の土台を根本から覆す可能性を帯びている。したがってそのテクノロジーの恩恵を極限まで受けたスミスはその完璧な身体ゆえに「ご婦人方の特別な人気者」である一方、その身体の秘密は物語の結末まで先送りされるほど口にしてはならないものであり、説教壇に立つドクター・ドラママップの、イアーゴウを演じる悲劇役者クライマックスの、激しい怒りを誘うのである（382-84）。アメリカ先住民を相手にした戦争で「並外れた武勇」を絶賛されながら（380）、作品中の誰もスミスの身体を切り刻んだ先住民に怒りを向けることはない。むしろ登場人物たちの不安と怒りは身体を補完するテクノロジーに向けられているようである。

この作品においてジョン・A・B・C・スミスの補完された身体は、身体の完全さを求める語り手の虚栄心を風刺するとともに自己形成の土台が揺るがされる状況への不安を浮かび上がらせる。どちらも当時の中産階級的価値観から生まれたものでありながら、身体を補完するテクノロジーに向けた不安のまなざしは、語り手の虚栄心ほどには明確にテーマ化されていない。これはポーもまた知らず知らずのうちにこの価値観に捕らわれていることを示すのみならず、テクノロジーをどう捉えてよいかに迷いがあったからであり、最終的には当時の時代状況を越えた普遍的な不安の情動と結びつくのである。次節以降ではその点を明らかにしたい。

## 身体という他者

クラウス・ベネッシュは、アメリカン・ルネサンスの作家がしばしば人間性とテクノロジーの混在する場（ベネッシュはこれを「ロマンティック・サイボーグ」と呼んでいる）を描き出すのは身体性からの逃亡を描き出すためであったと主張する（Benesch 21-22）。そして「アメリカ文学最初のサイボーグ描写」である「使いはたされた男」を論じて「物語はテクノロジーが補完する働きをもつという支配的なイデオロギーの信念に対してだけでなく、身体が重要ではない、あるいはむしろ身体などまったくなくても存在できるのだというロマン主義的な思想に異議を唱えている」と主張する（Benesch 23）。しかし前節で見たようにこの作品は身体のみを重視する価値観を風刺しているのであり、ベネッシュの言うほど単純であるようには思えない。むしろ一見中産階級的価値観を相対化し、作品の結末で語り手の失敗を笑いのめそうとしているようでありながら、その結末部分では明らかに読者に不安と恐怖の情動を与えている。

ベネッシュが指摘する、アメリカン・ルネサンスの時期に見られる身体への敵意を、ポーもある程度共有していたことは明らかであろう。ポーはさまざまな作品で人体を蹂躙し、打擲してきたが、とりわけ美女再生譚と呼ばれるサブジャンルにおいては野口啓子が論じているように、語り手は美女の精神性を重視し、その身体を嫌悪する（野口八七―一一三）。「使いはたされた男」においてもスミスの身体は極限まで破壊され、「使いはたされ」ている。しかし美女再生譚と違って肉体を失ったスミスは精神性を抽象された理想像として崇拝の対象となっているわけでもない。スミスの身体を補うテクノロジーもまた、もとの身体同様に精神とは対極の「物質」でしかないからである。身体を偽る人工器官は身体以上に敵意の対象となっているのである。ベネッシュはポーのこのテクノロジーへの姿勢を以下のように説明している。

我々はむしろ以下のように類推したくなる。ポーは現代のテクノロジーを用いた戦争の破壊性を攻撃したかったのだ。［スミスの列挙するテクノロジーに含まれる］鉄道や、もっとあとになって電報がアメリカ先住民を軍事的に支配する役割をはたしたことを考慮に入れるなら、この推論はますます説得力をもつ。この物語で描かれる破壊が、勝ち誇った英雄自身にまで及んでいることから考えても、その身体が人工的に組み立て直される様を見たとき、現代のテクノロジーの力によってなされたいかがわしい奇跡に対する皮肉な批評を見て取らずにはいられない。（Benesch 123）

確かにスミスの列挙するテクノロジーの例は人捕り罠や仕掛け銃などの兵器が多くを占めており、ベネッシュの説は説得力があると言えるだろう。しかし「勝ち誇った英雄自身に」及ぶ「破壊」はテクノロジーがもたらしたものではなく、むしろ先住民のトマホークがもたらしたものではなかったか[7]。むしろスミスの身体に及ぶテクノロジーは身体の破壊から修復するためのものであり、テクノロジーを用いた兵器とは対極に位置するのである。ポーがテクノロジーを敵視していたとすれば、それはテクノロジーが「破壊」するからではない、むしろ「修復」し、せっかく失われた身体を「補完」するからである。

ポーのテクノロジーに対する奇妙な姿勢は、ポーのおかれていた立場を考慮に入れるともう少し明白になる。そもそもポーが雑誌編集者として活躍し、小説という形式を著しく発展させたことは当時のテクノロジーと無関係ではない。それまで文学の主流であった詩や演劇は公共の場で朗読され、演じられることを前提としていた。そういう意味で文学は身体を通して提供され、身体を通して受容されていたのである。しかし当時勃興しつつあった小説は、それらとは根本的に異なる形で流通することになる。すなわち印刷機による大量生産技術、それを全米に普及させるための鉄道網、そして小説の需要の場となる都市の個室が、小説メディアを可能にしたのである（第一部第一章を参照）。したがってそもそも小説という形式そのものが作家の「精神」をテクノロジーで普及させるというサイボーグ的状況であったのだ。そう考えるとスミスの身体が機械によって著しく補完されている様は小説そのもののあり方、あるいは小説を書くポーの寓意的姿とも見えてくる。

身体を恐れ嫌悪しながら身体にとりつかれ、またテクノロジーを享受しながらそれを風刺を通して曖昧に記述するポーは、外見に固執する語り手を翻弄するだけでなく、自分自身もまた混乱していることを暴露している。結末で立ち上がるスミスの姿にはそのことがはっきりと見て取れる。少し長い引用になるが、ポーの混乱とそこからもたらされる不安の情動を見ておきたい。

「それにしてもわたしのことを知らないとは妙だな。ポンペイ、あの脚をもって来てくれ」するとポンペイはその塊に、すでに靴下をはいた状態の見事なコルクの脚を渡した。するとたちまちのうちにその脚がはめ込まれ、わたしの目の前に立ち上がったのである。

「それにあれは血みどろの戦いだった」と、その物体は独り言を言うように先を続けた。「だがブガブーやキカプーと戦ってただのかすり傷ですむなんてわけがないのだ。ポンペイ、すまんがあの腕をとってくれ」とわたしに向き直り、「トーマスは間違いなくコルクの脚を作らせたら第一人者だ。しかし腕がほしいのならね、ビショップをお薦めするよ」ここでポンペイは腕をはめ込んだ。

「一流の出来だろう。さあ、このろまめ、早く肩と胸をつけないか。ペティットの作る肩は最高だが、胸だったらダクロウに限るよ」

「胸だって！」とわたしは言った。

「ポンペイ、まだかつらの準備はできないのか。頭皮をはぎ取られるのはなかなかひどい経験だったよ。だがデ・ロームのところに行けばすばらしい半かつらを手に入れることができる」

「半かつらだって！」

「さあ黒んぼめ、歯だ！　よい歯を一揃いあつらえるのならパームリーのところに行くべきだ。値は張るがすばらしい仕事をするよ。だがあのでかいブガブーのやつがライフルの台尻でわたしの顔を殴りつけたときには、きれいな歯をいくつか飲み込んでしまったよ」

「台尻！　殴りつけた！　何てこった！」

「そうだ、そろそろ目を。さあ、ポンペイ、この間抜けめ、目をはめるんだ！　あのキカプーたちはたちまちのうちに目をえぐり出しおった。だがドクター・ウィリアムズはまだ正当に評価されているとは言えん。やつの作った目でどれだけよく見えるようになったか想像もつかんだろう」

（中略）

「ポンペイ、この真っ黒のろくでなしめ」と准将は金切り声を上げた。「わたしにあごもつけずに外出させるつもりなのか」

（中略）

「あのごろつきどもめ！　やつら、わたしの上あごをたたきつぶしただけでなく、わざわざ舌の少なくとも八分の七を切り取りやがった。アメリカにはこの部位の本当にいい品を作らせたらボンファッティほどの腕をもつやつはいない。自信をもってお薦めするよ」（387-88）

ここで描かれるのはスミスの身体が徐々に黒人の従者によって組み立てられていくプロセスであるが、実のところその都度キカプーとブガブーによってどのような仕打ちに遭ったかを語ることによって、読者が見せられるのは身体の「組み立て」ではなく、むしろ身体が分解され、ばらばらに破壊されていく過程である。冒頭で語り手が最上級で褒め称えていた身体部位は、ここでスミス自身のことばでふたたび最上級の賞賛がその代替物である人工器官に向けられるが、その指し示す意味はまったく異なり、身体部位の不在を強烈に浮き彫りにするのである。

　そもそもが身体の欠陥を埋める手立てとして歓迎されるべきものであるはずの人工器官が、なぜホームズのエッセイのように「アメリカの創意あふれる発明品の最も申し分のない勝利のひとつ」として歓迎されることがないのか。ホームズは「シャンデリアの下」にさらすことを許されない身体の欠損を、「個人的な美しさが最も価値をおかれる時代」の状況と身体部位を失った人物の自己イメージの点から考察しているが、おそらく欠損の可視化が「シャンデリアの下」で許されないのはむしろそれを目撃する人びとの側の不安と恐怖の情動が原因である。それはおそらくは我々が二〇一四年版『ロボコップ』や「使いはたされた男」の結末を見たときに感じるのと同じ情動であろう。身体の欠損を目撃した人びとが奇妙な不安を感じるのは身体部位の不在を見ることで身体の思わぬ存在感に気づかされることになるからであり、身体を支配していると考えていた精神の優位性が脅かされるからである。たとえばイシュメイルは「わたしの身体はよりよきもの［精神のこと］の残り滓でしかない」というが（Melville, *Moby* 37）、精神こそが本質であり、身体はその容れ物にすぎないという考え方は一九世紀に限らずきわめて常識的なものである。しかし身体の欠損を目の当たりにしたとき、そしてとりわけそれが機械によって補完されている様を目撃するとき、そのあまりにも大きな喪失感のために我々の無意識に抱いている精神優位主義はもはや無傷でいられないのである。

　サイラス・ウェア・ミッチェルの「ジョージ・デドローの症例」で両手両足を失った語り手は「ゆえにわたしがいたった結論は、人間は脳ではないし、脳の一部でもない。身体全体なのである。だからそのどこか一部を失うだけで自分が存在しているという感覚がその分減ってしまうのだ」（Mitchell 8）と述べる。この記述から逆説的に明らかになるのは、この語り手が、そして当時の大多数の人びとが、

「人間は脳で」ある、すなわち精神こそが本質であると考えていたことである。そして身体部位を失うことで、それまでは「残り滓」と考えていた身体がいかに重要であったかに気づかされるのである。とはいえミッチェルのこの作品は結末部分の降霊会で失われた脚の霊を唐突に登場させることで、霊、すなわち精神こそが身体の本質であるという考えに舞い戻る。身体を精神の容れ物と見る価値観が崩壊することに耐えきれず、垣間見えた身体の存在感から目をそらしてもとの価値観に安住するのである。

結局のところ作品に描き出された義手や義足といった人工器官は、たとえそれがいかにうまく機能していたとしても、「補完」よりは「欠損」を指し示す。著者がどのような意図で人工器官を描き出したとしても、常に読者に「埋めあわされた」ことよりも、「失われてしまった」事実をより鮮明に伝えることになり、不安と恐怖の情動を与える。ジョージ・デドローがそうであったように、身体の欠損は身体が精神の容れ物にすぎないという思い込みに異議を突きつけるのである。身体の修復を可能にするテクノロジーが同時に身体を破壊する可能性をも帯びている以上、テクノロジーが急速に発達する社会では常に身体が損なわれる脅威に脅かされることになる。そしてその欠損が、たんなる精神の容れ物が失われたことを示すだけではなく、取り返しのつかない喪失にほかならないと告げるのだ。したがって補完することによって逆にその欠損を強く意識させる人工器官は、見るものに身体の重要性を気づかせる契機となるのである。

そう考えると我々が二〇一四年版『ロボコップ』や「使いはたされた男」を見たときに感じる不安と恐怖の情動は、実のところ身体に介入するテクノロジーに向けたものではなく、むしろ身体そのものに向けられたものであり、突如「他者」として立ち現れる身体の圧倒的な存在感に対してであると言えるだろう。いわば「精神」が飼い慣らしていると思い込んでいた身体性が、その一部が失われた状況を見ることで存在感を主張し始め、逆に精神を支配する。人工器官はいわば身体部位が不在であることを指し示すことによって、その存在感を逆に誇示することになるのである。ポーのこの作品が当時のほかの作家より圧倒的にラディカルなのは、無自覚であるゆえ混乱しながらではあるものの、ミッチェルとは違って精神が身体を支配するという安心感に安住することなく、身体の存在感を描き切ったことにあるのである。

## テクノロジー時代の身体

都市化と産業化が急速に発展する中で、新しいテクノロジーが次々に誕生していく様子を目の当たりにしながら、ポーは来るべき補綴術の時代を予言したといえるだろう。そしてポーはたんに後の時代のサイボーグの原型を創りだしたのみならず、身体補完の可能性が生み出す不安の情動をも初めて捉えた作家なのである。ジョン・A・B・C・スミスの造形が当時の中産階級的価値観から生まれてきたことは間違いないが、それが生み出す情動はその時代特有のものではなく、普遍的なものである。だからこそポーの「使いはたされた男」以後、本論でも取り上げた「ジョージ・デドローの症例」を始め、『オズの魔法使い』で魔法のかかった斧によってあらゆる身体部位を切り落とされ、ブリキで身体補完をしたブリキの木こり、アーネスト・ヘミングウェイの『春の奔流』に登場する両手両足を義手義足で補完しながら誰よりも上手にビリヤードをするアメリカ先住民、『ジョニーは戦場へ行った』で両手両足だけでなく、目、鼻、口、耳までも失ったジョー・ボナムなど、作家がたとえポーを意識していなかったにせよ、これらの作品はすべて同じ情動を喚起することになる。
身体の補完を見せられるたびに、我々はアイデンティティの揺らぎを感じ、その結果いかに我々のアイデンティティが身体にもとづいているかに気づかされる。身体の圧倒的な存在感を感じながらも、所詮は身体に対して「他者」として接することしかできない我々には、人工器官による身体補完は常に悪夢として立ち現われるのである。ポーの「使いはたされた男」はテクノロジーの支配する今日、徐々に現実のものとなり始めている悪夢の起源を初めて捉えた作品であると言えるだろう。

注

［1］実際に監督のポール・バーホーヴェンが三年後の一九九〇年にディック原作の「追憶売ります」を『トータル・リコール』として映画化していることからも、ディック作品の主要テーマである記憶とアイデンティティのテーマに興味をもっていたことは間違いないだろう。

［2］また手足の感覚があると言って不思議がるマーフィに対してノートンの助手は「手足を失った患者はなくした外肢を感じるものなの。幻肢痛（phantom limb sensation）と呼ばれているわ」と伝える。幻肢（phantom limb）は医者であり作家でもあったサイラス・ウェア・ミッチェルが一八七一年に作り出したことばであるが、二〇一四年版『ロボコップ』はミッチェルの身体観をほとんどそのまま踏襲していると言えるだろう。

［3］これまで「使いはたされた男」はあまり注目されてきたとは言えない。大半の批評がジョン・A・B・C・スミス准将のモデルを特定しようとした研究に占められており、とりわけアーサー・ホブソン・クィンが「この風刺には何らかの深い意味が込められているのかもしれないが、筆者にはわからない」と切り捨てて以来、初期の研究者には評価されてこなかった（Quinn 283）。また比較的最近にいたるまで政治的な風刺として考えられてきたが（たとえばWhipple、Hoffman、Curranを参照）、近年アメリカ先住民との関わりから、ポーの人種観をめぐって新たな注目が寄せられ始めている（たとえばBlake、Beukaを参照）。テクノロジーと身体との観点から論じたものとしてはO'Connor、Benesch、Berkleyなどがある。ダナ・ハラウェイ以降、サイボーグに関する研究が非常に盛んになってきている。ハラウェイ以降のサイボーグ研究が非常に刺激的であることは間違いないが、キャサリン・オットが論じるようにそういった研究は「補綴術のリハビリテーションとしての側面やそれらを用いる身体器官を失った人びとのことをほとんど考慮していない」（Ott 3）。本書では主に身体の「補完」に関する補綴術に注目し、身体の「拡張」としてのサイボーグ概念には触れない。

［4］誤解のないようにつけ加えるが、メルヴィルもまたこの新しい義足の存在には気づいていた。ピークォッド号の大工はエイハブの脚を作る際に以下のように述べる。「時間がない、時間がない、時間さえあれば、あの人［エイハブ］に今の脚よりずっときちんとしたのを作ってやれるんだが（くしゃみ）客間でレディにお辞儀できるくらいのやつを。店のショウウィンドウで鹿革の脚やふくらはぎのあるやつを見たことがあるが、あんなのとは比べ物にならない。ああいうのは水を吸うのだ。それにリューマチにもなるし、医者にかからないといけなくなる（くしゃみ）洗ってやったり洗剤を塗りこんでやったり、まるで生きた脚みたいだ」（Melville, *Moby* 469）。このショウウィンドウに飾られていたという、「生きた脚みたい」な義足がパーマー・レッグに近いものであることは明白であろう。本来船上では必要ないにもかかわらず、エイハブに「レディにお辞儀できるくらいの」義足を提供したいと考えていることからも、当時の補綴術をめぐるイデオロギーがいかに広く浸透していたかが見て取れる。

［5］ポーと都市化の関係については本書第一部第一章を参照。

［6］この作品もまたタイトルになっている眼鏡だけでなく、若い美女に変装する老女の身体補完を描いた作品であ

る。

［7］レオン・ジャクソンはポーがさまざまな作家を辛辣に批判したことでトマホークと皮剝ナイフをもつアメリカ先住民にたとえられていたことを論じ、「使いはたされた男」とも関連づけている（Jackson 111-13）。

ミングウェイ』島村法夫、小笠原亜衣訳（松柏社、2003年）
森岡裕一「酔いどれアメリカ文学序説」『酔いどれアメリカ文学――アルコール文学文化論――』（英宝社、1999年）
モリス、デズモンド『ボディウォッチング』藤田統訳（小学館、1992年）
山本洋平「バートルビーの目を閉じる――超越主義的ネットワークにおける視覚、身体、他者」『環境人文学II　他者としての自然』野田研一、山本洋平、森田系太郎編（勉誠出版、2017年）149-64頁
ライオンズ、マーティン「十九世紀の新たな読者たち――女性、子供、労働者」田村毅訳『読むことの歴史――ヨーロッパ読書史』ロジェ・シャルティエ、グリエルモ・カヴァッロ編（大修館、2000年）445-90頁

巽孝之編（研究社、2009年）159-86頁
ジンメル、ゲオルグ「大都会と精神生活」『ジンメル・エッセイ集』川村二郎編訳（平凡社、1999年）173-200頁
ストラッサー、スーザン『欲望を生み出す社会――アメリカ大量消費社会の成立史』川邊信雄訳（東洋経済新報社、2011年）
諏訪部浩一『ウィリアム・フォークナーの詩学――1930-1936』（松柏社、2008年）
舌津智之『抒情するアメリカ――モダニズム文学の明滅』（研究社、2009年）
高野泰志『引き裂かれた身体――ゆらぎの中のヘミングウェイ文学』（松籟社、2008年）
高野泰志編『ヘミングウェイと老い』（松籟社、2013年）
巽孝之『E・A・ポウを読む』（岩波書店、1995年）
田中啓史『ミステリアス・サリンジャー――隠されたものがたり』（南雲堂、1996年）
田中久男『ウィリアム・フォークナーの世界――自己増殖のタペストリー』（南雲堂、1997年）
谷本千雅子「同性愛と女の性的快楽――『日はまた昇る』のブレットと『エデンの園』のキャサリン」『ヘミングウェイを横断する――テクストの変貌』日本ヘミングウェイ協会編（本の友社、1999年）138-53頁
西山けい子「都市の欲望――「群集の人」再読」『アメリカン・ルネサンスの現在形』増永俊一編（松柏社、2007年）201-38頁
丹羽隆明『恐怖の自画像――ホーソーンと許されざる罪』（英宝社、2000年）
ノイズ、ジョン・K『マゾヒズムの発明』岸田秀、加藤健司訳（青土社、2002年）
能澤慧子『二十世紀モード――肉体の解放と表出』（講談社、1994年）
野口啓子『後ろから読むエドガー・アラン・ポー――反動とカラクリの文学』（彩流社、2007年）
バタイユ、ジョルジュ『エロティシズム』酒井健訳（筑摩書房、2004年）
平石貴樹『メランコリック・デザイン――フォークナー初期作品の構想』（南雲堂、1993年）
福岡和子『変貌するテキスト――メルヴィルの小説』（英宝社、1995年）
ボードリヤール、ジャン『消費社会の神話と欲望』今村仁司、塚原史訳（紀伊國屋書店、1995年）
三浦玲一「理解できない破滅と恋愛小説『夜はやさし』の単独性」『読み直すアメリカ文学』渡辺利雄編（研究社、1996年）382-98頁
モデルモグ、デブラ『欲望を読む――作者性、セクシュアリティ、そしてヘ

*Scandal*. New York: Nan A. Talese, 2001.
Whipple, William. "Poe's Political Satire." *University of Texas Studies in English* 35 (1956): 81-95.
Wilson, Edmund. "Hemingway: Gauge of Morale." *The Wound and the Bow*. Cambridge: Riverside, 1941. 214-42.
——. "Return of Ernest Hemingway." *Ernest Hemingway: The Critical Reception*. Ed. Robert O. Stephens. New York: Franklin, 1977. 240-43.
Wolff, Cynthia Griffin. "*The Adventures of Tom Sawyer*: A Nightmare Vision of American Boyhood." *Mark Twain*. Ed. Harold Bloom. New York: Chelsea, 1986. 93-105.
Wylder, Delbert E. *Hemingway's Heroes*. Albuquerque: U of New Mexico P, 1969.
Young, Philip. *Ernest Hemingway: A Reconsideration*. University Park: Pennsylvania State UP, 1966.

アレクサンダー、ポール『サリンジャーを追いかけて』田中啓史訳（DHC、2003年）
伊藤詔子『アルンハイムへの道――エドガー・アラン・ポーの文学』（桐原書店、1986年）
稲澤秀夫『トルーマン・カポーティ研究』（南雲堂、1970年）
ヴェブレン、ソースティン『有閑階級の理論』高哲男訳（ちくま学芸文庫、1998年）
海老根静江『総体としてのヘンリー・ジェイムズ――ジェイムズの小説とモダニティ』（彩流社、2012年）
大串尚代『ハイブリッド・ロマンス――アメリカ文学にみる捕囚と混淆の伝統』（松柏社、2002年）
大島由起子「先住民を憧れ憎んで――トウェインのSilent Colossal National Lieとの付き合い方」『マーク・トウェイン　研究と批評』第5号（南雲堂、2006年）71-80頁
――『メルヴィル文学に潜む先住民――復讐の連鎖か福音か』（彩流社、2017年）
小笠原亜衣「「母殺し」の欲望――1920年代と *The Sun Also Rises*」『アメリカ文学研究』第35号（1998年）75-90頁
越智博美『カポーティ――人と文学』（勉誠出版、2005年）
笠井潔「ポーが発見した群衆」『エドガー・アラン・ポーの世紀』八木敏雄、

*American Literature* 62.4 (1990): 559-82.

Tanner, Stephen L. "Wrath and Agony in *Across the River and into the Trees*." *Hemingway's Italy: New Perspectives*. Ed. Rena Sanderson. Baton Louge: Louisiana State UP, 2006. 212-21.

Tanner, Tony. *Henry James and the Art of Nonfiction*. Athens: U of Georgia P, 1995.

Thomas, Brook. "Citizen Hester: *The Scarlet Letter* as Civic Myth." *American Literary History* 13.2 (2001): 181-211.

Toulouse, Teresa. "Seeing Through 'Paul Pry': Hawthorne's Early Sketches and the Problem of Audience." *Critical Essays on Hawthorne's Short Stories*. Ed. Albert J. von Frank. Boston: G. K. Hall, 1991. 203-19.

Trilling, Diana. "Fiction in Review." *Nation*. January 31, 1948. 133-34.

Turner, W. Craig. "Hemingway as Artist in *Across the River and into the Trees*." Noble. 187-203.

Tuttleton, James W. "Vitality and Vampirism in *Tender Is the Night*." Stern. 238-46.

Twain, Mark. *Adventures of Huckleberry Finn*. 1884. Berkeley: U of California P, 2001.

——. *The Adventures of Tom Sawyer*. 1876. Berkeley: U of California P, 1982.

——. *Autobiography of Mark Twain*. Ed. Harriet Elinor Smith. The Complete and Authoritative Edition. Vol. 1. Berkeley: U of California P, 2010.

——. "The Californian's Tale." 1902. *The Complete Short Stories of Mark Twain*. Garden City, New York: Doubleday, 1985.

——. *Huck Finn and Tom Sawyer among the Indians and Other Unfinished Stories*. Berkeley: U of California P, 1989.

Van Leer, David. "Detecting Truth: The World of the Dupin Tales." *New Essays on Poe's Major Tales*. Ed. Kenneth Silverman. Cambridge: Cambridge UP, 1993. 65-91.

Waggoner, Hyatt H. *Hawthorne: A Critical Study*. Cambridge: Harvard UP, 1963.

Walsh, John. *Poe the Detective: The Curious Circumstances behind the Mystery of Marie Rogêt*. New Brunswick, NJ: Rutgers UP, 1968.

Warren, Edward. *Some Account of the Letheon; or Who Was the Discoverer?* 2nd ed. Boston: Dutton, 1847.

Werner, James V. *American Flaneur: The Cosmic Physiognomy of Edgar Allan Poe*. New York: Routledge, 2004.

Werth, Barry. *The Scarlet Professor: Newton Arvin: A Literary Life Shattered by*

Also Rises. New York: Peter Lang, 1990.

Ryskamp, Charles. "The New England Sources of *The Scarlet Letter*." *American Literature* 31.3 (November 1959): 257-72.

Saiki, Ikuno. "'Bartleby, the Scrivener': The Politics of Biography and the Future of Capitalism." Makino. 77-96.

Salinger, J. D. *The Catcher in the Rye*. 1951. New York: Little Brown, 1991.

—. "The Long Debut of Lois Taggett." 1942. *Story: The Fiction of the Forties*. Ed. Whit Burnett and Hallie Burnett. New York: E. P. Dutton, 1949. 153-62.

—. *Nine Stories*. New York: Little Brown, 1991.

—. "A Perfect Day for Bananafish." 1948. Salinger, *Nine Stories*. 3-18.

—. "Pretty Mouth and Green My Eyes." 1951. Salinger, *Nine Stories*. 115-29.

Salmon, Richard. "The Right to Privacy / The Will to Knowledge: Henry James and the Ethics of Biographical Enquiry." *Writing the Lives of Writers*. Ed. Warwick Gould and Thomas F. Staley. London: Macmillan, 1998. 135-49.

Sanderson, Rena, ed. *Blowing the Bridge: Essays on Hemingway and* For Whom the Bell Tolls. New York: Greenwood, 1992.

Saunders, Frances Stonor. *The Cultural Cold War: The CIA and the World of Arts and Letters*. New York: New, 2000.

Sensibar, Judith L. *Faulkner and Love: The Women Who Shaped His Art*. New Haven: Yale UP, 2009.

Showalter, Elaine. "Syphilis, Sexuality, and the Fiction of the Fin de Siècle." *Sex, Politics, and Science in the Nineteenth-Century Novel.* Ed. Ruth Bernard Yeazell. Baltimore: The Johns Hopkins UP, 1986. 88-115.

Slawenski, Kenneth. *J. D. Salinger: A Life.* New York: Random House, 2010.

Sontag, Susan. *Illness as Metaphor and AIDS and Its Metaphors*. New York: Anchor, 1990.

Stern, Milton R. Introduction. Stern. 1-20.

—, ed. *Critical Essays on F. Scott Fitzgerald's* Tender Is the Night. Boston: G. K. Hall, 1986.

Stout, Janis P. *Sodoms in Eden: The City in American Fiction Before 1860.* Westport, Connecticut: Greenwood, 1976.

Svoboda, Frederic Joseph. *Hemingway and* The Sun Also Rises*: The Crafting of a Style*. Kansas: UP of Kansas, 1983.

Tanner, Laura E. "Reading Rape: *Sanctuary* and *The Woman of Brewster Place.*"

Polk, Noel. "The Space between *Sanctuary*." *Intertextuality in Faulkner*. Ed. Michel Gresset and Noel Polk. Jackson: UP of Mississippi, 1985. 16-35.

Quinn, Arthur Hobson. *Edgar Allan Poe: A Critical Biography*. New York: Appleton, 1941.

Railton, Stephen. "The Address of *The Scarlet Letter*." *Readers in History: Nineteenth-Century American Literature and the Contexts of Response*. Ed. James L. Machor. Baltimore: Johns Hopkins UP, 1993. 138-63.

Rattray, Laura. "An 'Unblinding of Eyes': The Narrative Vision of *Tender Is the Night*." Blazek and Rattray. 85-102.

Renza, Louis A. "Poe and the Issue of American Privacy." *A Historical Guide to Edgar Allan Poe*. Ed. J. Gerald Kennedy. Oxford: Oxford UP, 2001. 167-88.

Revard, Carter. "Why Mark Twain Murdered Injun Joe — and Will Never Be Indicted." *Massachusetts Review*. 40.4 (1999): 643-70.

Reynolds, Michael. "False Dawn: A Preliminary Analysis of *The Sun Also Rises*' Manuscript." Noble. 115-34.

——. "Hemingway's West: Another Country of the Heart." Sanderson. 27-37.

——. *Hemingway: The Final Years*. New York: Scribners, 1999.

——. *Hemingway: The Paris Years*. New York: Norton, 1989.

Riesman, David. *The Lonely Crowd: A Study of the Changing American Character*. New Haven: Yale UP, 1950.

Riewald, J. G. *Beerbohm's Literary Caricatures: From Homer to Huxley*. London: Allen Lane, 1977.

Robb, Graham. *Strangers: Homosexual Love in the Nineteenth Century*. New York: Norton, 2004.

Roberts, Diane. *Faulkner and Southern Womanhood*. Athens: U of Georgia P, 1994.

Robinson, Forrest G. *In Bad Faith: The Dynamics of Deception in Mark Twain's America*. Cambridge: Harvard UP, 1986.

Rogin, Michael. *Subversive Geneology: The Politics and Art of Herman Melville*. Berkeley: U of California P, 1985.

Rosenberg, Charles E. *The Cholera Years: The United States in 1832, 1849, and 1866*. Chicago: U of Chicago P, 1987.

Royot, Daniel. "Poe's Humor." *The Cambridge Companion to Edgar Allan Poe*. Ed. Kevin J. Hayes. New York: Cambridge UP, 2002. 57-71.

Rudat, Wolfgang E. H. *A Rotten Way to Be Wounded: The Tragicomedy of* The Sun

Nance, William L. *The Worlds of Truman Capote*. New York: Stein and Day, 1970.

Nelson, Cary. "Hemingway, the American Left, and the Soviet Union: Some Forgotten Episodes." *Hemingway Review* 14.1 (1994): 36-45.

Newberry, Frederick. "A Red-Hot A and a Lusting Divine: Sources for *The Scarlet Letter*." *New England Quarterly* 60.2 (June 1987): 256-64.

Noble, Donald R. ed. *Hemingway: A Revaluation*. Troy, New York: Whitson, 1983.

Norris, Frank. "The Frontier Gone at Last." *Frank Norris: Novels and Essays*. Ed. Donald Pizer. New York: Library of America, 1986.

——. *McTeague*. 1899. 2nd ed. New York: Norton, 1997.

O'Connor, Erin. "'Fractions of Men': Engendering Amputation in Victorian Culture." *Comparative Studies in Society and History* 39.4 (1997): 742-77.

Ostrom, John Ward, ed. *The Letters of Edgar Allan Poe*. Vol. 1. New York: Gordian, 1966.

Ott, Katherine. "The Sum of Its Parts: An Introduction to Modern Histories of Prosthetics." Ott, Serlin, and Mihm. 1-42.

Ott, Katherine, David Serlin, and Stephen Mihm, eds. *Artificial Parts, Practical Lives: Modern Histories of Prosthetics*. New York: New York UP, 2002.

Page, Sally R. *Faulkner's Women: Characterization and Meaning*. De Land, Fla: Everett, 1972.

Pearl, Matthew. "Introduction." *Murders in the Rue Morgue: The Dupin Tales*. New York: Modern Library, 2006. ix-xix.

Pike, Burton. *The Image of the City in Modern Literature*. Princeton: Princeton UP, 1981.

Pizer, Donald. *The Novels of Frank Norris*. New York: Haskel, 1973.

Poe, Edgar Allan. "Berenice." 1835. *Southern Literary Messenger* (1835): 333-36.

——. "Berenice." 1835/1850. Mabbott. 207-21.

——. "The Black Cat." 1843. Mabbott. 847-60.

——. "Ligeia." 1838. Mabbott. 305-34.

——. "The Man of the Crowd." 1840. Mabbott. 505-18.

——. "The Man That Was Used Up." 1839. Mabbott. 376-92.

——. "Morella." 1835. Mabbott. 221-37.

——. "The Murders in the Rue Morgue." 1841. Mabbott. 521-74.

——. "The Mystery of Marie Rogêt." 1842-43. Mabbott. 715-88.

——. "The Tell-Tale Heart." 1843. Mabbott. 789-99.

*Bibliography* 7 (1956): 195-208.
McCall, Dan. *The Silence of Bartleby*. Ithaca: Cornel UP, 1989.
McGowan, Philip. "Reading Fitzgerald Reading Keats." Blazek and Rattray. 204-20.
Melville, Herman. "Bartleby, the Scrivener: A Story of Wall-Street." 1853. "*The Piazza Tales*" *and Other Prose Tales, 1839-1860*. Ed. Harrison Hayford, Alma A. MacDougall, G. Thomas Tanselle, et al. Vol. 9 of *The Writings of Herman Melville*. Evanston: Northwestern UP, 1987. 13-45.
——. *Moby-Dick; or, The Whale*. 1851. Ed. Harrison Hayford, Hershel Parker, and G. Thomas Tanselle. Vol. 6 of *The Writings of Herman Melville*. Evanston: Northwestern UP, 1988.
——. *Pierre: Or, the Ambiguities*. 1852. Ed. Harrison Hayford, Hershel Parker, and G. Thomas Tanselle. Vol. 7 of *The Writings of Herman Melville*. Evanston: Northwestern UP, 1971.
Michaels, Walter Benn. "Masochism, Money and *McTeague*." *Threepenny Review* 16 (1984): 7-8.
Mihm, Stephen. "'A Limb Which Shall Be Presentable in Polite Society': Prosthetic Technologies in the Nineteenth Century." Ott, Serlin, and Mihm. 282-99.
Miller, Linda Patterson. "In Love with Papa." *Hemingway and Women: Female Critics and the Female Voice*. Ed. Lawrence R. Broer and Gloria Holland. Tuscaloosa: U of Alabama P, 2002. 3-22.
Mills, Nicolaus. *The Crowd in American Literature*. Baton Rouge: Louisiana State UP, 1986.
Mitchell, S Weir. "The Case of George Dedlow." *Atlantic Monthly* 18 (1866): 1-11.
Mitgang, Herbert. *Dangerous Dossiers*. New York: Donald I. Fine, 1996.
Montgomery, Lucy Maud. *Anne of Green Gables and Anne of Avonlea*. London: Wordsworth, 2008.
Moore, Robert R. "Desire and Despair: Temple Drake's Self-Victimization." *Faulkner and Women: Faulkner and Yoknapatawpha, 1985*. Ed. Doreen Fowler and Ann J. Abadie. Jackson: UP of Mississippi, 1986. 112-27.
Morris, David B. *The Culture of Pain*. Berkeley: U of California P, 1991.
Muhlenfeld, Elisabeth. "Bewildered Witness: Temple Drake in *Sanctuary*." *Faulkner Journal* 1 (1986): 43-55.
Mulvey, Laura. "Visual Pleasure and Narrative Cinema." *Visual and Other Pleasures*. Bloomington: Indiana UP, 1989. 14-26.

*1900*. London: Reaktion, 1996.

Kerr, Elizabeth M. *William Faulkner's Gothic Domain*. Port Washington, New York: Kennikat, 1979.

Kolodony, Annet. *The Lay of the Land: Metaphor as Experience and History in American Life and Letters*. Chapel Hill: U of North Carolina P, 1984.

Kopley, Richard. *Edgar Allan Poe and the Dupin Mysteries*. New York: Palgrave, 2008.

Krafft-Ebing, Richard von. *Psychopathia Sexualis*. Trans. Franklin S. Klaf. New York: Arcade, 1998.

Kreger, Erika M. "'Depravity Dressed up in a Fascinating Garb': Sentimental Motif's and the Seduced Hero(ine) in *The Scarlet Letter*." *Nineteenth-Century Literature* 54.3 (December 1999): 308-35.

Langford, Gerald. *Faulkner's Revision of* Sanctuary*: A Collation of the Unrevised Galleys and the Published Book*. Austin: U of Texas P, 1972.

Lehan, Richard. *The City in Literature: An Intellectual and Cultural History*. Berkley: U of California P, 1998.

Lemire, Elise. "'The Murders in the Rue Morgue': Amalgamation Discourses and the Race Riots of 1838 in Poe's Philadelphia." *Romancing the Shadow: Poe and Race*. Ed. J. Gerald Kennedy and Liliane Weissberg. Oxford: Oxford UP, 2001. 177-204.

Mabbott, Thomas Ollive, ed. *Collected Works of Edgar Allan Poe*. 3 vols. Cambridge: Belknap, 1978.

Machlan, Elizabeth Boyle. "'There Are Plenty of Houses': Architecture and Genre in *The Portrait of a Lady*." *Studies in the Novel* 37.4 (2005): 394-410.

Makino, Arimichi ed. *Melville and the Wall of the Modern Age*. Tokyo: Nan'un-do, 2010.

Marcus, Mordecai. "Melville's Bartleby as Psychological Double." *College English* 23 (1962): 365-68.

Marovitz, Sanford E. "The Melville Revival." Kelley, *Companion*. 515-31.

Martin, Wendy. "Brett Ashley as New Woman in *The Sun Also Rises*." *New Essays on* The Sun Also Rises. Ed. Linda Wagner-Martin. New York: Cambridge UP, 1987. 65-82.

Marx, Leo. "Melville's Parable of the Walls." *Sewanee Review* 61.4 (1953): 602-27.

Massey, Linton. "Notes on the Unrevised Galleys of Faulkner's *Sanctuary*." *Studies in*

——. *Henry James: Complete Stories 1898-1910*. New York: Library of America, 1996.
——. *Daisy Miller: A Study*. 1878. James, *Complete Stories 1874-1884*. 238-95.
——. *Europeans*. 1878. James, *Novels 1871-1880*. 873-1038.
——. *The Golden Bowl*. 1904. James, *Novels 1903-1911*. 431-982.
——. *Hawthorne*. 1879. James, *Literary Criticism, Essays*. 315-457.
——. "An International Episode." 1878. James, *Complete Stories 1874-1884*. 326-400.
——. *In the Cage*. 1898. James, *Complete Stories 1892-1898*. 835-923.
——. "Jolly Corner." 1908. James, *Complete Stories 1898-1910*. 697-731.
——. *Henry James: Literary Criticism, Essays on Literature, American Writers, English Writers*. New York: Library of America, 1984.
——. *Henry James: Literary Criticism, French Writers, Other European Writers, The Prefaces to the New York Edition*. New York: Library of America, 1984.
——. *Henry James: Novels 1871-1880*. New York: Library of America, 1983.
——. *Henry James: Novels 1881-1886*. New York: Library of America, 1985.
——. *Henry James: Novels 1896-1899*. New York: Library of America, 2003.
——. *Henry James: Novels 1901-1902*. New York: Library of America, 2006.
——. *Henry James: Novels 1903-1911*. New York: Library of America, 2010.
——. *The Portrait of a Lady*. 1881. James, *Novels 1881-1886*. 191-800.
——. Preface to *The Portrait of a Lady*. James, *Literary Criticism, French*. 1070-85.
——. *Roderick Hudson*. 1875. James, *Novels 1871-1880*. 163-511.
——. *What Maisie Knew*. 1897. James, *Complete Stories 1892-1898*. 395-649.
——. *The Wings of the Dove*. 1902. James, *Novels 1901-1902*. 195-689.
Josephs, F. Allen. "Hemingway's Poor Spanish: Chauvinism and Loss of Credibility in *For Whom the Bell Tolls*." Noble. 205-23.
——. For Whom the Bell Tolls*: Ernest Hemingway's Undiscovered Country*. New York: Twayne, 1994.
Kelley, Wyn, ed. *A Companion to Herman Melville*. Malden MA: Blackwell, 2006.
——. *Melville's City: Literary and Urban Form in Niteenth-Century New York*. New York: Cambridge UP, 1996.
Kern, Stephen. *Anatomy and Destiny: A Cultural History of the Human Body*. Indianapolis: Bobbs, 1975.
——. *Eyes of Love: The Gaze in English and French Paintings and Novels 1840-*

——. "Wakefield." 1835. *Twice-Told Tales*. Vol. 9 of *The Centenary Edition of the Works of Nathaniel Hawthorne*. Columbus: Ohio UP, 1974. 130-40.

Hemingway, Ernest. *Across the River and into the Trees*. 1950. New York: Scribners, 1996.

——. *A Farewell to Arms*. 1929. The Hemingway Library Edition. Ed. Seán Hemingway. New York: Scribners, 2012.

——. *For Whom the Bell Tolls*. 1940. New York: Scribner's, 1995.

——. *Green Hills of Africa*. 1935. NewYork: Touchstone, 1996.

——. *The Sun Also Rises*. 1926. The Hemingway Library Edition. Ed. Seán Hemingway. New York: Scribners, 2014.

Herbert, T. Walter. *Dearest Beloved: The Hawthornes and the Making of the Middle-Class Family*. Berkeley: U of California P, 1993.

Hoffman, Daniel. *Poe Poe Poe Poe Poe Poe Poe*. Garden City: Doubleday, 1972.

Holmes, Oliver Wendell. "The Human Wheel, Its Spokes and Felloes." *Atlantic Monthly* 11 (1863): 567-80.

——. "To a Blank Sheet of Paper." *The Poetical Works of Oliver Wendell Holmes*. London: Routledge, 1896. 109-10.

Hovey, Richard B. *Hemingway: The Inward Terrain*. Seattle: U of Washington P, 1968.

Jackson, Leon. "'Behold Our Literary Mohawk, Poe': Literary Nationalism and the 'Indianation' of Antebellum American Culture." *ESQ* 48 (2002): 97-133.

James, Henry. *The Ambassadors*. 1903. James, *Novels 1903-1911*. 1-430.

——. *The American*. 1877. James, *Novels 1871-1880*. 513-872.

——. *The American Scene*. 1907. James, *Collected Travel Writings*. 351-736.

——. "The Art of Fiction." 1884. James, *Literary Criticism, Essays*. 44-65.

——. *Aspern Papers*. 1888. James, *Novels 1884-1891*. 228-320.

——. *Henry James: Collected Travel Writings, Great Britain and America*. New York: Library of America, 1993.

——. *Henry James: Complete Stories 1874-1884*. New York: Library of America, 1999.

——. *Henry James: Complete Stories 1884-1891*. New York: Library of America, 1999.

——. *Henry James: Complete Stories 1892-1898*. New York: Library of America, 1996.

Goodrum, Charles and Helen Dalrymple. *Advertising in America: The First 200 Years*. New York: Abrams, 1990.

Gordon, Eric A. *Mark the Music: The Life and Work of Marc Blitzstein*. New York: iUniverse, 2000.

Gordon, Lyndall. *Henry James: His Women and His Art*. London: Virago, 2012.

Green, Harvey. *The Uncertainty of Everyday Life, 1915-1945*. Fayetteville: U of Arkansas P, 2000.

Green, Martin. *Re-appraisals: Some Commonsense Readings in American Literature*. New York: Norton, 1965.

Griffin, Susan. *Rape: The Power of Consciousness*. San Francisco: Harper & Row, 1986.

Grobel, Lawrence. *Conversations with Capote*. New York: Da Capo, 1985.

Gullette, Margaret Morganroth. "Creativity, Aging, Gender: A Study of Their Intersections, 1910-1935." *Aging & Gender in Literature: Studies in Creativity*. Ed. Anne M. Wyatt-Brown and Janice Rossen. Charlottesville: UP of Virginia, 1993. 19-48.

Haiken, Elizabeth. *Venus Envy: A History of Cosmetic Surgery*. Baltimore: Johns Hopkins UP, 1997.

Hanson, Elizabeth I. "Mark Twain's Indians Reexamined." *Mark Twain Journal*. 20.4 (1981): 11-12.

Hart, James D. ed. *A Novelist in the Making: A Collection of Student Themes, and the Novels "Blix" and "Vandover and the Brute," by Frank Norris*. Cambridge: Harvard UP, 1970.

Hassan, Ihab. *Radical Innocence: Studies in the Contemporary American Novel*. Princeton: Princeton UP, 1971.

Hawthorne, Nathaniel. *The American Notebooks*. Vol. 8 of *The Centenary Edition of the Works of Nathaniel Hawthorne*. Columbus: Ohio UP, 1991.

——. *The House of the Seven Gables*. 1851. Vol. 2 of *The Centenary Edition of the Works of Nathaniel Hawthorne*. Columbus: Ohio State UP, 1965.

——. *The Marble Faun: Or the Romance of Monte Beni*. 1860. Vol. 4 of *The Centenary Edition of the Works of Nathaniel Hawthorne*. Columbus: Ohio State UP, 1968.

——. *The Scarlet Letter*. 1850. Vol. 1 of *The Centenary Edition of the Works of Nathaniel Hawthorne*. Columbus: Ohio State UP, 1962.

176-78.
——. *Mosquitoes*. 1927. In *William Faulkner: Novels: Novels 1926-1929*. New York: Library of America, 2006. 257-540.
——. *Sanctuary*. 1931. New York: Vintage, 1985.
——. *Sanctuary: The Original Text*. Ed. Noel Polk. New York: Random, 1981.
——. "Verse Old and Nascent: A Pilgrimage." *Early Prose and Poetry*. Ed. Carvel Collins. Boston: Little, 1962. 114-18.
Fetterley, Judith. "Reading about Reading: 'A Jury of Her Peers,' 'The Murders in the Rue Morgue,' and 'The Yellow Wallpaper.'" *Gender and Reading: Essays on Readers, Texts, and Contexts*. Ed. Elizabeth A. Flynn and Patrocinio P. Schweickart. Baltimore: Johns Hopkins UP, 1986. 147-64.
——. "Who Killed Dick Diver? The Sexual Politics of *Tender Is the Night*." *Mosaic* 17 (1984): 111-28.
Fiedler, Leslie A. *Love and Death in the American Novel*. 1960. Normal, Illinois: Dalkey, 2008.
Fitzgerald, F. Scott. *The Great Gatsby*. 1925. Ed. Matthew J. Bruccoli. Cambridge: Cambridge UP, 1991.
——. "A Luckless Santa Claus." 1912. Fitzgerald, *Apprentice*. 48-53.
——. *Tender Is the Night: A Romance*. 1934. Ed. James L. W. West III. Cambridge: Cambridge UP, 2012.
——. "The Pierian Springs and the Last Straw." 1917. Fitzgerald, *Apprentice*. 163-74.
——. "The Trail of the Duke." 1913. Fitzgerald, *Apprentice*. 54-58.
French, Warren G. *Frank Norris*. New York: Twayne, 1962.
——. *J. D. Salinger*. New York: Twayne, 1963.
Friedman, David M. *A Mind of Its Own: A Cultural History of the Penis*. New York: Penguin, 2003.
Fujise, Keiko. "The Wall of Modernization: 'Bartleby, the Scrivener: A Story of Wall-Street.'" Makino. 97-119.
Fulton, Lorie Watkins. "Reading Around Jake's Narration: Brett Ashley and *The Sun Also Rises*." *Hemingway Review* 24.1 (Fall 2004): 61-80.
Gilman, Sander L. *Health and Illness: Images of Difference*. London: Reaktion, 1995.
Godden, Richard. "Money Makes Manners Make Man Make Woman: *Tender Is the Night*, A Familiar Romance?" *Literature and History: New Journal for the Humanities* (1975): 16-37.

*Fitzgerald*. Ed. Kirk Curnutt. New York: Oxford UP, 2004. 85-128.

——. "'A Unity Less Conventional But Not Less Serviceable': A Narratological History of *Tender Is the Night*." Blazek and Rattray. 121-42.

Curran, Ronald T. "The Fashionable Thirties: Poe's Satire in 'The Man That Was Used Up.'" *Markham Review* 8 (1978): 14-20.

Davidson, Cathy N. *Revolution and the Word: The Rise of the Novel in America*. Expanded Edition. Oxford: Oxford UP, 2004.

Davidson, Richard Allan. "Salinger Criticism and 'The Laughing Man': A Case of Arrested Development." *Studies in Short Fiction* 18 (1981): 1-15.

Dawson, Edward. *Hawthorne's Knowledge and Use of New England History: A Study in Sources*. Nashville: Vanderbilt UP, 1939.

Denton, Lynn W. "Mark Twain and the American Indian." *Mark Twain Journal*. 16 (1971): 1-3.

Dickens, Charles. *A Tale of Two Cities*. Oxford: Oxford UP, 1996

Dillingham, William B. *Frank Norris: Instinct and Art*. Lincoln: U of Nebraska P, 1969.

Dodge, Richard Irving. *The Plains of the Great West and Their Inhabitants: Being a Description of the Plains, Game, Indians, &c. of the Great North American Desert*. New York: Putnam, 1877.

Ducat, Stephen J. *The Wimp Factor: Gender Gaps, Holy Wars, and the Politics of Anxious Masculinity*. Boston: Beacon, 2004.

Duvall, John N. *Faulkner's Marginal Couple: Invisible, Outlaw, and Unspeakable Communities*. Austin: U of Texas P, 1990.

Earle, Alice Morse. *Curious Punishments of Bygone Days*. Chicago: Stone, 1897.

Eby, Carl P. "'He Felt the Change So That It Hurt Him All Through': Sodomy and Transvestic Hallucination in Hemingway." *Hemingway Review* 25.1 (2005): 77-95.

Esslinger, Pat M. "No Spinach in *Sanctuary*." *Modern Fiction Studies* 1 (1955): 555-58.

Fantina, Richard. *Ernest Hemingway: Machismo and Masochism*. New York: Palgrave, 2005.

Faulkner, William. *Flags in the Dust*. 1973. New York: Vintage, 2012.

——. "Introduction to the Modern Library Edition of *Sanctuary*." *Essays, Speeches and Public Letters*. Ed. James B. Meriwether. New York: Random House, 1965.

Bruccoli, Matthew J. *Some Sort of Epic Grandeur: The Life of F. Scott Fitzgerald.* 2nd Rev. Ed. Columbia: U of South Carolina P, 2002.

Bruccoli, Matthew J. and Judith S. Baughman. *Reader's Companion to F. Scott Fitzgerald's* Tender Is the Night. Columbia: U of South Carolina P, 1996.

Buchanan, Paul D. *The American Women's Rights Movement*. Boston: Branden, 2009.

Campbell, Donna M. "Frank Norris' 'Drama in a Broken Teacup': The Old Grannis - Miss Baker Plot in *McTeague*." *American Literary Realism* 21 (Fall 1993): 40-49.

Capote, Truman. *Breakfast at Tiffany's*. 1958. New York: Vintage, 1986.

——. *The Complete Stories of Truman Capote*. New York: Vintage, 2004.

——. "The Headless Hawk." 1946. Capote, *Complete*. 91-116.

——. "Master Misery." 1949. Capote, *Complete*. 155-76.

——. "Miriam." 1945. Capote, *Complete*. 37-50.

——. "The Muses Are Heard." 1956. Capote, *Portraits*. 74-178.

——. "Music for Chameleons." Capote, *Portraits*. 320-27.

——. "Nocturnal Turnings." Capote, *Portraits*. 455-69.

——. *Other Voices, Other Rooms*. 1948. New York: Vintage, 1975.

——. *Portraits and Observations: The Essays of Truman Capote*. New York: Modern Library, 2007.

——. "Self-Portrait." Capote, *Portraits*. 296-306.

——. "A Tree of Night." 1945. Capote, *Complete*. 77-90.

Cardwell, Guy. *The Man Who Was Mark Twain: Images and Ideologies*. New Haven: Yale UP, 1991.

Carpenter, Frederick I. "Scarlet A Minus." *Critical Essays on Hawthorne's* The Scarlet Letter. Ed. David B. Kesterson. Boston: G. K. Hall, 1988. 62-70.

Clarke, Gerald. *Capote: A Biography*. New York: Carroll, 1988.

Colatrella, Carol. "Urbanization, Class Struggle, and Reform." Kelley, *Companion*. 165-80.

Cox, Dianne Luce. "A Measure of Innocence: *Sanctuary*'s Temple Drake." *William Faulkner: Eight Decades of Criticism*. Ed. Linda Wagner-Martin. East Lansing: Michigan State UP, 2002. 105-26.

Crews, Frederick. *The Sins of the Fathers: Hawthorne's Psychological Themes*. Berkeley: U of California P, 1989.

Curnutt, Kirk. "Fitzgerald's Consumer World." *A Historical Guide to F. Scott*

U of Wisconsin P, 1991. 85-102.

Bergman, Hans. *God in the Street: New York Writing from the Penny Press to Melville.* Philadelphia: Temple UP, 1995.

Berkley, James. "Post-Human Mimesis and the Debunked Machine: Reading Environmental Appropriation in Poe's 'Maelzel's Chess-Player' and 'The Man That Was Used Up.'" *Comparative Literature Studies* 41.3 (2004): 356-76.

Beuka, Robert. "Jacksonian Man of Parts: Dismemberment, Manhood, and Race in 'The Man That Was Used Up.'" *Edgar Allan Poe Review* 3.1 (2002): 27-44.

Billy, Ted. "Eros and Thanatos in 'Bartleby.'" *Arizona Quarterly* 31 (1975): 21-32.

Blake, David Haven. "'The Man That Was Used Up': Edgar Allan Poe and the Ends of Captivity." *Nineteenth-Century Literature* 57.3 (2002): 323-49.

Blazek, William and Laura Rattray, ed. *Twenty-First-Century Readings of* Tender Is the Night. Liverpool: Liverpool UP, 2007.

Bleikasten, André. *The Ink of Melancholy: Faulkner's Novels from* The Sound and the Fury *to* Light in August. Bloomington: Indiana UP, 1990.

Bloom, Harold. "Introduction." *Hester Prynne*. Ed. Harold Bloom. New York: Chelsea, 1990. 1-4.

Blotner, Joseph. *Faulkner: A Biography*. Jackson: UP of Mississippi, 2005.

Blum, Stella, ed. *Everyday Fashions of the Twenties: As Pictured in Sears and Other Catalogs*. New York: Dover, 1981.

Borges, Jorge Luis. *Other Inquisitions, 1937-1952*. Trans. Ruth L. Simms. Austin: U of Texas P, 1964.

Brand, Dana. *The Spectator and the City in Nineteenth Century American Literature.* New York: Cambridge UP, 1991.

Brody, Saul Nathaniel. *The Disease of the Soul: Leprosy in Medieval Literature.* Ithaca: Cornell UP, 1974.

Brøgger, Fredrik Chr. "Turning Hemingway Critics into Swine: Some Fifty Years of Bitch- and Butch-Hunting in *The Sun Also Rises*." *North Dakota Quarterly* 65.3 (1998): 5-19.

Brooks, Cleanth. *William Faulkner: The Yoknapatawpha County*. New Haven: Yale UP, 1963.

Brooks, Peter. *Body Work: Objects of Desire in Modern Narrative.* Cambridge: Harvard UP, 1993.

——. *Henry James Goes to Paris*. Princeton: Princeton UP, 2007.

## 【参考文献】

Aldridge, John W. *After the Lost Generation: A Critical Study of the Writers of Two Wars*. New York: Noonday, 1958.

Allen, Frederick Lewis. *The Big Change: 1900-1950*. 1952. New York: Bantam, 1965.

——. *Only Yesterday: An Informal History of the 1920's*. 1931. New York: Perennial, 2000.

Appiah, Kwame Anthony. "Race." *Critical Terms for Literary Study*. 2nd ed. Ed. Frank Lentricchia and Thomas McLaughlin. Chicago: U of Chicago P, 1995. 274-87.

Armstrong, Tim. *Modernism, Technology and the Body: A Cultural Study*. Cambridge: Cambridge UP, 1998.

Arnold, Edwin T. and Dawn Trouard. *Reading Faulkner:* Sanctuary. Jackson: UP of Mississippi, 1996.

Baker, Sheridan. *Ernest Hemingway: An Introduction and Interpretation*. New York: Holt, 1967.

Baldwin, Clive. "'Digressing from the Point': Holden Caulfield's Women." *J. D. Salinger's* The Catcher in the Rye. Ed. Sarah Graham. London: Routledge, 2007. 109-18.

Barnett, Louise K. "Bartleby as Alienated Worker." *Studies in Short Fiction* 11 (1974): 379-85.

Beja, Morris. "Bartleby and Schizophrenia." *Massachusetts Review* 19 (1978): 555-68.

Benesch, Klaus. *Romantic Cyborgs: Authorship and Technology in the American Renaissance*. Amherst: U of Massachusetts P, 2002.

Benfey, Christopher. "Poe and the Unreadable: 'The Black Cat' and 'The Tell-Tale Heart.'" *New Essays on Poe's Major Tales*. Ed. Kenneth Silverman. Cambridge: Cambridge UP, 1993. 27-44.

Benjamin, Walter. *Charles Baudelaire: Lyric Poet in the Era of High Capitalism*. Trans. Harry Zohn. London: New Left, 1973.

Bensick, Carol Marie. *La Nouvelle Beatrice: Renaissance and Romance in "Rappaccini's Daughter."* New Brunswick: Rutgers UP, 1985.

Bergman, David. "F. O. Matthiessen: The Critic as Homosexual." *Gaiety Transfigured: Gay Self-Representation in American Literature*. Ed. David Bergman. Madison:

# 初出一覧

※本書収録にあたって、タイトル変更を含む加筆修正を行った。

第一部

第一章　「都市の欲望――ポーの推理小説に見られるのぞき見の視線」
『九州英文学研究』第三二号　九州英文学会（二〇一五年）七三-八〇頁

第二章　「さらし台と個室の狭間で――ナサニエル・ホーソーンのメタフィクションの試み」
『アメリカ文学研究』第五一号　日本アメリカ文学会（二〇一五年）五-二一頁

第三章　書き下ろし

第四章　書き下ろし

第二部

第一章　「甦る性欲――殺害されるポーの女性たち」
『ポー研究』第二・三号　日本ポー学会（二〇一一年）五-一七頁

初出一覧

第二章　「敷居に立つヘスター・プリン――『緋文字』における性欲の感染」『フォーラム』第一四号　日本ナサニエル・ホーソーン協会（二〇〇九年）一-二二頁

第三章　「欲望の荒野――トウェインとヘミングウェイの楽園」『マーク・トウェイン　研究と批評』第一〇号　日本マーク・トウェイン協会（二〇〇一年）七〇-七八頁

第四章　「『マクティーグ』における痛みの政治学――麻酔とマゾヒズムの表象」『文學研究』第一〇五号　九州大学大学院人文科学研究院（二〇〇八）二二-三八頁

第五章　「素脚を見せるブレット・アシュリー――矛盾する欲望と『日はまた昇る』」『ヘミングウェイ研究』第九号　日本ヘミングウェイ協会（二〇〇八年）六三-七七頁

第六章　書き下ろし

第七章　「『夜はやさし』の欲望を読む」『英文学研究』第九二巻　日本英文学会（二〇一五年）六一-七六頁

第八章　「マリアの陵辱――『誰がために鐘は鳴る』における性と暴力」『九大英文学』第五一号　九州大学大学院英語学・英文学研究会（二〇〇九年）二五-三五頁

第三部

第一章　「創造と陵辱――『河を渡って木立の中へ』における性的搾取の戦略」『ヘミングウェイと老い』（松籟社）高野泰志編（二〇一三／一二）二二一-四三頁

第二章　「異形の身体――サリンジャー作品に見られる身体へのまなざし」日本アメリカ文学会東京支部月例会シンポジウム「J. D. Salinger 後の『サリンジャー研究』を展望する」（二〇一一年六月二五日、慶應義塾大学）発表原稿

第三章　「冷戦下のカメレオン――トルーマン・カポーティの政治性再考」『冷戦とアメリカ――覇権国家の文化装置』（臨川書店）村上東編（二〇一四／三）二二一-四七頁

第四章　「ポーの見たサイボーグの夢」『身体と情動――アフェクトで読むアメリカン・ルネサンス』（彩流社）竹内勝徳・高橋勤編（二〇一六／三）一七-三七頁

本書の研究の発端となったのは、二〇〇六年一二月に日本ヘミングウェイ協会全国大会で行った口頭発表「ブレット・アシュレーの境界侵犯——下半身から読む『日はまた昇る』」である。実のところ、発表したときにはそれほど好意的に受け入れられたわけではなかったが、このとき司会をしてくださった東京工業大学の上西哲雄先生に励まされ、また個人的にも手応えを感じていた私は、この発表を出発点としてアメリカ文学全般の「下半身」について研究を進めてみたいと考えたのである。奇しくもその三ヶ月後に九州大学に赴任することになり、同大学の英語学英文学研究室でアメリカ文学唯一の教員としてアメリカ文学全般を教えなければならなくなったこともあり、男性の性欲に焦点をあてたアメリカ文学史を意識し始めたのである。そういう意味で本書は私の九州大学赴任以来行ってきた研究の集大成である。

前任校の岩手県立大学でも恵まれた研究環境をいただいていたことは、二〇〇八年に出版した『引き裂かれた身体——ゆらぎの中のヘミングウェイ文学』のあとがきにも記したとおりであるが、九州に移り住んで以来、さらに多くの方々の叱咤激励をいただき、まさに研究者として理想的な環境におかれていたと言えるだろう。とりわけ部局は異なるものの同じ九州大学に所属する高橋勤先生を中心としたアメリカン・ルネサンス研究会では、私の専門分野ではない一九世紀アメリカ文学に関して詳しく学ぶことができた。

高橋先生を始め、大島由起子先生、城戸光世先生、稲冨百合子先生、村田希巳子先生、青井格先生との議論は楽しい仲間との交流であっただけでなく、研究上の大きな刺激でもあった。

この研究会は後に鹿児島大学の竹内勝徳先生のご尽力によって六年間にわたり、科学研究費補助金を得たグループ研究へとつながった。日本各地から講師をお招きしての合宿などもいい思い出であるとともに素晴らしい勉強の機会となった。このように岩手から出てきたばかりのどこの馬の骨ともわからない私を快く研究会に受け入れていただいたことは、人見知りの私にとってどれほどありがたかったことかと思うと感謝しきれないほどである。

また前著『アーネスト・ヘミングウェイ、神との対話』と同様、本書も学生の力をおおいに借りることになった。「下半身」を前面に押し出して授業をすることは、さすがにこの非常識な私にもためらわれたが、本書の第一部は二〇一三年度と二〇一七年度に行った一九世紀アメリカ文学史の授業がもとになっている。最初は都市とアメリカ文学というトピックで本書の研究とは無関係に始めた授業であったが、結果的に（というより始めてすぐに）講義の内容は「下半身」へと流れ、終わってみれば本書の重要な一部として構成されることになった。私の頭がいかに「下半身」に取り憑かれているかということがよくわかる証拠である。

また本書第二部第六章の『サンクチュアリ』論は二〇一七年度に大学院の授業で院生たちと作品を読む中で次第にまとまっていった内容である。かねてからフォークナーは大好きなのに、大学生のときに読んで以来『サンクチュアリ』がどうしても好きになれなかった私は、なんとかこの作品を好きになれないかと思って授業に選んだのだったが、まさか初めてのフォークナー論を『サンクチュアリ』で書くことになるとは思いもしなかった。参加していた院生たちの鋭い視点に刺激を受けたことで、徐々にこの作品について、自分が好きになれなかったという感情も含め、論じてみたいと思うようになったのである。

ホームグラウンドである日本ヘミングウェイ協会はもちろんのこと、専門分野外の研究をするにあたって、各作家を対象とする学会には大変お世話になった。日本ナサニエル・ホーソーン協会、日本ポー学会、日本マーク・トウェイン協会、日本F・スコット・フィッツジェラルド協会、またサリンジャーに関しては日本アメリカ文学会東京支部で第一人者の田中啓史先生を含めてのシンポジウムなど、学会発表や論文投稿の際には数多くのご意見、ご指摘を頂戴したが、これらのご指導がなければとうてい本研究は成り立たなかったであろう。とりわけポーに関しては論文を書くたびにご著書で紹介していただき、コメントを頂いた広島大学名誉教授の伊藤詔子先生には改めて感謝申し上げたい。またフィッツジェラルドに関しては同協会のワーク・イン・プログレスで揉んでいただいたことは大変ありがたかった。このときのご意見と励ましがなければ、あの難解な『夜はやさし』について論文を書き上げることはとうていできなかったのではないだろうか。

タイミング的にメルヴィル、ジェイムズ、フォークナーに関しては専門学会で発表させていただくことができなかったのが残念だったが、ジェイムズに関しては幸いにして北星学園大学の斎藤彩世先生にご指導を受けることができた。専門家の観点から数多くのご指摘をいただき、ジェイムズに関する章はずいぶん充実したように思う。この場を借りてお礼を申し上げたい。ちなみに斎藤先生は私の九州大学での最初の院生であるが、今では「先生」とお呼びするのが十分ふさわしいほどの実力を備えている。教師として大変嬉しいことである。

メルヴィルとフォークナーに関しては最後に書かれたこともあり、誰にもコメントを頂く余裕のないままでの入稿となってしまった。しかし先ほども述べたようにどちらも学生との共同作業で生まれた内容なので、それなりに相対化はできているのではないかと思いたい。

ただし言うまでもないことであるが、本書のいかなる部分も問題があるとすればそれはすべて私の責任である。

どうしても記しておかなければいけないのは、本書の出版が可能になったのが二〇一六年度にいただいたサバティカル休暇のおかげであるという点である。学務に追われ、忙しいさなかに多くの仕事を肩代わりしていただき、おまけに日本英文学会九州支部事務局長という大任を任期なかばで放り出して一年間も休暇をいただいたおかげで、これほど幅広い研究内容を一冊の本にまとめることができた。同僚の小谷耕二先生、西岡宣明先生、鵜飼信光先生には感謝の言葉も見つからない。

サバティカル中は本書の準備をしながらも、フィッツジェラルドの『夜はやさし』の舞台である南仏アンチーブに居を構え、ワインとフランス料理を堪能しながら毎日コート・ダジュールの美しい風景を楽しむことができたのは一生の思い出である。またヨーロッパの各地を訪れ、本書で扱った多くの作品の舞台を目にすることができたのは、案外大きな意味があったように思う。とりわけジェイムズの作品世界は舞台を目にしたあとでは大きく違って見えたのだ。

以下、個人的なことではあるが父のことについて少し書かせていただきたい。ここ数年間、父は肺気腫を患っていた。四年前に福岡に遊びに来たとき、すでにずいぶん呼吸が苦しそうなのが気にかかっていたが、そこで喧嘩別れをして以来久しぶりに会ったとき、自宅で巨大な酸素供給機につながれていたことに衝撃を受けた。外に出歩くには必ず酸素ボンベが必要で、日がたつごとにその容量が大きくなり、時間ももたなくなっていった。一年間のサバティカルを終えて帰国したとき、ボンベは最大のものでも三〇分しかもたなくなっていた。

帰国後四ヵ月もたたないうちに父は亡くなった。なんとなく虫の知らせがあったのか、その半月ほど前についでの用事で関西に行ったとき、実家に立ち寄っていたのだが、まさかそれからそんなに早くに会えなくなるとは思いもしなかった。

遺品整理をしていると、凝り性の父の性格が改めて、というか初めてわかってきたようである。とりわけ映画が何よりの趣味であった父は、昔からよく映画を見ていたのは知っていたが、定年後は一日三本見るのをノルマにしていたという。そして、これほどマメであったかと驚かされるばかりに見た映画の記録を綿密につけ、整理していた。死の直前までの記録を参照すると一九五九年以来、一三一九八本。それらが見た日付順、タイトル順など、様々な形で整理され、そのすべての主要スタッフ、キャストなどの情報が綿密に書き込まれている。さらにDVDやブルーレイの保有枚数は膨大な量に上る。とりわけテレビ二台、録画装置三台を駆使してケーブルテレビの放送を録画したものは（映画本編以外の部分は完璧にカットする念のいりよう）、商品として発売されていないものも数多く、貴重な資料ではないかと思う。本当に自分はこの血を受け継いでいるのだろうかと疑わしくなるほど、私にはまったく真似のできないマメさで記録している様子を見ると、おそらく私よりよほど研究者向きの性格だったのだろうと思う。

子どものころ、父は外に遊びに行きたがる私を無理やりテレビの前に座らせ、昔の映画をいくつも見せたものだったが、それはおそらく私の人格形成の基盤になっていたはずである。次第に私も映画好きになり、高校生のころには年間五〇〇本前後の映画を見ていた私は、勝手に父親よりも映画を見ているような気になっていたが、今になってとうてい足元にも及ばないことに気づかされたのである。

とは言え、父の影響で浴びるように映画を見たことが、大学選びのときに日本の映画の都たる京都に行きたいという希望となったわけで、さらに映画から文学へと対象を変えながらも興味の本質は変わらなかったのだろうと思うと、今の私があるのは父の教育のおかげである。ちなみに本書第三部第四章で触れた映画『ロボコップ』は、ちょうど映画が好きになり始めた中学生の時に父にねだって連れて行ってもらった最初の映画である。

まるでロボコップのように自宅では巨大な酸素供給機にコードでつながれ、外出には酸素ボンベによって活動時間に制限ができて以来、父の映画鑑賞はもっぱらＤＶＤなどになっていた。だがとりわけ父にとっても私にとっても特別な映画であった『スターウォーズ』シリーズの最新作は４ＤＸの映画館で見せてやりたかった。私以上に映画の技術革新に敏感だった父はきっと喜んだに違いないだろうと思う。しかし本人は４ＤＸに限らず、映画館に行くと暗闇で酸素ボンベから息を吸う音がまるで客席にダースベイダーがいるかのようで、ひと目が気になるのだと言っていた。

サバティカルの直前に結婚した妻は、この父のあまりの映画オタクぶりを面白がり、短い間ではあったが父とはずいぶん気が合ったようである。思えば大学生のとき以来、全然実家に寄りつかなかった私に、ふたたび交流の機会をもたせてくれたのは妻のおかげであったろう。父も私の再婚をずいぶん喜んでくれ、妻のことを気に入ってくれていたようで、妻と会う機会を（ひょっとしたら私と会う以上に）いつも楽しみにしていたらしい。最後の最後でほんの少しだけ親孝行ができたのかもしれない、そう信じたい。どうせならサバティカルを国内で過ごしていたらもっと映画の話もできただろうに、新しい『スターウォーズ』の話も聞いてみたかった、とも思うが、きっと家族の死とはそういうものなのだろう。せめてサバティカルで与えられた機会をできるだけ有効に活用すべきなのだろうと思い、この出版に力を注いだのだった。

そういうわけで、長々と個人的なことを書かせていただいたのは、この本を父に捧げたいと思うからである。

最後になったが、私を九州大学に採用していただいた村井和彦先生（父と同様ヘビースモーカーだった先生は二〇一一年に亡くなられたが、本書をご覧になれば採用してよかったと思っていただけるだろうか、あるいはまだまだ足りないと顔をしかめられるだろうか）、そしてすべてお名前をあげることができないのが心苦しいものの九州大学で私を支えてくださった同僚の先生方には感謝の気持ちに堪えない。またこれまでの人生を支えてくれた母、日常生活で頼り切りでいるだけでなく、家族の大切さを教えてくれた妻にも感謝したい。ちなみに妻には最初の読者になってもらおうと校正の手伝いをお願いし、快く引き受けてくれたものの、最初の一〇ページで眠り込んでしまった。専門の研究者が読んだときに同じように眠くならないことを心から願っているが、まずは妻には一〇ページ分だけ感謝を付け加えたい。

そしていつもながら丁寧な編集作業、的確な修正指示を出してくれる松籟社の木村浩之氏には大変感謝している。特に本書はちょうど校正のタイミングで多くの仕事が重なり、いつも以上に迷惑をかけたように思う。お詫びとともにお礼を申し上げたい。

二〇一八年二月
実家にて

※本書は科学研究費基盤研究C（課題番号 15K02342）の助成を受けている。

レノルズ，マイケル　Reynolds, Michael　209
レミア，エリース　Lemire, Elise　38, 331
「ロイス・タゲットのやっとのデビュー」（サリンジャー）　“The Long Debut of Lois Taggett”　305, 308
ローゼンバーグ，チャールズ　Rosenberg, Charles　139
ローブ，ハロルド　Loeb, Harold　215, 301, 308
ロジャーズ，メアリ・セシリア　Rogers, Mary Cecilia　132-133
『ロデリック・ハドソン』（ジェイムズ）　*Roderick Hudson*　78, 102, 112-113
ロバーツ，ダイアン　Roberts, Diane　222, 238
ロビンソン，フォレスト・G　Robinson, Forrest G.　167
『ロボコップ』（1987 年版）　*Robocop* (1987)　343-344
『ロボコップ』（2014 年版）　*Robocop* (2014)　344, 346-347, 359-360, 362
ロヨー，ダニエル　Royot, Daniel　346
ロンブローゾ，チェザーレ　Lombroso, Cesare　180

**【わ行】**
『若草物語』　*Little Women*　24
ワッソン，ベン　Wasson, Ben　221, 227
「笑い男」（サリンジャー）　“The Laughing Man”　310

【や行】
山本洋平　73
ヤング，フィリップ　Young, Philip　265, 268
『有閑階級の理論』（ヴェブレン）　*The Theory of the Leisure Class*　261
『ゆりかごは揺れる』（ブリッツスタイン）　*The Cradle Will Rock*　337
許されざる罪（ホーソーン）　unpardonable sin　42-45, 50-51, 56, 160
『ヨーロッパの人びと』（ジェイムズ）　*Europeans*　88
『欲望を生み出す社会』（ストラッサー）　*Satisfaction Guaranteed: The Making of the American Mass Market*　261
「夜の樹」（カポーティ）　"A Tree of Night"　325
『夜はやさし』（フィッツジェラルド）　*Tender Is the Night*　241-262

【ら行】
「ラ・コート・バスク、一九六五」（カポーティ）　"La Côte Basque, 1965"　336
「ライジーア」（ポー）　"Ligeia"　119, 121, 125, 128, 130
癩病　leprosy　149-150
『ライ麦畑でつかまえて』（サリンジャー）　*The Catcher in the Rye*　299, 315-317
『楽園のこちら側』（フィッツジェラルド）　*This Side of Paradise*　219, 221, 242
ラトレイ，ローラ　Rattray, Laura　261
「ラパチーニの娘」（ホーソーン）　"Rappaccini's Daughter"　143, 158
ラピード川　Rapido　290-292
リーウォルド，J・G　Riewald, J. G.　112
リースマン，ディヴィッド　Riesman, David　261
リヴァード，カーター　Revard, Carter　168
『リヴァーベレイター』（ジェイムズ）　*The Reverberator*　110
「リップ・ヴァン・ウィンクル」　"Rip van Winkle"　177
ル・コント，ジョゼフ　LeConte, Joseph　180
ルダット，ウォルフガング　Rudat, Walfgang　217
ルブラン，ジョルジェット　Leblanc, Georgette　133, 218
ルルー，ガストン　Leroux, Gaston　159
『冷血』（カポーティ）　*In Cold Blood*　328, 336
『レイディーズ・コンパニオン』　*The Ladies' Companion*　132
レイプ　rape　32, 130-131, 134, 138, 161, 169, 171-177, 221-222, 224-229, 234-236, 238, 265-275, 296
レイプ・ナラティブ　rape narrative　271
レイルトン，スティーヴン　Railton, Stephen　56
レズビアン　lesbian　217, 268
『レッドバーン』（メルヴィル）　*Redburn: His First Voyage*　73
レディ・ゴダイヴァ　Lady Godiva　42

マイケルズ，ウォルター・ベン　Michaels, Walter Benn　180
マクガワン，フィリップ　McGowan, Philip　262
『マクティーグ』（ノリス）　*McTeague*　179-198
マシーセン，F・O　Matthiessen, F. O.　320, 340
「マスター・ミザリー」（カポーティ）　"Master Misery"　325, 328
マスターベーション　masterbation　53, 142, 145, 155, 159
マゾヒズム　masochism　164, 179-181, 189-193, 195-196
マッカーシズム　McCarthyism　341
マッコール，ダン　McCall, Dan　58
マボット，トマス・オリーヴ　Mabbott, Thomas Olive　35, 135
「マリー・ロジェの謎」（ポー）　"The Mystery of Marie Rogêt"　19, 120, 132, 134-135
マルヴィ，ローラ　Mulvey, Laura　218
マンフォード，ルイス　Mumford, Lewis　35-36
ミーム，スティーヴン　Mihm, Stephen　348
「ミイラとの論争」（ポー）　"Some Words with a Mummy"　37
三浦玲一　261
「未完の物語の真相」（サリンジャー）　"The Heart of a Broken Story"　317
ミッチェル，サイラス・ウェア　Mitchell, Silas Weir　197, 359-362
ミットガング，ハーバート　Mitgang, Herbert　334-335
ミラー，リンダ・パターソン　Miller, Linda Paterson　210
「ミリアム」（カポーティ）　"Miriam"　324, 340
ムーア，ロバート・R　Moore, Robert R.　239, 295-296
「無頭の鷹」（カポーティ）　"The Headless Hawk"　324
メアリ・セシリア・ロジャーズ殺し　Murder of Mary Cecilia Rogers　132
『メイジーの知ったこと』（ジェイムズ）　*What Maisie Knew*　79, 110
メイラー，ノーマン　Mailer, Norman　335
「眼鏡」（ポー）　"The Spectacles"　352
メタフィクション　metafiction　23, 25, 28, 32, 34, 36, 39-40, 53, 63, 112
メルヴィル，ハーマン　Melville, Herman　23-24, 36, 57-74, 110, 348, 363
モートン，ウィリアム・トーマス・グリーン　Morton, William Thomas Green　182
モダニズム　modernism　79, 222, 303
『持つと持たぬと』（ヘミングウェイ）　*To Have and Have Not*　264
モデルモグ，デブラ　Moddelmog, Debra　214, 218
森岡裕一　186, 197
モリス，デズモンド　Morris, Desmond　151-152
「モルグ街の殺人」（ポー）　"The Murders in the Rue Morgue"　19, 21, 28-29, 32, 38, 91, 120, 131
「モレラ」（ポー）　"Morella"　119, 121-123, 126

「ブラックウッド風の作品の書き方」(ポー)　“How to Write a Blackwood Article”　34
フランクリン，ベンジャミン　Franklin, Benjamin　63, 73
ブリッツスタイン，マーク　Blitzstein, Marc　337-339
ブルーム，ハロルド　Bloom, Harold　107, 156
ブルックス，ピーター　Brooks, Peter　77-78, 110
ブルッコリ，マシュー　Bruccoli, Matthew　242
ブレイカスタン，アンドレ　Bleikasten, André　220
プロパガンダ　propaganda　327-328, 330
ペイジ，サリー・R　Page, Sally R.　226, 228
ベネッシュ，クラウス　Benesch, Klaus　354-355
ヘミングウェイ，アーネスト　Hemingway, Ernest　199-219, 249, 263-276, 279-298, 361
ヘミングウェイ，グレゴリー　Hemingway, Gregory　298
「ベレニス」(ポー)　“Berenice”　119, 121, 123-126, 130
『ベン・ハー』　*Ben-Hur: A Tale of the Christ*　37
ベンジック，キャロル・マリー　Bensick, Carol Marie　143, 158
ベンヤミン，ヴァルター　Benjamin, Walter　27, 38
ポー，エドガー・アラン　Poe, Edgar Allan　15, 19-38, 62, 92, 119-135, 140, 227, 343-364
ボーヴォワール，シモーヌ・ド　Beauvoir, Simone Lucie Ernestine Marie Bertrand de　335
『ポーギーとベス』　*Porgy and Bess*　330-331, 333
ホーソーン，ナサニエル　Hawthorne, Nathaniel　23, 27, 37, 39-56, 62, 86, 90-92, 102, 110, 114, 139-140, 142-144, 149, 154-160, 227, 349
『ホーソーン』(ジェイムズ)　*Hawthorne*　86, 90
ボードリヤール，ジャン　Baudrillard, Jean　243, 261
ホームズ，オリヴァー・ウェンデル　Holmes, Oliver Wendell　13, 182, 347, 350, 359
ボールドウィン，ジェイムズ　Baldwin, James　335
「牧師の黒いベール」(ホーソーン)　“The Minister’s Black Veil”　27
『埃にまみれた旗』(フォークナー)　*Flags in the Dust*　239
捕囚体験記　captivity narrative　171
ボナパルト，マリー　Bonaparte, Marie　122
ホモセクシャル　homosexual　135, 206-207, 315, 319-320, 322-323, 337
ポルノグラフィ　pornography　31-33, 89, 164, 320
ボルヘス，ホルヘ・ルイス　Borges, Jorge Luis　56

**【ま行】**

マークス，レオ　Marx, Leo　60

バタイユ，ジョルジュ　Bataille, Georges Albert Maurice　217
『ハックルベリー・フィンの冒険』（トウェイン）　*Adventures of Huckleberry Finn*　161, 165, 169, 177, 274, 276
ハッサン，イーハブ　Hassan, Ihab　323
『鳩の翼』（ジェイムズ）　*The Wings of the Dove*　99, 106
「バナナ・フィッシュにうってつけの日」（サリンジャー）　"A Perfect Day for Bananafish"　308
パノプティシズム　panopticism　93-94
ハミルトン，イアン　Hamilton, Ian　317
ハラウェイ，ダナ　Haraway, Donna Jeanne　363
『春の奔流』（ヘミングウェイ）　*The Torrents of Spring*　361
犯罪人類学　anthropological criminology　180
ビアボーム，マックス　Beerbohm, Max　75, 77, 91, 99, 112-113
『ピエール』（メルヴィル）　*Pierre; or, The Ambiguities*　23, 58-59, 71
「ピエリアの泉と最後の藁」（フィッツジェラルド）　"The Pierian Springs and the Last Straw"　241
美女の死　death of a beautiful woman　35, 119-121
ヒトラー，アドルフ　Hitler, Adolf　322-323
『日はまた昇る』（ヘミングウェイ）　*The Sun Also Rises*　199- 219, 280, 289
『響きと怒り』（フォークナー）　*The Sound and the Fury*　237-238
非米活動委員会（HUAC）　House Committee on Un-American Activities　337
『緋文字』（ホーソーン）　*The Scarlet Letter*　27, 31, 42, 46-56, 137-160, 350
ヒュルトゲンの森　Hürtgenwald　290-292
平石貴樹　238
ファンティーナ，リチャード　Fantina, Richard　217
フィードラー，レスリー　Fiedler, Leslie A.　21-22, 36, 129, 135, 158
フィッツジェラルド，F・スコット　Fitzgerald, F. Scott　218-219, 221, 241-262
フィッツジェラルド，ゼルダ　Fitzgerald, Zelda Sayre　→　セイヤー，ゼルダ
フーコー，ミシェル　Foucault, Michel　93
「不運なサンタクロース」（フィッツジェラルド）　"A Luckless Santa Claus"　261
フェタリー，ジュディス　Fetterley, Judith　262
フォークナー，ウィリアム　Faulkner, William　219-239, 264, 273-274
フォークナー，エステル　Faulkner, Estelle　→　オールダム，エステル
『武器よさらば』（ヘミングウェイ）　*A Farewell to Arms*　249
福岡和子　73
藤江啓子　73
『ブライズデイル・ロマンス』（ホーソーン）　*The Blithedale Romance*　42, 56, 114
プライバシー　privacy　37, 62, 68, 72-73, 80, 82, 86-92, 103, 110-113, 115
ブラウン，チャールズ・ブロックデン　Brown, Charles Brockden　37

『都市』（ヴェーバー） *Die Stadt* 35
『都市の文化』（マンフォード） *The Culture of Cities* 35
ドッジ，リチャード・アーヴィング Dodge, Richard Irving 176
『トム・ソーヤーの冒険』（トウェイン） *The Adventures of Tom Sawyer* 162, 167-168
トリリング，ダイアナ Trilling, Diana 322-323
トワイズデン，ダフ Twysden, Duff 215, 219

【な行】

「ナイチンゲールに寄す」（キーツ） “Ode to a Nightingale” 262
『ナイン・ストーリーズ』（サリンジャー） *Nine Stories* 308
ナチュラリズム Naturalism 22, 36
ナンス，ウィリアム・L Nance, William L. 340
南北戦争 American Civil War 255, 291, 347-348
「にぎやかな街角」（ジェイムズ） “The Jolly Corner” 111
西山けい子 35
『尼僧への鎮魂歌』（フォークナー） *Requiem for a Nun* 239
『二都物語』（ディケンズ） *A Tale of Two Cities* 37
丹羽隆昭 37, 56, 158, 160
「盗まれた手紙」（ポー） “The Purloined Letter” 19-20, 32, 135
『ねじのひねり』（ジェイムズ） *The Turn of the Screw* 79, 110
ネルソン，ケアリ Nelson, Cary 275
ノア（聖書） Noah 42
ノイズ，ジョン・K Noyes, John K. 193, 198
野口啓子 37-38, 127, 135, 355
ノリス，フランク Norris, Frank 179-198

【は行】

ハーバート，T・ウォルター Herbert, T. Walter 142, 147, 334
バーホーヴェン，ポール Verhoeven, Paul 362
パーマー，B・フランク Palmer, B. Frank 347-348, 350-351, 363
パーマー・レッグ Palmer Leg 347-348, 350-351, 363
パール，マシュー Pearl, Matthew 135
パイク，バートン Pike, Burton 36
パイザー，ドナルド Pizer, Donald 180
梅毒 syphilis 138, 143, 146-147, 159
ハヴィー，リチャード Hovey, Richard B. 281
『白鯨』（メルヴィル） *Moby-Dick; or, The Whale* 57-59, 71, 73, 348
パジーリャ，ジョゼ Padilha, José 344
「橋と扉」（ジンメル） “Brücke und Tür” 67

『大西部の平原とその居住者たち』（ドッジ） *The Plains of the Great West and Their Inhabitants* 176
「大都会と精神生活」（ジンメル） "Die Grosstädte und das Geistesleben" 36, 64
第二次世界大戦 World War II 205, 284-285, 304, 319, 340
『タイピー』（メルヴィル） *Typee: A Peep at Polynesian Life* 58-59, 73
『大理石の牧神』（ホーソーン） *The Marble Faun: Or the Romance of Monte Beni* 55, 90, 102
『誰がために鐘は鳴る』（ヘミングウェイ） *For Whom the Bell Tolls* 263-276, 280, 297
巽孝之 35, 119-120
タトルトン，ジェイムズ・W Tuttleton, James W. 261
タナー，ローラ・E Tanner, Laura E. 222, 238
田中啓史 307
田中久男 221
ダヌンツィオ，ガブリエーレ D'Annunzio, Gabriele 112
タリアメント川 Tagliamento 292
「誕生日の子どもたち」（カポーティ） "Children on Their Birthdays" 326
「追憶売ります」（ディック） "We Can Remember It for You Wholesale" 362
「使いはたされた男」（ポー） "The Man That Was Used Up" 346-364
「告げ口心臓」（ポー） "The Tell-Tale Heart" 34
デイヴィッドソン，キャシー・N Davidson, Cathy N. 23, 36
ディケンズ，チャールズ Dickens, Charles 37
『デイジー・ミラー』（ジェイムズ） *Daisy Miller: A Study* 90, 94-103, 106
ディック，フィリップ・キンドレッド Dick, Philip Kindred 343, 362
『ティファニーで朝食を』（カポーティ） *Breakfast at Tiffany's* 326
ディリンガム，ウィリアム・B Dillingham, William B. 180
テクノロジー technology 302-303, 345-348, 353-356, 360-363
デュヴァル，ジョン・N Duval, John N. 238
「デュークの足跡」（フィッツジェラルド） "The Trail of the Duke" 261
デュパン，C・オーギュスト Dupin, C. Auguste 19-21, 28-34, 38, 91, 131-132, 134-135
デュラン，グスタボ Duran, Gustavo 267
「伝道の書」 "Eclesiastes" 109
『天路歴程』 *The Pilgrim's Progress* 24
トウェイン，マーク Twain, Mark 161-178, 227, 264, 276
「倒錯の森」（サリンジャー） "The Inverted Forest" 317
『遠い声、遠い部屋』（カポーティ） *Other Voices, Other Rooms* 321, 323, 329
『トータル・リコール』 *Total Recall* 362
トーマス，ブルック Thomas, Brook 156, 182, 357

361
小説の家　house of fiction　79-80, 82, 102-103, 113
「小説の技巧」（ジェイムズ）　"The Art of Fiction"　77, 84, 101
消費社会　consumer society　242-244, 247, 250, 252, 254, 256, 258, 260-261, 304
『消費社会の神話と欲望』（ボードリヤール）　*La Société de consommation*　261
娼婦　prostitute　96, 98, 133-134, 206-207, 210, 214, 218, 231, 275, 300-301
ジョゼフス，アレン　Josephs, Allen　267, 274
『ジョニーは戦場へ行った』　*Johnny Got His Gun*　361
ショワルター，エレーヌ　Showalter, Elaine　147
進化論　evolution theory　180
心身二元論　mind-body dualism　182, 345
ジンメル，ゲオルグ　Simmel, Georg　36, 64-67, 74
推理小説　detective story; tale of ratiocination　19-20, 33-34, 36, 120, 131, 134
スタウト，ジャニス・P　Stout, Janis P.　36
ストラッサー，スーザン　Strasser, Susan　261
スペイン市民戦争　Spanish Civil War　265
スラウェンスキー，ケネス　Slawenski, Kenneth　317
「税関」（ホーソーン）　"The Custom-House"　46, 52, 154
『性的精神病質』（クラフト＝エービング）　*Psychopathia Sexualis*　191, 193, 198
『聖なる泉』（ジェイムズ）　*The Sacred Fount*　75, 77, 79, 110
セイヤー，ゼルダ　Sayre, Zelda　242
性欲　sexual desire　14-15, 31, 79, 119-121, 125-127, 130-131, 134, 137-138, 140-148, 150-152, 154-155, 158-159, 164, 168-171, 177, 201, 209, 211, 214, 220, 223-228, 232, 234, 237, 239, 258, 271-272, 300, 306, 307, 311, 314
舌津智之　341
「尖塔からの眺め」（ホーソーン）　"Sights from a Steeple"　56
『千夜一夜物語』　*One Thousand and One Nights*　88-89
ソーシャル・ダーウィニズム　Social Darwinism　198
ソーンダーズ，フランシス　Saunders, Frances Stonor　327
ゾラ，エミール　Zola, Émile François　115, 180
ソロー，ヘンリー・デイヴィッド　Thoreau, Henry David　73
ソンタグ，スーザン　Sontag, Susan　138, 140-142, 158

【た行】

第一次世界大戦　World War I　201, 242, 249, 261, 285, 302
対キューバ公正委員会　Fair Play for Cuba Committee　335
『大使たち』（ジェイムズ）　*The Ambassadors*　85, 103-104
「代書人バートルビー」（メルヴィル）　"Bartleby, the Scrivener: A Story of Wall-Street"　23, 57-74, 110

「構成の原理」(ポー)　"The Philosophy of Composition"　119
荒野　wilderness　36, 161-162, 168-169, 177
「国際エピソード」(ジェイムズ)　"An International Episode"　86, 88, 93
コックス，ダイアン・ルース　Cox, Dianne Luce　226-228
『孤独な群衆』(リースマン)　*The Lonely Crowd: A Study of the Changing American Character*　261
コムストック法　Comstock Act　178
コラトレッラ，キャロル　Colatrella, Carol　73
コリンズ，カーヴェル　Collins, Carvel　238
「コリント人への手紙」　"Epistle to the Corinthians"　159
コレラ　cholera　138-140, 148, 158

【さ行】

斎木郁乃　73-74
サイボーグ　cyborg　343, 354, 356, 361, 363
催眠術　mesmerism　48, 158
『サッコとヴァンゼッティ』　*Sacco and Vanzetti*　337
雑誌　magazine　25, 33, 125, 304-305, 327, 356
ザッヘル=マゾッホ，レオポルト・フォン　Sacher Masoch, Leopold Ritter von　198
『ザディーグ』(ヴォルテール)　*Zadig ou le Fanatisme*　35
サディズム　sadism　181, 186, 190-192
サリンジャー，J・D　Salinger, J. D.　299-317
サン=サーンス，カミーユ　Saint-Saëns, Charles Camille　158
『サンクチュアリ』(フォークナー)　*Sanctuary*　219-239, 270-271, 273-274
サンダーソン，レナ　Sanderson, Rena　274
詩　poetry　13, 53, 56, 119-120, 220-221, 242, 280, 311, 329-330, 334, 356
シェイクスピア，ウィリアム　Shakespeare, William　294-295
ジェイムズ，ヘンリー　James, Henry　15, 75-115, 282
「自画像」(カポーティ)　"Self-Portrait"　320
『詩神の声が聞こえる』(カポーティ)　*The Muses Are Heard*　330-333
『七破風の家』(ホーソーン)　*The House of the Seven Gables*　139
ジッド，アンドレ　Gide, André Paul Guillaume　158
「市民の反抗」(ソロー)　"Civil Disobedience"　73
『社会学の根本問題』(ジンメル)　*Grundfragen der Soziologie*　74
ジャクソン，ストーンウォール　Jackson, Thomas Jonathan "Stonewall"　291
主体　subject　36, 64-65, 69, 71-72, 96, 101, 211-212, 214-216, 218, 230-234, 237, 239, 243-247, 250-254, 257-260, 262, 323
ショー，クレイ　Shaw, Clay　336
「ジョージ・デドローの症例」(ミッチェル)　"The Case of George Dedlow"　359,

【か行】

『蚊』（フォークナー） *Mosquitoes* 219, 221
カー，エリザベス Kerr, Elizabeth 225, 228
カードウェル，ガイ Cardwell, Guy 171
カーナット，カーク Curnutt, Kirk 261
カーペンター，フレデリック Carpenter, Frederick 156
カーン，スティーヴン Kern, Stephen 95, 98, 113, 181, 218
笠井潔 38
『叶えられた祈り』（カポーティ） *Answered Prayers* 336, 341
カフカ，フランツ Kafka, Franz 56
カポーティ，トルーマン Capote, Truman 15, 319-342
「カメレオンのための音楽」（カポーティ） "Music for Chameleons" 336, 341
『カメレオンのための音楽』（カポーティ） *Music for Chameleons* 336, 339
「カリフォルニア人の物語」（トウェイン） "The Californian's Tale" 177
『河を渡って木立の中へ』（ヘミングウェイ） *Across the River and into the Trees* 274, 279-298
姦通 adultery 137-140, 146-148, 159
キーツ，ジョン Keats, John 262
騎士道精神 chivalry 223-224, 227, 232, 234
ギャリソン，ジム Garrison, Jim 336
去勢 castration 125, 135, 218, 233- 235, 239, 314
キング，ジネヴラ King, Ginevra 204, 242
クィン，アーサー・ホブソン Quin, Arthur Hobson 363
クーパー，ジェイムズ・フェニモア Cooper, James Fenimore 169, 325
「空白のページに寄せて」（ホームズ） "To a Blank Sheet of Paper" 13
クック，フィリップ Cooke, Philip Pendleton 128
クラーク，ジェラルド Clarke, Gerald 333-334, 336
クラフト＝エービング，リヒャルト・フォン Krafft-Ebing, Richard von 191-195, 198
グリフィン，スーザン Griffin, Susan 166, 171, 175
クルーズ，フレデリック Crews, Frederick 159
『グレート・ギャツビー』（フィッツジェラルド） *The Great Gatsby* 243
「黒猫」（ポー） "The Black Cat" 129-130
「群衆の人」（ポー） "The Man of the Crowd" 21, 23, 25-29, 32, 35, 62
結核 tuberculosis 138, 140-141, 158
ケネディ，ジョン・F Kennedy, John F. 335-336
ケリー，ウィン Kelley, Wyn 73
ゴーギャン，ポール Gauguin, Eugène Henri Paul 337
『後見人と被後見人』（ジェイムズ） *Watch and Ward* 112

イヴァンチッチ，アドリアーナ　Ivancich, Adriana　282
イエイツ，ウィリアム・バトラー　Yates, William Butler　280
伊藤詔子　35
「イレイン」（サリンジャー）　"Elaine"　307-308
「インディアンの中のハック・フィンとトム・ソーヤー」（トウェイン）　"Huck Finn and Tom Sawyer among the Indians"　169-176
『隠喩としての病』 *Illness as Metaphor*　138
ヴァギナ・デンタータ　vagina dentata　125, 130
ヴァン・リア，ディヴィッド　Van Leer, David　20, 133
ウィスター，オーウェン　Wister, Owen　264, 273
ウィルソン，エドマンド　Wilson, Edmund　210, 264-265, 268
「ウェイクフィールド」（ホーソーン）　"Wakefield"　23, 37, 39, 41-42, 46, 62, 110
ヴェーバー，マックス　Weber, Max　35
ヴェブレン，ソースティン　Veblen, Thorstein　261
ウォルシュ，ジョン　Walsh, John　132
ヴォルテール　Voltaire　35
ウルフ，シンシア・グリフィン　Wolff, Cynthia Griffin　166
映画　film; movie; motion picture　159, 218, 246-247, 266, 302-303, 305-308, 310, 315, 324, 326, 343-344, 362
『エスクワイア』 *Esquire*　341
エスリンガー，パット　Esslinger, Pat　238
「エディに会いに行け」（サリンジャー）　"Go See Eddie"　317
エデル，レオン　Edel, Leon　75, 112
海老根静江　113, 115
演劇　play　51, 54, 356
『黄金の盃』（ジェイムズ） *The Golden Bowl*　107, 115
大島由起子　72-73, 178
オールダム，エステル　Oldham, Estelle　220-221, 238
オコナー，エリン　O'Connor, Erin　347-348
お上品な伝統　Genteel Tradition　143, 201
『オズの魔法使い』（ボーム） *The Wizard of Oz*　361
オズワルド，リー・ハーヴェイ　Oswald, Lee Harvey　335-336, 341
『オセロー』（シェイクスピア） *Othello*　294
越智博美　341
オット，キャサリン　Ott, Katherine　363
『オナニア』 *Onania*　142, 159
『オペラ座の怪人』（ルルー） *Le Fantôme de l'Opéra*　159
『オムー』（メルヴィル） *Omoo: A Narrative of Adventures in the South Seas*　59
『檻の中』（ジェイムズ） *In the Cage*　79, 110, 113

# ◉ 索 引 ◉

・本文および注で言及した人名、作品名、媒体名、歴史的事項等を配列した。
・作品名には括弧書きで作者名を添えた。


**【英数字】**

CIA　327-328
FBI ファイル　FBI file　335

**【あ行】**

アーヴィン，ニュートン　Arivin, Newton　175, 320, 340
『アーサー・マーヴィン』（ブロックデン・ブラウン）　*Arthur Marvin*　37
「愛らしき口もと目は緑」（サリンジャー）　"Pretty Mouth and Green My Eyes"　310
『赤毛のアン』（モンゴメリ）　*Anne of Green Gables*　37
アクタイオン　Actaeon　42
アスター，ジョン・ジェイコブ　Astor, John Jacob　63
『アスパンの手紙』（ジェイムズ）　*The Aspern Papers*　110, 115
「アッシャー家の崩壊」（ポー）　"The Fall of the House of Usher"　34, 119
『アフリカの緑の丘』（ヘミングウェイ）　*Green Hills of Africa*　276
天邪鬼　perverseness; imp of perverse　70, 129-132, 134
『アメリカの風景』（ジェイムズ）　*The American Scene*　110
『アメリカ人』（ジェイムズ）　*The American*　91, 101, 113
アメリカ先住民　Native Americans　36, 162, 169-171, 353, 355, 361, 363-364
『アメリカ文学の愛と死』（フィードラー）　*Love and Death in the American Novel*　21, 129
『アメリカン・ノートブック』（ホーソーン）　*The American Notebooks*　43
アメリカン・ルネサンス　American Renaissance　22, 37, 66, 354-355
『ある貴婦人の肖像』（ジェイムズ）　*The Portrait of a Lady*　79, 81, 93, 102, 106
「ある苦境」（ポー）　"A Predicament"　34
アルコール　alcohol　167-168, 180-181, 185-188, 195-196, 262
アルテミス　Artemis　42
アレン，フレデリック・ルイス　Allen, Frederick Lewis　201, 204, 217
「イーサン・ブランド」（ホーソーン）　"Ethan Brand"　42, 56

【著者紹介】

高野　泰志（たかの・やすし）

京都大学文学部卒業、京都大学大学院人間・環境学研究科博士課程修了。岩手県立大学講師を経て、現在、九州大学大学院人文科学研究院准教授。専攻はアメリカ文学、とくにアーネスト・ヘミングウェイを中心に研究。
著書に『引き裂かれた身体――ゆらぎの中のヘミングウェイ文学』(松籟社)、『悪夢への変貌――作家たちの見たアメリカ』（共編著、松籟社)、『ヘミングウェイと老い』（編著、松籟社)、『アーネスト・ヘミングウェイ――21 世紀から読む作家の地平』（共著、臨川書店)、『アーネスト・ヘミングウェイ、神との対話』（松籟社）など。

---

下半身から読むアメリカ小説

2018 年 3 月 15 日　初版第 1 刷発行　　定価はカバーに表示しています

著　者　高野泰志

発行者　相坂　一

発行所　松籟社（しょうらいしゃ）
〒 612-0801　京都市伏見区深草正覚町 1-34
電話　075-531-2878　振替　01040-3-13030
url　http://shoraisha.com/

印刷・製本　モリモト印刷株式会社
装幀　tokonoko

Printed in Japan

---


ISBN978-4-87984-362-3　C0098